# Sholombra

Juan Bosco Castilla

Para Juan y Luis

3. Desdichado el pobre de espíritu, porque bajo la tierra será lo que ahora es en la tierra.

10. Bienaventurados los que no tienen hambre de justicia, porque saben que nuestra suerte, adversa o piadosa, es obra del azar, que es inescrutable

14. Nadie es la sal de la tierra, nadie, en algún momento de su vida, no lo es.

24. No exageres el culto de la verdad; no hay hombre que al cabo de un día, no haya mentido con razón muchas veces.

39. La puerta es la que elige, no el hombre.

50. Felices los amados y los amantes y los que pueden prescindir del amor.

En *Fragmentos de un Evangelio Apócrifo.*
*Elogio de la Sombra*, Jorge Luis Borges.

## Capítulo 1

*Justificación del libro. Mi familia. El recelo de mi madre hacia mí. De cómo mi madre conoce a Airos Rora. El alma desnuda.*

La Historia es una novela o, más bien, una suma de novelas creadas por multitud de historiadores organizados con la jerarquía y la disciplina de los ejércitos más feroces. La invención de la Historia empezó en los movimientos sociales y acabó con cada uno de los individuos, de forma que la biografía de los muertos, desde el más preclaro hasta el más oscuro, tiene anotaciones que adaptan la realidad a lo que ahora está prohibido o es obligatorio. Los historiadores rectificaron los archivos, trucaron las fotografías, cortaron las películas y reeditaron modificados los periódicos y los libros. Todo documento que no pudo adaptarse, se eliminó. Todo lo eliminado que era necesario para explicar un hecho compartido, se reconstruyó adaptado a la nueva situación. Las omisiones y los errores se salvaron con la obligación del silencio, la prohibición de la controversia y la persecución del intrusismo. Solo están autorizados a escribir de Historia los miembros del Colegio de Historiadores. Todo libro de Historia está sometido a la censura previa de la Academia.

Antes de que el lector haya llegado a la mitad de este relato habrá comprendido por qué mi vida hubiera merecido el asombro colectivo y antes de su final conocerá la razón por la que ha permanecido oculta hasta para los historiadores del Colegio. No obstante, el lector puede dudar de la autenticidad de lo que cuento sin que por ello se menoscabe mi pretensión fundamental, pues cuando esté leyendo estas hojas yo habré muerto y mi paso por el mundo se habrá igualado entonces al de los personajes ficticios. Lea, si quiere, con la fascinación con que se ve una película, olvidándose de que los protagonistas son actores y de que al otro lado de la acción están rodando las cámaras.

Mi vida ha sido demasiado abyecta como para que su descubrimiento me glorifique. Si acabo en mito, será el de un personaje denostado. No aspiro a esa suprema vanidad que es la gloria, quizá tampoco al perdón. Escribo estas páginas demasiado desilusionado como para aspirar a nada. La muerte me persigue y antes de sucumbir quiero dejar constancia con la frialdad de un notario de lo que me ha acontecido para advertir de que existió un mundo como en el que viví, aunque ahora nadie hable de él porque los ingenieros sociales que construyeron el actual se empeñaron en crear el pasado desde el presente y en borrar la legítima frontera que los separa.

En las fronteras espaciales se puede estar con un pie a cada lado. Las fronteras temporales dividen las vidas en partes. O así debería ser. La mayoría de los que vivieron en el pasado estuvieron a favor del cambio y del olvido y ya no recuerdan. Otros fueron más propicios todavía y cuentan a sus hijos y a sus nietos lo que los historiadores inventaron para ellos. A mí me es imposible el olvido por lo insólito de mi existencia.

De hecho, ya como arranque de esta historia debo exponer algo que parecerá verdaderamente asombroso: tan natural como pueda resultarle a cualquiera ver los colores o las formas de los objetos, yo veo el alma de las personas. Durante muchos años mi madre fue la única persona que conoció mi poder, y no porque yo se lo confesara: lo descubrió cuando se dio cuenta de que no me engañaba su entereza. «Ninguna vida es como la soñamos», me dijo entonces, «tampoco la mía». Yo tenía doce años y era lo bastante mayor como para certificar la exactitud de aquellas razones, porque las había visto en las almas de la gente de la calle.

Mi madre no sentía por mi padre ni amor ni animosidad. Lo amó hasta poco después de casarse, pero ese sentimiento no había dejado poso alguno. Su relación era correcta y fría, como la de dos socios que debían gestionar el pequeño internado que era mi casa. También era distante la relación entre mi padre y yo. Él me revolvía el pelo cuando volvía del trabajo, me decía algunas amables frases hechas y a veces me llevaba a pasear por las calles o junto al río Novorm (una de las pocas diversiones con las que contaba Sholombra, la ciudad donde vivíamos), lo que hacía como una obligación que no pesa.

Mi padre estaba enamorado de una mujer a la que había conocido en una escuela para mandos intermedios de su empresa. Ambos habían alquilado un piso no lejos del nuestro y pasaban en él algunas tardes y algunos fines de semana. Mi madre y yo y todo nuestro círculo lo sabía porque en aquel tiempo era declarado lo que ahora se esconde. Cumpliendo con su deber, fue mi padre el que lo proclamó en mi casa. Mi madre recibió el anuncio con dolor y callada, como se sufre la noticia de una enfermedad. «Es por amor», me expuso sin ninguna intención de justificar a mi padre, con el mismo espíritu pedagógico que me había explicado cómo crecí en su vientre y me trajo al mundo. «Y si no se va a vivir con ella como se fue conmigo, es porque nos quiere, de otra manera, pero nos quiere», añadió. En cierto modo, llevaba razón. Para mi padre habría sido un trastorno la ausencia de su mujer, y no solo en lo material. Si ella se hubiera muerto de pronto, se habrían roto todos esos afectos cotidianos que sin que él lo supiera daban orden a su vida y la sustentaban. Mi padre había podido conquistar a su amante desde la cabecera de playa que era mi madre, y si podía mantener su estabilidad emocional en la nueva relación era porque contaba con la seguridad que le daba esa confortable retaguardia que era su hogar.

Mi padre murió en un accidente de tráfico. Su esposa y su amante recibieron el duelo juntas, una al lado de la otra, en la sala 15 del tanatorio Norte de nuestra ciudad. Aunque ambas lloraron y ambas tenían el gesto exánime que deja el dolor insufrible, yo, que vi lo que de verdad sentían, supe que sus aflicciones eran distintas. Mi madre, como los dolientes que venían a darle el pésame, albergaba el liviano dolor del que mira al pasado, el mismo que se sufre cuando se abandona el lugar en el que has crecido. Su amante estaba como chocada. Mi padre estaba tan ligado a su pensamiento que era como si al irse se lo hubiera llevado con él y la hubiera dejado tonta y hueca. El suyo era un inmenso dolor por el futuro.

Yo, que tenía catorce años, asistí al duelo por decisión de mi madre. «Que vaya aprendiendo a ver lo que es la vida y cómo se acaba», dijo. Lloré apabullado por las imágenes de los recuerdos de mi padre y por la idea de nunca más, cuya verdadera dimensión alcanzaba a comprender de primera mano.

Poco después, mi madre, que siempre había trabajado a tiempo parcial, buscó un trabajo a tiempo completo en la otra punta de la ciudad. Volvía de noche, cansada y de mal humor, dispuesta a sentarse delante de la televisión para ver alguno de esos programas de testimonio en los que ciudadanos anónimos declaraban hasta provocar náuseas toda la verdad de su vida. «¿Has estudiado las lecciones de mañana?», me preguntaba mientras cenaba, sin dejar de mirar la televisión. «Sí», le contestaba indefectiblemente. Ella sabía que yo la observaba por dentro y se sentía incómoda, porque no tenía nada que mostrar que no fuera tedio y desesperanza, ni siquiera su amor por mí. Nada cambió cuando a los pocos meses de la muerte de mi padre llevó a un hombre a casa. «Si todo sale bien, esta noche vendrá un señor a acostarse conmigo», me reveló. Luego me explicó que lo había conocido en el trabajo y que no sentía nada por él. «De entre todas las sensaciones, la más cruel es la del tiempo perdido», añadió para justificarse. Le dolía tener que hacerlo porque creía que yo censuraba su comportamiento.

Por aquel entonces, a ella le molestaba tanto ser transparente para mí que estaba empezando a odiarme. Ignoraba que lo que de veras la atormentaba era no tener nada que mostrar que no fuera el descontento consigo misma. «¿Sabes por qué se inventaron los vestidos? Por mucho que digan los sabios, para tapar los complejos, porque son más los que tienen una deformidad que los que no la tienen», me dijo en una ocasión en que tratábamos del mal uso que podía tener mi poder. «Y si vestimos el cuerpo, lo suyo es que no llevemos el alma a la intemperie».

Aquel individuo fue esa noche, en efecto, y aunque mi madre no lo quería, se encargó de presentármelo y de que estuviera conmigo unos minutos para que pudiera examinarlo.

—¿Siente algo por mí? —me preguntó al día siguiente, en cuanto se hubo marchado.

Ni siquiera le gustas, hubiera debido contestarle. Como en aquellos tiempos ominosos la mentira estaba proscrita por la sociedad, mi madre pudo haberle planteado esa cuestión a aquel hombre y él hubiera debido declarárselo. Si no se lo preguntó, fue porque temía la verdad, y si temía la verdad no estaba queriendo de mí más que una mentira piadosa.

—¿Sientes tú algo por él? —le contesté.

—¿Es que no puedes verlo?

—Sí, veo que no sientes nada por él. Y que todo lo que crees que sientes por él no es sino compasión por ti misma.

Estábamos desayunando y mi madre dejó de comer y se quedó mirando absorta la tostada que acababa de untar con mantequilla.

—No siente nada por ti, mamá —añadí, y enseguida le cogí la mano—. Ha venido a acostarse contigo porque se lo pusiste fácil. Cuando se acueste dos o tres veces más, sentirá hastío y te dirá que no vuelve. Lo suyo es acostarse con todas las mujeres que pueda, pero solo lo hará con aquellas que se lo planteen, porque no tiene coraje para proponerlo él.

Mi madre se levantó y fue a asomarse al balcón. Luego he visto a algunos que con menos desánimo se tiraron al vacío o se pusieron en el camino del tren.

Aquel hombre vino otro par de noches y no volvió.

—Me ha dicho que está cansado de mí y que prefiere buscar a otra —me dijo mi madre.

No lo sufrió mucho porque lo sabía, pero la dejó más reducida a la seguridad de su ámbito, que éramos su trabajo y yo, y hacia mí tenía esa prevención del humillado que pone barreras y limita.

Mi madre, acorralada por la mirada de la sociedad y por la mía, tenía la horrible sensación de vivir en un escaparate. No sé por qué me propuse ayudarla, pero no debió de ser ajeno a ello mi complejo de culpa. Actué con premeditación pero sin estrategia. En aquellos años, yo no era consciente de que el reinado de lo explícito hacía casi imposible la seducción, ese arte y esa necesidad humana. Ni siquiera era consciente de que las malas caras y la seriedad que se veían por la calle eran evitables y de que la tristeza de la gente era consecuencia de la Verdad, pues la Verdad solo nos hace libres cuando existe el doble juego de la verdad y la mentira. Sin ese doble juego —ahora lo sé—, la Verdad es tan opresora como la mirada divina.

Con el propósito de explorar los sentimientos de sus compañeros, le pedí acompañarla a su trabajo. «No. Está lejos y no recuerdo haber visto nunca a un niño por allí», me contestó. Como sabía que le daba vergüenza lo poco cualificado de su oficio, no quise apesadumbrarla y, sencillamente, me personé en su centro de trabajo, donde me recibió extrañada y confundida después de que yo me hubiera ganado a unos cuantos de sus compañeros diciéndoles lo que querían oír. A partir de entonces, mi madre me exhibió por salas y corredores sin pudor, como se muestra el símbolo de un pequeño triunfo. Yo, mientras saludaba, exploraba a los ocupantes de aquellas oficinas y descubría que ninguno de ellos le tenía ni afecto ni aversión.

No obstante, al asomarnos a uno de los últimos despachos, el haz de rayos de una repentina emoción inundó los sosos aires del corredor. Yo esperaba que alguien sintiera por mi madre un aprecio que pudiera convertirse en compañía, pero descubrí mucho más de lo previsto: el individuo que se levantaba para recibirnos estaba enamorado de mi madre.

—Este señor es don Airos Rora —dijo ella colocándose en mitad del despacho—. Y es el jefe de contabilidad.

El hombre salió de detrás del escritorio y me estrechó la mano.

—Nunca hubiera imaginado que tu hijo fuera tan mayor —comentó sonriendo.

—Lo tuve muy joven —contestó mi madre.

Don Airos se turbó un poco: había querido hacer un cumplido, pero ahora se daba cuenta de que había cometido una torpeza.

—Pues eso he querido decir —explicó—, que eres muy joven y que él está muy alto para su edad.

Parecía una persona con algunos recursos. Debía de rondar los cincuenta años. Era mediano de estatura, quizá algo bajo —yo, que no soy alto, era más alto que él—, una estrecha tira de pelo ceniciento le circundaba la cabeza de sien a sien y estaba pasado de carnes. Vestía descuidadamente el traje gris oficial y tenía ese olor a ropero añejo de las casas que se airean poco.

—Serás un muchacho obediente —comentó luego—. Y estoy seguro de que ayudas a tu madre en casa.

No hacía falta tener una intuición especial para darse cuenta de que era un hombre optimista y relativamente feliz. Quizá alguno de sus conocidos sospechara con malicia que había mucho de imagen en esa placidez y que detrás de aquella dulce conformidad con su destino bullía el dolor que deja el fracaso emocional. No era así. Don Airos había vivido solo desde que siendo muy joven vino a nuestra ciudad, y no lo hacía por convencimiento, sino como resultado de las circunstancias, pero su soledad no teñía de desánimo o de rencor al resto de sentimientos, al contrario, los bañaba de una suerte de luminosa melancolía que añadía blandura y calma a su espíritu. Él habría seguido así indefinidamente, más feliz de ver a mi madre de vez en cuando y de pensar que al día siguiente la encontraría en el trabajo que frustrado por no poder abrazarla y oír palabras de amor de sus labios.

Don Airos miró en los cajones de su escritorio buscando algo que regalarme y, como no vio nada apropiado, se dirigió a una estantería y extrajo de una urnita de metacrilato una barra llena de agujeros que me entregó mientras me pedía que soplara, lo que yo hice enseguida provocando un sonido muy dulce que me sorprendió casi tanto como lo hubiera hecho un disparo.

—Se llama armónica —me reveló—. Me la trajeron hace muchos años de un país remoto, y ya es tuya.

Todavía me sobrecoge recordar el ánimo con que la devolvió a la caja y me la dio definitivamente. Para quien, como yo, ha matado con indiferencia, la pura bondad confunde y atrae. En aquel tiempo, yo no era ni un asesino ni un justo, sino un aspirante a ambas categorías incompatibles, como de una forma o de otra lo son todos los proyectos de ser humano, y lo que más me admiró fue la textura del sentimiento, tan lisa y tan blanda como no había visto otra.

—Ese señor te quiere —le dije a mi madre en cuanto salimos al pasillo.

—Don Airos sería incapaz de no querer a alguien —me contestó ella.

—Te quiere como quiere un hombre a una mujer de la que está enamorado.

—No puede ser —yo veía que la incredulidad era cierta.

—¿Por qué no?

Hay preguntas que generan dolor, porque obligan al preguntado a iluminar zonas de sí mismo que desea tener a oscuras. Puesta en el lugar de un hombre, mi madre nunca se hubiera enamorado de ella: se creía fea, aunque simplemente no era una belleza, pensaba que su limitada formación delataba su falta de coraje e inteligencia y que por su escasa cultura estaba obligada a la cautela en las conversaciones con desconocidos.

—¿Estás seguro? —me preguntó a manera de contestación.

—Sí, mamá, completamente seguro.

Nada enamora más que el amor del otro. Podemos estar toda la vida relacionándonos con una persona y no sentir nada por ella y basta que sepamos que esa persona muestra interés por nosotros para que percibamos interés por ella. Mi madre había visto a don Airos como un sujeto gris y algo deprimido que se refugiaba en el minúsculo triunfo de ser uno de los jefecillos de una empresa mediana. Ahora, sin embargo, yo notaba que desde áreas ocupadas por su fantasía nacía, como un tallo tierno, una ilusión sincera. Yo la vi crecer y engordar día a día. Ella no me daba explicaciones porque sabía que no eran necesarias. Se limitaba a mostrarme sus regalos y a darme cuenta de sus propias ausencias (voy a cenar con Airos, esta noche me quedaré en casa de Airos, Airos y yo iremos mañana a pasear), y no lo traía a casa para que yo no lo viera.

—No lo traigo porque me da miedo que descubras que ya no siente nada por mí —me dijo un día.

—¿Y si de verdad no sintiera nada por ti?

—Prefiero desconocerlo. Es más, prefiero que me engañe.

Ese que me engañe tenía su trampa: don Airos era un hombre perfectamente socializado y aunque pudiera atreverse a ocultar sus sentimientos, nunca se atrevería a enunciar sentimientos ficticios, y mucho menos a irse con otra mujer sin revelárselo a mi madre. A lo que ella no estaba dispuesta era a hacerme partícipe de su relación, porque me temía. Para ella, yo era tanto su hijo como un engendro que la esclavizaba obligándola a la ausencia de intimidad, ese atributo tan necesario siempre, incluso entre parejas perfectas, incluso entre madre e hijo, incluso entre el ser y el deber ser de uno mismo, incluso en aquellos tiempos, aunque entonces las reglas sociales premiaran la transparencia como una forma de la Verdad.

Lo cierto era que mi madre intentaba defenderse de mí no solo ocultando al otro sujeto de la relación, sino pensando de manera distinta a como sentía y obrando más o menos independientemente de sus sentimientos. Era inútil, por supuesto, porque cada paso que daba atendiendo a su razón era generado por emociones que la delataban. Ella lo sabía, aunque yo le siguiera la corriente y me callara, pero creía que de ese modo reafirmaba su independencia y colocaba a cada uno en el sitio que le correspondía: a ella, en el papel de mujer madura que podía hacer lo que quisiera sin darle cuentas a nadie; a mí, en el del menor que tiene que darle cuentas a su madre de las decisiones más trascendentales de su vida.

Ella ignoraba que estaba tejiendo un artificio cuya ineficacia no la disculpaba. Aunque pudo pensar que yo era un ser especialmente adaptado (como si mis dedos fueran extremadamente largos en un mundo de pianistas), no acertaba a comprender que, en cierta manera, yo era la encarnación de los valores supremos de la sociedad y que mi excepcional cualidad era una punta de lanza de lo que quizá fuera común en el futuro.

No es posible el teatro sin el soporte del cuerpo. Ni es posible el enredo ante el que todo lo ve. La mirada divina, tal y como se entiende la divinidad ahora, llega hasta los últimos rincones del alma de los individuos en todos los lugares y en todo momento. Vivir con el peso de la mirada divina debe ser horroroso, es cierto, pero no lo era menos que yo era su hijo y que todavía la necesitaba. Esa distancia tan natural que acaba separando a los padres de los hijos se había convertido para nosotros en un abismo insalvable demasiado pronto. Íbamos camino de ser madre e hijo de una de esas especies animales en las que se expulsa al hijo ya autónomo para que se busque la vida en un nuevo territorio y, más tarde, se tiene al hijo como a un competidor y se le reconoce como enemigo.

Ya he dicho que el don con el que la Naturaleza me había castigado, quizá queriendo premiarme, constituía una carga demasiado grande como para no juzgarlo funesto. Sé que mi madre era consciente de ello y que sentía por mí una especie de amor canceroso que bien podía llamarse lástima. Mientras estuvo sola (sola conmigo), la lástima fue superior al miedo ancestral que yo le daba, pero cuando con don Airos tuvo un futuro y algo que perder, esa lástima perdió cuanto tenía de amor y se tornó en repulsión.

Mi madre me quería, pero lejos. El tenerme cerca la violentaba. Salía de casa temprano y volvía tarde o no venía, tanto por estar con don Airos como para no estar conmigo.

Yo era, pues, un adolescente sin afectos en una ciudad triste y sometida al estrés de la verdad. El alma desnuda, como el cuerpo sin piel, está siempre sangrando, y yo la veía con toda claridad a todas horas en todo el mundo sin que nadie me diera explicaciones ni me consolara.

Si los superdotados no reconocidos son seres infelices, los dotados con un don inaudito son seres confundidos y abocados a la soledad, a quienes la socialización les resulta imposible. A nadie debe sorprender, pues, que un hombre así acabe convertido en un monstruo.

## Capítulo 2

*El testimonio de Saín en las clases del instituto. La familia de Saín. La enorme belleza de Lida y mi intento de chantajearla.*

En la escuela infantil, todos los juegos eran construcciones destinadas a la socialización o reproducciones más o menos divertidas de tareas de mayores en las que la invención estaba prohibida. El recreo era un taller de juegos de ejercicios físicos más que de charla y de confidencia. Para la charla y la confidencia estaba instituida la hora del testimonio, en la que se hacía vaciado de lo que se había hecho y pensado desde el día anterior y se acogían como propias las materias vaciadas por los otros. El compañerismo –que articula a los seres humanos como componentes de un grupo–, y no la amistad –que los conecta como individuos–, era la base fundamental de toda relación. Por eso, en la hora del testimonio era obligatoria la delación de los hechos e incluso de los pensamientos de otros no declarados por sus autores. Y por eso estaban instituidos como castigos el aislamiento y la humillación.

Por supuesto, no siempre se cumplía con la obligación del testimonio. Durante siglos, la propia sociedad había respondido cortando las raíces que se extendían por las grietas del sistema. En la época en que nací, esas raíces eran demasiado gruesas y hondas como para que pudieran detenerlas unas simples reformas, imposibles, por lo demás, en una sociedad que llevaba desde tiempo inmemorial rigiéndose por unos preceptos considerados como inmutables. Aparentemente, todo seguía igual. Solo las voces de unos cuantos catedráticos de Ética —pontífices en una sociedad sin religión— hablaban de la relajación de las costumbres como forma última de la degradación moral. Era un hecho constatado desde muchos años atrás que los ciudadanos asumían los puestos políticos de cierta responsabilidad —todos adjudicados por sorteo— como una pesada carga y los ejercían siguiendo al pie de la letra los informes de los técnicos (en la práctica, quienes mandaban eran los funcionarios), a la espera de que se consumiera el breve periodo de su mandato.

El incumplimiento de las obligaciones del testimonio y de la delación no era tan significativo como la laxitud de quienes estaban obligados a exigirlas. Recuerdo que en las guarderías y en la educación primaria, en las que el control de la obligación estaba a cargo de los mismos profesores, las horas del testimonio eran como un juego, con más premios que castigos, y que en la secundaria estaban encomendadas a los profesores de Ética. Algunos de estos conservaban la rigidez de tiempos pasados, pero la mayoría asumían el control de la clase sin convicción, como una obligación académica más, quizá conscientes de que también ellos tenían asuntos que ocultar de los que no querían dar cuentas a nadie.

Fui testigo privilegiado de ese cambio de actitud, y lo percibí de la forma más natural. Vi que los niños se acusaban y acusaban a sus compañeros y que solo algunos eran capaces de guardar para sí sus secretos y los secretos de otros. Vi que en la adolescencia empezaba a pesar la obligación del testimonio y que conforme pasaban los años eran más los que renunciaban a su cumplimiento. Y vi que en la juventud la discreción se extendía y que, aunque nunca desaparecía el temor a la delación, no era demasiado infrecuente la confidencia, aunque todos habíamos aprendido que de ella nacía la inseguridad.

Yo no confesé más que simplezas y solo cuando mi reserva empezaba a levantar sospechas de incumplimientos. Nunca delaté a nadie, con una sola excepción, de la que seguidamente daré todos los detalles, por ser fundamental para esta historia. Por el curso en que me encontraba, sé que rondaba los diecisiete años. Ocurrió que un compañero de clase hizo una confesión sobre mí. Casi no lo conocía. Era nuevo y se sentaba atrás. Llevábamos un par de meses de curso. Yo no le había oído confesión pública alguna y no habíamos cruzado más de unos cuantos saludos protocolarios. Parecía mal socializado y mal estudiante, pero estaba en la edad típica de serlo y él no era el único: muchos de mis compañeros iban a la escuela a regañadientes y soportaban mal las normas de convivencia, aunque en el interior del colegio todos los alumnos las cumplían, pues la disciplina era rigurosa desde los primeros cursos hasta los últimos y las sanciones, muchas de ellas automáticas, quedaban anotadas en el expediente personal que el Estado llevaba de cada uno de los ciudadanos.

—Quiero dar testimonio —dijo, que era la frase introductoria con la que se llamaba la atención del profesor—: Confieso que estoy enamorado del compañero Nereo Kif.

Hasta ahora no os he declarado mi nombre: ese Nereo Kif era yo.

Mientras otro compañero testimoniaba, era costumbre

permanecer más o menos quietos y mirando al frente. Nadie hacía comentario alguno y, salvo confesiones que acababan en acusaciones cruzadas, no había otras intervenciones relacionadas con el mismo asunto.

—Y confieso —siguió diciendo— que el compañero Nereo Kif, aunque él lo oculta, está enamorado de mí. Nereo y yo llevamos desde principios de curso viviendo una historia de amor. Nos hemos acostado juntos a espaldas de su familia y de la mía y a espaldas de compañeros y de amigos. Ahora, que por una decisión de él todo se ha acabado, no puedo seguir ocultando la verdad, pese a que durante varios días me ha conminado al disimulo.

La clase enmudeció. Yo debía haber hecho público ese amor, pues lo contrario suponía un prejuicio contra los homosexuales y los prejuicios estaban perseguidos por la Ética.

Lo habitual en este tipo de testimonios era que el aludido se volviera y pidiera disculpas a los compañeros o, al menos, que diera una versión que atemperara la dureza de la dada por el denunciante. Yo no hice nada de eso. Me volví, pero fue para ver la cara de quien acababa de proclamar semejante infundio. Recuerdo que en mi confusión no fui capaz de distinguir unos sentimientos de otros, pues tras el impacto de la insidia mi cerebro era como una masa líquida.

—Es mentira —fue todo lo que dije.

En un mundo en el que la costumbre es la verdad y al testimonio se le supone absoluta verosimilitud, devolver una confesión con una acusación de mentira es, salvo que se pruebe, sumar la perversión de la vana rebeldía al vicio del engaño.

La clase de Testimonio era la última de la mañana. A su

término, los alumnos salíamos en silencioso orden a la calle y nos desperdigábamos cada uno en busca de su casa, digeridos sin compasión en ese hormiguero de gente contrita y vestida igual que era mi ciudad. No sé por qué en lugar de coger el camino de mi casa decidí seguir a mi acusador. No recuerdo haberme dejado llevar por el odio. Quizá fui impulsado por la curiosidad de sentir de cerca el alma de quien era capaz de romper tan estruendosamente y con tanta felonía el orden instituido que obligaba a la Verdad, y precisamente sobre mis costillas. Mi acusador, cuyo nombre era Saín Nuca, anduvo un par de calles y cogió luego el metro en la estación de la plaza número 15, lo que resultaba bastante anómalo, pues los estudiantes debíamos acudir al instituto más cercano, que siempre era público, y coger el metro indicaba un alejamiento que quizá contraviniera esa norma.

Pasadas unas cuantas estaciones, Saín bajó del vagón para cambiar de línea. Como en el nuevo tren viajábamos menos personas, para que no me descubriera me subí en el vagón de atrás y lo observé a través de los cristales. El tren salió a la superficie después de hacer varias paradas y empezó a correr por entre fábricas grises y barrios nuevos. Quizá había pasado una hora desde que salimos del colegio y el hambre me atosigaba. A pesar de ella, durante unos minutos perdí la noción de por qué estaba allí y me dejé cautivar por la débil persuasión del paisaje en movimiento, casi igual a los demás de las afueras. Cuando él se bajó, yo hice lo mismo, me escondí detrás de uno de los pilares de la cubierta del andén y, en tanto se alejaba un poco, me entretuve observando el lugar. Difícilmente podía llamarse ciudad al área donde se ubicaba el apeadero. Estábamos en mitad de un pequeño descampado, en un terreno llano cubierto de hierbajos y de piedras por el que se abrían, a la izquierda, una carretera asfaltada que llevaba hasta una gran fábrica y, a la derecha, un camino de tierra que se dirigía hacia la calle de una urbanización. La vía del tren iniciaba una gran curva de vuelta al centro de la urbe unos cientos de metros más adelante, por uno de los varios huecos entre edificaciones que, por primera vez en muchos kilómetros, dejaban ver el horizonte.

De los ocho o nueve viajeros que habían bajado en el apeadero, Saín fue el único que tomó el camino de tierra. Lo seguí. Como yo, debía de estar cansado y hambriento. Como yo, llevaba a sus espaldas una mochila con los libros. Mientras anduve por el andén, lo miré de reojo y no llevé otro cuidado que el de pasar inadvertido. Luego, cuando ambos estuvimos en el camino totalmente solos, puse atención en sentirlo. Íbamos separados por unos cincuenta metros y, sin embargo, apenas percibía sus emociones. No había en él odio, ni amor pasional, ni ningún sentimiento fuerte: su corazón era como un aparato al ralentí; sus emociones eran rescoldos, dolores crónicos apagados por la costumbre. Me acerqué más. Era consciente de que en cualquier momento podía volverse y entonces, ante la idea de sentirse perseguido, podía responder con violencia. Tenía una complexión fuerte, igual que yo, pero había en él más determinación natural que en mí. Si llegábamos a las manos, lo que a la vista de mi acción no era en modo alguno descartable, estaba claro que yo llevaría las de perder. Aun así, aligeré el paso. Lo había seguido —razoné— tanto para sentirlo como para que viera que no me amedrentaban sus mentiras. Y era mejor que me descubriera siendo espiado que al volver una esquina, porque la persecución negaba la casualidad y me magnificaba. Aligeré el paso con el ánimo de que me descubriese en el descampado y la creencia de que en la soledad y el espacio abierto quedarían nuestras emociones frente a frente, sin los límites que podían imponer a nuestras voluntades la aparición de otros, sin el amparo de edificios ni de máquinas, solos, como si desde siempre no hubiéramos existido más que él y yo. Razonar todo aquello me dio cierta osadía, porque me vi imbuido de la fuerza que da la ética del héroe, a quien le preocupa la acción y no su desenlace. Me encontré dispuesto tanto al dolor como a la muerte, es más, la deseé. La irrealidad volvía dulce un final dramático. No sentía nada por nadie ni creía que nadie, ni siquiera mi madre, pudiera sentir nada por mí, ni amor ni odio. Quizá solo sentía algo por mí ese muchacho que caminaba delante, y esa circunstancia nos obligaba a enfrentarnos enseguida, sin condiciones ni vuelta atrás.

Pronto oí sus pisadas sobre la tierra, así que él oía las mías. Aunque no puedo acceder directamente a los pensamientos, sí veo sus fuentes emocionales, y en razón de ello puedo asegurar que aquel joven no pensaba en mí. Me acerqué más. Para intimidarlo, mis pasos se volvieron ostensibles y mi mirada se fijó en su nuca. Hasta que no estuve a quince o veinte metros no noté en él una mínima curiosidad. No estaba tenso, sin embargo, y no volvió la cabeza, confiado en que yo era cualquier otro menos yo y acabaría sobrepasándolo. Le negué la esperanza situándome detrás, a cinco o seis pasos, y acomodando el ruido de mis pies al sigilo de los suyos, de manera que entre él y yo hacíamos un tableteo acompasado que no podía ser fruto del azar. Cuando se dio cuenta, la línea de sus sentimientos se abismó.

—Soy yo, tu amante, que viene a dejar las cosas en su sitio —le dije con porte retador cuando se dio la vuelta.

Como una explosión ahoga un murmullo, mi repentina aparición borró todas sus emociones. Por unos instantes fue como un objeto expuesto en una hornacina.

—Eres una mierda —le solté lanzándole saliva a la cara.

Tras la luz cegadora de mi aparición, los sentimientos fueron apareciendo en su alma tal y como estaban antes de su sorpresa. Ninguno de ellos era contrario a mí, lo que confirmaba que no me conocía más allá de lo que yo lo conocía a él. Tenía varias clases de amor pacífico, varias de miedo relacionadas con su madre y con su hermana y una desilusión que había crecido hasta convertirse en desesperanza: si a Saín se le ponía entre la espada y la pared, no era improbable que corriera a pecho descubierto hacia la espada por el gusto de acabar con todo, por mucho deleite que dejara sin consumir en este mundo, o precisamente para eso.

—Tengo que matarte —le declaré, como si fuera el Destino y no yo el que ejecutaba a través de mí una sentencia fatal con la que quizá ni yo mismo estuviera de acuerdo.

Fue un error: para que sigan agarrotando, las sentencias deben ser intuidas, pero no anunciadas. Además, también él estaba dispuesto a morir por no morir.

—Prueba a hacerlo —me aseveró.

—O quizá, en lugar de matarte, denuncie a tu madre y a tu hermana —le contesté.

Dudó, desconcertado. El miedo al mal de los seres que queremos es distinto del miedo al mal propio, bien lo saben los chantajistas. Mientras este envenena y corrompe, aquel engrandece y dignifica. Saín era de los que tenían mucho del primero y muy poco del último. Al descubrir aquella bondad de su carácter tuve un atisbo de debilidad. Me consideré ruin, bien que lo recuerdo.

—Sí, a tu madre, a tu hermana y a ti: os denunciaré a todos. ¿No me has denunciado tú a mí por algo que es mentira?

Yo sabía poco de la mentira que lo atenazaba, pero él ignoraba mi desconocimiento.

—Ha sido una estupidez —reconoció.

Yo no comprendía a qué se refería, si a lo suyo o a lo de su familia.

—¿Una estupidez? —inquirí, amenazante.

—Te veía tan callado en la parte delantera de la clase, tan pensando en otras historias, tan ajeno a la domesticación… Y esa mirada tuya es tan penetrante que intimida, como si tus ojos tuviesen pensamiento propio y nos juzgaran. Siempre creí que eras distinto y más poderoso, aunque desconocía el porqué. Hoy, cuando te vi balbucear, incapaz de formular una respuesta a mi denuncia, me decepcioné, porque resultaste no ser el que parecías. En eso pensaba mientras venía en el tren. Pero estaba equivocado, como lo prueba el que ahora estés aquí y domines la escena. Eres poderoso, pero quizá estés más socializado de lo que me creía. Quizá, en el fondo, no seas distinto de esos estúpidos compañeros nuestros de la clase.

—No sabes hasta qué punto soy distinto —le contesté, y mis ojos, que según él pensaban por sí mismos y nunca se fijaban en nadie, se quedaron fijos en sus ojos.

Tenemos admitido que la frontera entre la vida y la muerte la marca un accidente o una enfermedad. Morimos como mueren los peces y los gusanos, como mueren los árboles y las bacterias. Somos carne y en cuanto morimos nos tienen que ocultar porque empezamos a oler a descomposición. Y lo sabemos, aunque nos cueste trabajo digerirlo, porque la razón y la técnica nos invitan a la soberbia de querernos inmortales sin morirnos. Así se lo expresé inmediatamente:

—Para ser inmortal, primero hay que morirse.

Dicho así parece insustancial y petulante, pero había que estar viviendo aquella situación para percibir su halo trascendental. Yo estaba solo en un mundo de seres tristes aunque tuviera una madre y él, que era un hombre de acción, debía soportar de continuo la melancolía de quien pretende un imposible. Hacía sol y estábamos de pie en medio de un descampado, hambrientos y solos, cargados con nuestra mochila llena de libros superfluos. De alguna forma, había en nosotros más elementos comunes que diferentes: nos unían el paisaje, la soledad, la zozobra y, quizá, la conciencia de lo que éramos. Esa comunidad fue la que sintió Saín y por eso quiso probarme denunciándome. Se equivocaba: él quería luchar y yo quería abandonarme. A mí no me atraía la suerte de la civilización, ni la inmortalidad, ni el futuro de mi vida.

—No te comprendo —me contestó.

—Da igual. No denunciaré ni a tu madre ni a tu hermana. Ni siquiera sé muy bien de qué tengo que denunciarlas.

—Pero, entonces, ¿cómo sabes que debo ocultar algo?

—No sé nada. O no se puede decir que sea saber lo que sé.

No me entendió. Creyó que sabía pero era como si no supiera, porque mis labios estaban sellados para siempre.

Me volví y anduve unos cuantos pasos de frente al lejano apeadero mientras a mi espalda sentía bullir sus vacilaciones. Después de la charla, él estaba extrañamente seguro de que yo no lo denunciaría, pero quería conocerme con una curiosidad picante que era más científica que insana, y sentía por mí una de camaradería que invitaba a la confidencia.

Supe que me iba a llamar antes de que lo hiciera, pero con la intención de no atosigarlo aguardé a su voz para volverme.

—Espera —me suplicó—. Nereo, amigo, espera.

La amistad no significaba entonces lo que ahora. Para los cumplidores de las normas, amigos eran los conocidos, alguien en quien no se podía confiar porque por encima de la amistad estaban los intereses de la sociedad, ejecutados mediante la delación. Para los incumplidores, amigos eran los compañeros de un grupo sometidos a la misma presión y a un mismo destino.

Me volví despacio y me quedé mirándolo.

—Lo siento —me dijo—. No sé muy bien por qué lo hice, pero fue una estupidez, aparte de una injusticia.

—Para vengarte —le contesté—. Para vengar tu desengaño en las carnes de un socializado. Pero te equivocaste de acción y, sobre todo, te equivocaste de hombre.

Ya no dudó.

Muchas veces no sé de dónde vienen las emociones. Las veo nacer como el que ve parir a una hembra. Lo digo para explicar que no sé cómo de pronto nació en él una tosca confianza en mí. Lo necesitaba, eso está claro. Pero también lo necesitaba antes y yo no era más de fiar, también lo necesitamos todos y solo a los tontos o a los incautos se les ocurre ir por ahí fiándose de los primeros que no se dejan llevar por la ira.

—Ven conmigo —me expresó—. Te invito a comer.

Acepté porque era muy tarde, yo sentía esa flojedad maciza que sucede al hambre y nadie me esperaba en mi casa. Caminamos sin hablar el trayecto que nos quedaba hasta la primera línea de edificaciones, porque Saín no quería caer en la simpleza de un formulismo y yo me daba cuenta de que el mutismo me engrandecía ante sus ojos.

—¿Ves? Las calles no están pavimentadas —me indicó cuando entramos en la urbanización, como si esa certeza explicara mucho de lo que nos había acontecido a nosotros y justificara en parte su tramposa delación—. El Ayuntamiento dice que lo están, pero no lo están. O, mejor dicho, el Ayuntamiento dice que están pavimentadas todas las calles de la ciudad, pero estos pisos tienen más de quince años y las calles siguen terrizas.

En el imperio de la Verdad, el Ayuntamiento mentía, me quería decir Saín: más que acusarlo de dejadez, le reprochaba su falta de ética, quizá su cinismo. Aquel suburbio era un artificio voluminoso y a las claras en medio de una sociedad que prohibía hasta los artificios más nimios y propugnaba su denuncia.

—Todo es mentira —dijo Saín—. Y esos pobres diablos de la clase confesando que cuando se masturban piensan en la profesora de Biología.

No había parterres ni jardines ni más plantas que algunos yerbajos secos en las esquinas y donde no llegaban las rodaduras de los coches. Unos niños jugaban en la calle a darse con la mano y perseguirse entre chillidos y —para mí— extrañas manifestaciones de alegría. En las fachadas de algunos bajos destinados a locales comerciales que nunca se abrieron habían pintado paisajes exóticos y rostros inexpresivos. En otras había escritas frases reivindicativas o declarativas, unas con trazos grandes y otras casi invisibles.

«La Verdad puede esclavizar tanto como la Mentira», decía una de grandes caracteres. «Confieso que me amo en soledad y me engaño», decía otra. Algunos individuos habían intercalado prendas clandestinas (camisetas, gorras) entre el vestuario oficial y no pocas mujeres, sobre todo las más jóvenes, iban maquilladas y casi todas llevaban peinados distintos. Cuando le hice ver a Saín esta indisciplinada variedad, me contestó que había un comercio oculto de prendas de vestir de fácil fabricación y de cosméticos caseros y que algunos muchachos habían aprendido el oficio de peluquero y ahora se atrevían a ejercerlo sin licencia haciendo peinados al gusto del consumidor.

—En este barrio nadie tiene licencia para nada —añadió.

—¿Y la policía? —le pregunté.

—Nunca viene.

—¿No se atreve?

—No creo que sea un problema de atrevimiento, no somos tan salvajes, sino de ganas: vivimos en un mundo en el que nadie quiere enfrentarse a la realidad y todo funciona porque siempre ha funcionado. No, no es que este barrio suponga un peligro ni muchísimo menos: es, simplemente, una molestia. Y ya nadie quiere enfrentarse a las complicaciones, quizá porque nadie se identifica con el sistema tanto como para hacer de ello algo personal. Es una cuestión de dejadez, de cerrar los ojos, de dar la espalda. No se incluye en las estadísticas oficiales y se acabó.

Saín se había parado y me examinaba con cierta superioridad.

—En este barrio puedes encontrar los documentos que quieras, no sé si porque los hacen en él o porque están en contacto con funcionarios corruptos. ¿Cómo crees que he conseguido ir al mismo instituto que tú? —Hizo una breve pausa y continuó luego–: Mi madre se empeñó en darme una buena educación, aunque para ello tuviera que enmascarar la residencia: los alumnos del instituto más cercano a mi casa hace tiempo que no testimonian ni delatan, pero, para ella, simplemente no estudian.

Quizá sonara petulante, pero era sentido. Se calló, y yo lo vi mirando a los edificios desconchados, a los ojos tristes de los niños y al suelo terrizo con la dignidad, el orgullo y la ilusión con que observa el colono las señales de su primera cosecha.

–Mientras en el instituto de este barrio se forjan los líderes del mañana, yo estoy haciendo kilómetros y kilómetros para ir a estudiar a un instituto donde no hay más que cuatro gilipollas.

En ese caso, ¿por qué temes que te delate?, era la pregunta. No se la hice porque resultaba evidente que la respuesta era para no contrariar a su madre. Yo sabía, además, que el amor hacia ella pesaba más en su corazón que la fuerza de su espíritu revolucionario. Él consideraba que ambos no eran incompatibles, pero hubiera renunciado a la aventura y a la gloria que le ofrecía la lucha por los nuevos tiempos con tal de no darle un disgusto a su madre.

–¿Tu madre es viuda? –le pregunté.

–No. Nunca tuve padre.

Su madre –entonces lo supe– no era una simple madre soltera, tan corriente en aquellos días, sino una puta. La prostitución era legal y no estaba mal vista. Se ejercía en locales especiales o en cualquier casa y a domicilio. Las prostitutas saludaban a sus clientes por la calle aunque fueran acompañados de sus mujeres o de sus hijos, presidían asociaciones de vecinos y optaban a los premios al trabajo que anualmente concedía el Gobierno Municipal a quienes hubieran destacado en el ejercicio de su profesión. El que Saín se avergonzara de que su progenitora fuera prostituta quería decir que era un hombre de los nuevos tiempos, los mismos que él tanto defendía.

Calló. El amor y el odio que profesaba a su madre eran una úlcera en su alma que sangraba con demasiada frecuencia. Recuerdo que al pasar por delante de un bloque de pisos tuvo una repentina subida de apocamiento que ahogó por completo su ánimo. Si descubría lo que de repente le asustaba tanto, Saín estaría en mis manos. Curioseé de reojo. Él me señaló al frente y yo supe que me distraía adrede, así que, después, para mirar mejor en otra dirección, le señalé con una sorpresa dramatizada varios coches abandonados, cuya decrépita imagen, imposible en la mayoría de los barrios, quizá fuera un símbolo abyecto del futuro que se avecinaba. «Llevan ahí desde siempre», me dijo. Era perceptible que no quería conversación. Yo, haciendo como que buscaba más elementos sorprendentes, sin ocultarme, escudriñé a un lado y a otro, guiándome, como en el juego del caliente y el frío, más por las variaciones con que su ansiedad respondía a mi exploración que por aquello que entraba por mis ojos, hasta que finalmente descubrí una pintada en una pared cuyos trazos habían intentado ocultarse con poco éxito uniendo los vértices de las letras. «Saín es un hijo de puta», decía. Si me hubiera mirado entonces, habría descubierto en mis labios una malévola sonrisa. Pero estaba demasiado ocupado en cómo enmascarar ante mí su cortedad y su dolor para darse cuenta de nada. El conocimiento que yo tenía de él y la ignorancia que él tenía de mí me produjeron un gustillo cuyo légamo conservo sedimentado en la memoria. No era para menos: el muchacho fiero que se había atrevido a desafiar al sistema mintiendo sobre alguien de quien lo ignoraba todo era un ser con debilidades notables. El hombre que poco antes era capaz de controlar sus impulsos tenía los pies de barro. Bueno era saberlo.

Entramos en uno de los edificios. Todavía recuerdo el impacto que sentí al darme de bruces con la mugre, el abandono y el olor a guiso y a aire rancio que había en el portal. «No es uno de esos bloques de gente socializada, ¿verdad?», me apuntó. Hasta el sonido del timbre me pareció recuperado de un vertedero, de puro viejo, sucio y triste. Su piso, sin embargo, estaba ordenado y limpio y, aunque los muebles eran sencillos y no podía aplicárseles más personalidad que la que permitían las pocas combinaciones de los modelos oficiales, estaban colocados con gusto y brillaban. Nunca me había fijado en esas menudencias, pero en aquella vivienda parecía poco menos que obligado, como cuando uno descubre un hermoso jardincito entre las chimeneas y las paredes grises de un polígono industrial. Así se lo hice ver a su madre (Lida, se llamaba). No con estas palabras, por supuesto, sino con signos de aprobación nada ostentosos y con un comentario tópico: «Tiene usted una casa muy bonita». Ella sonrió. Era una mujer de una belleza tan bestial que, más que cohibir, atosigaba. Como un ruido grande borra otros sonidos o una luz potente difumina los colores, era innegable que la presencia de una mujer como aquella en una reunión distorsionaba las razones de los asistentes, porque no era posible mirarla sin sentirse atraído ni mirar a otro lado sino a fuerza de voluntad. Era la madre de un compañero y yo estaba en su casa, pero hice esfuerzos para no tocarla, para no dejar la mirada enganchada en su busto o en su culo y para no caerme en sus ojos, que me convocaban con la violenta persuasión con que llama el abismo a quien tiene tendencias suicidas. ¿Cuántos años tendría? Quizá treinta y cuatro o treinta y cinco. Debía de haber tenido a Saín muy joven, quizá antes de ser prostituta.

—Es Nereo, un compañero del colegio —dijo Saín—. No ha comido.

—Bien —contestó ella, con una engañosa sonrisa de cumplido.

No me hizo pregunta alguna, no le hacía falta: lo que tenía que saber, lo sabía: por una imprudencia de su hijo, yo estaba allí sin tener que estar, lo que podía traerles consecuencias nefastas. Me costaba trabajo observarle el alma, porque la atracción física que ejercía sobre mí distraía mis facultades, pero sus sentimientos eran tan intensos que hasta entumecido podía oírlos, como el que oye una discusión tras las paredes de papel de la casa del vecino. Así supe que estaba confundida y enfadada. Y supe que no le caí bien desde el principio. No me he descrito en estos papeles ni lo creo necesario, no más allá de asegurar que ni en mi físico ni en mi mirada ni en mis gestos había nada que pudiera suponerse extraordinario, y mucho menos negativo. Y lo digo para hacer comprender que si le caí mal fue por ella, no por mí, o, mejor dicho, por una intuición especial que probablemente había refinado ejerciendo un oficio que necesita de tanta psicología y tanta farsa como el de las putas. Me sonrió y me trajo una bandeja con comida preparada a la carrera. Fue cortés en la misma medida que si lo hubiera hecho de corazón, pero no lo hacía de corazón, sino actuando, y yo, que lo sabía, no podía evitar el pensamiento de que lo que hacía conmigo lo hacía también con sus clientes, o quizá conmigo con menos facilidad, porque para una mujer de su profesión no siempre es más fácil aparentar una sonrisa que un orgasmo.

Saín y yo comimos en silencio, con ella mirando la televisión, pero sin verla, pendiente de su propio sufrimiento. No recuerdo una comida más embarazosa. Yo la examinaba de soslayo llamado por la pujanza de sus sentimientos tanto como por su fastuosa belleza, como el que registra un paisaje donde se oye un ruido misterioso. Aquella mujer podía haber tenido una mejor posición social ejerciendo su oficio con poco que se lo hubiera propuesto. Cientos o quizá miles de prostitutas ocupaban las esferas más altas en la sociedad y muchas de ellas acababan casándose con miembros de esa clase. Si esta estaba viviendo en aquel barrio inmundo, solo podía ser por culpa del cambio social que había defendido de joven, el mismo que, aunque era hermosa y fina, la condenaba a la condición de puta barata y la alejaba del círculo donde podía recibirse un trato digno y cobrar los precios de su verdadera valía.

Cuando terminé de comer, cerca estuvo de perderse. Estaba deseando que me fuera para echarle un broncazo a su hijo y poder llorar hasta el hartazgo.

—Vuelve cuando quieras —me dijo.

Era mentira, otra más.

Mientras, ya solo, cruzaba el desierto descampado camino del apeadero del tren, pensé que en aquel momento la madre de Saín estaría reprochándole a su hijo el haberme llevado a su casa. «Nos delatará», le diría. «Nos delatará y tendrás que dejar ese instituto, quizá hasta tengas que dejar de estudiar. Serás de las clases bajas, como yo. Vivirás en un barrio de miseria como este, rodeado de soñadores idiotas que no son sino fracasados, luchando por un orden que insulta públicamente a tu madre». La madre le preguntaría la razón por la que yo había ido. Él le mentiría, pero ella tenía demasiado mundo corrido como para tragarse las lagunas que dejan los engaños. «Nos delatará, seguro», le diría cuando conociera la verdad. «¿A quién se le ocurre denunciarlo con una mentira? ¿Qué sacabas tú con eso? Tú tendrás que dejar el instituto y yo me veré obligada a asistir a uno de esos horribles cursos de formación cívica. ¿Y tu hermana? ¿Qué será de tu hermana?».

Recuerdo que entre tanto miraba por la ventanilla del tren tuve la sensación de volver de algo más que de un lugar exótico, como de otra realidad u otra época, y que cuando estuve de nuevo en la fatigosa estación Central, las penurias del barrio de Saín me parecieron los típicos problemas de civilización de las zonas de contacto con los bárbaros imperios del exterior. No resultaba creíble que aquella multitud en movimiento que me rodeaba fuera un río que amenazara con salirse de su cauce. En medio de la sala principal, me paré a oír las voces interiores de los individuos que se cruzaban conmigo. Tomados de uno en uno, el babel se volvía orden y lo incomprensible causa y efecto. Ninguno de ellos llevaba en sus adentros una preocupación exagerada por el futuro de la ciudad ni sentía como una cárcel insoportable las restricciones de las normas. Todos o casi todos eran ciudadanos oprimidos por el peso de unas obligaciones estúpidas y unos objetivos que, una vez logrados, no producían placer, sino, paradójicamente, frustración. Al menos, cogidos en los lugares públicos, los individuos eran menos individuos que unidades de masa. Si nuestra civilización se estaba desmoronando, sería en lo más oculto de sus cimientos, pues a cada una de aquellas personas solo le importaban esas nimiedades, generalmente inventadas, a las que la mente humana da rango de preocupación para mantenerse alejada de preguntas como qué sentido tiene el sufrimiento o por qué nacemos si nos vamos a morir.

Aquella noche tardé en dormirme, agobiado por la evocación erótica de la madre de Saín, y a la mañana siguiente fue en lo primero que pensé al despertarme. Recuerdo que era un día soleado y que cuando llegué al instituto Saín me estaba esperando en la puerta. Por aquel entonces no era frecuente ese tipo de comportamientos: los alumnos hacían como que se desconocían unos a otros, entraban casi siempre solos y hablaban en grupos pequeños, sin hacer gestos ni levantar la voz. Cuando lo vi desde lejos, aguardándome, me sentí incómodo. A mi lado venían compañeros de clase que también lo vieron y que desde el día anterior sentían desdén o desprecio hacia mí, a pesar de su fingimiento. Saín había confesado que entre él y yo había habido una historia de amor con sexo de por medio y ahora, delante de todos, me esperaba mirándome, el muy estúpido. Todavía estaba lejos cuando sentí que lo que quería era pedirme perdón. Y sentí que la petición tenía su origen más en el posible daño que le acechaba a él que en el daño indudable que me había hecho a mí. Y también lo tenía en su madre, que había conseguido arrancarle la verdad. Ella era la que me pedía perdón, no él. O sobre todo era ella, que lo había convencido del desastre que podía sobrevenirle a toda la familia por una insensata chiquillada supuestamente revolucionaria. Pasé todo lo lejos que pude de él y sin mirarlo y él comprendió que no era el momento de dirigirme la palabra. Lo dejó para después, y en el entretanto no estuvo pendiente más que de buscar la interrupción por la que colarse en mi vida. Lo consiguió un par de horas más tarde, en el descanso de entre dos clases. Yo volvía del servicio y él estaba apostado en la puerta del aula.

—Quería hablar contigo —me dijo, parándome con el brazo.

—Ya lo sé —le contesté yo—. Pero quizá sea en balde.

Yo no tenía ninguna intención de denunciarlo, pero estaba esa urgencia tan tentadora, esa atracción que siente el insecto hacia la suela del zapato, porque es así y no al revés como ocurren los hechos: la suela responde a una llamada del insecto invitándola a aplastarlo.

—Lo de ayer fue una estupidez. Te ruego que me perdones.

La afrenta pública y el perdón privado. En un mundo en el que la denuncia es el principal mecanismo de restablecimiento ético, las denuncias falsas son más abominables que la ocultación. Si Saín se confesaba autor de una de ellas, sería castigado. Quizá lo apartaran durante un tiempo del instituto y lo obligaran a hacer un curso de reciclaje social. Quizá investigaran el porqué de ese comportamiento antisocial y descubrieran que no vivía donde decía vivir.

—Lo declaraste delante de toda la clase. Si no rectificas en público, no hay rectificación —le dije—. Me pides perdón, pero el perdón solo te sirve a ti. Si te perdono, tú te irás tan contento y yo seguiré llevando la losa que me pusiste ayer.

No era necesario ser un superdotado para entenderlo y él no era tonto.

—Te compensaré.

—¿Cómo? ¿Qué tienes tú para compensarme?

No tenía nada. ¿O sí? En sus adentros se retorcían distintos sentimientos hacia su madre. El verla en el corazón de Saín me recordaba que aquella noche me había costado dormirme acosado por el recuerdo de su cuerpo y que por la mañana me había despertado con la mente embarrada y el sabor a metal sucio que dejan las pesadillas. Ahora, que tengo muchos años y la experiencia de haber visto todo tipo de almas, sé que había soñado con ella, y no para desahogarme, sino al contrario, para sufrir con el ahogo de desearla como se siente en los sueños, sin freno y sin consuelo.

—Hoy no te denunciaré —le dije—. Quizá mañana. Dile a tu madre que me llame esta tarde.

—¿Mi madre? Deja a mi madre al margen. Esto es entre tú y yo.

—Si has venido a pedirme disculpas es porque ella te lo ha pedido. De alguna manera es tu madre la que está hablando conmigo, no tú.

—Mi madre no tiene mucho más dinero que yo.

—Tú dile que me llame.

Entré en el aula, apunté en un papel el número de teléfono de mi casa y se lo di. Ya no pensé sino en la cita durante el resto de la mañana. Estaba tan impresionado con mi iniciativa que en cierta forma era como si alguien hubiera decidido por mí. Su madre haría lo que yo quisiera, estaba claro. ¿Lo haría yo? Porque desde que le había entregado aquel papel a Saín, los nervios me tenían atenazado el pensamiento y me costaba trabajo respirar. Si yo hubiera sido el que hubiera tenido que citarla, no lo habría hecho, pero yo solo tenía que esperar su llamada. Y mientras esperaba intentaría darme ánimos para esconder lo que era en realidad: un adolescente de diecisiete años sin experiencia sexual alguna que había tenido la nauseabunda idea de chantajear a la madre de un compañero para pedirle sus favores. «Es una puta», me decía. «Es como chantajear a una dentista para que me empaste gratis una muela». En estricta aplicación del orden establecido, eso era así: como las putas no tenían menos consideración social que las dentistas o las profesoras del instituto, mi demanda no era más abominable. Pero ella era del orden nuevo, no del establecido, y yo, que no era de orden alguno, lo sabía.

Casi no comí. Y después de comer me apliqué a realizar en mi piso las mismas labores de limpieza que si fuera a venir una chica ante la que quieres dar buena impresión (esa otra forma de mentir): barrí, fregué, quité el polvo y devolví a su sitio algunos objetos que con la soledad y la abulia casi se me caían de las manos donde ya no los necesitaba. Y eso a pesar de que no estaba muy seguro de mi determinación. ¿Sería capaz de pedírselo? El hecho de que estuviera acariciando algo que me sobrepasaba éticamente provocaba en mí tanta incertidumbre como júbilo. De hecho, si fui capaz de exponerle mis demandas cuando llamó fue porque sabía que al día siguiente, antes de verla desnuda, le vería desnuda el alma.

—Me ha dicho Saín que querías hablar conmigo.

—Sí. ¿Sabe que no lo denuncié hoy?

—Lo sé.

—¿Y sabe por qué fui ayer a su casa?

—También lo sé. Y me ha dicho que te ha pedido perdón.

—Pero no en público.

—Si lo pide en público, lo castigarán.

—Y si no lo pide y yo no hago nada, será como si diera por buena la mentira. ¿Cree que es justo que se queden así las cosas? Si él no rectifica públicamente, yo debo tener a cambio alguna compensación. Si no hay compensación, algo subsistirá en permanente desequilibrio, lo que es un riesgo para mí estabilidad emocional y para su familia.

No me gusta el teléfono, porque no puedo ver los sentimientos de quien me los quiere transmitir con palabras. Necesito la presencia física. Aun así, me sentía cómodo, mucho más de lo que había imaginado, casi tanto como ella.

—¿Con qué podemos compensarte? ¿Quieres dinero?

—No, no exactamente.

—Pues tú me dirás. Porque no acabo de entenderte muy bien.

—Bueno, no sé, me resulta un poco embarazoso. Imagínese que usted fuera propietaria de una tienda de electrodomésticos y estuviéramos en ella. ¿Qué me ofrecería?

—¿Te refieres a que te diría que escogieras lo que quisieras?

—Exacto. Veo que lo entiende.

—Pero no tengo ninguna tienda de electrodomésticos.

—Bueno, cada uno vive de lo que puede.

—Yo soy prostituta, creo que lo sabes. Y si no lo sabías, te lo digo ahora.

—Ya lo sabía, y por eso lo digo.

Hubo una pausa. Seguramente temía decir lo que acababa de ocurrírsele, porque no estaba segura y le parecía un despropósito. Luego dijo:

—A ver si lo entiendo bien: yo soy prostituta y lo único que puedo ofrecer son mis servicios. ¿A ellos te refieres?

—¿Le parece pedir demasiado?

—Es que tú eres compañero de mi hijo, y no me lo imagino a él pidiendo lo que pides tú.

—Los hijos crecen sin que las madres se den cuenta. Imagíneselo, entonces, diciendo ante bastantes compañeros y un profesor que él y yo habíamos sido amantes.

—No me parece una mentira tan nauseabunda. Podía haber sido posible —me dijo.

—Sí, pero no era verdad. Y ya sabe usted lo que para nuestra sociedad significa eso.

Aunque yo fuera un joven inexperto y ella una mujer de la vida, ella era una mujer moderna, como su hijo, y yo no, de manera que yo tenía menos prejuicios a la hora de decir lo que pensaba.

—Veo detrás de tus palabras no solo la petición de un menor, sino la amenaza de un menor. Es el hecho de que seas menor lo que me molesta y me inquieta.

—Piense que me hace un favor: nunca he estado a solas con una mujer.

—Las primeras experiencias deben tenerse con alguien a quien ames. Si lo hago, será porque te tengo miedo. ¿Lo entiendes?

—Sí.

—Si lo hago, ¿cómo sabré que no me denunciarás por haberlo hecho? ¿Cómo sabré que cumples tu palabra de no denunciar a mi hijo?

—Nunca tendrá esa certeza.

—Si no me lo aseguras, ¿por qué debo hacerlo?

—Por el equilibrio de dolores. Si no lo hace, la situación estará desequilibrada y me veré obligado a denunciar a su hijo. Si lo hace, la situación estará equilibrada, y no tendré ninguna necesidad ni de denunciarlo a él ni de denunciarla a usted.

—Pareces listo, y me asusta tu frialdad. Creo que serías capaz de hacerlo. ¿Cuándo quieres que nos veamos y dónde?

—Ha llamado usted demasiado tarde. Tendrá que ser mañana, aquí, en mi casa.

—Está bien. No se lo digas a mi hijo.

—Descuide.

Cuando colgué el teléfono, me sentí repentinamente aplanado, como si la charla me hubiera obligado a estar muy por encima de mis posibilidades. Ya no paré en todo el día de pensar en ella. Fue el último pensamiento que tuve antes de dormirme y el primero que me asaltó cuando me desperté. En el ínterin, soñé que venía con su hijo, y que mientras ella me iniciaba en el sexo, Saín estaba sentado en la silla donde yo ponía la ropa del día y me sentaba para calzarme y descalzarme, inmóvil como una estatua que, sin embargo, parpadeaba, y tenía su mirada fija en mis ojos. En la clase no hice más que moverme como un autómata y dejarme llevar por el tropel de pensamientos que se empujaban para salir a la luz, todos relacionados con ella. Durante un rato me entretuve en compararla con mis compañeras. Las imaginé a todas y a la madre de Saín en la sala de un museo del que yo era el único visitante, desnudas sobre peanas que giraban; las imagine acostándose conmigo una detrás de otra, haciendo cola de pie, junto a la cama, en una fila que atravesaba la entrada de la habitación y llegaba hasta más allá de la puerta de la calle; imaginé que discutían para tenerme y que, sentado en un trono sencillo, administraba mi amor con equidad. «Ninguna es como ella», pensé. Si las hubiera podido tener a todas, la habría tenido a ella como favorita. La comparación me hizo ver lo lejos que estaban mis compañeras de clase de la mujer ideal: a todas les faltaba rotundidad en las formas; su mirada era lisa y somera, nada viscosa y carente de profundidad; su inteligencia era fuerza bruta, apenas matizado por la intuición femenina, más sibilina que sutil, y su carácter no se transmitía solo con su aspecto, sino que necesitaba

de palabras o de acción. La madre de Saín tenía todo aquello de lo que carecían mis compañeras, ahora me daba
cuenta. Y ese descubrimiento elevaba mi autoestima ante
ellas al tiempo que mi más sincero desdén, el mismo que
había padecido yo desde que llegué al instituto por no ser
extraordinariamente guapo o extraordinariamente simpático.

Cuando acababa la última clase, los alumnos salíamos a
la calle sin formar barullo ni grupos y nos dispersábamos
con la resolución que lo hacen las hormigas al salir de su
hormiguero. Sin embargo, cada uno llevaba en su mente y
en su corazón diversas contradicciones, muchas de ellas
relacionadas con el sistema, que solo en unos pocos se convertían en objeciones, de modo que casi nadie se planteaba
cambiar el régimen y apenas unos cuantos querían mejo-
rarlo.

Yo me había instalado en un escepticismo abúlico, con
el sistema político y con todo lo demás. A mí no me per-
turbaba nada, ni siquiera la suerte que pudiera correr mi
madre, el ser que tenía más cerca y al que amé hasta que el
malestar que yo le provocaba se convirtió en fobia hacia
mí. Pero aquel día salí del instituto con una ilusión que me
hacía diferente y que en otras circunstancias me hubiera
dignificado. También salí con miedo. Miedo a venirme
abajo, a parecer un niño, a tonterías como tartamudear o
no saber qué contestar o qué hacer, a ser demasiado blando
o demasiado brusco, miedo, en fin, a no estar a la altura del
lance ante quien —y ese era el detalle fundamental— no se
me iba de la cabeza.

¿Estaba enamorado de ella? Si era así, no lo estaba como
los hombres comunes lo están de sus novias o de sus com-

pañeras de clase, sino, más bien, como lo están de las cantantes o de las actrices, que a los jóvenes de Sholombra nos estaban vedadas como fantasía erótica porque, sencillamente, no existían. Era la intuición de que se avecinaba un imposible lo que me producía aquel nerviosismo. El encuentro con la madre de Saín era la confluencia entre un mortal y un ser ideal que se hace carne.

Llegó un poco antes de la hora fijada. Yo me había tranquilizado bastante a fuerza de pensar en el doble poder que tenía sobre ella: el chantajista era yo, y mientras yo podía ver sus sentimientos, ella solo podía intuir los míos a través de mis acciones o de mis gestos. Si yo actuaba con naturalidad, me dije, con candidez, incluso, pues otra conducta no se concebía en un joven de mi edad, ella me llevaría de su mano hasta un lugar que yo imaginaba de abandono total, casi de pérdida del estado físico, como si de tanto placer me evaporara o me fundiera. Con lo que no contaba era con el poder de la belleza. Yo era poderoso, pero era feo. O era feo en comparación con ella. Ella era hermosa, increíblemente hermosa, y si la belleza, desprovista de cualquier otro atributo, da un poder sin límite a quien la posee, más lo da a quien, poseyéndola, sabe manejarla en su provecho.

¿De qué sirve el inaudito poder de ver las almas ante la atracción de unos ojos que no tienen más poder que el de su hermosura? Su cuerpo seducía por sí mismo. Era como un torbellino que succionaba cuanto salía de mí y lo llevaba a un agujero ineludible, donde desaparecía sin dejar rastro.

—¿Vives solo? —me preguntó en el menguado recibidor del piso.

—Con mi madre. Pero está fuera.

Bajo las líneas rectas del traje oficial, la poderosa anatomía de su cuerpo irrumpía velada y yo debía sobrentenderla a partir de las turgencias que curvaban los sencillos planos que la circunscribían.

–Bien –me dijo–, olvidemos la causa que me ha traído hasta aquí, olvidemos que eres un menor, olvidemos que esta es tu casa, que tu madre no sabe nada y que puede volver y descubrirnos y olvidemos que todo lo que va a ocurrir ha ocurrido, por mucho que debamos decir la verdad.

Se quedó observándome y yo, incapaz de soportar su mirada, desvié la mía hacia un lado en el que había un espejo. Entonces, al verla de costado, libre de su examen y como a traición, avisté clara y nítidamente su alma, aunque durante tan breve plazo que entre todas las formas que albergaba solo alcancé a distinguir el abultado tamaño de su desprecio. Luego ella se volvió hacia el espejo y, como si se hubiera dado cuenta de que había andado hurgando en lo más íntimo de su ser, me trasladó con la mirada un reproche tan afilado que lo sentí en el pecho y me dejó aturdido.

–Actuaré contigo como si lo hiciera con un cliente cualquiera –me propuso–. ¿Te parece bien?

Yo afirmé con la cabeza sin saber lo que hacía, porque la pregunta llevaba implícita la respuesta.

–Bien, voy a cambiarme. ¿Dónde está el cuarto de baño?

Al decirme aquello reparé en que llevaba en la mano un pequeño bolso de viaje.

–No serán más de cinco minutos –me advirtió antes de abrir la puerta que yo le había indicado.

No sabría decir si lo fueron o no. Recuerdo que mientras se estaba mudando me senté en un sillón, quizá con la moral del vencido, y recuerdo que me levanté y miré en el espejo del recibidor para evocar el instante en que ella había descubierto mi indignidad de contemplarla de lado. Cuando salió, yo, que estaba sentado en el sillón, me levanté de un salto. La última luz del día entraba en la casa por la ventana de una habitación que estaba al otro lado del pasillo, justo enfrente de mí, así que cuando se detuvo para que yo apreciara la transformación que se había operado en ella, vi su silueta a contraluz, lo que fue suficiente para quedarme pasmado: tenía el pelo largo y, en lugar de los pantalones del traje oficial, se vestía con una suerte de campana que le dejaba las piernas desnudas hasta más arriba de las rodillas (entonces no sabía que se llamaba falda) y una camisa tan ceñida que creí que no llevaba nada en el torso.

—¿Habías visto alguna vez a una mujer adornada así?
—No.
Ella, no yo, fue la que encendió la luz, seguramente alertada por la interrogativa forma en que la estaba mirando. Cuando pasó no lejos de mí para accionar el interruptor, se concretó el perfume que hasta ese momento había llegado a mi nariz con la exigua solidez de una intuición. Debo decir ahora que en aquellos tiempos el perfume era considerado como algo fingido y equívoco y, por lo tanto, su utilización era denostada. Los geles de baño, los desodorantes y los demás artículos de aseo personal, que por supuesto existían, se limitaban a quitar el mal olor, nunca a proporcionar uno bueno. Solo eran fomentados los olores naturales. En los jardines públicos no eran infrecuentes las plantas aromáticas y en las terrazas de algunas viviendas privadas se cultivaban damas de noche o jazmines, como se cultivaban rosas o tulipanes de los más variados colores,

a pesar de que a sus dueños les estuviera prohibido vestir otro color que no fuera el gris desmayado del traje oficial. Ni yo, ni nadie que yo supiera, estaba acostumbrado a percibir la enigmática provocación de la mezcla de olores de un perfume, y más si estaba puesto a conciencia para provocar. Por eso, cuando recuerdo que pasó a mi lado, evoco primero el perfume, su textura gaseosa y su señuelo tan divino como animal, y, luego, aunque parezca raro, la seducción exclusivamente animal de su cabello largo y su cuerpo extraordinario.

—Mírame —me propuso, y se dio la vuelta para que la viera bien—. ¿Ves que parezco una puta?, pues algún día todas las mujeres se pondrán perfume, llevarán el pelo como quieran y vestirán con la libertad que lo hago yo.

Luego se señaló las piernas.

—Están depiladas, como todo el cuerpo.

Se acercó, me empujó en el pecho para que cayera sentado en un sillón y de pie frente a mí me pidió que las tocara. «Veras qué suaves están», me dijo. Yo extendí mi mano derecha y toqué el exterior de su pierna izquierda con una prevención excesiva, inhibido por su dominio y por el temor de parecer torpe. Ella se agachó, cogió mi mano y, sin dejar de mirarme a los ojos, la guio arriba y abajo palmo a palmo, esbozando una sonrisa de impúdica delectación que aún guardo fotografiada en la memoria. Después llevó mi mano hasta la parte interior de su otra pierna. «Está más suave, ¿a que sí?», me susurró en tanto se acariciaba con ella por encima de la rodilla y la adentraba, muslo arriba, por debajo de la falda. «Y aquí, ¿más suave todavía?», ironizó cuando noté el blando tacto de la carne tras sus bragas, y dejó caer como un lacónico suspiro o quejido que recuerdo unido al ritmo desbocado de mi corazón y a un nudo de saliva. Sin dejar de acariciarse el muslo, arrastró mi mirada con la suya hasta el hospitalario canal que la ajustada camisa dejaba ver entre sus pechos, me la sostuvo allí y luego me la levantó mientras, parsimoniosamente, se abría un botón con la otra mano. Se puso muy seria entonces, bajó aún más la cabeza, cerró un instante los ojos y me besó en los labios, apenas un roce que sentí en la columna vertebral con dolor, como el suplicio de una descarga eléctrica. «Solo hay algunas putas que besen, ¿sabes?», me susurró al oído, y en mi oreja tuve cosquillas por el soplo de su boca y en mi cara por el roce de su pelo. Luego se incorporó y se quedó mirándome y sonriendo durante quizá tres o cuatro vastos segundos que bien pudieron ser veinte o treinta, antes de que se sacara la camisa de la falda y empezara a desabotonársela, un botón y morderse un poquito el labio inferior, otro botón y echarse para atrás el cabello, de manera que la dramática ambición de sus pechos por liberarse se estrellaba contra la tozudez de los otros botones como se estrellaba mi impaciencia asfixiante por verla desnuda. Cuando, finalmente, se desabrochó el último botón, no se quitó la camisa, y yo no sentí sino a medias la redención del aire. Tampoco la sintieron sus pechos, cuya furia no podía contener el suave presidio de un sujetador negro, transparente y con encajes en los bordes superiores, tras el que en una de aquellas idas y venidas del vuelo de la camisa pude adivinar la areola morena de un pezón. «¿Te parezco hermosa?», me preguntó. «Sí», balbuceé. «¿Muy hermosa?» «Sí». No se conformaba con tener el dominio absoluto de la situación, quería que yo se lo explicitara. «Dímelo». «Me pareces hermosa, muy hermosa, la mujer más hermosa del mundo». Soltó una carcajada, que cortó de repente para dejarla en una sonrisa y un leve movimiento de cabeza. «¿Te das cuenta? ¿De qué te sirven los motivos para chantajearme?», debió de pensar, como, de haberlo sabido, hubiera pensado: «¿De qué te sirve el poder de asomarte a las almas?» Se dio media vuelta y me pidió que le bajara la cremallera de la falda. «Verás cómo nunca has visto unas bragas como estas», vaticinó, para que el anuncio pusiera más prisa en mi ánimo, como el narrador que amaga un final incierto. Yo quise acabar pronto con aquella tortura deliciosa y bajársela de un tirón, pero mis manos estaban húmedas y temblorosas y tropezaron con las leyes de la Física, que obligan a hacer despacio lo sencillo. «Despacio, muy suavemente», me corrigió, destrabando la cremallera de la tela. «Hazlo tú, así, muy bien». Al llegar al final, la falda se cayó por su peso, y ella se quedó con los muslos al descubierto y más de medio culo tapado por el vuelo de la camisa. Me sofoco recordando el brillo sedoso de su piel depilada, la geometría irreprochable de sus muslos, la insinuación carnosa de lo más recóndito de sus nalgas, me sofoco recordando que hasta donde veía no veía bragas, pero más me sofoco recordando cómo jugaba conmigo. Por ejemplo, dobló un poco el cuerpo por la cintura y movió ligeramente el culo delante de mis atónitos ojos y, luego, se llevó las manos hasta los muslos y, subiéndoselas por ellos, arrastró la camisa hasta que pude verle la cinta que recorría de arriba abajo el estrecho valle de entre sus nalgas. «¿Te gustan mis bragas?», me preguntó. Yo no había visto bragas ningunas, sino una cintita negra, pero le contesté que sí porque suponía que era lo que debía contestar y porque era imposible que no me gustara algo de ella. «Cógelas», me exhortó. «Coge las bragas y tira de ellas». Antes las había tocado, quiero decir que había sentido su tela, o eso me había parecido, pero ahora no sabía qué hacer: ¿cómo se tocaba aquello? Como me demoraba, movió las caderas urgiéndome a cumplir su demanda. Llevaba el dedo hacia aquel cañón inexplorado cuando se levantó la camisa y pude ver que mucho más arriba la cinta se triangulaba para unirse a una estrecha banda de goma y encaje que le rodeaba la cintura. Ahí metí el dedo y ahí tiré. La cinta se fijó a su entrepierna, pero ella, en lugar de encogerse, se estiró para encajonarla aún más al tiempo que emitía un quejido largo y contenido como un ronroneo. Bajé el dedo haciendo gancho por la cinta entre tanto tiraba con brío hasta que ya no cedió ni la goma ni la carne. Algo que no entendí, porque yo estaba absolutamente concentrado en mi labor, me dijo para que me detuviera y me detuve, aunque dejé el dedo enganchado en la cinta, haciendo puente entre las firmes laderas de su culo. Así lo tuve mientras se quitaba la camisa, que se le escurrió por los hombros y cayó sobre mi antebrazo. Solo lo saqué cuando hizo ademán de volverse. La camisa cayó a mis pies y ella se quedó frente a mí, mis ojos entre sus tetas y su ombligo, quizá en el lugar justo para tocarla, pero demasiado cerca para verla, o demasiado cerca desde el punto de vista de ella, que era la que sabía y la que mandaba. Por eso se alejó unos pasos antes de preguntarme: «¿Te gusto?» «Sí», le contesté yo. «Dímelo». «Me gustas mucho». Era mucho más que gustarme. Me gustaban los helados, me gustaba dejarme vencer por el sueño, me gustaba masturbarme pensando en la profesora de Física o en algunas muchachas de mi clase, pero nada de eso podía compararse con lo que me gustaba ella, y menos aún con lo que me iba a gustar poseerla. Ella lo sabía y sabía de mi incapacidad para expresarme. Quizá por esa razón empezó a interrogarme por partes. «A ver, ¿te gustan mis tetas?». Tenía un sujetador negro de copas transparentes que tintaba de oscuro sus pezones y no contenía el empitonado anhelo de sus puntas. «Sí, me gustan mucho». «Pero quizá te gusten más si me quito el sujetador», avisó. ¡A saber de dónde había sacado aquellas bragas y aquel sujetador!, porque la ropa interior que se vendía en las tiendas obedecía a unas mínimas variaciones de los modelos estándar, ninguno de ellos transparente o con encajes, según el principio ético que negaba la seducción y el juego, por constituir ambos un artificio. Recuerdo que cuando se echó las manos a la espalda para desabrocharse el corchete, me quedé mirándole el sujetador, que seguramente no sujetaba, y que no servía más que para provocarme y halagarla, funciones extrañas en un mundo en el que estaba prohibido el engaño. «¿No habías visto nunca una ropa interior como esta? ¿No la usan tus amigas?». Yo negaba con la cabeza o con el gesto de sorpresa de mi cara. «Pues algún día está ropa se venderá en las tiendas y los hombres podrán regalársela a las mujeres». A mí, aquellas escuetas interrupciones para hacer proselitismo del «Nuevo Orden» no me molestaban, al contrario, le daban morbo a la oportunidad y reforzaban la intensidad de la tentación, pues al hecho de que fuera mujer madura y madre de un compañero y puta, que de todo estuviera ejerciendo y todo me estuviera prohibido, debía añadirse el que practicara la revolución conmigo. De todas formas, yo oía aquello sin echarle cuentas a su fondo, con la misma indiferencia que si me hubiera dicho «algún día los seres humanos pisarán la superficie de Marte» o «ayer se murieron de hambre mil niños más allá de las fronteras exteriores». A mí lo que me concernía era ella como carne y hueso palpitante debajo de aquella ropa interior. Su revolución me motivaba como perversión, para hacer más protervas mis imaginaciones. De su revolución me interesaba la atracción de lo prohibido y la ropa interior de sus adeptas. Me interesaban las revolucionarias, y, de ellas, ella, y, de ella, no todo. Me interesaba su cabello, inesperadamente vivo y travieso; me interesaba la mancha oscura de su pubis casi totalmente depilado, un triángulo mínimo bajo el mínimo triángulo transparente de la braguita tanga y, como liberación, no me interesaba otra que la de sus tetas de la dulce opresión del sujetador negro con encajitos. Por eso cuando al fin vi libres los anhelantes pechos de aquella revolucionaria, cuando la contemplé con el cabello largo y suelto y ya solo vestida con un tanga transparente, no me adherí a ninguna alegría, sino que sentí la alegría propia que da el placer en vísperas de consumarse, tan íntima y personal como íntimo y personal es el dolor, y, como el dolor, tan incomprensible para otros. «Estas tetas han amamantado a dos criaturas», me desveló. Entonces creí que se enorgullecía de su carácter instrumental, hoy sé que lo hacía de su firmeza. Tenía motivos, y eso que no eran pequeñas. En aquel momento me parecieron la forma más tentadora que pudiera diseñar el Creador: dos elevaciones simétricas cuya función de proporcionar belleza no era inferior a la de dar leche, el sustento del alma unido al sustento del cuerpo, porque al hombre le son necesarios esos órganos para existir como animal, pero también le son imprescindibles para dinamizar su espíritu. «¿Te gustan?», me preguntó. «Sí» (la voz apenas me salía del cuerpo). «Son tuyas. Puedes hacer con ellas lo que quieras». Se acercó y se inclinó hacia mí, y yo las vi bambolearse un poco en una coreografía perfecta que las deformaba y las formaba, que se las llevaba y las devolvía intactas, blandas y duras a la vez, un misterio que empujaba a probar su textura con la punta de la nariz tanto como con las yemas de los dedos. «Anda, tócalas», debió advertirme, porque yo había levantado la mano derecha y, temblorosos, sus cinco dedos rodeaban a una de ellas con el mismo recato reverencial que si fueran a llamar a las puertas del cielo. Las toqué, pero guiado por la mano que ella tendió en mi auxilio. Tras girarse hacia un lado, con mi mano se acarició la parte inferior de un pecho, tan suavemente que noté más la electricidad de su piel que la firmeza de su carne, mientras o ella o yo o ambos emitíamos un quejido muy leve que quizá ni se oyera. Luego, yendo de abajo hacia arriba, hizo pasar los dedos por el pezón, erecto y, sin embargo, dúctil, un obstáculo delicioso cuya consistencia me atreví a probar hundiendo en él el dedo índice. El tropiezo del primer dedo y la mullida resistencia que encontró el empuje del segundo son sensaciones que me persiguieron durante años cuando cerraba los ojos para dormirme y cuando, todavía con los ojos cerrados, recuperaba la conciencia tras el sueño. Por supuesto, no son las únicas que me asaltan de aquel emocionante encuentro, que recuerdo a retazos, pero cuya secuencia soy capaz de ordenar sin esfuerzo alguno, a pesar del tiempo transcurrido. Así, tras acariciarse con mi mano, volvió a ponerse enfrente de mí, mis ojos casi a la altura de su ombligo, al que se dirigía mi mirada con la mágica fijación que se orientan las aguas hacia el ojo de un torbellino. «Nereo», me llamó. «¿Qué?» «Nereo». No pretendía decirme nada, sino que levantara la cabeza. Lo hice y vi sus dos pechos colgando amenazadores sobre mí, como dos gotas de néctar que tras desplomarse del firmamento hubieran encontrado una pared a la que aferrarse y estuvieran desafiando con éxito la Ley de la Gravedad. «Nereo, Nereo...», dijo riñéndome, una reprensión cariñosa que parecía querer corregir una falta mía que la halagaba. «Anda, ven, Nereo». Me cogió la cabeza con ambas manos y, tras hacer que me incorporara un poco sobre el filo del sillón, hundió mi nariz en el canal que separaba sus dos tetas, a las que debió empujar hacia mi cara con los brazos, pues sentí una presión tan intensa como si me hubiera atrapado entre sus muslos. Casi me asfixiaba cuando me soltó y se echó un par de pasos atrás. Sonreía, entonces, y me miraba fijamente. Sonreía cuando se metió los dedos bajo la cinta de las braguitas y empezó a deslizarlos hacia abajo. Sonreía cuando se detuvo y ladeo un poco la cabeza y con dulce malicia sugirió «no, mejor tú». Sonreía cuando se aproximó y me pidió que la ayudara a quitárselas: «Por favor, no puedo sola. Anda, ayúdame». Sonreía mientras se las deslizaba hacia abajo, y mientras levantaba un pie y luego otro para librarse por fin de ellas. Y sonreía cuando se quedó enfrente de mí, ya desnuda por completo, y yo creí que era un gran pastel que me podía comer con los ojos y con las manos, a besos y a mordiscos, un dulce de carne tibia que podía devorar hundiéndome en él y dejándome llevar por su amable sabiduría y por la intuición de mi sangre incendiada.

Pero de pronto dejó de sonreír y su mirada envolvente y provocativa pasó a ser de metálico reproche.

—Mírame bien —me soltó, escupiendo cada una de sus palabras—. Este cuerpo desnudo es el de una puta con dignidad, de una mujer que, cobrando o sin cobrar, se acuesta con los hombres que le da la gana, no con los que la amenazan o la chantajean. Mírame, niño de mierda, mírame a los ojos y dime si no ves a través de ellos el interior de una persona que sufre con los problemas de sus hijos, que tiene sentimientos y tiene alma. ¡Qué te pensabas, niño estúpido! ¡Qué será de una sociedad capaz de crear monstruos como tú!

Recogió su ropa y se metió en el cuarto de baño, de donde unos minutos después salió vestida de calle y con el bolso en la mano. Yo estaba todavía sentado en el sillón, aturdido por la onda explosiva de la sorpresa que acababa de vivir, pero liberado del peso de su belleza agresiva, y en esas nuevas condiciones volvía a ser operativa mi capacidad para colarme en sus adentros.

—Y ahora, si quieres, te haces una paja pensando en mí —me dijo, y me lanzó a la cara las braguitas tanga.

Se fue dando un portazo y yo seguí sentado en el sillón, a ratos recordándola en alguna de las fases en que se había ido desnudando y a ratos examinando el recuerdo congelado de su alma, a la que a última hora había visto con los mismos tapujos que a su cuerpo. Vi que se iba contenta y segura y que había ido a mi casa para darse el gustazo de vengarse, porque, en su creencia, yo era un chantajista débil.

Me sentí humillado, no tanto por la frustración del deseo como por la desconsideración que desde el inicio había sentido hacia mí aquella mujer. Su confianza lo era tanto en mi debilidad como en su poderío. Esa seguridad de que nunca se llegaría a ejecutar la amenaza llamaba al cumplimiento de la amenaza. Ese desdén por mi enemistad me engrandecía como enemigo, porque a la pérdida de la acción que iba a contrarrestar la afrenta de Saín se le añadía el empuje de mi orgullo dañado. Y el que le da la espalda al peligro y se ríe de él, está emplazando a la ejecución del hecho temible, aunque a mí nunca se me hubiera pasado por la cabeza. Su gesto era como el del que invoca al diablo y una vez que lo tiene en la soledad de su habitación, con apenas una palpitante vela rompiendo la espesa oscuridad de la noche, se atreve a reírse de su historia de miserias e infortunios y le plantea retos supuestamente imposibles por el temerario alborozo de verlo corrido. Porque yo era la desgracia, el diablo, aunque ella no lo supiera, aunque yo no fuera consciente todavía de mi maldad y apenas lo fuera de mi fuerza sin pulir ni someter, como la de un potro salvaje.

Si hubiera empezado esta historia por el revés, de atrás adelante, no habrían hecho falta tantas explicaciones, pues no sorprendería nada que al día siguiente cumpliera mi amenaza y denunciara a Saín en la hora del testimonio y la delación. Nuestra vida discurre a la par que el tiempo, pero el tiempo no siempre es un buen mecanismo para ordenar los recuerdos. Quizá debí escribir estas páginas como contamos a otros nuestra vida, sin orden, conforme van viniendo a pelo las anécdotas que la constituyen.

El caso es que, como ya he dicho, lo denuncié. Conté en clase, públicamente, todo lo que había ocurrido desde que salimos de la escuela hasta que salí de su casa, incluyendo los detalles más mezquinos, como las pintadas que leí sobre su madre y el oficio que tenía, y los más comprometidos, como los pensamientos sobre la revolución que con tanta ingenuidad me confesó. Referí la verdad, toda la verdad, sin poner nada de mis pensamientos o apreciaciones. Mis compañeros asistieron mudos a mi larga exposición, estupefactos casi todos: aquella declaración había sido, sin duda, una de las más trascendentes que habían oído. Mi reputación de muchacho extremadamente silencioso y solitario se trocó para la mayoría en la de un hombre escabroso e indeseable. Solo los más adictos al régimen me excusaron: «No tenía otra alternativa», decían. Y también: «La verdad nos hace libres». O: «Recordemos que fue él quien lo denunció primero, y con una mentira». Pero ni siquiera estos querían cuentas conmigo, pues también para ellos resultaba temible.

Nadie me dijo nada, ni para bien ni para mal, y si supe lo que pensaron fue porque podía saber con total exactitud lo que sentían, que era desprecio y pánico, lo mismo que sintieron por mí los profesores. Incluso para el profesor de Ética en cuya clase hice la declaración, que nos exhortaba a delatar las actitudes contrarias a las normas, fui un ser aborrecible, a pesar de que me felicitó delante de todos los compañeros por haber contribuido a devolver a su cauce verdadero el curso de la historia en que nos movíamos todos nosotros.

Como era de suponer, Saín fue expulsado. En el colegio comentaron que se lo habían llevado a un correccional y que su familia había sido sancionada. Hasta mucho más tarde no volví a saber ni de él ni de su madre.

Capítulo 3

*Mi trabajo. Ania y Damiel. La perfección de Ania y mi amor por ella. Los dos primeros crímenes.*

Cuando tenía veinticinco años, empecé a trabajar de vendedor para una inmobiliaria. Era un momento pésimo para cualquier negocio, pero más para uno como el de mis jefes. Desde siempre se había dicho que la economía de la Unión se regulaba por sí sola, bajo la ley de la oferta y la demanda y unos principios éticos inmemoriales que eran también normas jurídicas de aplicación directa. Por ello, el poder político, que en la práctica no existía, y los funcionarios se limitaban a vigilar el cumplimiento de las normas y nunca instaban su cambio, en una misión que en cierto modo se asemejaba a la de los guardas forestales, cuyo trabajo consiste en cuidar de que nadie altere el sabio fluir de la vida. Bajo el irrefutable amparo de la Verdad, nuestra economía había crecido al mismo ritmo que los avances técnicos, adaptándose por sí sola a las circunstancias, en un proceso tan natural que parecía biológico. Ahora que la Verdad había entrado en crisis y, con ella, el orden establecido, el ecosistema económico se había visto alterado y a las especies acostumbradas a las leyes inmutables les resultaba difícil la supervivencia. Los desórdenes de la periferia de la Unión habían contraído la demanda exterior y elevado el precio de ciertas materias primas. Algunas empresas grandes, las más afectadas por ese comercio, se habían visto obligadas a cerrar, dejando en el paro a miles y miles de trabajadores. El desempleo y la inseguridad laboral redujeron la demanda interna, lo que a su vez produjo más paro y más reducción de la demanda, en un círculo vicioso que nadie estaba en disposición de detener. Al no existir en la práctica el poder político, la ciudadanía no sabía hacia dónde dirigir su perplejidad. Había una sensación estacionaria de derrota junto a la creencia de que tarde o temprano las cosas empezarían a mejorar por sí solas. Mirábamos al futuro con la callada confianza de que el caos, que avanzaba con la implacable determinación de las epidemias, se pararía más allá de nuestra área vital y a nosotros nos llegaría la solución antes que el problema, como el que es curado de una enfermedad que incuba gracias a los síntomas de las personas que lo rodean.

Pero el desastre estaba empezando a ser un hecho irreversible: mientras los precios de los artículos de primera necesidad se habían disparado y a su adquisición se destinaba casi toda la renta familiar, los precios del resto de los artículos habían caído en picado, pues muy pocos podían acceder a ellos. Menos aún eran los que se podían comprar bienes de alto precio, como la vivienda. Los ciudadanos, acostumbrados a la estabilidad económica y a la ausencia de inflación, habían podido acceder desde que se tenía memoria al crédito bancario a tipos bajísimos y adquirir con él, sin demasiado esfuerzo, las viviendas adecuadas a su nivel social. Como lo usual era empezar por niveles bajos e ir ascendiendo, la gente se endeudaba para comprar una casa barata y, conseguido el ascenso, la vendía y se endeudaba de nuevo para adquirir otra mejor. En el presente de esta historia, por el contrario, los habitantes de las populosas ciudades de la Unión debían destinar toda su renta a la compra de unos alimentos que se producían lejos, generalmente bajo sistemas de monocultivo, en zonas no pocas veces asoladas por las revueltas o sometidas al saqueo y a la extorsión por bandas de ladrones o de hambrientos. Los bancos estaban empezando a quebrar, incapaces de soportar en su balance el peso de los morosos, y casi nadie compraba una vivienda, por bajos que estuvieran los precios.

No había más que salir a la calle para ver la transformación social en curso. Los niños jugaban en los parques y muchos jóvenes iban vestidos y peinados a la mudable usanza de los países bárbaros, esto es, sin más orden ni más referencia que una inexplicable inclinación hacia la masa, más tarde denominada moda. Los pocos comercios que se abrían tenían escaparates donde los productos eran exhibidos con modos todavía groseros. La variedad y el escaparatismo estaban obligando a los comercios antiguos a adaptarse o a cerrar. Algunos comerciantes habían diseñado toscos anagramas o signos distintivos que exhibían en la fachada de sus establecimientos, en la que no pocos de ellos habían escrito el nombre con rótulos luminosos. Por entonces, estaban empezando a abrir algunos locales de mala reputación llamados de charla o «charladeros», cuyo fin declarado era el intercambio de opiniones y pensamientos, en los que oficialmente no se servían bebidas alcohólicas pero sí café o refrescos (en los hospitales, facultades, ministerios, tanatorios y demás establecimientos de servicio público siempre había habido salas especiales que despachaban este tipo de bebidas), y donde no tardó demasiado en oírse la extraña música de más allá de las fronteras de la Unión, prohibida en nuestras ciudades, y en despacharse tabaco.

En ese mundo de grietas irreparables e invadido por lo foráneo, donde las clases altas habían renunciado a sus códigos éticos en aras de la apariencia y los más decididos, que solían ser los más desalmados, estaban haciéndose con el control de la sociedad ante la nula resistencia de quienes debían dirigirnos, yo tenía un trabajo digno y dinero, la seguridad de una casa totalmente pagada (la de mi madre, que se había casado con Airos Rora y se había ido a vivir con él), unas potencias que me inmunizaban contra el desastre y, quizá por razón de esa capacidad exorbitante, una fatal tendencia a la soledad y al crimen. Ahora me recuerdo como a un predador infalible en un río de aguas torrenciales y a salvo, con mi pensamiento por encima del de los demás y aburrido con las llagas de las almas de mis convecinos, cuya pus me salpicaba a la cara como salta a los ojos del matarife la sangre de las reses degolladas.

En mi descargo debo decir, no obstante, que quizá esa vocación hacia el crimen no habría cuajado jamás de no ser por las circunstancias. Hay quien, con esas mismas inclinaciones, puede necesitar cuarenta años para cometer un crimen, o cincuenta, o morir como un hombre bueno, como puede morirse de un accidente o de viejo alguien que en sus genes tiene el estigma de una enfermedad incurable. Las tendencias a la virtud y al crimen siguen caminos distintos, pero dos caminos que se prolonguen indefinidamente acabarán juntándose en un punto, de manera que el virtuoso acabará matando alguna vez y el malvado haciendo un hecho o un conjunto de hechos virtuosos. La vida es un segmento de un camino. Lo frecuente es que el retazo seleccionado responda al trazado general de la ruta, pero no tiene por qué ser así.

Ya he dicho que trabajaba como vendedor en una inmobiliaria. Cuando se conoce el alma del comprador, vender pisos y casas es mucho más fácil que vender un kilo de patatas o un paquete de detergente. En el comprador de esto último no suele haber más motivación que el precio y la calidad. Para el comprador de los primeros hay, además, un conjunto de matices personales que muchas veces rechaza hasta él mismo. Yo conocía sus demandas y el grado de su necesidad. Por eso me iba sin dilación a lo que lo impresionaba. Como cualquier vendedor, le enseñaba las bondades del producto que más le atrajeran, y mientras lo hacía estaba atento a la forma en que se metabolizaban en su alma las sensaciones, que es tanto como decir a cómo se convertía en sueños el espacio de la vivienda (aquí, nuestra cama; aquí, la habitación de los niños; aquí, una fotografía de mi madre; aquí haremos el amor hasta que caigamos rendidos), a cómo se transformaba en paz y entretenimiento la vista que de la calle o de la ciudad tenía desde el balcón, a cómo se intuían las horas de soledad bajo la lámpara de la sala de estar, a cómo se auguraba el disfrute en el ejercicio de lo habitual y obligado (preparando la comida, haciendo juntos la cama, limpiando el polvo de los muebles, enseñando la vivienda a los allegados o regando las macetas de la terraza), a cómo, en fin, se percibía el futuro partiendo de las sensaciones que causaban aquellos pocos metros cuadrados. Yo sabía, también, delimitar las áreas de la ilusión y cuantificarla. Quiero decir que conocía la frontera entre las apetencias y las posibilidades con la perfección que se advierten unas lindes bien amojonadas y que veía dónde la inconsciencia había hinchado las ambiciones y roto los diques que la razón le pone a la esperanza. Conocía cuáles eran sus motivaciones y hasta dónde podían llegar mucho mejor que ellos, que solo eran capaces de intuirse a sí mismos. Y quien conoce las motivaciones de otros con la certidumbre material que yo, siempre tiene la posibilidad de colmarlas del modo que más le interese. Yo podía, por así decirlo, trabajar una ilusión con la técnica que un escultor extrae una estatua de un bloque de mármol. Este, de una cosa amorfa, saca una figura con un cincel y un martillo. Yo, de un sueño vago, sacaba una aspiración concreta con la única fuerza de breves comentarios y preguntas atinadas que solían llevar implícita la respuesta.

No puedo decir cómo lo hacía (cómo lo hago), ni hay un manual de instrucciones. Creaba, acrecentaba o eliminaba las dudas; hurgaba en las heridas o las ocultaba; manipulaba los complejos; satisfacía frustraciones o las originaba; avivaba traumas o los diluía en el olvido; generaba inquietudes o las eliminaba de raíz; vaciaba de respuestas los ámbitos más claros y llenaba de respuestas los más oscuros; manejaba los trastornos de la culpa; transformaba en prejuicios las creencias más fundadas y al revés y en pueril cualquier agravio, y así podría continuar, sin exponer más teoría ni más práctica que los ejemplos que en el presente libro se cuentan, pues, como en los juegos de estrategia, la acción dependía luego de las condiciones, principalmente de la actuación del contrario. Por aquel tiempo, en fin, yo había practicado mucho con las emociones y los sentimientos de los demás y era capaz de apreciarlos nítidamente y desde lejos.

Lo vendía todo. Buscaba la vivienda adecuada y luego hacia encajar las aspiraciones y las posibilidades de cada uno en el producto que les ofertaba. Ellos compraban siempre y yo enseguida me olvidaba de ellos para volver a mi vida plana: a mi hogar despoblado, al reencuentro con mi ocio sin familiares ni amigos, a mi orden de solitario maniático, a mis pensamientos brumosos y a soportar la visión de ese horizonte pelado que era mi futuro. Un día, sin embargo, teniendo yo los referidos veinticinco años, volví a mi casa con la mente ocupada en algo que me había ocurrido en el trabajo. Aquella mañana había entrado en las oficinas de la empresa una pareja y yo era el único vendedor que había disponible en ese momento.

Querían un piso de nivel medio en un barrio próximo al trabajo de ambos. Cualquiera se hubiera dado cuenta de que estaban enamorados y de que eran felices. Se miraban y se sonreían con esa dulce complicidad de los que son uno aunque vivan en cuerpos separados. Propagaban ternura como si irradiaran calor y hacían sin querer proselitismo de las ganas de vivir, porque el futuro era para ellos como un presente eterno. El compromiso de él con lo correcto era tal que hubiera puesto su vida en juego para no defraudar una empresa en la que creía o para no decepcionarla a ella. Hombres así enamoran y con razón. En ese mecanismo que selecciona y mejora las especies, las hembras humanas hacen bien en intentar relacionarse con individuos como aquel para trasladar a sus descendientes el amor, la inteligencia, la valentía y la bondad.

Con todo, no me fijé demasiado en él en aquel primer contacto. No pude hacerlo porque ella me atrajo de una forma irresistible. Para explicarlo, no encuentro nada mejor que un símil: imagínense que esos seres que no he descrito tenían un físico extraordinario y que en uno de ellos ha visto su ideal de belleza humana, aunque nunca haya pensado en él ni haya oído hablar de los arquetipos de la perfección.

Quien haya apreciado esa atracción vertiginosa comprenderá que yo pudiera notar lo mismo. Para ello bastará con que ese lector reemplace lo que hay para él en esa otra persona por lo que podría haber para mí, un ser que ve la belleza física junto con la espiritual y siente la llamada de la sensualidad tanto por la carne como por los sentimientos. Yo puedo sentir una fascinación inmediata por una mujer cuyo cuerpo es perfecto, como el que sentí por la madre de Saín, pero no puedo enamorarme inmediatamente más que de una mujer cuya alma es perfecta. Y diré más: enamorado de esa mujer, ya no hay vuelta atrás. Me es imposible defraudarme porque en mi amada no hay vicios ocultos. Nunca puede pasarme lo que a quienes se enamoran de un rostro y, luego, cuando conocen el interior de la persona amada, se desenamoran.

Recuerdo que algunos días más adelante medité sobre el azar y las sospechas que el azar crea en los seres repetidamente o excepcionalmente afortunados. La Naturaleza (ahora quizá dijera Dios) me había convertido en una especie de mutante y, luego, queriendo completar su obra, me había hecho llegar a la única mujer que podía ser un complemento perfecto para mí.

El día en que la vi, sin embargo, yo no estaba para reflexiones, sino cegado por el fogonazo de su presencia. En un impulso desesperado pero comprensible, por la mañana había sentado las bases para volver a verla haciendo que no compraran un piso. Recuerdo que, mientras los llevaba al primero de la lista que mi empresa tenía preparada, me salté un semáforo en un lugar muy comprometido. Ella iba sentada detrás y yo conducía más pendiente de sentirla que del tráfico, distraído con su alma desnuda como otros conductores se distraen con el paso de las muchachas.

—¿En qué calle está el piso? —me preguntó él poco después del susto, para sacarme de ese ensimismamiento palpable que nos ponía en peligro.

Entonces, la nuestra era una sociedad sin héroes ni grandes hombres. Nunca había habido revoluciones y los libros de Historia atribuían a colectivos los avances de las ciencias. La única guerra conocida había existido desde siempre, se libraba en las últimas fronteras de la Unión y servía para contener la presión de los bárbaros pueblos del exterior, sumidos en la hambruna y la incultura y atormentados por las religiones y el culto a la personalidad. Era una guerra sorda que no tenía protagonistas y que, aunque producía muertos, dolía como las enfermedades crónicas leves, solo cuando se recordaba, lo que ocurría si no había otras noticias o se complicaba con otros problemas. Además, la Verdad no valoraba la imaginación y prohibía las artes, por lo que nunca había habido más creación que el diseño industrial, sometido a las rigideces del funcionalismo gubernativo. No había, pues, calles nominadas con nombres propios, sino con números o nombres comunes (avenida 17, calle Bomberos, calle Océano, avenida de los Descubrimientos Científicos, y también calle Mesa o calle Ventana).

—En la calle Calendario —le contesté.

—Es una calle ancha y céntrica —me aclaró.

Tenía ganas de hablar. No parecía uno de esos hombres al uso de entonces que, agobiados por una educación represora, callaban hasta en la intimidad, aunque conocieran a su interlocutor.

—Si no les gusta, tenemos más, muchos más. No deben

tener prisa en decidirse. Un piso no se compra todos los días —les sugerí.

Ya he anticipado que íbamos camino de un piso cualquiera, el primero de la lista, no del piso que ellos querían, pues desde el inicio mi intención había sido estar con aquella pareja el mayor tiempo posible.

—No creo que nos sea muy difícil decidirnos —dijo él—. Conocemos nuestros límites y sabemos lo que queremos. Pero tenemos que verlo, naturalmente.

Naturalmente. Si no lo visitaban, no lo comprarían. Y yo, que estaba más al corriente que ellos de lo que querían, no estaba dispuesto a enseñárselo. Recuerdo, como si hubiera sido esta mañana, la distribución del primero que vimos, un pisito de dos habitaciones, una sala de estar y una minúscula terraza desde la que se veía la ciclópea fachada del Ministerio de la Guerra. Él había cogido a su novia de la mano nada más bajarse del coche y, así, de la mano, soportaron conmigo el silencio del ascensor y recorrieron conmigo las estancias.

Para aquella pareja, la vivienda no era más que un lugar donde vivir el amor. No necesitaban amplitud, ni tenerla amueblada completamente. Mientras los veía soñar con la distribución de la alcoba, sentía en ellos que, por claro que tuvieran cuál era su piso ideal, podían vivir en cualquiera con tal de estar juntos. Y aquella era una renuncia menor de las muchas que estaban dispuestos a hacer para cumplir con ese fin supremo: ella por él y él por ella, habrían perdido sus trabajos, sacrificado a su familia y entregado su salud sin esperar nada del otro, incluso sin que el otro se enterase.

Yo podía haberlos amado a los dos. Los dos formaban una unidad y los dos se merecían el amor más que nadie que yo hubiera conocido. Podía haberlos amado como se hace con ese prójimo que admiras y que nunca te defrauda, por mucho que tú no le correspondas. Pero en esa pareja había una mujer y yo era un hombre. Y la mujer era el ser más hermoso que yo hubiera visto jamás. Yo podía amarlos a los dos, pero sólo me podía enamorar de ella. Y enamorado de ella, ya sobraba él, por mucho amor que yo le guardara.

Tardé unos días en darme cuenta de que aquello era algo irreversible. O conseguía calmar la ansiedad del amor o sería un desgraciado de por vida. Y la vida del hombre es muy larga, sobre todo la de los hombres desgraciados. En la densa soledad de mi casa, maduré la necesidad del amor con ansiedad, como valora el sumergido la presencia del aire.

Así pues, yo era un ser enamorado y, como tal, obligado a buscarle consuelo a mi padecimiento. Podía, como hacen muchos, haberme quedado quieto, haber sufrido mi dolor como se sufre una fiebre y, quizá, haber convertido en crónica esa enfermedad que me devoraba. Podía, como hacen muchos, haber buscado en el espíritu de otra mujer el espíritu de aquella. Podía, en fin, haber actuado como un hombre estereotipado y haberme dejado llevar por la corriente de esa cloaca inmensa que es la verdadera Historia de la humanidad. Pero yo no era un hombre común. Si el futuro es el resultado de la conjugación de un indeterminado número de variables, yo tenía facultades para manejar a mi gusto algunas que le están vedadas al resto de los seres humanos. ¿Quién, en mi lugar, no hubiera actuado como yo? ¿Quién, pudiendo aprovecharse de su superioridad (de su dinero, de su belleza, de su inteligencia), no hubiera intentado hacerlo para obtener aquello que le da la calma?

En los comienzos, por lo menos, fue un juego relativamente limpio, una batalla incruenta entre su novio y yo en la que cada uno jugaba sus bazas; yo, con la ventaja de ver dónde estaban colocadas cada una de las piezas; él, que jugaba a ciegas, con la ingente superioridad de tenerla ya enamorada.

Digamos, que la partida se inició el quinto o sexto día posterior al del primer encuentro. Habíamos quedado a media tarde en una esquina de la avenida Enciclopedia para ir a ver un piso situado no lejos de aquel lugar. Yo, que por la evidente razón del oficio siempre llegaba temprano, los aguardé bajo el toldo que protegía del sol el escaparate de una tienda de ropa recién inaugurada, nervioso, sin poder entretenerme en nada de lo que veía ni en curiosear en el interior de los viandantes. Fueron puntuales, lo recuerdo. Sentí sus almas mucho antes de verlos entre una turbamulta de almas insípidas, como si fuesen dos luces rojas en un tablero de luces blancas. Ninguno de los dos era común, aunque ambos lo creyeran, y aunque lo creyeran esos millones de seres que nos rodeaban por todas partes declarándose entes únicos cuando en realidad eran complementos en la gran aventura de nuestras vidas.

—Sois puntuales, y no hay virtud que diga más de cómo somos que la puntualidad —les indiqué.

Sonrieron. Venían esplendorosos, ella especialmente, y yo solo quería ganar unos minutos preciosos para estudiarlos cuando les dije:

—Tenemos tiempo de sobra. Os invito a un café.

Enfrente de donde estábamos había uno de esos charladeros que se estaban abriendo a centenares sin que nadie hiciera nada por evitarlo. Aunque el Estado prácticamente no existía y la sociedad ya no sancionaba los incumplimientos morales, él dudó, no tanto por el temor a evidenciar que no acataba las leyes de la Verdad como por no vestir adecuadamente. Los tres llevábamos puesto el viejo traje oficial y los clientes de los charladeros solían ser ciudadanos transgresores, que vestían con prendas de formas y colores diversos. Fue ella la que decidió por los dos. «¿No viste cada uno como quiera?», dijo sonriendo y tirando de él hacia el establecimiento.

A causa de sus palabras y de su ánimo, entramos en el charladero con un talante festivo de suficiencia y de reto, considerándonos más proscritos que los parroquianos más revolucionarios. Ellos iban eufóricos por el amor y a mí, escéptico hasta la impudicia, me preocupaba un carajo tanto el régimen como la oposición al régimen.

Quince o veinte personas hablaban y bebían en el local —de aforo muy superior—rodeados de una lujosa ornamentación y de varios espejos. Por ostentosa y vana, la decoración era un elemento revolucionario, igual que los espejos, cuya instalación se había confinado hasta no hacía mucho al interior de las casas o a los lavabos de los recintos públicos, por más que su propiedad de devolver la imagen se considerara símbolo de la Verdad, pues su uso inmoderado podía alentar la arrogancia, la fantasía y la tentación de convertirnos en lo que no éramos. Junto a la puerta de la calle había dos carteles pequeños. Uno decía: «Prohibida la entrada a ciudadanos con prejuicios». Y el otro: «Tema de la semana: la celebración de las fiestas». El primero era un reclamo más que una limitación; el segundo recomendaba un tema de conversación que nadie seguía y pretendía únicamente darle al establecimiento visos de legitimidad. Una música dulce y desconocida para mí envolvía a una voz que cantaba en un idioma extranjero.

Aunque en las vitrinas no se veían más botellas que las de algunos refrescos y unos cuantos tarros con nombres de lejanos territorios productores de café, uno de los trabajadores del charladero nos ofreció sin recato bebidas alcohólicas que los tres rechazamos, ellos con vago pudor y yo con torpe abundancia. «Parecemos de otro planeta», les dije, porque tras sus ademanes encontré la fascinante inseguridad del extranjero. Tal es así, que la simple curiosidad con que nos miraron algunos clientes la tomaron ellos como crítico desdén o como reproche, ante el que, sin embargo, no se arredraron en absoluto, pues el amor que se tenían los había vacunado contra todo infortunio que no fuera el desamor: se limitaron a sonreír y hacer algunos comentarios jocosos sobre su falta de desenvoltura, que yo seguí admirado y comido por la envidia.

Nos pusieron un café y hablamos de algo que no recuerdo mientras yo me dedicaba por completo al goce de dejarme cautivar por el alma de ella. No podía haber hermosura mayor en la naturaleza ni dicha mayor que poseerla. Y por poseerla como la poseía su novio lo hubiera dado todo, incluida esa sucesión de días infructuosos y prescindibles que era mi vida.

Pero si detallo este encuentro es por lo que de extraordinario aconteció en su transcurso: yo estaba extasiado contemplándola, cuando de pronto, en aquella habitación llena de tesoros que era su interior, se produjo un descomunal barullo de emociones. La miré a los ojos y no vi en ellos nada que resultara extraño. Su novio hablaba y ella sonreía y asentía con la cabeza, como antes, como si nada. ¡Cuán distinta es la cara del cuerpo de la del corazón!, pensé entonces, al ver cómo estaba actuando Ania (conviene a esta narración que yo diga ahora el nombre de aquella mujer, cuya existencia —ya puedo anticiparlo— sería determinante en la forma en que se fraguó mi futuro).

Si todo se le quedaba dentro, era porque ella contenía la explosión interior con la solidez de su voluntad. Mientras seguíamos con la conversación, indagué en el alboroto de su alma y, semioculta entre una pila de sentimientos moribundos, encontré la causa de su inquietud: un antiguo amor que fue luego un desamor mal curado. Ella lo tenía enfrente y lo veía sin querer; él había entrado sin percatarse de su presencia y, tras pedir algo alcohólico, se había puesto a hablar con otros dos jóvenes que lo acompañaban. Ya no éramos tres seres solos en un mundo absurdo y ominoso, sino tres seres humanos y el demonio de un recuerdo. Ania estaba pendiente de los movimientos de aquel individuo sin atreverse a mirarlo. En modo alguno se arrepentía de la relación que había tenido con él —que por las erosiones que había dejado en los afectos recientes debió de ser de profundo amor—, pero eso no quería decir que deseara sacarlo de su ubicación natural, que era el pasado. Volver a ver a aquel hombre era revivir un tropel de acontecimientos, con todos los riesgos que el volver a vivir tiene de volver a sufrir y, lo que era peor, de volver a empezar. Encontrarlo en cualquier otro sitio le hubiera resultado incómodo, pero que el encuentro se produjera con su novio presente le causaba, además, la ansiedad de quien teme que su pareja no entienda que su único amor es él y de quien, al mismo tiempo, duda de sí misma porque no está segura de que las fuerzas que la arrastraron antes no vuelvan a arrastrarla de nuevo.

—Bien, vámonos —dijo Ania como si no ocurriese nada.

—¿Qué prisa tenemos? Quedémonos un poco más. ¡Se

está tan bien aquí! —le contestó su novio.

El tono era amable, de ruego. En la calle estaban las caras serias, las prisas y el color único; adentro, alguien había encendido un cigarrillo y el humo prohibido llegaba hasta nosotros en pequeñas nubecillas grises, nos envolvía y se diluía luego en el mismo aire donde se hundía esa melódica música extranjera o las palabras que salían de nuestra boca. Se diría que la revolución estaba captándonos sin remedio. ¡Era tan fácil abandonarse a sus encantos!

Ania no quiso insistir para no delatarse, pero empezó a dar ligeras muestras de nerviosismo, como abandonar la conversación, que se convirtió en un monólogo de su novio, aunque ella aparentaba seguirla con más interés que nunca.

Ania debía de haber sabido que en aquel hombre no había sentimiento alguno que igualara a los de ella ni otros rastros de grandes amores pasados. Como las demás mujeres de su vida, Ania había sido para él una experiencia esplendorosa pero fugaz en su esencia y destinada desde el principio al desinterés. Aquel hombre había sido el que había roto la relación, estaba claro, y lo había hecho para gozar con la novedad de una relación peor y que le duró menos, porque tenía el afán de los exploradores y no podía resistirse a la llamada de lo desconocido.

Todo lo que puede ocurrir, ocurre, si hay tiempo suficiente para ello. Eso era lo que se temía Ania y por esa razón quería que nos fuéramos cuanto antes. Pero no nos fuimos y aquel individuo acabó por percatarse de su presencia. Cuando ella se supo descubierta, fingió ignorarlo. Él, sin embargo, estaba acostumbrado a encontrarse en situaciones parecidas con mujeres que le negaban el saludo porque se avergonzaban de ellas mismas ante sus novios o porque temían la respuesta de estos. De alguna forma, ambos se creían a salvo desdeñándose en un mundo en el que solo estaban ellos, como dos amantes enfadados que se dan la espalda en la cama.

Pero no era así, yo también estaba, y los observaba con esa obscena impunidad con que hurga el escritor dentro de sus personajes. Recuerdo que comprendí a Ania perfectamente y que hubiera hecho lo que me hubiese pedido. Yo estaba enamorado y no veía defectos en las turbulencias de su corazón: todo lo negativo que ella sentía me parecía proporcionado y hermoso, como si su interior fuera un ecosistema en el que eran tan necesarios los lobos como los corderos, las serpientes como los pájaros.

Cuando aquel hombre se iba, al pasar junto a nosotros se detuvo:

—Ania, ¿cómo estás?

—Bien, ¿y tú?

—Bien, muy bien.

—Me alegro.

—Yo también me alegro. Bueno, me tengo que ir. Que te vaya bien.

—Gracias. Adiós.

Eso fue todo. Ania se sintió a la vez aliviada y descubierta. La parca conversación había sido demasiado tensa como para que no se notara que ambos interlocutores estaban agarrotados.

—¿Lo conoces? —le preguntó su novio en cuanto el otro abandonó el local.

—De la facultad. Era el novio de una compañera.

¿Qué hubiera conseguido Ania siendo sincera? Aunque la tensión quitaba cierta convicción a la mentira, esta era suficientemente creíble como para tapar los efectos negativos de la verdad. Aquel hombre se había ido, quizá para siempre, y todo volvía a ser tan claro y placentero como antes.

Ania recobró pronto la serenidad. En esa habitación luminosa y ventilada que era su alma, los objetos tenían de nuevo la forma y el reposo original. Diría, incluso, que el alivio le había dado juventud y brillo, porque aquel reencuentro la hacía más consciente de su felicidad actual y de su dolor pasado y, por ello, un poco más feliz.

Salimos del charladero un tanto eufóricos. Aquella tarde la revolución los había ganado a ellos y a mí me había hecho menos escéptico. Aquella tarde hubieran comprado el piso, no uno cualquiera, sino uno distinto del que ellos pretendían con tanta claridad. Y aquella tarde supe que ambos me apreciaban. Era difícil tener amigos en nuestra ciudad por aquel entonces y yo era una persona en la que se podía confiar.

Después de ver un piso que yo decidí que no quisieran, fuimos a otro charladero, donde bebimos ron y fumamos. Al salir, quedamos para el día siguiente («lo de menos ya es el piso», dijo Ania). En la soledad de mi casa solo pude pensar en ellos. Los imaginé llegando alegres a su vivienda de alquiler, comiendo algo del frigorífico y acostándose a la nada. Los imaginé haciendo el amor en todas las posturas posibles e imaginé que luego, desnudos y abrazados, hablaban de mí.

Dormí mal, pero me levanté sin sueño y con una energía que me sorprendió. Todavía no había amanecido cuando salí a la calle. No puedo decir que llevara ninguna intención concreta ni que fuera a ningún sitio: había pasado la noche medio en vela pensando en ellos con una apesadumbrada sensación de enfermedad terminal que no termina nunca y caminaba sin saber adónde con un ánimo inusitado pero con un intenso dolor en el pecho, más herido que enfermo. Recuerdo verme en la estación del metro en la que tomaba el tren que me llevaba a mi trabajo, rodeado de una masa hermética que iniciaba su jornada laboral. Antes de llegar a mi destino había varias paradas intermedias. En una de ellas, llamada plaza de la Mariposa, me bajé. No recuerdo la voluntad de hacerlo ni por qué lo hice, solo que tenía un fin cuando cogí el tren que me trasladaba hasta la estación de la calle Mercado. En la calle Mercado vivían Ania y su novio, y yo iba a sentirlos, no a verlos, a estar cerca de ellos, quizá a encontrarlos al volver una esquina o en un comercio, como si fuera un adolescente bisoño en amores que ronda la casa en la que vive su amada. Fui empujado por una voluntad ajena, lo vi a él porque así se habían configurado las cosas y lo seguí por la calle y cuando entró en una boca de metro porque me pareció lo más natural del mundo.

Recuerdo el ruido de pasos en los túneles y el barullo de sentimientos como una mezcla de olores o de voces. En tanto esperábamos en la estación, él al borde del andén y yo escondido en el túnel de acceso, pensé que podía tener un accidente y caer a la vía cuando el tren estaba llegando. Arribó el tren sin contratiempo alguno y los dos subimos a él rodeados por una multitud de viajeros. Mientras veía su nuca entre docenas de cabezas, pensé en lo cruel que es la Providencia con algunos seres y en lo amable que es con otros. A ver por qué yo había conocido a Ania. A ver por qué no la había conocido antes que él. A ver qué tenía aquel muchacho vestido con el estúpido traje oficial entre tanto ciudadano gris para gozar de la mujer más hermosa que pudiera imaginarse. A ver qué tenía él que no tuviera yo. A ver por qué él podía ser feliz para siempre y para mí había un futuro eterno con el sufrimiento profundo que da el amor fallido.

Entre él y yo mediaba el estado de necesidad. O supongo que así lo creí entonces. En el estado de necesidad uno está legitimado para matar. Cuando únicamente hay salida para uno y hay dos, cualquiera de los dos tiene derecho a eliminar al otro. Es una ley natural tan lógica que no necesita más explicación ni mayor comentario. Y que él la tuviera antes que yo no era determinante en absoluto. La Vida empuja hacia la propia conservación. Este mundo es consecuencia de millones y millones de situaciones de necesidad en las que uno sobrevivió a costa de otro más débil. Era mucho más que la pelea de dos machos por hacerse con la hembra y que el natural instinto de querer transmitir los genes. Yo era un hombre muerto si ella no me amaba, pues no era posible vivir eternamente con aquel dolor en el costado. Pero si el otro moría, yo tenía muchas posibilidades de triunfar. Era o él o yo, así de claro, pero mientras que yo era consciente de nuestro final, él no lo era.

Cuando bajamos del tren, ya tenía la intención de empujarlo a las vías, y si se me hubiera presentado la oportunidad, lo habría hecho allí mismo, pero todos aquellos seres mudos que viajaban con nosotros eran, como testigos, sus guardaespaldas. Después de cambiar un par de veces de tren, salimos al exterior por una boca situada en un barrio de la periferia. Como había menos gente por la calle, y, por ello, menos ruido de sentimientos, pude seguirlo a distancia, incluso sin verlo, guiado por el rastro que su espíritu dejaba en el ambiente. La idea de su muerte había arraigado con tal eficacia en mi imaginación que no era capaz de pensar en nada más. Yo era un predador y dedicaba los cinco sentidos a cazar al sujeto que me precedía, que era la presa. Como predador, necesitaba forzar la voluntad del Destino para fabricarme una oportunidad. Matar es fácil. Un hombre descuidado es como un animal doméstico y todos los días matamos a millones de animales domésticos. Pero, por candorosa que sea la víctima, el asesino necesita de una desigualdad que le favorezca. Cuando la desproporción es la tenencia de un arma, la suerte ya está echada, pero cuando es el propósito, hay que contar con circunstancias a favor, como con un precipicio o con el borde de un andén. Como entre él y yo había muy poca diferencia de edad y de fortaleza física, y su determinación de sobrevivir no sería inferior a la mía de matarlo, yo debía encontrar un desequilibrio que me beneficiara.

Fue buscando situaciones propicias como caí en la cuenta de que caminábamos por una calle cercana y paralela al río Novorm. Aceleré el paso y, cuando estaba no muy lejos de él, lo llamé. Al verme, se mostró contentísimo, porque me tenía como a un amigo y mi compañía le era muy gustosa.

—¿Qué haces por aquí? —me preguntó con el ánimo desarmado. (La amistad lo volvía confiado y vulnerable).

—Tengo que enseñar un piso por esta parte de la ciudad —le dije—. Pero aún me queda un buen rato de espera. Como sabes, siempre me anticipo a los clientes para dar buena impresión y eso, cuando los medios de transporte han ido bien, puede suponer adelantarte mucho a la hora. Así que, si no te importa, te acompaño.

—¡Claro que no me importa! Todavía me restan unos cinco minutos.

–¿En la misma dirección que traías?

–Sí.

–Entonces podíamos ir por el paseo de la ribera. Hace poco que amaneció y el sol debe de reflejarse sobre el agua formando espejos de colores.

Era una comparación inhábil, pero la poesía había estado prohibida y los símiles y las metáforas emergían sin costumbre, desoladas en un mar de objetos útiles, como los ruiseñores entre las gallinas.

–¡Por supuesto que sí! Vamos –dijo.

Me estuvo hablando de su trabajo en el reducido trayecto que nos separaba del río: era el contable de una empresa que compraba maderas en los lugares más lejanos del mundo y los vendía en Sholombra y en su área de influencia. Al parecer, el negocio se hundía sin remedio.

–Aunque es más fácil traer mercancías del extranjero que de algunos lugares de la Unión, cada vez hay menos posibilidad de mercadear con el exterior. Los bancos internacionales no funcionan. Nuestra moneda vale muy poco y hay que pagar por adelantado. Y nadie asegura que lo que has comprado arribe a un puerto de confianza. Pronto no habrá maderas ni habrá de nada.

Yo podía haberle preguntado cómo en su situación quería comprar un piso, pero no lo hice porque ya lo sabía («cuando nuestra civilización se hunda, solo quedará lo que pueda tocarse, y, además, ahora cuestan muy poco», me había dicho) y, sobre todo, porque me interesaba que siguiera hablando. Hablaba y hablaba de su trabajo mientras caminábamos hacia el río y, cuando llegamos al paseo, siguió hablando junto al pretil de piedra que nos separaba del cauce sin prestarle atención al entorno. Abajo, como a cinco o seis metros, había un muelle estrecho al que se amarraban las barcazas y en el que las tardes de sol de los últimos años no era difícil ver a jóvenes de modos revolucionarios tomando el sol en bañador. Mientras hablaba, lo podía empujar por encima del pretil, me dije, y me puse en el lado opuesto al río, agazapado en mi decisión, al acecho de una incertidumbre de él que me favoreciese. Pero el pretil era muy alto y ya he dicho que éramos de complexiones parecidas. Yo necesitaba un abismo abierto para matarlo. O, viéndolo desde otro parecer, lo necesitaba él para morir. Lo encontré –lo encontramos– en una de las escaleras que bajaban del paseo al muelle. Todas tenían en el tramo más alto las barandas de hierro de cuando se construyeron, pero el óxido las había envejecido y doblegado y la dejadez de la Administración las había dejado así, facilitando con ello la posibilidad cierta de que en cualquier momento ocurriera un accidente. ¿Quién podía imaginar cuando nos levantamos aquel día que él y yo estaríamos al borde de un precipicio donde la Administración había hecho dejación de sus responsabilidades? Él, la Administración sin querer y yo queriendo éramos los actores, y el escenario era aquella escalera de piedra con la baranda rota. La obra estaba por consumarse, pero el final ya era previsible.

«Es curioso. Asómate», le pedí, y bajé tres o cuatro peldaños pegado al lado del muro de contención. Por un instante, rastreé los sentimientos que nos rodeaban y no encontré más que los suyos y un runrún lejano. Nadie estaba cerca, y si por casualidad alguien nos estaba mirando desde el balcón de algún remoto edificio, no descifraría lo que había pasado o no distinguiría nuestro rostro. Él siguió hablando de las maderas y de la crisis y de lo mal que estaba todo mientras bajaba. «Ven, mira», y señalé a nada con el brazo extendido. «¿Qué? ¿Dónde?», contestó, dejando por fin el fastidioso asunto de las maderas. «Abajo, junto al agua», y estúpidamente nos acercamos al borde del precipicio para estar más próximos al lugar que yo señalaba. «Abajo, en el fondo, ¿lo ves ahora, cabrón?», le concreté cuando le di un empujón y lo tiré al muelle. Dio un grito corto y luego todo quedó en silencio.

Pero no murió. Para mi desgracia y para la suya, su corazón siguió emanando emociones. Estaba vivo y consciente. Bajé las escaleras a saltos y me situé junto a él. Había caído boca abajo, tenía las piernas descoyuntadas y el hueso de un brazo le asomaba astillado por la manga. La sangre fluía lentamente de debajo de su cuerpo, ensanchando por varios lados su figura. A pesar de todo, no tenía dolor ni sufría. Su alma estaba tan chocada como su cuerpo. Sus inquietudes apenas tenían pulso, ni siquiera las de la sorpresa y el miedo. Seguramente su cerebro estaba obsesionado con el tacto de mi mano que le empujaba, con la brevísima sensación de vuelo y con el brusco aterrizaje que lo había dejado malherido; quizá de entre todos los sonidos de su vida solo era capaz de oír mis últimas palabras.

—Habría sido mejor para todos que te hubieras muerto al instante —le indiqué.

Me oyó y me entendió. Sus sentimientos parecieron revivir. De pronto se percataba de que, más que un vivo con heridas, era un cadáver que pensaba e iba a ser capaz de sentir el parto de su muerte. No sentía temor, sin embargo, ni sentía odio alguno hacia mí. Aquella dignidad última me dolió como un escupitajo en la cara. Me agaché y le di media vuelta. Tenía el rostro desfigurado y sus ojos estaban llenos de sangre, pero veía.

—No te mato para robarte la cartera… —le aseguré. Hice

una pausa para ver si me entendía, pero no conseguí más que aumentar un poco su extrañeza–, sino para quedarme con tu mujer. ¿Has oído? Tú te morirás y yo me acostaré con ella.

Entonces sí, entonces me odió con toda su alma, y si hubiera podido levantarse y moverse, me hubiera matado sin mayores problemas, pues mi corpulencia no hubiera podido contener su ira. Fue una explosión sin provecho, que se desvaneció casi con tanta rapidez como había surgido dejando paso a una impotencia plúmbea y obscena: la del vencido irremisiblemente. La nostalgia inundó su alma de un líquido denso, viscoso y agridulce. Ya no volvería a ver los hilos de lluvia, a conocer por sus labios la textura de un pezón ni a contemplar esa suerte de excelencia estética que era el brillo sin sol de las aguas bituminosas del Novorm y, sobre todo, nunca volvería a estar con Ania. En el amor por ella se hallaba el caudaloso manantial de tanta melancolía, que fluía embravecido justificando mi crimen: si en medio de un ilimitado dolor y al borde de una muerte cierta él lamentaba, más que su muerte, la pérdida de Ania, ¿no iba yo a volverme loco ante la posibilidad cierta de sufrir toda una vida sin ella?

Damiel –ese era su nombre–lloró sin lágrimas, con un llanto de quejidos, toses y estertores.

–La trataré bien –le prometí–. Estas cosas ocurren: siempre han ocurrido y siempre ocurrirán. La desgracia es que nos haya sucedido a nosotros.

Yo estaba verdaderamente emocionado y no sentía desdén por él, sino piedad, la misma que se tiene hacia los amigos castigados por una enfermedad atroz. Como para estos, tampoco para él había vuelta atrás, y el sufrimiento ya no generaba dignidad, solo más sufrimiento: matarlo era una obra de misericordia. Le metí las manos bajo el cuerpo y empecé a rodarlo hasta el borde del muelle procurando no mancharme con una sangre que me delataría.

Cuando supo lo que estaba haciendo, se aferró con su mano sana a mi brazo. Tenía pavor, no tanto a morir como a los minutos de agonía del ahogamiento. Pero yo no podía hacer nada para aliviar su angustia, como no fuera darme prisa. Lo mismo que podía hacer él. «Ayúdame», le pedí. «Entre los dos podemos acabar mucho antes con este sufrimiento estéril». Era inútil: le había anulado la razón esa terca voluntad de la Naturaleza por mantener con vida a sus hijos incluso cuando les perjudica. Y todo para qué, para provocar en él un desasosiego postrero y en mí una incomodidad que me trasladaba de la comprensión al fastidio. Por eso le dije «muérete ya, tonto de mierda», cuando le di el último empujón y su cuerpo cayó al agua, en la que se hundió inmediatamente.

Me quedé en el borde del muelle a sentir el horror de su alma inundándose y la respiración de sus sentimientos, que, incrédulos, perdían su consistencia habitual, como si estuvieran iluminados por un fogonazo en lugar de por una luz continua. Fueron unos segundos. Luego noté en él una tranquilidad total y, a continuación, no aprecié nada. Había muerto, yo puedo certificarlo, pues no hay indicio más fiable de la muerte que la ausencia de emociones.

Subí a la altura de la calle y miré abajo, al muelle y al río. El agua continuaba su lento discurrir, como si nada hubiera engullido; la ciudad seguía con su bullicio, de espaldas al nacimiento y a la defunción de sus vecinos; un sol azafranado por los humos se levantaba sobre los edificios iguales de más allá del cauce, como todas las mañanas. Lo trascendental no se había visto afectado por lo ocurrido. «Como si fuéramos un pequeño asteroide en la infinitud del universo», pensé. Cuando desaparece un astro, se establece enseguida un nuevo equilibrio de fuerzas. Cuando desaparece una persona, se recomponen los juegos de sentimientos que nos relacionan con los demás para formar un nuevo orden que sustituye al anterior.

¿A quién le afecta una muerte más o menos? A cuatro o cinco vidas, como mucho. Y a no pocas de ellas el nuevo equilibrio puede resultarles beneficioso. Tras el dolor de una viuda puede venir la liberación de una mujer maltratada o la posibilidad de un amor que sustituya a una relación sin él. Tras la desolación de unos hijos puede encontrarse un mañana sin la opresión de un tirano. El que muere puede dejar paso a un compañero más atractivo, a un jefe más accesible, a un vecino menos molesto. Quién sabe si la persona que viene a sustituir al fallecido no será la que nos salve de una vida de días monótonos y redundantes.

Es difícil convertir un crimen en un acto de bondad, pero es menos difícil justificarlo, lo que a fin de cuentas viene a ser parecido. Uno no tiene por qué sentirse orgulloso de todo lo que hace ni debe aplicarse a sí mismo la dureza crítica que aplica a los demás, so pena de hundirse en la postración. En medio de tanta gente que empuja y pisa, no queda más remedio que empujar y pisar y olvidar que se empuja y se pisa. Estas y otras razones me di cuando llegué a mi casa y me derrengué en un sillón. Hecho lo hecho, ¿qué podía hacer? ¿Entregarme a la policía? Yo era tan culpable de una acción execrable como víctima de las circunstancias (vine al mundo porque lo quisieron mis padres, no yo; por el don que tengo, vi la belleza en el alma de Ania; me enamoré de ella sin querer; aunque lo deseaba, no pude dormir la noche anterior al crimen; fui a su casa empujado por una voluntad que no reconozco como propia; cuando lo vi al borde del andén, me vino la idea de matarlo como me pudo haber venido la de irme; se fue por la calle próxima al río y no por la siguiente; la baranda de la escalera estaba rota y no me pude contener las ganas de empujarlo). Hecho lo hecho, lo que correspondía al drama era continuar asumiendo el papel que me había tocado desempeñar, por duro que pareciese. Si yo había matado a aquel hombre para quedarme con su novia, lo suyo era que yo me quedara con ella, que quizá no fuera mi destino inicial cuando vivía él, pero sí lo era desde su muerte.

A última hora de la mañana, mi conciencia había digerido por completo mi crimen y mi estómago tenía hambre. Recuerdo que no comí en mi casa, al contrario de lo que solía hacer los días que no trabajaba, porque me pesaba la soledad y el silencio. Y recuerdo que cuando salí a la calle vi a unos nuevos pobres saqueando un supermercado ante la pasividad o la complicidad de los viandantes y la ausencia de policías. Comí con gusto, pero sin fruición, algo más caro que la comida casera en un restaurante casi vacío desde el que se oían los ruidos que los desórdenes provocaban en el exterior. Mientras tomaba un café, leí el único periódico permitido por el régimen (ya había otros, que nadie se atrevía a clausurar), que un cliente se había dejado olvidado en una silla, por el que me enteré de los últimos partes de guerra y del resultado del sorteo para elegir miembros de la Junta del Distrito Norte. Un medio de comunicación, obligado por naturaleza a la asepsia y a la Verdad, no decía nada del escenario de anarquía que se vivía en la ciudad.

El nuestro era un país sin un claro Gobierno ejecutivo

y acostumbrado a que un natural mecanismo de adaptación a la realidad decidiera la línea a seguir, así que nadie podía decir que vivíamos en el desgobierno, sino que la evolución conducía a la sociedad a un salto cualitativo tras el que se generaría una sociedad distinta. Como nuestro sistema estaba articulado para que fueran los propios ciudadanos los que rigieran su porvenir, un fracaso del sistema era un fracaso de la sociedad. Por eso se podría hablar de desórdenes, pero no de protestas, porque no había contra quién protestar ni nadie podía hacer nada para cambiar de política, porque ni había nadie gobernando ni había política de gobierno.

Recuerdo que el día en que maté al novio de Ania, mientras comía, razoné sin el menor empacho sobre cuestiones de actualidad y que me sentí capacitado para escribir en uno de esos periódicos no oficiales (no me atrevo a decir clandestinos) que voceaban en la calle jóvenes desaliñados o zarrapastrosos, en los que personajes desconocidos, muchas veces bajo el innecesario amparo de un seudónimo, opinaban sobre todos los asuntos de forma parcial y grosera. Y, en fin, el día en que maté al novio de Ania, después de comer, sentí curiosidad por el ambiente del barrio donde se concentraban la mayoría de los ministerios y las sedes de las grandes empresas. No sin razón, presumí que el saqueo de los comercios era el anticipo de lo que pronto sería el asalto de los bancos y de los ministerios, algo que no quería perderme de ninguna manera.

Me subí en el metro a sabiendas de que aquel no era el día definitivo, pero con la seguridad de encontrar en las plazas más concurridas indicios suficientes de descontento que satisficieran mis ganas de espectáculo. En la calle había dejado a bastantes sujetos con el ánimo apto para la llamada de un líder, de cualquier líder, al que habrían seguido ciegamente, aunque fuera para llevarlos al matadero. Es más, también sin líder se hubieran lanzado por las vías públicas dando gritos, rompiendo cristales, quemando contenedores y apaleando al que se les hubiese puesto por delante, pues no hacía falta ver en el interior de aquellos individuos para darse cuenta de que dentro del grupo se palpaba la tensión que precede a la estampida. Si alguien, por loco o estúpido que hubiera sido, hubiese dicho «y ahora al Ministerio de la Guerra», una legión de ciudadanos enfurecidos se habría puesto en marcha sin pensarlo y enfrente quizá no habría encontrado más resistencia de la que había habido en el supermercado. Los hombres que iban en el metro, sin embargo, no tenían más tribulaciones que las suyas. Si alguien se hubiera atrevido en un andén o en algún vagón a romper los pensamientos de cada uno quebrando aquel infatigable reposo con una proclama revolucionaria, por mucho carisma que hubiera tenido y fundadas que hubieran sido sus razones, habría sido tomado por un loco que incomoda y trae complicaciones, al que hay que dar de lado cuanto antes.

Y nada tenía que hacer la revolución mientras los usuarios del metro, que en una sociedad compleja representan a la conciencia mayoritaria del grupo, no cambiaran el fondo de sus sentimientos. Cuando salí de nuevo al exterior, ya sabía que no habría en ella signos suficientes que justificaran mi curiosidad. Y, en efecto, la plaza de la Ciudad estaba absolutamente vacía.

La plaza de la Ciudad era un cuadrado de varias hectáreas pavimentado con losas de granito, sin jardines, ni árboles, ni circulación de vehículos, a la que daba la fachada

principal del imponente –por enorme, igual y sin carácter–
palacio del Consejo Supremo, además de la sede del Ayuntamiento y las de varios ministerios. Algunos funcionarios
y unos cuantos administrados iban y venían bajo los soportales que cubrían sus bordes por los cuatro costados, res-
guardados de la lluvia que caía con voluntad de agujerear
el suelo, como si las nubes fueran fuerzas antidisturbios al
servicio de las oscuras mentes que en los grises inmuebles
de las inmediaciones escribían tragedias reales por omisión.
Si en los callados usuarios del metro no había encontrado
más que vida interior, casi tan palpable en sus esquivas miradas como en sus almas palpitantes, la vida interior de los
taciturnos funcionarios que andaban por los costados pro-
tegidos de la plaza solo era palpable hurgando mucho en
sus adentros. También a ellos les inquietaba más el
desamor, el dinero y la enfermedad de un ser querido que
el futuro del régimen. Casi todos tenían por el servicio para
el que trabajaban el aprecio del subsidiado, que es un cariño desigual y desagradecido. En nadie vi respeto a los jefes, ni estima por la labor, ni dolor por los incumplimientos, ni voluntad de superación. Seguramente la mitad de
los funcionarios no había ido aquel día alegando enfermedades comunes o dando excusas estrafalarias o, simplemente, no alegando nada, sin que nadie hubiera adoptado
otra decisión que tomar nota para hacer lo mismo. El fastidio por el más mínimo esfuerzo, el agravio en los únicos
que trabajaban algo y el desencanto por la inutilidad del
tiempo consumido, pues hasta la satisfacción del pretexto
está vedada en una organización donde el pretexto es la
regla general, hacían de los empleados de aquellos edificios
elementos no inventariables, como los vehículos amortiza-
dos o las máquinas obsoletas, o, todavía mejor, elementos

inventariables como lastres o como rémoras.

Al amparo de uno de los soportales, me quedé mirando la lluvia, reina absoluta de aquella estepa de piedra y hormigón, que apenas dejaba ver la circunspecta fachada del edificio del otro lado, situado a casi un kilómetro de distancia. Cerca de mis pies, las entradas de las alcantarillas que circundaban la plaza por delante de los soportales engullían ríos de agua sin esfuerzo alguno. Debajo de la plaza —pensé— debía de haber gigantescas canalizaciones que desembocarían en otras canalizaciones todavía mayores, que, a su vez, llevarían las aguas hasta el Novorm. En el Novorm estaba aún el cadáver del novio de Ania. O quizá lo hubieran sacado ya, después de haberlo descubierto trabado en las amarras de alguna barcaza o flotando entre un alboroto de esos peces negros que se alimentaban de fuel y detritus.

Yo había pensado que hablaría con Ania al día siguiente, cuando ella me llamara para cancelar la cita en la que les iba a enseñar un nuevo piso o cuando la llamara yo para preguntarle por qué no habían acudido a la cita. Pero las aguas me urgían a una respuesta más pronta. ¿Por qué demorarme un día? ¿Por qué no buscarme una excusa para alterar el curso de los acontecimientos? Si antes me había respondido que la premura delataría un interés y acarrearía una sospecha, ahora creía que estar prontamente al lado de Ania me daba ventaja sobre todas esas fuerzas que se confabularían para intentar separarnos. Es más, mientras veía cómo el océano celeste caía a cataratas sobre la plaza, pensaba que Ania agradecería tenerme cerca cuando recibiera el impacto de la muerte de su novio. Yo podría, del mismo modo, realizar esos pequeños trámites de los que uno es incapaz cuando se encuentra en semejante estado de abatimiento pero que son imprescindibles (llamar a los familiares, concertar con la funeraria los detalles del sepelio, llevarla hasta el tanatorio, rellenar los papeles y hacerse cargo de las cenizas) y podría asegurarme de su aspecto, de que no la molestaran demasiado y de su correcta alimentación. Uno no está en lo que está en esas condiciones, pero cuando uno sale del agujero recuerda el rostro de quienes estuvieron con él cuando más lo necesitaba y lo agradece contrayendo deudas de afecto. Quien siembra una semilla en el dolor de otro, tiene frutos gratis de por vida.

Para hacerme presente no necesitaba excusa, me la daba la extraña ausencia del novio, que con el paso de las horas adquiriría el dramático tinte de las desapariciones. Desde la misma plaza, llamé al teléfono móvil de Ania.

—Ania, ¿cómo estás?

—Bien, bien, muy bien —estaba claro que aún no le habían dado la fatal noticia. Pero había un mínimo atropello en su respuesta. ¡Qué lástima que no pudiera acceder a su alma por teléfono!

—Debíamos vernos mañana a las cinco. ¿Podemos adelantar en una hora la cita? —le dije.

—Supongo que no habrá ningún problema. Luego te lo confirmo.

—Es que debo reunirme con otra familia. Por favor, consúltalo con Damiel en cuanto puedas. Dentro de unos minutos vuelvo a llamarte para corroborarlo.

—Damiel no está en su trabajo y no me coge el teléfono móvil —el tono de su voz delataba impaciencia.

—Se habrá ido a almorzar por ahí y no le funcionará el teléfono.

—Hay muchos teléfonos aparte del suyo. Estoy en casa.

Habíamos quedado a comer aquí. No. Me hubiera avisado. Siempre lo hace cuando llega tarde. Y hoy no ha ido a trabajar. Me lo han asegurado en su empresa.

—Damiel no es de los que se escabullen o demoran. Quédate ahí, voy enseguida.

Y colgué sin darle opción a que me diera una negativa.

Por la misma boca que había salido, volví al metro. Sholombra tenía la más amplia red de metro que pueda imaginarse, y, a pesar de la crisis y de la ausencia de voluntad política, o quizá por eso, seguía extendiéndose por la periferia, bien es cierto que sin planificación, a capricho, como un incansable topo que ha perdido el sentido de la orientación. Ania vivía lejos y tuve que cambiar de tren. Aun así, en poco más de media hora estaba llamando al timbre de su casa.

—No tenías que haberte molestado —me dijo.

En situaciones parecidas, otros quedan marcados por la belleza física: se abre la puerta y aparece ella a contraluz, espectacular, un conjunto perfecto de líneas, brillos y colores que subsiste en la memoria con la impronta de una aparición. En mí, la imagen que se grabó fue la de su belleza interior: jamás había visto nada parecido. Sus virtudes y sus defectos eran formas de tamaño, textura y colores distintos colocadas de tal manera que juntas constituían un mundo armonioso, nuevo y reluciente, bañado por la luz de un sol cuya energía parecía eterna: el amor por Damiel, ahora más cálido y acogedor que nunca.

—Por favor, no es ninguna molestia.

La misma soledad que a ella la turbaba y la ponía a la defensiva, me incomodaba a mí y lastraba mi ánimo. Nunca habíamos estado solos, ni siquiera para lo más inocente. Nos habíamos visto los tres, y siempre en la calle o en lugares públicos. No éramos íntimos, ni siquiera podía decirse que fuéramos verdaderos amigos. Y ella sentía el peso de su condición de mujer como yo sentía el de mi condición de hombre. Después de todo, si yo había ido a enamorarla, ¿por qué no iba a sospechar ella, aun sin pensarlo, un pequeño temor a que fuera a enamorarla? ¿Por qué no iba a sentirse incómoda con la idea de que cuando volviera Damiel me vería allí, a mí, que había ido con un argumento que su aparición volvería tosco? En su casa y sola, Ania se sabía menos segura y yo también, por lo que en nuestra manera de comportarnos hubo en aquellos primeros momentos mucho de esa artificiosidad tan denostada por entonces.

—No sé si debo preocuparme —me dijo.

Las ciudades, y más si son tan extensas y pobladas como Sholombra, provocan en sus habitantes el desconcierto último de lo inquebrantable: ves a una persona en la calle, crees que te has enamorado de ella, os citáis, la vuelves a ver, sientes que es el hombre o la mujer de tu vida, pero al día siguiente pierdes el número de su teléfono y ya no tienes forma de volver a encontrarla.

En ese «no sé si debo preocuparme» había más de impotencia que de falta de preocupación: estoy intranquila, ¿pero qué hago? ¿Llamo a la policía, a los hospitales? Quizá sea demasiado pronto para eso (no han transcurrido más que tres horas desde que debía haber vuelto), por lo menos es demasiado pronto para quienes no sienten como yo el peso de su ausencia. Debo sentarme y aguardar: en cierta manera, la ciudad es como un continente vasto e inexplorado.

Tres horas era muy poco tiempo. Podía haberse retrasado, efectivamente, por un percance mínimo del que se reirían aquella misma noche mientras cenaban o después de hacer el amor. Pero yo sabía que aquellas tres horas eran el preludio de la ausencia definitiva: Damiel no vendrá, ha sufrido un accidente fatal, ha tenido la mala fortuna de ser el rival más débil en una competición de hombres por ti, así que cuanto antes empieces a enterrar al muerto mejor para todos: para el muerto, para ti y para mí.

Fue así como reparé en que la agitación de las tres horas se podía prolongar indefinidamente. ¿Y si el cadáver de Damiel no se encontraba? ¿Y si se trababa en las profundidades y era devorado por esa fauna nueva producto de la capacidad de la Naturaleza para adaptarse al impacto de la civilización? ¿Y si la corriente se lo llevaba hasta el mar? Si el cuerpo de Damiel no aparecía, Ania conservaría la esperanza. Que me amara sin encontrarse el cadáver sería tanto como engañar a su novio, algo no imposible de conseguir, pero sí arduo. Seducirla con la certeza de Damiel muerto era relativamente fácil, o eso creía yo, teniendo en cuenta que podía ver cómo evolucionaban sus sentimientos y, por así decirlo, moldearlos y llevarlos hacia donde más me conviniera.

Fue mi excitación, no su nerviosismo, la que nos determinó a buscarlo de inmediato. Cogí la guía de teléfonos y llamé a todos los hospitales de la ciudad. Naturalmente, no tuve éxito. Cuando terminé, había pasado casi una hora desde mi llegada y el retraso empezaba a cobrar tintes de desaparición. Ania ya estaba más asustada que enfadada, pero seguía fingiendo lo contrario para engañarse a sí misma. «Tendrá que darme buenos argumentos si quiere que no me enfade», manifestó. «Los tendrá, no te alarmes», le contesté yo. Me resultaba fácil mentirle, pero doloroso. Me hubiera gustado acabar cuanto antes con el agotador sufrimiento que le producía la incertidumbre provocándole el agudo pero efímero sufrimiento del desenlace. En un mundo donde la Verdad fuera absoluta, eso sería lo que hubiera debido hacerse. En un mundo donde predominara la Verdad por encima de todo y no la falsa liturgia impuesta por la civilización, yo me habría presentado como aspirante a poseerla y entre su novio y yo no habría decidido ella, sino la Naturaleza, que elige siempre al más fuerte. Pero si eso no hubiera ocurrido ni siquiera en los tiempos en que la Verdad era adorada, mucho menos ocurriría ahora, con la Verdad medio vencida por la hipocresía. En consecuencia, yo continuaba llamando por teléfono en busca de alguien que había matado y ella sufriendo porque no volvía alguien que no volvería. ¿No era un gasto estéril?

Después de llamar a los hospitales, llamé a la policía. Nada sabían ni, dado el insuficiente tiempo transcurrido, nada podían hacer aún, me contestaron. A Ania le tembló el ánimo. Estaba tan segura de que Damiel había muerto, su esperanza era tan exigua, que de haber aparecido tras la puerta de la calle se habría abalanzado sobre él para besarlo una y mil veces sin demandarle una explicación ni hacerle el más mínimo reproche. Entonces, sin decirle nada, levanté el teléfono y llamé al primero de los depósitos de cadáveres, desde donde me contestaron que habían encontrado en el río Novorm el cuerpo de un hombre que tenía la documentación en un bolsillo.

—La policía ya estaba avisada y es de suponer que enseguida se presentarán los familiares —me dijeron tras darme los datos de Damiel.

—La familia somos nosotros —manifesté—, y la policía no nos ha llamado.

—Sea como sea, tenemos el cadáver.

Ania lo había oído todo. Me dirigí hacia ella y la abracé. ¡Estaba tan hermosa sufriendo! No quiero decir con ello que me gustara verla así, sino que de entre todas las formas que toma el sufrimiento la suya era la más hermosa que había visto nunca. Viendo la belleza de su abatimiento, yo tenía que amarla más y desearla con más pasión. No te aflijas, Ania —pensé mientras la abrazaba—, esto se te pasará. Ya lo he visto en multitud de personas. Y, aparte de todo, estoy yo. Yo, que en cada situación sé lo que necesitas sin que me lo pidas, conseguiré la felicidad para ti.

Entre todos los sentimientos que constituían el paisaje de su alma, pude ver el aprecio que me tenía. Ella no se daba cuenta, por supuesto, pero una delicada parte de sí misma seguía erguida porque estaba apoyada sobre los puntales construidos por mi afecto, ansioso por colonizarla y crecer en su interior.

—¿Cómo ha sido? ¿Te lo han dicho? —me preguntó sollozando.

—No. Solo que debíamos ir a reconocerlo.

Aunque fuimos en su coche, conduje yo. En el largo camino que nos llevó hasta el depósito de cadáveres mantuvo la vista fija en el frente y se lamentó a retazos por el futuro truncado: «Íbamos a tener varios hijos» «¡La ilusión que tenía con el piso!» «Decía que seríamos unos viejecitos encantadores». Como era el momento de compartir el dolor, y no de aplacarlo, yo la acompañaba con un dolor calculado. («¡Habría sido tan buen padre!» «¡Estaba tan ilusionado con un piso!» «¡Te quería tanto!»). Y digo calculado porque en él había realidad y patraña. Que yo lo hubiera matado no quería decir que no lamentara su muerte, o, más bien, que no deplorara los efectos secundarios que su muerte causaba. Si hubiera podido, le habría revelado a

Ania la verdad, pero la verdad era más dolorosa que la mentira y muchos menos efectiva.

Entramos juntos en el depósito, pero fui yo el que habló con los encargados, y cuando nos mostraron el cuerpo, Ania me cogió la mano y me la apretó con una fuerza nerviosa que hacía daño.

El cadáver de Damiel había sido encontrado muy pronto y no tenía otros estragos que los sufridos por la caída.

—Se ahogó en el río —nos dijo el forense—, pero antes chocó brutalmente contra algo, quizá contra el muelle.

Ania no pensó ni por un instante en que podía haberse suicidado, pues el suicidio suponía una traición al futuro de ambos y ponía al amor entre ellos por debajo de una supuesta causa insufrible.

—Me hubiera gustado conocerlo mejor. ¡Tenía tanta energía! —le dije mientras salíamos.

—Te apreciaba mucho. Te consideraba su amigo, y él no había tenido amigos hasta que llegaste tú.

Así es la vida, Ania, ya ves. Sentimos que la sociedad está llena de enemigos anónimos. Cerramos la puerta de nuestra casa a cal y canto para defendernos del exterior, sospechamos de los mal encarados, evitamos los lugares solitarios y las calles oscuras, miramos atrás pensando que nos siguen para robarnos, no dejamos que nuestras mujeres o nuestras hijas vayan solas a determinados lugares presuntamente inseguros y luego resulta que el enemigo tiene una cara amable, viste bien, está cerca, nos sonríe, dice que nos ama y, quizá, hasta nos ame de veras.

—Yo también lo consideraba mi amigo, y tampoco tengo amigos —le dije—. ¡Escasean tanto en una cultura como la nuestra!

Lo consideraba mi amigo a él y la consideraba mi amiga a ella. Para que lo tuviera más claro, le cogí la mano y se la apreté, y ella sintió que podía contar conmigo.

En cada paso que dábamos, yo le transmitía esta sutil noción. Ella, que se había apoyado en mí para soportar el peso del agudo dolor primero, dejó en mis manos todo lo que de procedimiento hay alrededor de una muerte para abandonarse al dolor de la ausencia (no tenía familia en Sholombra ni más conocidos que los compañeros de su trabajo). Yo, además, la protegía y la mimaba. Era yo el que explicaba los pormenores de la muerte a los familiares de él y a los compañeros de trabajo de uno y de otro que acudieron al tanatorio. Era yo el que le preguntaba cómo estaba, el que la llevaba a tomarse un café, el que la obligaba a aceptar la idea de que era necesario cenar y el que le llamaba la atención sobre alguna anomalía de su apariencia.

Aquel día, estando Damiel de cuerpo presente, me vi dentro de Ania, iluminándola. Yo todavía era muy poco, pero ya era un personaje de su biografía. El equilibrio cósmico se había roto con la desaparición de un astro y otro equilibrio estaba programado para nacer, conmigo como personaje fundamental. Yo formaba parte de su vida, pero podía no ser el único. De hecho, uno de los pocos visitantes que tuvo Ania durante el duelo fue su antiguo novio, al que yo conocía desde aquella tarde que coincidimos en el charladero. No sé cómo se había enterado de la muerte de Damiel. Ania, que estaba a mi lado, no se lo preguntó: existía entre ellos la tirantez que dejan las cicatrices mal cerradas y se limitó a sorprenderse y a agradecerle su visita. Yo observé, alarmado, que Ania no estaba enamorada de aquel hombre, pero era adicta a él, como se es alcohólico o fumador, aunque ya ni bebas ni fumes, hasta la muerte. Si

Ania lo probaba de nuevo, volvería a sus brazos, aunque finalmente la destruyera. Ella lo sospechaba y la sospecha le provocaba enfado y alimentaba la atracción. El miedo, como ocurre siempre, llamaba a la causa del miedo, le daba soporte y la engordaba.

Cuando la dejé sola en su apartamento y me fui a mi casa, pensé en su desgracia menos que en su temor. Sentado en un sillón, con la mano apoyada en la mejilla, me recreé en el sufrimiento que me provocaba la sospecha de que el exnovio aprovechara la ausencia de un competidor para iniciar de nuevo una relación. Me imaginé aflorando y guardando los sentimientos de Ania, puliéndolos con ternura y trabajándolos con gestos y palabras que irían saliendo de mí al ritmo que yo viera su necesidad. Me imaginé que los trabajaba concienzudamente y que luego, en mi ausencia, el exnovio destrozaba mi obra manipulándolos con sus manazas de seductor, no para procurar la felicidad de Ania, sino para someter su voluntad. Me imaginé los sentimientos rígidos, agrietados, macerados, deformes, desordenados y sangrientos unas cuantas horas después de haberlos dejado yo equilibrados, torneados y limpios. Me imaginé, ante el destrozo, desolado e impotente. Yo, en fin, cuidaba de sol a sol un jardín precioso que un rebaño de vacas destruía por la noche.

Recuerdo que lloré. Postrado en el sillón, lloré ante la visión del paisaje tras la batalla. El campo lleno de humo, ruinas y cadáveres era el interior de Ania. Yo la amaba y tenía la obligación moral de prevenir tanto como la de reparar. Prevenir es la obligación fundamental del que ama. Muchas veces, los jóvenes se empeñan en tirar su vida por la borda. Los padres ven clara la ruina en el futuro de sus hijos, como se ve un abismo en el plano de un terreno conocido, pero nada pueden hacer, porque ni son atendidos ni escuchados, por más que señalen con el dedo el lugar exacto en el que se acaba la tierra. Nada pueden hacer salvo asistir deshechos a esa alegría fácil y pueril que precede al desastre. Hasta que se consuma la desgracia, los padres derrotados arrastran como espectros su dolor de vencidos. Como ser que ama, yo estaba obligado a la prevención, para evitar la desgracia de mi amada y la mía propia, como lo están los padres respecto de los hijos. Ania nunca vería el abismo que yo le señalara con el dedo o, aún peor, lo vería pero no podría evitar su llamada. No había solución que pasara por el consejo o por la fuerza de los motivos.

Nada podía hacer para erradicar el mal salvo ir directamente al origen del mal y extirparlo. Ahora sé que aquellos argumentos y comparaciones eran una excusa para legitimar mis actos y que el mal que quería evitar era mi propio mal, solo ese. Pero entonces pensé que podía arrogarme los poderes de dictar leyes penales y de administrar justicia, como se los arrogan los dioses o los tiranos.

Debía ir a donde estaba el exnovio de Ania y acabar con su vida. Cuando decidí hacerlo, me sentí mejor, como si el futuro ya hubiera vuelto a la normalidad. Aquella noche comí bien y mientras, acostado, codiciaba que me venciera el sueño, pude tener otros pensamientos. No me di cuenta de la dificultad de encontrar al exnovio de Ania sino hasta el día siguiente. Yo no sabía ni cómo se llamaba. No tenía más información de él que su rostro y el recuerdo de sus emociones. Sholombra era una metrópoli presuntuosa y estaba madura para el caos. Podía preguntarle a Ania por su nombre y buscarlo en la guía telefónica, pero cualquier demanda sobre él, por inocente que pareciese, se convertiría luego en un manantial de interés que delataría otra intención.

No tardé en dar con la respuesta: me acuerdo que, sentado junto a otros bajo la marquesina de una parada de autobús, reparé en los sentimientos de los que habían estado antes. Por supuesto, conocía las sensaciones de ese tipo. Los sentimientos dejan en los objetos la impronta de su paso. Y no hablo de evocación, esto es, de la manera con que unas ruinas llaman al trajín de una ciudad o el paso de unas muchachas avisa del tiempo perdido. No, lo digo para que se entienda literalmente, como si estuviera hablando de olores. Mientras esperaba el autobús, reparé en el desamor con que una joven había impregnado una de las sillas de plástico, tan explícito como una carta olvidada. Urgido por una intuición repentina, me aventuré a rastrear el camino que la había llevado hasta la parada siguiendo sus huellas en todo tipo de materiales urbanos o, incluso, en el suelo o en el aire. El sentimiento era muy penetrante, casi agresivo, y distinto de los demás del ambiente, aunque fueran de desamor, y yo podía distinguirlo sin problemas en el barullo emocional de la urbe, como se distingue el sonido de unos platillos en una orquesta sinfónica. Cuando alcancé el edificio donde había sido originado, subí las escaleras y me planté, aturdido, frente a la puerta de un piso. Una hora antes, detrás de aquella puerta, la mujer que se había sentado en una de las sillas del autobús había roto con su novio. Dentro estaba todo tan recién impregnado, empapado tan intensamente, que los sentimientos me llegaban con la claridad de las voces. Como se asiste a la riña de un vecino del que nos separa un estrecho tabique, asistí yo a la pelea, que se desarrollaba una y otra vez en el orden en que ocurrió, con la peculiaridad de que yo no sentía la conversación, pues las palabras se habían dejado de oír para siempre, sino el diálogo de lo más profundo de sus respectivos seres, lo que habían sentido cuando hablaban. Era una ventaja para mí que nunca pudieron tener aquellos novios. No en vano, por las emociones con que se respondían uno a otro, noté enseguida que las limitaciones del lenguaje habían provocado malentendidos insalvables. Se querían y, sin embargo, por cómo se habían hablado y por lo que se habían dicho, habían tirado cada uno por un lado, tan agraviados que ya era imposible el olvido.

Mientras me alejaba de la casa, concreté en estrategia la intuición que me había hecho abandonar la parada del autobús: buscaría al exnovio de Ania rastreando sus sentimientos por Sholombra. Como debía hacerlo pronto, antes de que el tiempo borrara las huellas de su paso, me fui al tanatorio. Por el camino, puse a prueba mi capacidad indagando presencias y repeticiones, como un sabueso que deambula por la calle oliendo los troncos de los árboles y las esquinas. Como tenía el inventario de su alma grabado en mi memoria y el aborrecimiento me ayudaba a no olvidarlo, en cuanto llegué a la sala del tanatorio donde Ania había recibido a sus escasos conocidos me puse a buscar uno de sus sentimientos entre los miles con que estaban impregnadas las cosas. No era fácil. El lector comprenderá que son los objetos que amamos o utilizamos repetidamente los que se empapan con más vigor (un regalo que nos emocionó, el sillón en el que nos vencía el sueño, la cartera que llevamos al lado del corazón) y que son los sentimientos más fuertes los que más perduran y los más recientes los que mejor pueden distinguirse de los demás.

Aquel hombre había estado en la sala durante unos minutos y no se había sentado ni tomado contacto con material alguno distinto del suelo. La sala, por otra parte, había sido ventilada y en el aire nuevo no había otras emociones que las de los familiares del muerto que recibían en aquel preciso instante: mucho dolor, mucho más cinismo que dolor, mucha más hipocresía que cinismo y mucha más indiferencia que hipocresía.

En una primera exploración, no encontré rastro alguno del individuo que me absorbía. Salí a la calle y volví a entrar como si fuera él, para en la reconstrucción de los hechos fijarme en los objetos que tocaba cualquiera. La sala estaba en la planta baja, con las puertas continuamente abiertas de par en par, y la puerta central era automática: para llegar hasta los dolientes, no había que tocar nada. Y estaba seguro de que el exnovio de Ania se había limitado a saludarla e irse. Empezaba a sentirme derrotado, cuando observé que muchos de los que entraban dudaban un instante en el umbral de la sala, buscando con la mirada a quién dar las condolencias, y que entonces, llevados por un tic nervioso, rozaban con los dedos el marco de la puerta. Me acerqué e investigué en él profundamente, cerrando los ojos. Había miles de sentimientos de miles de personas distintas. De entre todos los lugares del tanatorio, era en aquel donde se mostraban con más intensidad. Los visitantes venían prevenidos para enfrentarse al dolor de otros, pero la visión de los familiares más cercanos al difunto les provocaba una inseguridad que los desarmaba. Confronté las huellas con los recuerdos que guardaba de aquel hombre y, después de unos minutos que me dejaron exhausto, conseguí dar con su rastro. Como lo más difícil estaba hecho, me retiré unos cuantos metros y me concentré en los sentimientos recobrados para examinarlos uno a uno, indagando en su composición, en su viscosidad, en su estabilidad y firmeza y en la forma en que emponzoñaban el aire y corrompían la pátina de emociones que cubre la superficie de las cosas.

Ni quiero ni tengo por qué ocultar a estas alturas que lo odiaba con anterioridad, que lo hubiera odiado aunque hubiera sido una persona magnifica, solo porque representaba un peligro para mi fin (si maté a Damiel, que era un ser encantador y mi amigo, ¿no iba a matarlo a él?), pero quiero que se sepa, también, que cuando puse la lupa sobre la huella digital de su alma descubrí la desacostumbrada identidad de un monstruo, no de uno de esos engendros al uso, feroces y sanguinarios, a los que se ve venir desde lejos, sino de los mansos y cobardes que llenan los oídos de sutiles mariposas y atardeceres, tan fugaces como el tiempo que tarda la mariposa en morir o el sol en ponerse. El egoísmo visceral y la ingratitud, la debilidad de fondo y la inconstancia, esos eran los sentimientos del exnovio de Ania que dejarían huella. Antes de salir del tanatorio, me empapé de ellos. Los memoricé con la codicia del perro que huele la ropa del huido al que ha de perseguir. Los aprendí hasta distinguirlos de los demás que había en el ambiente, con la prontitud que encontramos una mesa en un abigarrado salón o reconocemos un libro en una montaña de trastos viejos.

Sholombra era una ciudad rutinaria y gris que funcionaba por la inercia de una inmemorial tradición de Orden y Verdad todavía rigurosa. Aun así, salí del tanatorio convencido de que podía hacerlo. En el peor de los casos, me dije, lo buscaría por las calles. Yo no tenía que verlo, ni que coincidir con él para sentirlo: me bastaba con descubrir sus huellas en uno de los pasos más concurridos y seguir su rastro. Sholombra era una metrópoli enorme, pero menos enorme que mi amor por Ania y que mis ganas de matarlo.

Por eso fui capaz de reconocer en el suelo la baba de su egolatría y de seguirla hasta que se perdió en el aparcamiento de turismos. Si hubiera ido en el metro o en el autobús, yo habría tomado uno cualquiera y me hubiera apeado en cada una de las paradas para comprobar si él se había bajado. Pero, desgraciadamente, había ido en su coche, lo que me obligaba a buscar su rastro por aquella selva de asfalto y movimiento enloquecido que era mi ciudad. Lo hice de inmediato. Me metí en el metro y me bajé en el nudo de comunicaciones más importante, donde husmeé en las estaciones y por los túneles que las unían y en las bocas de acceso. No lo encontré. Los sentimientos dejan huellas claras y duraderas cuando se manifiestan y confusas y poco firmes cuando se encuentran latentes. Los pasajeros del metro son seres más dados al pensamiento que al sentimiento, a la remembranza que a la actividad, a la reflexión que a la comunicación. Aquellos dejaban por donde pasaban huellas de abandono y de derrota. Ya eran seres vencidos, que esperaban el desastre con resignación. También el hombre que yo perseguía era un ser moderno. Pero él lo había sido siempre, hasta cuando las autoridades todavía ejercían como tales y la sociedad castigaba a los incumplidores con el aislamiento. Por aquellas estaciones del metro habían pasado recientemente asesinos que buscaban una justificación para enquistar su crimen en su conciencia, psicópatas que acechaban a la masa silenciosa desde el refugio de un banco, a la búsqueda de una víctima que encajara en su proyecto de muerte, suicidas hastiados y suicidas egoístas que no querían acabar con su vida, sino poner a sus pies a los seres que los amaban. A todos los miraba con repugnancia, como si fueran intrusos, porque yo era distinto, mi pretensión era loable y aquel individuo se lo merecía.

Busqué en más estaciones. Primero, en las más concurridas y, después, en las otras. Al caer la noche, cansado y hambriento, llamé a Ania desde una esquina de la calle y, pensando en su exnovio, no pude evitar preguntarle si la había visitado alguien o la habían telefoneado.

—Desde que vine del tanatorio, he estado sola —me contestó.

—Mañana por la tarde, en cuanto salga de trabajar, voy a verte.

No era costumbre acompañar a los que sufrían más allá del pésame de cuerpo presente, con el que la comunidad se daba oficialmente por enterada del dolor. La sociedad asumía y metabolizaba el sufrimiento de sus miembros y lo explicitaba en forma de grises, de ausencia de fiestas, de plazas desposeídas de niños.

Aquella noche descansé mal, desvelado por el extremo cansancio y el recuerdo de los sentimientos atroces que me había encontrado deambulando por el metro. Con todo, a última hora, cuando ya había sonado el despertador, me dormí profundamente, y así estuve hasta media mañana, que me desperté totalmente fresco. Llamé a mi empresa y dije que no iría a trabajar. Poco después estaba en el centro de la ciudad buscando huellas de aquel individuo por las esquinas de los lugares de paso. Pegados a las piedras de los edificios, al hierro o al plástico del mobiliario urbano, a la madera de los árboles de las aceras, había sentimientos antiguos, algunos de muchos años atrás, tan fuertes y tan desgarradores que ya estarían para siempre unidos a la sustancia de las cosas. Aquí, el banco en el que una pareja se declaró el amor; más lejos, el rincón donde una madre, arrodillada, lloró ante el cuerpo de su hijo atropellado y muerto; arriba, el balcón desde el que un hombre fue testigo de un crimen que nunca se atrevió a denunciar.

La ciudad era un rebullir de sentimientos que me susurraban o me convocaban a voces, lo habría sido incluso abandonada. Inmerso en aquel océano soberbio, no sé cuántos procesé aquel día, cientos de miles, millones, quizá, pero entre tantos como fueron, ninguno de ellos pertenecía al del ciudadano que buscaba. Sordo y cansado, poco antes de la hora en que había quedado con Ania, abandoné el centro de la urbe y me dirigí a su piso. Me acuerdo de lo que cuento a continuación con el detalle de lo traumático. Ocurrió que, cuando estaba llegando, sentí la lejana llamada de los sentimientos que perseguía. Venían de las inmediaciones de la casa de Ania. Quizá —pensé inquieto— aquel hombre se me había adelantado. Quizá todavía estuviera dentro. Cuanto más cerca estaba de mi destino, más claramente oía el rumor de sus huellas. Hubo una ocasión en que las sentí tan próximas que pude adivinar en ellas nuevos matices y, para mi desgracia, ese pequeño nerviosismo que precede a las declaraciones o a los encuentros forzados. Ya era seguro: aquel tipo quería consolarla para seducirla. Lo reciente de la muerte de Damiel volvía grotesco el intento salvo que se hiciera el encontradizo o que fuera un maestro en el arte de la interpretación y le diera a lo evidentemente voluntario la textura de lo obligado. Los seductores no ocultan su interés, sino al contrario, lo demuestran, porque entienden que en el interés está el halago hacia el otro y la negación de su soledad, que provoca placer y disuelve resistencias. Pero con la muerte del otro tan próxima, y dados los antecedentes, el interés aún debía explicitarse como amigo, no como enamorado. Él, sin embargo, no era su amigo, y lo sabía. Él no era su amigo, yo sí. Ambos queríamos sembrar una semilla en su dolor. Ambos íbamos a visitarla poco después del funeral de su novio con una intención que ni queríamos negar ni explicitar. Ambos teníamos un don que nos hacía llegar al corazón de las mujeres: él, de una forma intuitiva; yo, porque podía abrirlo y mirar en su interior. En cierto modo, los dos éramos unos depredadores de almas. La diferencia estaba en que yo podía verlo a él y él a mí no.

Lo sentí, en su personalidad entera y ordenada, por las huellas que había dejado en los alrededores de una esquina. Desde allí, podía verse la puerta de la casa de Ania, y, desde allí, apoyado a veces contra el tronco de un árbol, yo había acechado dos días antes el paso de Ania o de Damiel. Él no la había vigilado. Había salido de su casa con la pretensión de visitarla y ofrecerle su compañía, pero, como si tuviera roto el saco de la convicción, por el camino había ido perdiendo fe en sí mismo, de manera que en el último momento, ya con la fachada del edificio de Ania a la vista, se había encontrado sin fe bastante para continuar. El árbol, la esquina, el suelo y el aire estaban impregnados de sus ganas de seguir y de su conciencia de que no era conveniente hacerlo todavía. El equilibrio entre continuar y volverse lo había retenido durante un rato en la acera, paralizado, destilando una frustración ácida que había empapado el suelo por debajo del asfalto, hasta que, finalmente, decidió alejarse del lugar y volver al cabo de unos días con una excusa de más fundamento.

Como las huellas que había dejado a partir de ahí eran claras, decidí aprovechar la ocasión que me tendía la Fortuna y seguirlo en cuanto terminara de visitar a Ania.

Ania me estaba esperando. A pesar de que en aquella sociedad no era costumbre, le pareció normal que fuera a saludarla, lo que da idea de lo cercano que me sentía, si bien conservaba aún ese parapeto frente al amor de un tercero que da la pareja. Su corazón no había digerido los peligros de la soledad ni había captado que la amistad entre un hombre solo y una mujer sola únicamente es posible como preludio del amor. Recuerdo que bebimos café y hablamos de un cúmulo de temas sin citar a Damiel, aunque en todos estuvo él presente: Ania creía poder vivir a partir de entonces sin la presencia física de la persona que amaba pero con su manifestación espiritual iluminándola y llenándola, como las mujeres de los marineros embarcados en largas travesías. Aún no había asimilado lo que la muerte tiene de negación de la esperanza y de vuelta a la soledad original. Tarde o temprano, Ania cobraría conciencia de la realidad y en los lugares de su alma que todavía alumbraba y calentaba Damiel crecería la humedad y tejería sus telarañas la más agria de las penas. Sholombra no le ayudaría a curársela: era una ciudad de puertas adentro y de almas umbrosas en la que merodeaban depredadores húmedos y ciegos como su exnovio o como yo.

Pronto habría uno menos, pues su exnovio tenía los días contados, quizá las horas. Mientras bajaba las escaleras, me puse en el lugar del exnovio y lo comprendí. Quiero decir que vi a Ania como la veían los ojos, que era como la veían los otros: Ania era hermosa también en lo físico. Por supuesto, no tanto como en lo espiritual: mujeres de físico tan bonito como el suyo había miles en Sholombra y solo ella tenía el alma tan descabelladamente atractiva. Su alma era lo que a mí me importaba, su alma, que cobraría belleza con los años y lejos de aburrir aliviaría siempre y siempre distraería.

Mi aspiración era éticamente superior a la del exnovio de Ania y legitimaba mi crimen, pensaba en tanto, ya en la calle, seguía el rastro de aquel hombre por la ciudad desierta. De noche, Sholombra era un cementerio de muertos vivos que no se atreven a salir de sus tumbas. Por eso podía rastrearlo sin pensar o, mejor dicho, teniendo otros pensamientos. Y por eso, en lugar de irme a mi casa en el último autobús o en el último metro, como le había prometido a una Ania preocupada, había echado a andar dispuesto a no parar hasta el amanecer. Resultaba placentero caminar en aquel silencio y con tanta gente agazapada tras las paredes de sus casas, y más que por la soledad, por el miedo: yo era un depredador y el recelo de las víctimas era como una droga corriendo jubilosamente por mis venas. Me recuerdo andando por mitad de la calle, el corazón henchido de soberbia y de gozo, con las manos metidas en los bolsillos y silbando o tarareando uno de esos estúpidos himnos dedicados al Amor y a la Verdad que habíamos cantado cientos de veces en la escuela, persiguiendo los sentimientos de aquel individuo con la insensibilidad fiera que se ejecutan los actos de trámite. Ahora, todo aquello me parece fantástico. Ahora, me inquieta el recuerdo de mí caminando a solas por aquella metrópoli desolada que era mi territorio de caza. Ahora, soy capaz de aseverar que si me hubiera encontrado con cualquier otro hombre y ese hombre no hubiera huido, lo hubiera matado en el acto. Desde dentro de las casas salían sentimientos de abrigo y amparo que eran de temor a todo lo que de indescifrable tienen la noche y los otros, a todo lo que había al otro lado de la puerta protectora. Yo estaba al otro lado. Yo era el otro en la noche. A fuerza de desempeñar el papel del que temían, en el escenario que temían, me había convertido en un ser temible. El mar hace a los peces, el campo hace a las liebres, el aire hace a los pájaros, el miedo de las víctimas hace a los asesinos.

Llevaba andado un buen trecho, cuando de repente perdí el rastro del hombre que buscaba. Me hallaba, descubrí luego, frente a una parada de autobús. Absorto en mí mismo y en mi determinación incansable, no había pensado que mi perseguido no estaría dispuesto a andar lo que yo. Era un revés que me devolvía a mi verdadera naturaleza y me dejaba solo y sin propósito, en mitad de la noche, a muchos kilómetros de mi casa. Enfurecido, pateé el indicador del número de la línea, donde todavía estaban frescas las huellas de su frustración. Las sentí, las olí, por el gusto de darle alimento a mi odio, y luego eché a andar en la dirección del autobús, no sé si con la intención de seguirlo: a alguna parte tenía que ir, de algún modo debía gastar las horas que me quedaban hasta el alba. Durante un trecho que no puedo precisar, fui más pendiente de mí y de mi dolor que del perseguido y del entorno. Luego, recobré la causa de mis pasos y volví a rastrearlo conscientemente: en alguna parada debía haberse bajado, tenía toda la noche para andar y andando sentía la seguridad y el gozo del que ya se encuentra consumando el destino. Anduve durante horas, no sé cuántos kilómetros, sin cansarme o, al menos, ignorando el cansancio, hasta que a unos cuantos metros de una de las paradas sentí la llamada de sus sentimientos.

Solo habían impregnado el suelo. Eran, además, mucho

más tenues, y su frustración había perdido intensidad por el camino. Mirando por las ventanillas del autobús, aquel hombre había recobrado el pulso habitual de sus emociones con una rapidez inesperada. Era, pensé, un elemento peligroso, capaz de contenerse la ira y, luego, de planificar la satisfacción del rencor. Aquel hombre volvería a intentarlo, pero en tiempo y forma más acordes con el fin. Probaría a seducirla de nuevo y la conquistaría. Ella lo amaría a él como había amado a Damiel y él la amaría a ella sin sacrificios ni entrega, durante un breve período (días, quizá), mientras durara la pasión, hasta que la laxitud se volviera insoportable o apareciese otra mujer (y hay muchas) en el horizonte.

Fue una suerte que Sholombra estuviera aletargada. En aquella pasividad expectante podía seguir las huellas sin el estorbo de los cuerpos de los viandantes ni la interferencia de sus emociones y reconstruir con cierta facilidad multitud de hechos pasados. En lo que viene al caso, descubrí que el individuo al que perseguía había encontrado a un conocido con el que había hablado durante unos cuantos minutos. Podía ver las huellas del otro en la pared, en el lugar donde había apoyado una mano. En aquella ciudad, todavía era raro que los viandantes detuvieran el curso de sus obligaciones para hablar en plena calle. Si estos lo habían hecho, no era por estima mutua, sino al contrario: el exnovio de Ania despreciaba al otro y el otro, un sujeto sin carácter que amaba indolentemente a su mujer y con fervor a sus dos hijos, temía al coraje bravucón del exnovio de Ania. Yo presencié el desarrollo del encuentro como se asiste a la proyección de un docudrama. Hablaron de recuerdos de infancia y juventud, el único tema posible entre dos personas que tuvieron algo en común pero que desde hace tiempo ni se ven ni se añoran, y al despedirse el otro hombre sintió alivio.

El exnovio de Ania, tras dar unos cuantos pasos en la dirección de su marcha, se había detenido, se había vuelto y, quieto en mitad de la acera, se había quedado contemplando con desdén y burla cómo el otro era engullido por el tumulto del anochecer. Podía sentir su arrogancia y su confianza en sí mismo con la violencia que sufren los pusilánimes ciertas miradas o un reproche. Las circunstancias me convertían en el acusador del exnovio de Ania y en el defensor del otro: yo era el Estado que deroga la ley de la jungla e instaura un régimen en el que se ampara a los débiles frente a los fuertes. Yo era, pues, el defensor, el acusador y el juez, e iba a ser también el verdugo. Todo eso lo sé ahora. Entonces, la ciudad estaba desmayada, el espanto espesaba la atmósfera y el exnovio de Ania y yo competíamos por el mismo territorio y por la misma mujer.

Ya era suficiente. Ya la suerte estaba echada. A partir de ese momento no lo odié, como no se odia a los hechos consumados o a los enemigos muertos. Tenía de mi parte a la razón y a la Providencia, y con esos aliados era tan estúpido ponerse a filosofar como temerle al futuro.

Poco antes de que se hiciera de día, empezó a haber movimiento en la calle. Primero, se vieron coches particulares, luego, autobuses y alguna gente que entraba y salía por las bocas del metro y, finalmente, en cuestión de minutos, la calzada fue tomada por los coches y las aceras invadidas por un tropel de seres iguales, aparentemente automatizados, en los que solo yo podía ver la singularidad de la dicha y el sufrimiento. Quizá el sujeto que buscaba fuera uno de esos que ya habían salido de su casa. Aligeré el paso entorpecido por la concurrencia y pronto descubrí que el rastro que seguía se cruzaba con otro más antiguo, y luego con otro, y con otro: eran las distintas direcciones que aquel individuo había tomado para ir o para volver en los días anteriores. Estaba en el área de acción de su casa, tan cerca de él que topármelo era una posibilidad factible. No fue así, sin embargo, y en unos pocos minutos me hallé frente a un portal en nada distinto de los demás, convencido de que por él había entrado y salido en multitud de ocasiones en los últimos meses, pero ninguna desde la noche anterior. Mi hombre estaba dentro, no cabía duda. Aquella conclusión, que daba cumplido término a mi caminata, me trajo de golpe, como a un niño pequeño, la maciza realidad del cansancio: llevaba más de un día sin dormir y había andado decenas de kilómetros con el único respiro de demorarme a ratos para mirar la luna llena por el claro de los edificios. Estaba tan exhausto que pensar me costaba un trabajo infinito. Ya lo había encontrado, ya estaba delante de su casa, ¿y ahora qué? Me retiré de la puerta y me planté en la acera de enfrente, quizá aguardando su salida, aunque más bien eran la indecisión y el agotamiento los que me retenían.

Lo lógico hubiera sido irme, tejer un mínimo plan para matarlo y ejecutarlo sin dilación ni premuras, sin compasión. Pero la Lógica depende mucho del escenario y de las personas, por más que los teóricos quieran estudiarla desprovista de contenido. Ocurrió que, mientras acechaba, a unos pocos metros de mí aparcó el vehículo de un fontanero. Yo lo vi bajar y abrir el portón trasero, coger la caja de herramientas y entrar en una tienda de fontanería y aparatos sanitarios. Y, para lo que interesa a esta historia, vi que en la furgoneta se quedaba un destornillador mediano de mango grande. Eran muchas coincidencias y muchos reclamos para alguien como yo: si la fatalidad era —yo eso creía— la propensión irrenunciable del universo de ordenarse a sí mismo, el azar era un instrumento de la fatalidad. Me hallaba frente a la casa de aquel hombre, yo quería matarlo y al lado había una herramienta que podía ser utilizada como un arma. ¿Acaso no pedían los hechos, la disposición de los objetos y el estado de las almas afectadas que se consumara la acción? La Lógica y la Fatalidad —intuí entonces— no siempre van de la mano.

Me acerqué, abrí el portón del coche y cogí el destornillador, que guardé bajo la manga derecha. Entré en el inmueble apretando un botón cualquiera del portero automático y haciéndome pasar por otro. Dentro, los sentimientos de mi perseguido estaban pegados por todas partes. Cuando subí al ascensor, percibí en qué planta se bajaba. Cuando salí al pasillo, descubrí enseguida cuál era su piso. Cuando estuve frente a su puerta, me enteré de lo que estaba haciendo detrás de ella y que estaba solo. Tampoco en el piso de al lado había nadie. Antes de apretar el timbre, deslicé el destornillador por el brazo, lo empuñé con fuerza y lo oculté en la espalda. Mi llamada le suponía una pequeña contrariedad: se había quedado dormido y llegaba tarde al trabajo. Yo lo sentí acercarse, noté su expectación y que titubeaba y supe que me observaba por la mirilla y que no me reconocía.

Abrió la puerta, pero solo hasta el tope de la cadena que había asegurado anteriormente. Se asomó por el entreabierto, protegido por la prudencia hinchada de los cobardes, y me preguntó qué quería.

—Nos vimos en el funeral de Damiel. Soy amigo de Ania —le dije.

Como el poder cuando llama al corazón del ambicioso

o el dinero al del avaro, Ania era la única que me abriría la puerta de aquella casa. Aquel hombre estaba desquiciado por recuperarla, todos los ángulos de su podrida felicidad pretendían en exclusiva su sumisión y sufrían por no tenerla.

—Sí, yo también lo soy —me contestó.

—Lo sé. Ella me ha hablado de ti.

Era una expresión medianamente afortunada. Convenía ser más directo. Su obsesión por Ania no era muy inferior a la prevención que tenía ante los desconocidos.

—De ella trata lo que quiero decirte —continué—. He venido desde muy lejos para darte un recado.

Sé que pensó decirme qué recado es ese, que sintió de nuevo la presión de la urgencia y que en sus labios tuvo hilada una frase para la negativa: no puedo pararme, llego tarde al trabajo, yo la llamaré luego.

—Será un minuto, te lo prometo —le aseveré anticipándome.

Nunca se sintió confiado. Abrió la puerta con la suspicacia del ladrón, pero a mí me daba igual. Abrió la puerta y eso fue suficiente. La abrió después de emparejarla para poder desenganchar la cadena. Me perdió de vista unos segundos y cuando volvió a verme ya tenía el metal clavado en el vientre.

—Te mentí: ella no se acuerda de ti para nada —murmuré ante sus ojos espantados.

Fue una carnicería: el destornillador no es un instrumento diseñado para el crimen y yo no tenía aplomo bastante como para rediseñar la acción. Carnicería, en el idioma en que escribo estas páginas, hace referencia a la efusión de sangre y al exceso en el destrozo físico. En ese idioma no hay término equivalente para la escabechina del alma. El lector entenderá, no obstante, que la demora en la muerte produjese en los sentimientos los mismos estragos: la escandalosa pérdida de los humores, el desgarro de los tejidos, el desmembramiento y la desfiguración. Todos los materiales del piso quedaron impregnados de horror para siempre. Y tan palpablemente que en el futuro los visitantes de aquella vivienda confundirían los alientos de las cosas que fueron testigos del asesinato con voces de ultratumba.

Cuando dejó de sentir, yo tenía el traje manchado de sangre, el corazón, desbocado, me latía en la garganta y tenía los sentidos atestados de sus últimas sensaciones. Recuerdo que me senté en un sillón para recuperar el aliento, que transcurridos unos minutos noté en la mano el destornillador y que entonces, como un reflujo repentino, padecí esa suerte de aflicción que pesa sobre el delator infame.

—Ahora es mía —me dije para contrarrestar el sabor de la amargura—, mía y de nadie más.

Cerré los ojos y me recreé en las facciones del espíritu de Ania hasta que me quedé dormido. Cuando me desperté, tenía el destornillador agarrado sobre el regazo y, a mis pies, el cadáver del exnovio de Ania me miraba con ojos ridículamente enloquecidos.

Me levanté, me puse uno de los trajes oficiales que encontré en un armario, guardé el mío y el destornillador en una bolsa y salí del piso. Ya era mediodía.

## Capítulo 4

*Las circunstancias que me hacen eventual líder revolucionario. La mentira de los justos. La forma en que seduzco rápidamente a Ania.*

Fijémonos en las plantas. Si se les da luz cuando quieren luz, si se las riega en la medida justa cuando necesitan agua, si se las abona con los minerales que les convienen y en la cantidad adecuada, si se las limpia y oxigena, si se les habla, ¿no crecen lozanas y felices?, ¿no parece que corresponden a nuestro cariño con la exuberancia? Pues algo parecido ocurre con los cuerpos de los animales y, también, con las almas de los hombres. Solo que a estas darles lo que necesitan no es siempre facilitarles lo que quieren. En las condiciones adecuadas, las potencias alcanzan su máximo desarrollo, y no hay mayor potencia humana que el ansia por la felicidad. Yo no tenía, en fin, una varita mágica para seducir a Ania, pero sabía en cada caso lo que necesitaba y la conocía mejor que nadie, mejor que ella misma.

Sholombra, además, me ayudaba. Me ayudaban su desproporción y su derrumbe. Éramos dos seres ávidos de expresión entre millones de seres sordos y mudos que vivían en una espesura de previsiones catastróficas y bajo un orden moral y a la vez jurídico que ya no era respetado por nadie. Pero ni la soledad ni la conciencia de la soledad nos unía tanto como la conciencia de que éramos especiales.

—Siento que somos únicos —me dijo el segundo día en que fui a visitarla—, que fuera de nosotros dos no hay nada.

Yo le había estado hablando de mi madre y mis descripciones descarnadas la habían impresionado. Llevaba un par de horas en su casa y ella, que había sentido al recibirme la incomodidad de la mujer que guarda las ausencias del amante, se había ido relajando sin darse cuenta a medida que yo la sacaba de sí misma disertándole sobre otros. Ania había visto a la gente desnuda de carne a través de mis reflexiones, que nunca habían sido capaces —tampoco entonces— de describir con exactitud lo que advertían en la calle y, mucho menos, en el interior de los hombres. Yo le hablaba de mi madre, sin embargo, con la crudeza y el detalle suficientes como para que mis palabras le provocaran asombro y admiración. Y lo hacía siguiendo el trazado que demandaban a cada paso sus sentimientos: cuando percibía que mi exposición suscitaba prisa por el desenlace, retardaba este para aumentar la intriga hasta que la curiosidad se hacía insoportable; cuando el relato ablandaba la resistencia de su corazón, ahondaba en desamores, en ingratitudes y en olvidos, o, directamente, los introducía, hasta que a sus ojos asomaban las lágrimas; cuando notaba que emergía algún recuerdo agradable por asociación con mi historia, emparejaba a esta con el decurso de aquel, y, al contrario, cuando era un recuerdo desagradable, cambiaba el rumbo de mi narración o la cubría de serenidad y de fortaleza, a fin de trocar en experiencia salvadora lo que había sido un trago acre; cuando mi discurso hacía tintinear los más amables rincones de su alma, yo le hablaba del gozo de vivir, de la belleza de las formas y de los colores, de la amistad, del amor, de la hermosa conmoción de descubrir que alguien piensa y siente como nosotros, de la soledad vencida, del futuro y de los sueños. Por último, yo la vi en ese estado de sosegada tristeza que tanto se parece a la felicidad divina. Sentía —puedo decirlo sin pudor— el placer de mi compañía, y, como todo placer, también el de sentirse comprendido engancha.

Solo habían pasado unos cuantos días desde que Damiel había muerto. Ania seguía amándolo, por supuesto, pero ya era consciente de lo irremisible de su desaparición y, junto a las distracciones, empezaban a obrar en ella los demás mecanismos que nos ayudan a continuar viviendo. Me fui de su casa consciente de que deseaba volver a verme. Cuando tuviera una emoción, por pequeña que esta fuera, se acordaría de mí. Y siempre para compartirla: en el dolor, para el consuelo; en el asombro, para la certificación de lo maravilloso; en la duda, para el respaldo de su decisión; en el gozo, para que la alegría creciese fuera de ella y retornara a ella por mi alegría. La dejé sumida en una grata sensación de irrealidad. Era cierto: fuera de nosotros dos, no había nada, y así se lo revelé al despedirnos, sabedor de que la claridad que había en su rostro era un reflejo mínimo de la luz que había conseguido encender en su interior.

—Cuando te encuentres sola, cuando sientas que nadie te entiende, recuerda que afuera, en ese mundo absurdo e inhabitable, estoy yo —le dije.

Me echará de menos, pensé luego. Recapitulé una y mil veces el desarrollo de la charla y, mientras más lo hacía, más satisfecho me hallaba de la forma en que se había desarrollado. No la llamaré, me dije. La dejaré que le entre la soledad, que la soledad la agobie, que piense que me puede llamar, que quiera llamarme, que el deseo se le haga irresistible y que, al final, me llame. Entonces me presentaré en su casa como un salvador moderadamente jovial, pues, sin decírselo expresamente, debe quedarle claro que si a ella le duele mi ausencia, más me duele a mí la suya.

Pero a mí no era la soledad, sino la sonámbula y totalizadora ambición del enamorado la que me impulsaba a volver a verla. La necesidad de compañía y el amor –pensé más tarde– son fuerzas que atraen de distinto modo. El amor es una obsesión y desde el primer día duele incluso en lo físico. Al amor no se acostumbra uno. La soledad, en cambio, es un estado, y aunque ocasionalmente acarrea la enfermedad, lo usual es que uno acabe acostumbrándose a ella, como le había ocurrido a la inmensa mayoría de los habitantes de Sholombra. Al amor no lo calma más que el ser amado; a la soledad la puede calmar casi cualquiera, hasta una mascota.

Yo estaba enamorado y solo, tenía todo el tiempo del mundo para pensar y sabía que mostrarse activo tan pronto era contraproducente para la consecución del fin. En ese estado, no debe parecerle extraño al lector que resolviera mi intranquilidad comprobando por mí mismo lo que se fraguaba dentro de su alma. No mucho más tarde, pues, estaba detrás de la puerta de su piso, espiándola desde el descansillo de la escalera y viendo que yo no era para ella más que la cara amable del mundo, ese mundo incierto y amenazante que está siempre preparado para convertir nuestra estructura molecular en partículas aprovechables, nuestras emociones en nostalgia y nuestra nostalgia en desdén o en olvido.

Me fui a mi casa un poco desilusionado. Los sentimientos eran los previsibles y no había componentes impropios, pero el ritmo era muy lento para lo que mi afligido corazón podía soportar. Volví al día siguiente, y al otro. Volví todos los días de una agotadora semana, durante los cuales fui comprobando cómo se desvanecía Damiel del futuro de Ania y cómo la necesidad de mi compañía iba tomando posiciones en los lugares abandonados. Mi presencia era, sin embargo, demasiado vaporosa para poder con esa galbana natural que tiende a dejarlo todo como está. Ania no tenía ninguna predisposición al abandono personal y era más intrépida que tímida. Con el tiempo, ese vapor quizá hubiera cuajado en tormenta y, entonces, me hubiera llamado sin tapujos para decirme que me necesitaba, o, quizá, el vapor se hubiera disipado y yo hubiera dejado de ocupar un sutil papel en su futuro para ocupar un vago papel en su historia.

Como no debía correr riesgos pero, sobre todo, no debía desperdiciar el tiempo, la llamé con mi teléfono móvil, apostado en una zona de su edificio desde la que podía sentirla.

—Ania, ¿cómo estás?

—No muy bien, aunque algo mejor.

Mi voz le produjo un golpe de alegría. La idea de verme operaba en ella como la caída de un objeto sobre el plano quieto de una superficie líquida.

—No estoy lejos de tu casa —le dije—, delante de una de esas nuevas tiendas de ropa que venden prendas de distintas formas y colores. Tengo la intención de comprarme algunas, pero no sé si acertaré. ¿Podrías echarme una mano?

—Por supuesto.

—Si estás preparada, llego a por ti en apenas diez minutos.

Contestó que lo estaba y era verdad, pero, aun así, fue al cuarto de baño y se retocó el pelo, los labios, los párpados y las mejillas y yo pude sentir su regocijo y su excitación como de haber estado presente y de espaldas habría podido oír el leve ruido de las cajas al abrirse y de los botes al chocar contra la lacada superficie del lavabo. Éramos dos amigos y nada más. Pero ella era una mujer y yo era un hombre y los dos estábamos desamparados. Aunque nuestro encuentro no fuera una cita galante, ella ya empezaba a actuar inconscientemente como si lo fuera, y n o solo porque en el fondo de todas las relaciones entre hombres y mujeres subyace un afán de mutua seducción, tan inevitable como la ley física que atrae a los cuerpos, también porque entre ella y yo había una comunidad afectiva aún sin definir que nos aislaba y protegía del mundo, como encapsulándonos.

Cuando noté que había terminado, no antes, llamé al timbre. No debía obsesionarme, me planteé en el instante anterior. No tenía que averiguar qué debía hacer y qué no ni que buscar la forma de contentarla. Como el empleado que cumple las órdenes de su jefe y así, sin mayores complicaciones, da a este la respuesta más adecuada en cada momento, yo debía obedecer las demandas de su corazón, extrañas algunas de ellas a su propio intelecto. El que seduce debe distinguir entre lo que el ser a seducir quiere y lo que dice que quiere, debe interpretar sus gestos con el código adecuado e intuir sus necesidades afectivas reales, más allá de lo que a él mismo pueda parecerle. Yo no era un seductor al uso, yo no tenía que intuir, me bastaba con seguir el hilo de los sentimientos que veía. Lo mío era muy fácil.

Recuerdo que me besó en las mejillas y que no pudo

ocultar, ni quiso, la sensación de que la estaba rescatando.

—Vamos a comprarte esa ropa y luego nos vamos a ir a cenar fuera —me dijo—. Desde que murió Damiel solo he salido a la calle para ir a trabajar.

Quería decir tanto que ningún compañero de trabajo estaba a su altura como que yo sí podía estarlo. No he dicho todavía que Ania era una mujer fuerte, y cuando releo estas páginas me da la impresión de que al hablar de su belleza he utilizado términos y expresiones que pueden dar de ella una imagen de lasitud o fragilidad. Si es así, corrijo lo dicho, pues conviene a lo expuesto hasta ahora y, sobre todo, a lo que de esta narración queda por contar, que el lector tenga muy clara la idea de que Ania era una mujer capaz, decidida, enérgica sin ser autoritaria, impetuosa aunque no temeraria, ardorosa, tenaz y valiente. No podía ocurrir de otra forma si había de ser única en su hermosura, pues a la belleza espiritual, como a la física, cuadra mejor la fortaleza que la debilidad. Era fuerte y consciente de su fortaleza e inteligente y consciente de su inteligencia. No era persona que se conformara con un chascarrillo detrás de otro y para cualquier conversación, por sencilla o intrascendente que esta fuera, necesitaba cierta altura intelectual y de sensibilidad. Por eso, que me valorara por encima de la gente que conocía y confiara en mí para aligerar la presión de su universo interior era tanto como decir que me tenía por hombre sensible e inteligente.

Éramos, pues, dos seres sensibles e inteligentes cuyo mutuo amparo deseábamos pero también codiciosos del contacto con los otros o con la ciudad, con sus tiendas, sus cafeterías y sus autobuses, con sus amplios espacios y esa inconsistente compañía que dan nuestros anónimos congéneres en movimiento. El equilibrio, y no la exultación, era el estado de ánimo que le cuadraba a Ania, por favorables que fueran las circunstancias, pero debo decir que mientras andábamos por la calle iba algo más que contenta. Nunca se había encontrado así. Ni siquiera en los tiempos gloriosos de su amor por Damiel había apreciado la alegría de estar viva y pasear por entre formas, sonidos, olores y colores, por anodinos e iguales que todos ellos fueran, pues Sholombra era una urbe diseñada para la resignación, el aburrimiento y la pesadumbre. A mí no me amaba todavía, pero ella ya volvía a amarse, quizá como nunca antes lo había hecho. Y se amaba, en buena parte, gracias a mí. Ella lo sabía. Y yo me iba a encargar de reforzar esa idea de un modo natural, sin que se diera cuenta, hasta que el amor por sí misma dependiera de mi presencia o del recuerdo de mi presencia.

Íbamos, pues, por las calles de Sholombra dispuestos a comernos ese mundo que no veían los habitantes de Sholombra, ciegos, sordos y mudos. Yo, pendiente de su alma, contemplando su júbilo con la obnubilación que otros se complacen en la sonrisa o la mirada de la persona que aman. La diferencia entre ese contento y la deseada felicidad era temporal y de moderación. Para conseguir su felicidad, mi obligación era atemperar la alegría, pues más allá de los límites recomendables podía producirse una sensación de vértigo y, luego, de vuelta a los niveles tipo, de añoranza y postración.

La excusa para llamarla había sido ir a una tienda conocida a comprarme ropa, pero antes y después de esa tienda hubo otras ante cuyos insulsos escaparates nos detuvimos a mirar y a reír. En algunas de ellas, entré exclusivamente para probarme los ridículos modelos que anunciaban. En otras, le pedí a Ania que hiciera lo mismo y ella, después de resistirse un poco, se probó las más diversas prendas de los más chocantes estilos por el placer de verse en el espejo y de oír los halagadores comentarios de los dependientes. Al salir, reíamos como dos adolescentes después de una travesura. Éramos dos seres juiciosos y circunspectos que de improviso han descubierto los encantos de la informalidad en un mundo que seguía siendo escrupuloso y reflexivo. Nada a nuestro alrededor era hostil, sin embargo. El ambiente era como de arcilla, pues se deformaba y continuaba intacto, recibía el golpe por un lado y luego por otro sin perder su consideración básica, adaptándose sin inmutarse a los reveses con más voluntad de abandono fatal que de digerirnos. Ante la neutra oposición de nuestros conciudadanos, Ania tuvo un par de repuntes de euforia que yo no me molesté en corregir. Nos fuimos de alguna tienda imitando a los dependientes y en una ocasión salimos vestidos a la calle para pedir a varios transeúntes estupefactos que nos dieran su opinión.

Recuerdo que al cierre de la jornada, yendo por una céntrica y concurrida avenida, vi en Ania ese vacío intruso que hay entre el entusiasmo y el sosiego. Su alma no demandaba ya la excitación (no había riesgo de pesimismo o incertidumbre, pues, como he dicho, era fuerte y equilibrada), pero convenía a mis deseos que la calma no fuera ausencia de actividad. Pasada la efervescencia de las compras, la sociedad nos atraía hacia la simpleza y la medianía general con la fuerza de un campo gravitatorio. O hacíamos algo, o la somnolencia de la ciudad nos engulliría y absorbería nuestro desafío hasta convertirlo en energía para seguir tirando. O hacíamos algo, o pronto seríamos como la masa que nos rodeaba, almas domadas, vecinos domésticos, seres paridos para ser felices pero convertidos por un erróneo proceso de socialización en máquinas programadas para trabajar y subsistir.

Le pedí que se parara. Como llevábamos puesta mucha de la ropa que compramos, íbamos cargados con tantas bolsas de ropa nueva como de usada.

—Vamos a tirar la ropa oficial –le dije–. Ya no la queremos, y si no la tenemos, no nos la pondremos nunca.

Su ánimo se encontraba en buena disposición, pero la destrucción necesitaba de una formalidad especial, extremada o única, para que el acontecimiento se grabara en su memoria con el carácter de las referencias, así que previamente sondeé las almas de los transeúntes y vi que en la mayoría de ellas había latente un sentimiento de frustración que tal vez podría convertirse en rebeldía.

—La quemaremos –añadí–. Haremos una hoguera y arrojaremos a ella la ropa poco a poco.

Elegí uno de los muchos parterres abandonados por los servicios de jardinería que, casualmente, estaba situado frente a un charladero, donde habría individuos vestidos de colores, más sensibilizados con los cambios, que darían a nuestra acción el carácter de símbolo y la apoyarían. Saqué las ropas de la bolsa, las puse sobre la tierra y entré en el establecimiento seguido de Ania.

—Necesito un encendedor –declaré desde la puerta, después de haber reclamado la atención de los diez o doce clientes que había en el local–. Vamos a quemar nuestra ropa gris en la calle.

Tuve que repetirlo y aclararlo, no porque no lo oyeran, sino porque solo tenían la mente preparada para la rutina. Alguien me prestó un encendedor y Ania y yo, y con nosotros todos los clientes del local, salimos a la calle. Antes de quemar la primera prenda, convoqué a voz en grito a los viandantes diciéndoles:

—Acabemos con la uniformidad, acabemos con la medianía, acabemos con la formalidad. Viva la libertad de ser uno mismo, viva la diversidad, vivan la ficción y la mentira.

Le prendí fuego a una camisa y la levanté por encima del gentío que hacía un círculo alrededor de mí.

—Vivan la ficción y la mentira —insistí.

Quizá hubiera ya un centenar de personas congregadas, todas en silencio. Los que pasaban por la otra acera de la calle se habían detenido y me miraban sin demasiado asombro.

—Eh, a vosotros también os lo digo —grité dirigiéndome a ellos—: viva el color, vivan la ficción y la mentira.

Algunos, al sentirse descubiertos, continuaron su camino, pero la mayoría se quedó y siguió observándome. Yo solté la camisa ardiendo en el pequeño montón de ropa, que enseguida se contagió de fuego. Mientras lo observaba, durante unos segundos ausculté las almas de los reunidos y encontré que en algunos de ellos había prendido la llama de la rebeldía.

—Arrojemos al fuego la ropa gris —sostuve varias veces moviéndome delante del público.

Yo quería extender aquella ceremonia de purificación (Ania estaba encantada conmigo) haciendo participar a los congregados. Sabedor de mis fuerzas, me dirigí al más sensibilizado con la sedición y, mirándolo fijamente a los ojos, le expuse:

—Hermano, tú que crees en el cambio, ayúdame, despréndete de la chaqueta y quémala.

Mis palabras no aumentaron su convicción, pero la sorpresa lo dejó como agarrotado y lo incapacitó para oponerse a mi ruego, así que se quitó la chaqueta y la tiró al fuego. El gesto produjo en el público la reacción participativa que esperaba: ya no era yo, sino ellos los que quemaban la ropa. Me dirigí a otro, en el que noté la embriaguez de los sucesos, y le dije:

—Tú también, hermano. Libérate de ese símbolo de la opresión.

El hombre se quitó la chaqueta y la tiró al fuego, convencido, este sí, de que debía hacerlo. Luego me dirigí a una mujer:

—Hermana, el mundo es de colores. Cedamos al fuego estas ropas que nos entristecen.

La mujer no tenía chaqueta, pero se quitó la camisa y se quedó en sujetador, ensimismada en las llamas que iban cobrando altura con la ropa que tiraban otros.

—El cielo es azul, la hierba es verde y la sangre de todos es roja —troné con las manos levantadas—. Yo soy distinto de cada uno de vosotros. Yo no soy perfecto ni quiero serlo. ¡Al fuego, al fuego! Al fuego la mediocridad, al fuego las leyes inmutables, al fuego la filosofía ideal, al fuego la Verdad que nos esclaviza.

Algunos de los presentes aireaban la hoguera con varas de hierro y palos de escobas. Eran muchos los que tiraban su ropa. Miré a Ania con un gesto de incredulidad y continué gritando, aunque ya otros gritaban conmigo. «Al fuego, al fuego», decían. Y también: «Somos distintos». «Fuera las leyes». «Abajo la Verdad». Alguien citó a la guerra con los bárbaros, aunque hacía tiempo que nadie conocía a nadie que fuera a ella, por más que los telediarios siguieran dándonos noticias e imágenes del frente. Y alguien citó a la vieja delación de los incumplidores.

«¡Al fuego, al fuego!», azuzaba yo esporádicamente. «Todo el vestuario a la pira redentora». «Vivan la ficción y la mentira».

Me acerqué a Ania, que observaba la escena junto a la fachada más próxima, y le dije:

—¡La que se ha liado en un momento!

No quería parecer cínico, aunque a mí no me incumbían ni la revolución ni el cambio y había iniciado todo aquello sólo para impresionarla.

—¡Será la que has liado! —me contestó sonriendo.

Ella sabía que había en mí menos de revolucionario que de persona divertida e inteligente.

—De todas formas, serán mucho más felices a partir de ahora —le comenté.

—Sí, también es cierto —me contestó emocionada, me agarró del brazo y me atrajo hacia ella.

Todavía estuvimos parados durante un rato, mirando y dejando hacer. Mucha gente se había quedado en ropa interior. Otra, instigada desde abajo por una multitud enfervorizada, tiraba ropa desde los balcones y las ventanas de los pisos, formando una lluvia desigual y surrealista.

Aunque los coches no podían circular y el humo subía por encima de los edificios, aún no habían llegado ni la policía ni los bomberos. No tardarían en hacerlo.

—Vámonos —sugerí a Ania—. Hoy no es el día del comienzo de la revolución, pero puede haber una batalla campal y más de uno puede volver herido a su casa.

Me solté de su brazo, la cogí yo del suyo y tiré de ella para sacarla del tumulto. Cuando estuvimos fuera, vimos un camión de bomberos atrapado en el atasco y, un poco más tarde, oímos el aullido de varias sirenas de la policía, que venían por el lado contrario al que habíamos tomado nosotros.

—Tú y yo nos vamos a cenar a un restaurante que conozco —le dije en tanto bajábamos por la primera boca de metro que vimos.

Ella no se opuso. Toda la ciudad estaba dispuesta a irse al carajo y, sin embargo, se sentía segura a mi lado. Mientras viajábamos en el metro, me entretuve en observarla: estaba preciosa. La proporción, la distribución, las vibraciones, la luz y los colores de sus sentimientos tomaban caracteres que nunca antes había visto en ella. Y, además, no se había acordado de Damiel en toda la tarde. Ni siquiera la calma del metro tenía fuerza bastante para obligarla a evocar situaciones anteriores a mí. Los sucesos de la tarde habían sido tan intensos que se reconstruían sin tregua en su mente, y en los sucesos estaba yo, convertido ya en personaje de las horas más disparatadas y felices de su vida. Era indudable que nunca se olvidaría de ellas. Pero para que fueran recuerdos vaporosos desde el origen, para que nacieran empapados de esa bruma de sueños que cubre los elementos de que se compone el alma, era necesario darle a la situación una tenue dosis de ternura. Íbamos sentados uno al lado del otro y ambos curioseábamos en oblicuo por la ventana. Yo bajé la mirada y la deposité en sus manos, recogidas sobre su regazo. Las contemplé intensamente, de seguido, hasta que ella se percató y me miró a los ojos. Yo le devolví la mirada y le sonreí. ¡Estoy tan bien a tu lado! Nunca imaginaré nada mejor que lo que hago ahora ni concebiré un viaje más hermoso que este. Por muchos placeres que una existencia larga y generosa ponga en mi camino, no viviré ninguno más emocionante ni más hondo que el de estar montado en este desatinado traqueteo contigo, un goce que ojalá fuera único y durara hasta la muerte. No hace falta hablar para decirse todo eso y mucho más. Ni haberlo oído para entenderlo. Ania me sonrió y me cogió la mano. Aquel encuentro de nuestras miradas había supuesto el encuentro de nuestras almas y, quizá, el de nuestros destinos. Por lo pronto, el velo que ocultaba su corazón a su conocimiento se había desgarrado: ya sabía que sentía algo por mí. Le tomé la mano y se la apreté ligeramente. Ella respondió acariciándome los dedos con sus dedos. También para ella el vagón del metro podía llevarnos a cualquier sitio, también aquel viaje podía ser eterno. Afuera, Sholombra podía incendiarse, sus habitantes, desnudos, podían saquear las casas, destruir los puentes sobre el Novorm y matarse unos a otros y los supervivientes podían arrojarse al abismo desde las terrazas de los altos edificios ministeriales. Nada nos concernía excepto estar así, como estábamos, y que aquel viaje continuara, aunque fuera sin vagón, sin túnel y sin el paisaje de la ventana, aunque solo fuera dentro de nosotros, aunque ya nos hubiéramos muerto.

El nombre de la estación que buscaba nos devolvió a la realidad de los otros, lo que es tanto como decir a la realidad de las cosas. El mundo volvía a ser nuestro hogar. Nuestros convecinos volvían a ser imprescindibles y peligrosos. Teníamos hambre y nos pesaban las bolsas de ropa nueva. Pero nada era igual que antes, y nada continuaría siendo igual a poco cuidado que yo tuviera. Entre nosotros, ya estaba presente el futuro de no despedirnos aquella noche y de acostarnos en la misma cama. Desde aquel momento hasta que eso ocurriera, había una pendiente de horas por la que resbalábamos juntos, un espacio que debíamos decorar con el gusto y la precisión que se llenan los escaparates de las tiendas de lujo.

—Este restaurante estaba en la planta baja, pero hace unos cuantos años lo llevaron a la última y cambiaron las paredes exteriores por cristales —le dije a Ania mientras subíamos en el ascensor.

Sholombra no era una localidad que mereciera la pena ver desde arriba: era monótona y sucia y la contaminación empezaba a difuminarlo todo a unos cientos de metros de distancia. Pero aquel edificio daba directamente al Novorm y, al anochecer, el sol caía sobre un lejano horizonte de puentes colgantes, chimeneas de fábricas y chorros de humo tras amenazar con hacerlo sobre las oscuras y malolientes aguas del río, que chupaban la luz o, a rodales, la reflejaban descompuesta en los colores del arco iris. Era el paisaje más hermoso de que podía disfrutarse en aquella ciudad que había sido construida desde su fundación con el ánimo de prescindir de la hermosura en aras de su funcionalidad, como si la belleza no desempeñara función alguna.

Pudimos escoger la mesa que quisimos, porque éramos los únicos clientes del local.

—¿Has visto el mar? —le pregunté en cuanto nos sentamos junto a la cristalera y tuvimos ante nosotros la sensación de libertad y desahogo que provocaba la dilatada anchura del río, por el que navegaban varias gabarras oxidadas que dejaban en las espesas aguas una estela brillante.

—No, nunca.

—Yo tampoco.

Le prometí que iríamos a verlo. No había costumbre de viajar, nunca la había habido, no había agencias de viajes ni tráfico internacional de pasajeros, solo de mercancías, y aquel era mal momento para salir del área de influencia de Sholombra, tras cuyos límites, según se comentaba en la calle, pues nada decían al respecto los telediarios, la sociedad se había vuelto caótica y la vida no valía nada. Se lo prometí a ella y me lo prometí a mí mientras contemplábamos el anochecer.

—Es hermoso, ¿verdad? —me dijo, refiriéndose al paisaje.

Yo la había llevado allí para que viera lo que estaba viendo y, en consecuencia, sintiera lo que estaba sintiendo. La impresión de que la ciudad era un fabuloso ser vivo provocaba en el ánimo un agrado ambiguo que, a falta de otras referencias estéticas, el observador podía confundir con el generado por la belleza.

—Al parecer, vamos a estar solos —le señalé cuando el camarero se alejó tras dejarnos la carta sobre la mesa.

En el local habría veinte o veinticinco mesas y tres o cuatro camareros que nos observaban solícitos o curiosos. Están cerrando todos los locales como este, iba a decirle, pero la vi sonriente, entretenida en el paisaje, feliz y ajena a las miradas de los camareros y no quise importunarla. Abajo, se habían encendido las luces de los puentes y de las avenidas que discurrían por ambas riberas del Novorm.

En su lugar, le hablé de la belleza de los puentes. Ninguno era una maravilla estética, pero me gustaban por el mero hecho de ser altos, de ser anchos, de ser largos, de unir las dos partes de la ciudad, de dejar pasar a las gabarras por debajo y a los coches y a los trenes por encima y de retar a la leyes de la Física. La mayoría eran iguales. Se diseñaba uno y con ese proyecto se hacían muchos, hasta que la obsolescencia técnica agotaba el modelo. Y lo mismo ocurría con el siguiente proyecto. O eso era lo más razonable que ocurriese, pues nadie sabía quién ordenaba que se hicieran. Siempre se estaba construyendo uno y nada más que uno. Cuando se terminaba ese, lo que solía ocurrir cada ocho o nueve años, se hacía otro idéntico en otro lugar. Quizá por eso había una empresa pública dedicada en exclusiva a la construcción de puentes, o quizá, más razonablemente, se hacía un puente detrás de otro porque había una empresa pública dedicada en exclusiva a la construcción de puentes.

En la carta había anotaciones marginales escritas a mano que indicaban la imposibilidad de disponer de la mayoría de los platos, realizados con productos importados o de difícil acceso, cuyo abastecimiento ya era imposible o prohibitivo. En realidad, la carta solo contenía unas cuantas variedades de comida casera más o menos enmascaradas con nombres rimbombantes y sonoros. Entre aquel restaurante y los de comida rápida que abundaban por toda la ciudad no había más diferencia que el servicio, la pompa y el paisaje de la ventana. Los camareros lo sabían, y sabían que esos extras no eran razón suficiente para justificar los precios tan elevados. En otro tiempo, cuando la Verdad imponía sus leyes sobre cualquier actividad humana, no se habría cometido aquella tropelía, pues un funcionario habría rebajado la categoría del local o los mismos camareros nos habrían advertido de la mala fe de la dirección. Pero ahora los camareros nos trataban con la astuta naturalidad de quien está cometiendo una estafa.

—La vista es hermosa —comentó Ania—, pero no sé si vale lo que vamos a pagar por ella.

—No te inquietes por el dinero. Pronto no valdrá nada. ¿Los ves? —le dije refiriéndome a los camareros—. Saben que el local cerrará y que ellos se quedarán sin trabajo. Saben que locales como este no tienen sentido ni aun rebajando los precios, pero callan. Hoy puede ser el último día y su sustento de hoy depende de nosotros.

Lo peor era la incomodidad de estar rodeados de los numerosos ojos que nos observaban. Estando solos en el local, mi obligación primera era aislarnos del ambiente y procurar una intimidad que no teníamos. Debía atraerla a una conversación en la que paulatinamente me abriera las puertas de su alma.

Habla, Ania. Yo te escucho. Hablar es difícil en una sociedad donde lo dicho puede hacerse público y ser utilizado en tu contra. Escuchar es difícil para unos seres que solo prestan atención a los ruidos que les llegan desde su interior. Escuchar e interiorizar lo escuchado únicamente lo hacemos algunas personas. Habla, Ania, que te escucho y te comprendo. Entre tu alma y la mía hay una puerta abierta que puedes cruzar si quieres. Tus dudas ya son mías, tus temores ya son míos, tus alegrías me alegran como a ti. Ya somos uno, Ania. Habla, para que sientas que tu interior pasa al mío. Habla, aunque intuyas que yo te entiendo sin oírte, por el puro placer de compartirte, para sentir que no estás sola. Háblame para negar tu destino. Venimos al mundo solos, vivimos rodeados del movimiento de otros, de los olores de otros, de sus voces, de sus miradas, de sus risas y de sus llantos, pero esencialmente solos, y al final del camino, cuando más necesitados estamos de compañía, nos morimos solos, por mucha gente que esté a nuestro alrededor. Por eso no hay mayor satisfacción que la de fundirse en un abrazo ni proyecto más hermoso que el de compartir una vida. Y por eso no hay dolor más grande que el producido por la traición ni fracaso más clamoroso que el de una pareja rota.

Ania me hablaba y yo la escuchaba y le hablaba. No me contaba nada especial ni hacía falta. Uno puede aceptar su mortalidad y ser feliz, como sintiendo en la noche el frescor de la brisa tras un día de bochorno. ¡Qué bien se está aquí!, decimos entonces, cerramos los ojos y percibimos el gustazo de abandonar los sentidos al ritmo que quieran marcarle las leyes de ese pequeño mundo que nos rodea. ¡Qué bien se está aquí, contigo! ¡Qué sensación más agradable que me oigas estas simplezas y me sonrías! Me gustaría quedarme quieto mientras el tiempo nos gasta como hace con los cometas, las montañas y los árboles, sintiendo cómo a nuestro alrededor respiran las plantas y se desmoronan las cosas.

Cuando hablaba, yo sabía lo que se dejaba dentro por pudor o por ignorancia. Lo que de ninguna manera quería sacar a la luz, yo no se lo arrancaba, pero lo que ella quería decir y a pesar de ella no lo decía, yo se lo sacaba con preguntas indirectas, con comentarios no exentos de melancolía o con relatos de experiencias supuestamente ciertas pero que casi siempre eran inventadas, así que al final Ania decía lo que quería decir y cómo lo quería decir, y solo eso, y en ese vaciarse ante mí encontraba una complacencia profunda, luminosa y distinta de cualquier otra.

Fui yo, sin embargo, el que lo reveló:

—¡Qué bien estoy aquí! ¡Qué bien se está contigo!

Habían llegado cuatro hombres y se habían sentado a una mesa que, como la nuestra, daba a uno de los ventanales. Los camareros ya no estaban tan pendientes de nosotros. Abajo, en las avenidas que se extendían por ambas riberas del río, los habitantes de Sholombra habían encendido varias hogueras y pululaban a su alrededor.

—Hay candelas por todas partes. Todo el mundo está quemando su ropa oficial —atestiguó uno de los camareros cuando yo le pregunté.

Nos fijamos con más detalle. La noche había caído a plomo sobre la urbe. La neblina gris se comía la luz de las lámparas y de los fuegos, pero podían verse las llamas en las orillas y en los puentes o reflejadas sobre las aguas del río, y, más difusamente, el resplandor que fuegos lejanos dejaban sobre las paredes de los edificios o sobre algunas nubes bajas de humo blanco.

—Tienen un grito de guerra que ha nacido de modo espontáneo y que corre por la ciudad con la velocidad del viento. «Vivan la ficción y la mentira», dicen —aclaró uno de los hombres que comían en la otra mesa tras oírme preguntarle al camarero.

Ania me sonrió y yo le devolví la sonrisa.

—Debiste patentarlo —me dijo.

—Debimos. ¿O no estabas tú conmigo?

—Es cierto que te apoyé de alguna manera. ¿Lo patentamos? —cuando bromeaba, sonreía, y la sonrisa abría una ventana en su alma por la que entraba la luz a raudales—. Si lo hacemos, registramos también las hogueras y hasta la revolución.

¡Es tan fácil ser revolucionario en un contexto revolucionario! ¡Tan fácil convertirse en un líder cuando la ciudadanía está ciega!

Los camareros estaban alegres y, si hubieran podido, también ellos habrían ido a quemar su ropa y a dar cumplido inicio formal a la revolución. Los comensales de la otra mesa eran hombres de negocios y entendían que el cambio era necesario, pero no lo querían así, precedido por la parálisis y los disturbios.

Ania era como yo: no estaba ni feliz ni preocupada, solo se divertía con todo aquello.

—¿No estás intranquila? —le pregunté, para darme el

gusto de oírlo de sus labios.

—De nada sirve alarmarse —me aseguró—. Para que nazca de nuevo, todo ha de morir.

Según Ania, aquello que veíamos por la ventana era la muerte de la Sholombra que habíamos conocido nosotros. Por necesaria que sea, la muerte siempre es traumática. Se lo advertí a sabiendas de que aquella expresión le recordaría a Damiel. Y así fue, en efecto. Ania no lo sacó a colación cuando me contestó, pero sus palabras estaban empapadas de él. Mientras miraba como ausente por el ventanal, me dijo que por muchos puentes que hiciéramos, por muchos ríos que convirtiéramos en cloacas y por muchas fábricas que transformaran los minerales en electrodomésticos, los humanos estaríamos irreversiblemente expuestos a las mismas leyes que rigen para las lombrices y los árboles.

—El hecho de pensar es una adaptación al medio como cualquier otra, menor que la de tener alas, por señalar alguna —añadió—. El pensamiento nos ha servido a nosotros para construir aviones y los pájaros no necesitan pensar para volar. Puestos a escoger entre el pensamiento y las alas, yo me hubiera quedado con las alas.

Yo no. Y ella, en realidad, tampoco. Pero la idea era original y hermosa, y eso era lo único que contaba en tanto tuviéramos la ciudad a nuestros pies, alumbrada por las llamas de los revolucionarios.

—¿Y las teorías? ¿Y la cultura? ¿Y la civilización? —le demandé.

—Vistas desde lejos, no son más que un sinnúmero de trastos inoperantes. Vistas de cerca, una prolija colección de vanidades. Todas acaban en nada y, mientras duran, ninguna de ellas sirve para volar.

Quizá entre todas esas teorías que no servían para nada

146

estaba la suya, ¡pero qué importaba! ¡Estábamos tan bien así, filosofando, juntos ella y yo, mientras veíamos arder los símbolos de una cultura que daba sus últimas bocanadas!

Durante años no hubo más que una Filosofía, cuya doctrina estuvo controlada por una cerrada corporación de sabios. Ahora, cualquiera, incluso el más torpe y el más loco, se atrevía a filosofar sobre el sentido de la existencia.

—Entonces, ¿todas las filosofías son iguales? —le pregunté.

Yo había matado a su novio y a su exnovio y no tenía remordimiento alguno, así que para mí era cierto: no me afectaban los medios y de los resultados solo el que me interesaba. Para ella, por el contrario, no lo era, y si me contestaba afirmativamente sería por la enemistad que le guardaba a la vida desde la muerte de Damiel.

—Sí, todas las filosofías son iguales —me contestó.

No quise contradecirla ni convencerla de que pensaba justamente lo contrario porque me convenía jugar con aquel veneno. Si ambos nos dejábamos llevar por el pesimismo, acabaríamos compartiendo la derrota en la cama, el lugar donde las soledades se funden y se borran.

Dentro de su hermosura impresionante, Ania estaba menos hermosa, pues la prevención le afeaba eventualmente el alma como la suciedad afea una cara guapa, pero yo no me daba cuenta, porque era un hombre enamorado y no veía los defectos de mi amada o convertía los defectos en adornos de su gracia. Ante el sórdido apetito destructor del tiempo, ante la plástica voluntad revolucionaria de nuestros paisanos, ante la certeza de un futuro incierto, ante la ciudad de noche, iluminada, allá abajo, por una multitud de hogueras que eran preludio fatal del averno, ante la reciente muerte de su novio, la suciedad de su cara era, para mí, la de una mujer que viene de fajarse en una batalla, algo más que un adorno, algo más que una necesidad, algo, en fin, que la enaltecía y la hermoseaba. Nunca había visto a una mujer tan hermosa como Ania, nunca había visto a Ania tan hermosa como aquella noche.

En un momento su dolor pidió comprensión y yo le ofrecí la mano y le sonreí. Ella la tomó, agradecida. Mientras le acariciaba los dedos pude ver, supe, que me amaba.

—¿No es increíble? —le dije.

—¿El qué? —y sonrió.

—¿No sientes en tus adentros la magia?

Me miró. Sí, la sentía. Y sabía a lo que me estaba refiriendo. Todos los sentimientos tienen un no sé qué maravilloso. Es difícil entender por qué existen, cuál es su origen, cómo crecen y por qué cambian y mueren o por qué permanecen a pesar de numerosas circunstancias hostiles. Pero el más incomprensible de todos es el amor de pareja. Una madre ama a su hijo y en ese amor no hay matices ni flecos, no hay segundas intenciones. Un ser humano odia a otro y ese odio es limpio y quizá eterno. Pero una persona ama a su pareja y en ese amor va incluido el deseo, la dedicación a los hijos, el compromiso de fidelidad y un futuro compartido. La misma Naturaleza que concibió el éxtasis sexual para asegurarse la continuidad de las especies inventó el amor, que afianza las relaciones sobre las que se levantan las culturas.

Yo era un hombre perdidamente enamorado y ella también me amaba. Lo mío era desesperante, lo de ella estaba empezando y necesitaba mimo y cuidado para convertirse en una construcción sólida. Yo estaba dispuesto a todo y ella solo lo estaba, por ahora, a dejar hacer a la magia. Era suficiente para mí.

Pagué la cuenta y salimos del restaurante. En la calle, cerca de la puerta del edificio, había un fuego y a su alrededor se vivía una algazara festiva. Muchos iban en ropa interior, otros estaban totalmente desnudos.

—¿Qué se pondrán mañana, cuando al levantarse para ir al trabajo descubran que no tienen nada? —me preguntó Ania.

Nadie parecía darse cuenta de ello. Esa contingencia, sin embargo, estaba latente en la mayoría de los congregados.

—Lo descubrirán antes —le dije—. Hoy mismo, dentro de unos minutos, quizá dentro de segundos. Esta noche no empezará la revolución, pero se van a asaltar muchas tiendas de ropa y muchos hipermercados.

Le sugerí que cogiéramos rápidamente el metro. Llevábamos varias bolsas de ropa en una ciudad que ya carecía de la suficiente para vestir a sus habitantes y no podíamos tomar un taxi sin arriesgarnos a quedar bloqueados por las aglomeraciones de las hogueras.

Recuerdo que corrí junto a ella por una calle solitaria y oscura, recuerdo gritos y risas lejanas y el ritmo urgente de nuestros pasos y recuerdo que, cuando íbamos a bajar a la boca del metro, no lejos del bullicio de una nueva hoguera, se paró y, entrecortada por lo agitado de su respiración, me preguntó cómo era que lo sabía. Yo fingí no entenderla.

—¿Cómo sé el qué, que se van a asaltar las tiendas? —le reconocí—. ¿Acaso no es lo más lógico?

—Sí, pero no me refiero a eso.

—¿A la revolución? No creo que empiece hoy.

—Tampoco me refiero a eso: ¿cómo supiste que te seguirían? Cuando empezaste a quemar la ropa y les hablaste todo aquello, enseguida advertiste que harían lo que tú les pidieras. ¿Cómo? ¿Por qué te dirigiste a unas personas en lugar de a otras?

—No hay respuesta, o no hay más respuesta que la intuición.

¡Cómo me hubiera gustado revelarle mi secreto! Lo hubiera hecho para liberarme de la excesiva carga que todo lo reservado conlleva y por pura ostentación. Ni podía decírselo entonces, ni podría decírselo nunca. Las madres son las personas que más quieren a cambio de menos y hasta mi madre acabó por no quererme cerca de ella. Mi poder no es natural, Ania. Todos tenemos algo que ocultar, todos vamos por ahí dando una imagen más o menos postiza de lo que somos, todos engañamos por pura asepsia social y para querernos a nosotros mismos. Este es el principio fundamental de la revolución que se avecina. Si supieras que eres transparente para mí, me tendrías pánico. Si te dijera que maté a tu exnovio después de perseguirlo toda una noche, te hundirías y te apartarías de mí, me odiarías y me temerías, pero si me amas de verdad pensarías que lo hice por estar contigo, ya no me tendrías miedo y volverías a desearme. Si le dijera que maté a tu novio, el ser con el que pensabas compartir esa existencia alterada e incierta que vivimos los humanos, me querrías muerto, te creerías sucia por haberme tocado o por haber sentido mis manos en tu piel o por haber pensado en mí en los farragosos insomnios de una mujer joven, la zarpa del odio te desgarraría las vísceras y no te dejaría respirar, vomitarías bilis solo con que alguien mencionara mi nombre y, con todo, si me amas, el rechazo acabaría comido por la necesidad de mí, porque el amor es el más poderoso de los sentimientos y no es menos enfermizo que el odio ni menos autodestructivo. Ahora bien, si te revelara que me asomo a lo más oculto de ti como si mirara por la ventana de una habitación y que tus emociones son para mí como las cosas que toco, me verías como a un ser inhumano y, sobre todo, te resultaría insoportable no poder aplacar tus propios errores con excusas, porque sentirías que yo te estaba juzgando continuamente y que continuamente te condenaba. Y todos, Ania, todos, también tú, poseedora de la más hermosa de todas las almas, tejemos una maraña de mentiras para justificar las diferencias entre nuestras actuaciones y el orden ético que nos exigimos, un complejo andamiaje que nos sirve para exculparnos por los hechos que culpamos a los demás y sobre el que levantamos la conciencia de lo que somos. La verdad desnuda es como la carne sin piel. La mentira, Ania, es la piel del alma. No la mentira formulada adrede, por los mentirosos, sino la realizada como excusa, sin querer y a nosotros mismos, la mentira de los justos.

No quedó muy contenta, no tanto por la respuesta en sí como por su brevedad: ella ya estaba segura de que era la intuición la que me había hecho dirigirme a unas personas en lugar de a otras, lo que quería saber era cómo había obrado y se había manifestado en mí. Ese interés me daba para exhibirme desde la mentira, pero estábamos varados en un lugar tan inapropiado como la boca del metro y huíamos del fárrago de un futuro que comenzaría en cuestión de minutos. No era el momento, por tanto, y su admiración por mí crecería si yo trataba a mis cualidades con desdén.

—Luego te cuento —le dije, y tiré de ella escaleras abajo con una resolución que no admitía réplica.

Íbamos a su casa, pero aquella noche me hubiera seguido a cualquier sitio, por difícil o aventurado que este hubiera sido. Y lo hubiera hecho disfrutando del placer de ser guiada: tenía en mí una confianza absoluta y en sus entrañas guardaba esa pizca de euforia que ataca a los viajeros de lo desconocido. Aunque ella no era demasiado consciente de nuestro destino, íbamos a su casa, y para mí no había aventura mayor aquella noche que la de descubrir entre todos los caminos posibles el que llevaba hasta su cama. Si el mundo, en lugar de desmoronarse, se venía abajo de golpe, mejor. No recordaba de mi infancia mejor regalo que el de sentirme caliente y a salvo en la cama mientras afuera las tormentas amenazaban con resquebrajar los edificios o con diluirlos. ¿Podía haber goce más sublime, de adulto escéptico, que el de hacer el amor por primera vez con la mujer que amas en tanto la turba incendiaba la ciudad? Mi reto era hacerla partícipe de ese hedonismo para engancharla a mí. La mirada del que te ofrece una mano cuando cuelgas del precipicio no se te olvida nunca. Y más aún: cuando alguien fabrica una burbuja inexpugnable en mitad de las tinieblas, te mete en ella y convierte tu incertidumbre y tu dolor en seguridad y gozo, su compañía se graba tan hondamente en ti que ya no puedes sino comparar cada segundo de regocijo que vives con aquel otro que viviste.

El metro estaba casi desierto y el luego del «luego te cuento» hubiera podido ser entonces, en aquella soledad que, sin embargo, era más proclive a la introspección y al sigilo que a la confidencia. ¿Qué pasaría? Ya era consciente de adónde íbamos. La observé con tierna delectación. ¿Qué ocurrirá cuando lleguemos a mi casa y quiera quedarse?, se decía. ¿Qué contestación le daré? Y si no me dice nada y hace ademán de irse, ¿le pediré que se quede? Por supuesto, no podía oírle los pensamientos, pero alcanzaba a ver cómo palpitaba su indecisión. No me amaba con locura, no sentía por mí una pasión irrefrenable y no era mujer que se acostara con un amigo por pura fruición, y menos estando tan reciente la muerte de su novio. Con todo, yo sabía que aquella noche dormiríamos juntos, y que lo haríamos a instancias de ella. Su duda era mi salvación, porque entre salir de ella dando un paso adelante y hacerlo dándolo hacia atrás, Ania escogería siempre lo primero: amaba la vida y tenía ese carácter vitalista de quien prefiere el agudo dolor de la emboscada a la molestia crónica del arrepentimiento.

Antes de bajarnos del vagón, ya se había decidido. Con la decisión tomada, se volvió más lenguaraz y más tierna, y yo vi que un campo llano se abría en su corazón y que me invitaba a ocuparlo. Y así, con la excusa de querer soltarme la lengua, me cogió la mano.

—Nereo —me dijo—, ¿me dirás cómo supiste que aquella gente te seguiría?

Nos habíamos bajado del vagón y subíamos por las escaleras de la boca del metro más próximas a su casa. Afuera, no se oían coches, sino una bulla lejana. La detuve y, en lugar de contestarle, le indiqué:

—Escucha: ¿no te parece extraño?

Nuestra ciudad se paralizaba de noche, pero aún era temprano para eso y el silencio que nos envolvía parecía causado por una huida de los sonidos sutiles ante el terror al ruido que se avecinaba.

—Algo gordo va a pasar —le afirmé—. Pronto, esta parte de la ciudad estará tomada por el populacho.

La suya no era una avenida de tiendas de ropa moderna, pero lo era de paso hacia otras avenidas y, de todas maneras, la turba empezaría asaltando tiendas de ropa oficial para quemarla, continuaría con tiendas de ropa de colores para llevársela y acabaría asaltándolo todo.

—Vámonos —la urgí—, ese rumor es el canto de la riada.

En efecto, desde que salimos del metro hasta que llegamos a su casa, el lejano ruido de la muchedumbre se fue acercando con la fatalidad de una voluminosa masa líquida encajonada en un cauce, como si en el curso alto se hubiera roto una presa y un frente de destrucción bajara por el valle.

Cuando alcanzamos su piso, los sonidos de afuera eran ya ruido de cristales rotos y gritos.… Apagamos la luz y nos asomamos al balcón: a unos cientos de metros, la punta del desastre se personificaba en algunos individuos que corrían de un lado a otro rompiendo los escaparates de las tiendas. No parecía el trance más adecuado para que el amor que empezaba a florecer en el alma de Ania bullese en su sangre y emergiera en forma de pasión. Los habitantes de Sholombra que no estaban en la calle estarían escondidos en el lugar más recóndito de su casa o, como mucho, espiando por las rendijas de alguna ventana. Yo había dicho que aquella noche no estallaría la revolución, quizá me había equivocado, o quizá, en efecto, no empezase y al día siguiente Sholombra siguiera igual, aunque saqueada y rota, porque no había autoridad contra la que dirigir la ira, como lo demostraba el hecho de que se destruyeran propiedades privadas en lugar de públicas. Sea como fuere, los sucesos parecían de suficiente trascendencia como para acallar todas las emociones individuales excepto el miedo. Por eso me desconcerté al ver mi mano cogida por la de ella. Yo había estado pendiente de la calle y de su movimiento y llevaba unos minutos sin echarle cuentas a su corazón.

Cuando volví a sentirlo, ya no era el mismo. Estaba violentamente abultado por esa fogosidad animal que apremia a la voluntad, primero, y, luego, la sustituye, obligando a la entrega al otro y a la posesión del otro. Me sorprendí, por supuesto. Digamos que los indicadores que yo manejaba no hacían presagiar ese súbito florecimiento. Por otro lado, yo sabía que en su alma podía desbordarse la pasión, pues no de otro modo la hubiera considerado tan hermosa. Lo chocante, aparte de que yo no me hubiera dado cuenta, era el vigor con que había manado en una situación tan poco propicia. O no. Volví la vista hacia ella y la miré a los ojos: era precisamente la excepcionalidad y la crudeza de los sucesos lo que la excitaba. Aunque yo había hurgado en los entresijos de sus sentimientos, no había ahondado en la zona oscura donde guardaba las perversiones. Todos, sin embargo, las tenemos, las tienen hasta los más perfectos, aunque en algunos no hayan visto nunca la luz ni la vean nunca, aunque las nieguen, aunque las tengan sometidas. Para Ania, poseerme a mí en medio de aquel caos era tanto como poseer al acontecimiento histórico que vivíamos: se le puede hacer el amor a una desconocida y en esa mujer imaginar a todas las mujeres. Se puede orinar al abismo desde la cresta de una montaña con la solemnidad del que moja a cada uno de los habitantes de la Tierra. Se puede hacer el amor en el ojo del huracán que configura la Historia con la sensación de que posees y eres poseída por las descomunales fuerzas que la mueven.

Estábamos cogidos de la mano y nos mirábamos callados. Entre un hombre y una mujer eso es suficiente si uno de los dos tiene arrestos bastantes para vencer a esa inercia del Destino que tiende a dejar las situaciones como están. En nuestro caso, era aún más fácil, pues yo conocía sus intenciones con la misma claridad que si me las hubiera declarado por escrito y ella sentía en el pecho un ahogo que únicamente encontraría consuelo en mi boca. Los imanes de distinto polo, en fin, se atraen. Los humanos sentimos la atracción de los cuerpos, la del corazón y la intelectual, y cuando las tres coinciden no hay distancia ni barrera ni razones en contra que no añadan más atracción a la atracción.

Ania estaba empezando a creer que podía amarme, que quizá me amara ya, y yo incrementaba esa creencia halagándola y expresándole mi amor.

—Dime que eres tan extraordinaria como pareces —le dije, finalmente, embobado.

Sonrió, y por la mella que su sonrisa dejó abierta en el alma se le escapó una nubecilla de puñales que me atravesaron y se me clavaron en la espina dorsal.

—¿No prefieres que te lo demuestre? —contestó derramando voluptuosidad, y luego me musitó al oído—: ¿Habrá algo más hermoso que hacer el amor en medio de esta locura?

Para ella, ese «en medio de esta locura» era aquel momento, allí, y el allí era el balcón de un piso no muy alto, prácticamente en una calle llena de incendiarios armados con hierros y palos que asaltaban y saqueaban tiendas, volcaban coches y se peleaban entre sí por los restos del pillaje con la fiereza de bestias consumidas por el hambre.

—En el desorden provocado por el volcán, el sosiego del volcán de la pasión —le indiqué.

Me sonó mal, incomprensible y petulante. Quería expresarle que éramos como dos nativos de una de esas islas lejanas entregados al amor en vísperas de la anunciada explosión de un volcán que devolvería al mar hasta el último resto de la tierra emergida. Quería manifestarle que dado que todo ha de terminar algún día, resultaba placentero no querer evitarlo, sino dejarse arrastrar por la fatalidad y jugar con ella, porque aceptándola, la vencíamos, pues en el ser de la fatalidad no está tanto la irremisible consecución del objetivo como la amenaza y el miedo. Quería, en fin, corresponder a su sensualidad desbordada con una frase ingeniosa. Pero no me salió bien. Bueno estaba. Lo que no iba a hacer era cometer, además, el error de aclarársela. Si lo hubiera hecho, ella habría siseado pidiéndome silencio y llevado uno de sus dedos a mis labios, pues lo que demandaba de mí no eran ni filosofías ni razones ni otras palabras que no fueran las que en el fragor del amor se le escapan al amante, imprecisas, atrevidas, hermosas o chabacanas. Y todo eso lo veía en su alma, sí, pero lo más significativo era que también podía verlo en sus ojos. Porque yo podía ser un ser especialmente adaptado a unos tiempos que se derrumbaban con estrépito delante de nuestras narices, pero era, antes que nada, un hombre. Y ella era una mujer que ni podía ni quería contener la excitación que desde cada una de las raíces de su carne y de sus huesos le llegaba hasta la piel y le alteraba la respiración, el gesto de sus labios, los fluidos de sus ojos y de su vientre. Ya no quería envolver las ganas de tenerme con adornos ni quería de mí más adornos que los propios de la consumación carnal.

Faltaba el chispazo que redimiera de golpe todas aquellas urgencias. Ahora no recuerdo qué lo produjo, si es que no se produjo por sí mismo (por la electricidad liberada de nuestros cuerpos ansiosos, quiero decir), solo la visión de sus fuerzas comprimidas y la apremiante sensación de abandono que me provocaban las mías, y recuerdo que cuando el estallido rompió de golpe el armazón que las aprisionaba, los sentimientos de ambos se confundieron antes de que nuestros labios se encontraran con violencia y nuestros cuerpos se apretaran el uno contra el otro, como intentando fundirse en uno solo, como si quisieran romper esa ley física que impide a dos cuerpos distintos ocupar el mismo espacio.

Pero por muy excitados que estuviéramos, a mí no se me iba de la cabeza que nos hallábamos en un balcón, a no demasiados metros del asfalto y sin más barrera contra la vista de los insurrectos que se movían por la calle y de los asustados curiosos de la vecindad que espiaban a los insurrectos que una insuficiente baranda de hierro. Me pareció no solo imprudente y desvergonzado intentar consumar en público el acto invocado por nuestro deseo, sino, también, que el hecho de encontrarnos como en un escaparate la detendría cuando de la premura de los labios debiéramos pasar a la premura de las manos o cuando, finalmente, debieran encajarse nuestros sexos.

—Entremos —le susurré al oído.

Quizá debí haber previsto la negativa. Pero si ya me había pasado otras veces que en la enajenación de la lujuria había perdido parte de mis facultades extraordinarias, cuanto y más entonces, que estaba poseído como nunca por esa voluntad arrasadora y ajena que es el vehemente anhelo de la cópula. En aquellas circunstancias, pues, mi mente no atendía a más razones que a las relacionadas con la ambientación. Por eso le insistí:

—Vamos adentro.

Ella rezongó, me cogió la cabeza y devolvió a sus labios mis labios, ausentes de los suyos el tiempo justo para hablarle. Yo me retuve apenas un instante. Luego, sentí que me cogía el culo y que lo empujaba hacia sí para refregarse el pubis contra mi impaciente miembro y ya no pensé más en el lugar donde estábamos ni en lo que íbamos a hacer. A partir de entonces me dejé. Para empezar, me despegué de sus labios e hinqué los dientes en su cuello mientras sentía en mi oreja el ruido de su respiración agitada, el calor de su aliento, y, después, le abrí la camisa de un tirón que hizo saltar todos los botones por los aires y le comí el hombro, donde aprecié el sabor de la sangre, y el hueco del esternón, donde le sorbí unas gotitas de sudor. Mordía o lamía o besaba con la intemperancia del muerto de hambre, sin cubiertos, sin las manos, metiendo la cabeza en el plato y llenándome la cara de la comida que engullía. Cuando mis labios tropezaron con el sujetador, le levanté las copas y me aparté un instante para verle los pechos, ni muy grandes ni muy pequeños, para ver cómo se estremecían al contacto con mis manos, cómo subían y bajaban, cómo se dejaban moldear y cómo a continuación, en cumplimiento de una ley más cercana a la magia que a la Física, se recomponían y volvían a su forma original. Mientras yo la veía, ella se echó las manos atrás y se desabrochó el sujetador, que dejó caer adrede por encima de la baranda, en la calle, en un gesto que envolvió de una mirada tan lasciva que fue como si me hubiera dicho: estoy en la mesa, tierna y caliente, a qué esperas, cómeme. Como ningún hombre con la voluntad en su sitio hubiera rehuido aquella invitación, y yo, a efectos de voluntad, era un hombre corriente, la obedecí: le cogí la cintura y la estreché contra mí con la inmediata intención de devorarla. Pero en cuanto nuestros labios volvieron a juntarse, noté que ella tenía más hambre que yo y que su hambre era de una violencia desesperada. Era la comida la que me comía a mí, por más que fuera yo el que metiera la cabeza en el plato, y no al revés. Me comía la lengua, la nariz, la barbilla, las orejas, los ojos, la cara, en tanto me llevaba de un lado a otro la cabeza con las manos o metía los dedos entre mis cabellos o me hincaba las uñas en los hombros o en la espalda. Y el hambre de ella provocaba más avidez en mí, de manera que el encuentro prometía ser un devastador banquete que acabaría con el uno devorado por el otro.

En algún momento, bajé la cabeza y hundí mis ojos entre sus pechos; en algún momento, metí uno de sus pezones en mi boca y jugué con él a la par que pellizcaba el otro con los dedos; en algún momento, le cogí el culo con las dos manos por encima de la falda, lo apreté, seguí su curvatura y lo atraje hacia mi sexo. Pero en ella las urgencias lo volvían todo insuficiente –pudiendo habernos comido a sopas, nos estábamos engullendo–. Por eso me cogió las manos, las metió por debajo de su falda y se las puso en el culo antes de mendigarme con la respiración entrecortada: «Arráncame las bragas, arráncamelas, aunque me duela». Nunca había estado tan excitado ni me había sentido tan poderoso. Igual que las rompí sin esfuerzo tirando de ellas hacia ambos lados, habría roto cualquier cosa, lo mismo una barra de acero que un pacto con el diablo. No concebía nada más que las ganas de poseerla. Ya no solo no era capaz de verle el alma ni de darme cuenta del lugar en donde estábamos, sino que mi voluntad no era más que una roca que cae por un precipicio. Aun así, fue ella la que a trompicones apresurados me desabrochó el cinturón y el botón de los pantalones, la que me bajó un poco los calzoncillos y la que se levantó la falda. «Ahora –me avisó–, ahora», me atrajo hacia sí hasta que su espalda dio contra la barandilla y se abrazó a mi cuerpo como se abraza el cuadro a la pared cuando se cuelga de una alcayata. Yo la sostuve y empujé,

empujé mientras sus gemidos desquiciados me quemaban la nuca, me agujereaban la espalda los garfios de sus dedos y sus piernas se aferraban a mis piernas como si fueran plantas trepadoras dispuestas a estrangularlas, empujé entre tanto una descarga feroz me recorrió los tuétanos y me arqueó la columna, empujé más allá de vaciarme, hasta que la noté desmadejada, hasta que perdí las fuerzas y su peso se me hizo insufrible. «Te quiero», me declaró entonces. Me besó en los labios y me abrazó despacio, poniendo su cabeza sobre mi hombro. Estaba empezando a sentir su alma, cuando me distrajeron los vítores y los aplausos de unos cuantos alborotadores que se habían demorado para vernos, uno de los cuales agitaba el sujetador de Ania mientras otro hacía lo mismo con sus bragas, que sin darme cuenta debí dejar caer a la calle. Ella los saludó con la mano y les sonrió, y luego me dijo: «Entremos, el espectáculo se ha acabado».

A pesar de lo extraordinario que descubrí de ella mucho después, y de lo que oportunamente daré cuenta en esta historia, sigo sin tener una explicación convincente que justifique el comportamiento de Ania. No supe qué ocurrió en su corazón en tanto mi lujuria estuvo desatada, pero lo supe luego, por los rastros que las emociones dejaron en esa caja negra que son los sedimentos del alma. ¿Qué pasó dentro de su cabeza? No lo sé, aunque sospecho que nada inconcebible. Nada, tampoco, que no fuese lo que un observador imparcial hubiera podido ver con los ojos. «¿Habrá aventura más hermosa que hacer el amor en medio de esta locura?», me había dicho. En medio de aquella locura estaba yo. Yo, simplemente, le hice el amor a ella, pero ella lo hizo conmigo y con los que la veían en la calle, con el mundo que se iba y con el que llamaba a la puerta, con los puentes sobre el Novorm que habíamos visto desde la ventana del restaurante y con la noche picada por las llamas, con los que danzaban alrededor de las hogueras y con las gentes mudas del metro, con Damiel, con el exnovio al que maté y con todos sus amantes anteriores. Nunca antes le había ocurrido algo parecido. Ella estaba más admirada de sí misma que yo de ella, y estaba llena de gozo, y se sentía equilibrada, viva y libre.

—Ha sido maravilloso —me aseguró tomándome de la mano y mirándome a los ojos.

Entre el que yo era para ella cuando veníamos en el metro camino de su casa y el que era en ese momento había una diferencia medular: ella ya no dudaba de ella, ahora sabía que me amaba, ya le era imprescindible.

—Tenía que ocurrir —me dijo—. De una forma extraña noto que estábamos condenados a esto. Por enloquecidos que estén, los trenes siempre llevan el mismo camino.

## Capítulo 5

*Me llega una carta del Ministerio de Justicia. El reencuentro con
Saín. Mi cita con Lida.*

Al amanecer del día siguiente, los habitantes de Sholombra se asomaron temerosos a las ventanas y vieron las se-
cuelas de la violencia sufrida por la ciudad durante las primeras horas de la noche anterior: vehículos volcados o cruzados en la calzada; pequeños montones de cenizas rodeados de ropa gris a medio quemar; bolsas, percheros o ma-
niquíes entre charcos de lunas rotas y algunas pintadas de
letras premiosas con textos alusivos al supuesto ideal que
había dado sustancia a los disturbios («vivan la ficción y la
mentira», era la más repetida) que con sol y en el sosiego
de la calle habían perdido el nervio de lo ominoso, resulta-
ban obsoletas. Con todo, las consecuencias parecían menos desastrosas de lo que por el ruido y el movimiento yo
había sospechado. Como si fueran jóvenes gamberros en
una noche de juerga, los revolucionarios habían actuado
más impulsados por la euforia que por la ira, como lo probaba el que, con la excepción de las tiendas de ropa, asal-
tadas prácticamente en su totalidad, la mayoría de los establecimientos particulares habían sido respetados y nadie se

había atrevido o había caído en tocar siquiera ni a uno solo de los edificios públicos.

Era cierto que, a pesar de lo avanzado de la hora de un día normal de trabajo, la calle seguía traspuesta, pero ya se veía en el ambiente que los supuestos revolucionarios se habían ido a dormir empachados de parranda y la vida, que es más proclive a la adaptación (a la reforma) que a la revolución, retomaría las arterias de la ciudad para restituir la mediocridad y la insuficiencia, para devolvernos a todos del abismo a la cuesta abajo. Con la luz de la mañana, Sholombra volvía a ser la que era, el hormiguero inmenso que siempre había sido

También yo aparté la cortina y me asomé a ver la calle desde un balcón de la casa de Ania. Ella aún dormía. Había dormido toda la noche de un tirón pegada a mí, con un automatismo más propio de la experiencia que del instinto. Era, pensé cuando me volví y la vi semiarropada por las sábanas, un ser incomparable. Dormida, tenía esa cara resplandeciente de los adolescentes enamorados. Yo sabía cuándo los dormidos estaban soñando por el ritmo que alcanzaban en ellos la ansiedad, la frustración, el miedo, el deseo y la mayoría de las emociones y los sentimientos, que adelgazan o engordan, se iluminan u oscurecen, suben o bajan, se vuelven ásperos o delicados al paso que discurren las peripecias de los sueños. Ania no estaba soñando. Si tenía esa cara de felicidad, era porque la felicidad se había instalado en su alma con vocación sedentaria. No quiero decir con ello que Ania no sufriera nunca o que no sintiese dolor. Sufría, por supuesto, y le dolían los daños de las personas que quería y sus propios daños. Quiero decir que no percibía el dolor como revés. Si los gatos dilatan o contraen las pupilas para poder extraer la poca luz que hay en la oscuridad, ella adaptaba las exigencias de su alma al devenir de los acontecimientos y sabía obtener de ellos el alimento de lo positivo. Poseía una facilidad innata para viajar en la cresta de la ola, para salir a flote por temible que fuera la tempestad, para resistir indemne debajo del agua. No añoraba nada: ni lo que hizo, ni lo que pudo hacer y no hizo, ni lo que podría hacer y no haría nunca. Para ella, no había más futuro que el posible y lo vivido tenía la misma categoría que lo soñado o lo imaginado.

El lector debe entender cuán novedosos eran para mí los descubrimientos que hacía por la observación de su alma. Imagínese a un amante de la pintura que obsesionado por el cuadro de un museo lo roba y lo pone en un rincón escondido de su casa. Lo contempla y lo estudia en secreto y a diario gozando con su propiedad y temeroso de su pérdida, y en cada examen le descubre detalles nuevos. Y después de imaginado esto, piense en Ania dormida en su cama y en mí sentado a su vera, mirándola.

Aquella mañana descubrí que tenía el cuadro de mis sueños en un lugar destacado de mi casa y que podía venerarlo por entero y en exclusiva. Para un enfermizo amante de la pintura, no hay nada más emocionante. Ania estaba dormida y desnuda y en algún lugar del mundo de afuera los ciudadanos estaban empezando a salir a la calle para iniciar otra jornada más, igual de huera que todas las anteriores y, en consecuencia, estúpidamente desaprovechada. Ania estaba dormida y yo la observaba indagando en la anatomía de su alma con el distraído ensimismamiento que un amante de la Geografía explora un mapa meticuloso de lugares inexplorados. No había paisaje más hermoso, ni acción más intemporal, ni mayor justificación para haber nacido que hacer lo que yo estaba haciendo.

Estuve así varias horas, pero hubiera podido estar varios años. Al cabo, Ania empezó a dar las muestras de la inquietud del que quiere despertarse: buscó varias veces nuevo acomodo a su cuerpo, se arropó con las sábanas para resguardarse del frescor de la mañana y, finalmente, exploró el otro lado de la cama con la mano. Fue el descubrimiento de mi ausencia lo que la hizo despabilarse del todo. Se incorporó de un brinco, asustada por lo que creía una de esas huidas de amante fugaz, y me vio sentado en una silla próxima, como si estuviera espantando con las manos a esos diablillos voladores que llenan de pesadillas el sueño de los niños.

A menudo, la claridad de un sentimiento es tal que su resplandor ahoga la luz de los demás y sale en forma de radiación. Entonces no es necesario acceder al alma para descubrir lo que en ella se guarda, pues basta con ver la cara de su dueño. Durante un tiempo, que para mejor salvaguardar el interés de esta historia no puedo declarar aún, no le encontré explicación al rostro luminiscente que aquel día tuvo cuando me encontró junto a ella, el de un ser totalmente desprovisto de sufrimiento.

Nunca, en alma ninguna, había visto algo semejante. Las heridas dejan huella, los muertos inundan el pasado de recuerdos y siembran el futuro de oquedades, junto a la dicha navega el miedo a la desgracia y la fatalidad se instala en el corazón de los recién nacidos. Para un humano, es imposible la ausencia total de dolor, ni siquiera por un momento. Lo de Ania era, por ello, verdaderamente único, aunque esa desaparición del mal durara apenas unos minutos. Ahora, que escribo conociendo lo que pasó luego, me es difícil transmitir la fascinación que me produjo aquel descubrimiento emocionante. Ahora, que sé la explicación y conozco esta historia al completo, ese asombro es solo una parte del Asombro. Ahora ya puedo contarlo con el pulso firme, pero entonces me sentí perdido.

No puedo decir que me gustara. Un humano digno y hermoso sufre ante el dolor ajeno, ante la iniquidad y ante la infamia. Me pidió que me acercara a ella con los brazos abiertos y yo me acerqué y me dejé abrazar y la abracé sin entusiasmo. Entonces volvió a ella el dolor y el dolor la dignificó y le devolvió esa belleza milagrosa que me había enamorado y por cuya consecución yo había cometido dos asesinatos.

Poco después, mientras iba en el metro camino de mi casa (la urbe parecía medianamente vuelta a la normalidad), intenté buscarle una explicación a lo ocurrido. Cuando estaba dormida —pensé—, Ania era como todos, pues su corazón añoraba a Damiel y sentía dolor por los que sufren y por sus propias heridas. Al despertarse, tras pensar que me había ido, me encontró a su lado, vigilando su sueño, y este hecho le produjo una suerte de emoción deslumbrante que me impidió ver su dolor, como el sol impide ver las estrellas. Aquella hipótesis no era demasiado convincente, pero a falta de otra mejor, la di por buena. Además, en el origen de todo estaba el amor que Ania sentía por mí, tan intenso que era capaz de producir una mágica distorsión emocional. Ania me amaba, ¿no era eso lo que yo quería? Me amaba y en mí no debía haber sino agradecimiento a ella y a la vida.

Me creí esa teoría incluso cuando había perdido la mayor parte de su fundamento. Yo era feliz porque estaba enamorado y era correspondido. Nada veía a mi alrededor que no fuera a mi amada o referencias de mi amada y en ella nada veía que no fuera perfecto. Había descubierto que Ania no soñaba nunca y que siempre se despertaba sin dolor o con el dolor oculto, estuviera o no estuviera yo a su lado, pero esa anomalía ya no me resultaba ni heladora ni enojosa. Es más, seguía pensando que en su origen estaba la dicha de amarme. No había mañana que no me abrazara y me confesara su amor inmediatamente después de despabilarse ni mañana que, unos minutos más tarde, su alma no recobrara el dolor y la belleza. Aún no había relacionado su carencia temporal de dolor con su absoluta carencia de sueños, aunque cavilaba que, mientras dormía, su imaginación debía de estar llena de actores desconcertados y a oscuras, como debe de estar el pensamiento de los muertos recientes.

Recordar aquella primera etapa de nuestra convivencia en su casa me reconforta. Éramos dos seres inoportunamente felices en un mundo anárquico y de desvarío. Y la inoportunidad, que nos volvía distintos de nuestros congéneres, nos unía más el uno al otro y hacía que nos tomáramos con desdén el inevitable final que se ceñía sobre nuestra cultura y, quizá, sobre nuestra ciudad. No puedo ilustrar cómo eran nuestros días de aquel tiempo sino utilizando dos conceptos tan aparentemente contradictorios como el asombro y la indiferencia. Valorábamos como sorprendente y nuevo todo lo que veíamos, aprovechábamos los minutos con la voracidad del hambriento, casi con angustia. Nunca nos cansábamos de lo que hacíamos ni sentíamos el lastre de la debilidad física. Hacíamos el amor en los sitios más insospechados, de todas las maneras posibles, reíamos por tonterías, nos burlábamos de los revolucionarios y de la gente contrita de las aceras, escribíamos mensajes de amor o insultos atroces debajo de las pintadas subversivas y visitábamos los charladeros, donde bebíamos nuevas combinaciones de licores exóticos, fumábamos y oíamos canciones psicodélicas, con letras en idiomas desconocidos o inventados, rodeados de conversaciones incendiarias y de humo.

La protesta popular empezaba a tener una organización, aunque caótica: se veían pasquines que convocaban a actos, de cuya posterior ejecución nadie podía testimoniar, o que pedían la puesta en marcha de medidas concretas, algunas de ellas extravagantes (televisión libre, clases de religión en las escuelas, publicación inmediata de novelas y otros libros de ficción, etcétera), y, sobre todo, ya circulaban por los charladeros los nombres de algunos cabecillas revolucionarios que firmaban bajo seudónimo al pie de los pasquines o a quienes se atribuía el liderazgo de revueltas y algaradas, si bien es cierto que toda la información llegaba a los ciudadanos en tan malas condiciones que se hacía difícilmente creíble, como lo demuestra el hecho de que el boca a boca atribuyera a un tal Joff Done la planificación y ejecución de los actos de quema de la ropa gris y el posterior asalto de las tiendas. Si hubiera habido un Estado al que oponerse y ese Estado hubiera tenido una sede, el populacho la habría asaltado para matar a sus ocupantes, sacar el mobiliario a la calle y hacer piras con él, defecar sobre la mesa del Consejo de Ministros y limpiarse el culo con los protocolos de los tratados internacionales. Pero el Estado no existía. Las agotadoras sedes de los ministerios no eran más que lugares cubiertos donde supuestamente pululaban funcionarios aburridos que hacían por su cuenta y riesgo lo que siempre habían hecho, casi todos simpatizantes pasivos de la revolución. Ocupar la sede de un ministerio tenía tan poco objeto como para un ejército en guerra asaltar una fortaleza derruida. El pueblo no tenía enemigos enfrente ni nadie que lo dominara, pero tampoco tenía los resortes necesarios para impedir esa blandura estúpida de la costumbre, de la práctica, de los prejuicios sobre la Verdad, ni tenía teorías ni artes ni organización para ejercer un poder que no debía conquistar, pues le bastaba con ocuparlo, por más que los nebulosos líderes revolucionarios dedicaran a la forma de llegar a él la mayoría de sus soflamas.

Por aquel entonces recibí en mi casa una notificación del Ministerio de Justicia en la que se me indicaba que había sido designado por sorteo juez de un distrito de Sholombra para el periodo de un año. Yo conocía a algunos que tras recibir notificaciones similares habían ido a tomar posesión de su cargo y ni siquiera habían vuelto para firmar el cese. Pero de eso hacía mucho tiempo. En la época en que recibí aquella carta, lo acostumbrado era no atender a los documentos oficiales. Quizá debió ser ese mi comportamiento, y más teniendo en cuenta que no tenía obligación alguna de ser juez, pues por no ser licenciado en Derecho (nunca fui a la universidad) no formaba parte del cuerpo electoral de ciudadanos entre los que se sorteaban los cargos de jueces.

—Haz como si no la hubieras recibido —me dijo Ania.

—¿Y si mañana me mandan otra?

—Pues haces lo mismo que con esta. Tal y como está la Administración, andar moviendo papeles es como meterse en un lodazal salpicado de trampas.

Me dejó convencido y no volvimos a hablar de ello, pero al día siguiente, cuando iba en metro camino del trabajo, me bajé sin proyectarlo en la primera estación de la plaza de la Ciudad, donde se hallaba la sede del Ministerio de Justicia, empujado más por la abulia que me esperaba en la oficina que por el propósito de intentar aclarar mi situación administrativa.

Al salir a la superficie, me chocó ver que estaba cerrada la grandiosa puerta del Consejo Supremo, que enseguida tuve frente a mí. El Consejo Supremo era el primer órgano colegiado del Estado, al que correspondía el poder legislativo. Durante cientos de años el Consejo no modificó las leyes ancestrales, que integraban una suerte de Constitución rígida, pero legisló sobre las materias novedosas que imponían los avances técnicos y, sobre todo, sirvió para elegir de entre sus miembros –por sorteo, naturalmente, y para un año– al Gerente del Estado, cuyo nombre y rostro nadie conocía desde hacía muchos mandatos, a pesar de que las televisiones oficiales seguían refiriéndose a él en abstracto cuando aludían a decisiones que correspondían al poder ejecutivo.

Aunque era primera hora de un día laborable, la majestuosa plaza de la Ciudad estaba casi desierta. Hasta no hacía muchos meses, sin embargo, lo habitual era encontrarse a cientos, quizá a miles, de funcionarios y administrados entrando y saliendo de los distintos edificios o de las bocas del metro, todos callados, casi todos solos, en un hormigueo urgente que a primera vista daba idea de la buena salud de la Administración y de la sociedad a la que servía. Algunas indicaciones junto a las bocas del metro y grandes carteles de letras rectas en las graves fachadas guiaban a los administrados, cuyo ánimo se encogía nada más pisar las losas de granito que servían de pavimento a la plaza, pues lo desmedido y vacío del recinto parecían una premonición asfixiante del mudable leviatán que el administrado encontraría en cuanto cruzara una cualquiera de sus decenas de puertas iguales.

El bloque donde se hallaba la sede central del Ministerio de Justicia no era distinto de los demás. A él me dirigí lamentando haberme bajado en la primera estación, en lugar de en la segunda, lo que me obligaba a recorrer a pie varios cientos de metros por aquel ominoso descampado de piedra si quería ir por el camino más corto. Para evitarlo, me pegué a los costados y anduve al amparo de los soportales, bajo los que me crucé con algunos ciudadanos tan impresionados como yo y con unos cuantos funcionarios (su paso resuelto los delataba), todos vestidos con ropa de color, todos serios y mudos. Junto a las distintas puertas había colgados tablones de anuncios con documentos fechados en el año de la nana cuya inutilidad evidenciaban los términos de las convocatorias, los plazos cumplidos. Alguien –pensé– se molestaba en sacar y meter todos los días esos pesados tablones, pero nadie se encargaba de sustituirle los papeles ni en decirle al bedel que lo hacía que su trabajo era infructífero. Esa desgana apabullante me estremeció, y por un momento me imaginé a la maquinaria de la Administración como a una masa titánica que se deformaba a mi paso y se volvía a formar detrás de mí, engulléndome y alimentándose conmigo.

Tenía razón Ania, pensé. De haber tenido aquella sensación en el metro, nunca se me hubiera ocurrido pararme a curiosear, pero ya estaba delante de la puerta principal del Ministerio de Justicia y a un par de metros de mí había un bedel de unos cincuenta años que me miraba expectante y en cuya alma vi los desastres de una vida vulgar, algo que me dio lástima.

—Perdone que le moleste —le dije—, me gustaría saber dónde está el departamento que nombra a los jueces de distrito.

—No es ninguna molestia, al contrario. Ya vienen muy pocos administrados a preguntar. Hoy, sin ir más lejos, todavía no ha entrado ninguno, y ayer solo vinieron cinco o seis, cuando no hace tantos meses esta plaza era un hervidero de funcionarios y administrados y en esta puerta había no menos de cuatro o cinco bedeles.

—Pero ni siquiera entonces se cambiaban los papeles de los tablones de anuncios. Algunos de esos documentos tienen tantos años como yo.

—Bueno, puede ser. Verá, mi obligación es sacar y meter los tablones de anuncios. Entre mis competencias no está la de decidir qué papeles sirven y cuáles no. Cada uno debe hacer su trabajo sin inmiscuirse en el de los demás, ¿no le parece? Si así no fuera, podrían llamarme la atención, aunque la verdad es que hace mucho tiempo que esos anuncios no le importan a nadie. Quizá he debido contestarle que si así no fuera, esto sería un desbarajuste.

El bedel estaba muy contento de poder hablar con alguien. Seguramente hacía días que nadie lo saludaba o le hacía una pregunta. Por eso no me atreví a contrariarlo.

—Bien, necesito ir al departamento que nombra a los jueces de distrito. ¿Cómo puedo llegar a él? —le pregunté finalmente.

—No sabe cómo siento decirle que desconozco a lo que se dedican en el interior —la incomodidad del bedel era cierta—. Verá, yo no soy funcionario de este Ministerio, sino del de Agricultura, cuya entrada está cinco puertas más abajo. Lo que ocurre es que desde la puerta de aquel

Ministerio yo veía que esta estaba desatendida, porque nadie sacaba y guardaba el tablón de anuncios. Como allí todavía estábamos dos y aquí no había nadie, dije a mi compañero que me venía y me vine —explicó muy ufano.

Me dieron ganas de hacerle ver las contradicciones de su comportamiento, pero no quise amargarle la mañana, y podría ser que hasta la vida, al único hombre que parecía humano en aquel decorado alucinante.

—Lo intentaré yo solo —le declaré.

—Que tenga suerte —me contestó efusivamente, queriendo remediar con aquel deseo sus carencias, como si yo fuera un explorador bisoño que debía contar con la casualidad para llegar a un enmarañado fin.

Le di las gracias y me adentré en el edificio. En el espacioso recibidor había carteles que indicaban los departamentos de cada planta y otros en forma de flecha que dirigían a los administrados hacia el fondo de cada uno de los tres anchos pasillos que se abrían en ángulos rectos. En el cartel de la sexta planta, leí: «Administración de destinos. Sorteos». De entre las decenas de indicaciones, aquella fue la que me pareció más adecuada para mi asunto. Iba a subir a uno de los ascensores, cuando detrás de mí oí la voz del bedel.

—Será mejor que vaya por las escaleras —me dijo.

Me volví y me quedé mirándolo.

—No recuerdo haber visto entrar a ningún técnico de mantenimiento —continuó—. Quizá no se pare, pero si se para, tardarían horas, tal vez días, en sacarlo de ahí. Prueba de ello es que ninguno de los funcionarios lo coge.

Le di las gracias con la mano y me dirigí a las escaleras de peldaños anchos y bajos que ascendían pegadas a uno de los extremos del recibidor en tres tramos largos y dos descansillos. De tan solemnes, largas y planas, me parecieron fatigosas. Mientras subía, pensé que si los ascensores no funcionaban o, al menos, no eran de fiar, resultaba comprensible que los funcionarios se ausentaran de sus puestos e imaginé un calendario de deserciones en el que los primeros en dejar de ir a trabajar eran los de los pisos más altos y los últimos los de la planta baja.

Cuando llegué a la sexta planta, eché un vistazo arriba y abajo por el hueco de las escaleras, atraído por algunos sentimientos pegados a la piedra que eran más intensos cuanto más se ascendía. El agujero tendía a engullir la mirada con la fuerza de un desagüe. En los buenos tiempos de la Administración, no fueron pocos los suicidas que se arrojaron desde los pisos altos y se despanzurraron sobre las losas de granito pulido del recibidor provocando un breve revuelo en la multitud, que tardaba poco en retomar sus asuntos. Funcionarios obligados a cumplir normas caducas, cansados de ver las mismas caras y mover los mismos papeles, y administrados vencidos por la impotencia o abrumados por la lentitud, ambos sin más anclajes a la felicidad ni más perspectivas de futuro que las que le brindaba la propia Administración, encontraron en la falla de aquellas escaleras y en el de las escaleras iguales de los otros bloques el consuelo de una paz que solo podía darles la nada.

En contraste con lo anterior, las escasas personas que entraban ahora eran como el bedel de la puerta, funcionarios encasillados que descubrían encanto en el cumplimiento de su obligación porque continuaban considerándose útiles a pesar de la nimiedad de su tarea y administrados como yo, más dados a la curiosidad que a la necesidad, ciudadanos turbados por el sonido de sus pasos y por la soledad de los vastos pasillos, ya no temerosos, sino sobrecogidos, como si en lugar de visitar el hogar de un monstruo examinaran su mausoleo.

En el distribuidor del primer piso encontré un cartel que me dirigía hacia el interior de uno de los tres pasillos. Seguí la indicación. Mientras andaba, oí en algún lugar el repiqueteo de otros pasos y una puerta que se cerraba. Luego, unas cuantas decenas de metros delante de mí, alguien salió por una puerta, cruzó el pasillo y entró por otra puerta. En cierta manera, aquellas figuras justificaban mi estancia en esa bolsa de irrealidad que componían en el corazón de Sholombra los palacios del Gobierno y la Administración. Alguno de estos funcionarios recalcitrantes me ha mandado la carta, pensé.

Por fin, en la parte del pasillo por donde me movía, todos los carteles que había sobre las puertas aludían a los jueces de distrito. En uno de ellos podía leerse: «Sorteos». Antes de entrar, indagué la emisión de sentimientos: detrás, solo había una persona, un hombre, y su quehacer lo tenía ensimismado, de forma que, a excepción del regodeo que da abandonarse a lo minucioso y de un desafecto velado, su vida interior estaba tan callada que parecía hibernar. Llamé y enseguida sentí su consternación.

—Adelante. Pase, pase. No hace falta llamar —oí.

La amplia sala tendría seis o siete mesas perfectamente pertrechadas, todas limpias de papeles menos una, la más lejana, en la que varias torres de carpetas apenas dejaban ver la cara de un hombre un poco mayor que yo, grueso y con barba, que al verme sintió un formidable sobresalto, aunque nada se notó en su gesto. Se levantó y mientras me hacía señales con la mano, me rogó:

—Pase, por favor, pase y siéntese.

Lo hice. Nos estrechamos la mano y al hacerlo observé en su alma cierta apariencia conocida, como el que advierte en los rasgos de una cara la voz de un recuerdo que no acaba de definirse.

—Me llamo Nereo Kif —le dije tras darle las gracias—. He recibido en mi casa una notificación en la que se me nombra juez de un distrito. Debe haber algún error. No quiero entrar en más detalles: basta con decirle que no puedo ser juez porque no soy licenciado en Derecho.

Mientras hablé, asintió con la cabeza, pero casi no me escuchó. Parecía uno de esos funcionarios que oyen al administrado por pura cortesía y entre tanto piensan en otra cosa porque su contestación, como ocurre con las resoluciones de los recursos, siempre es para ratificarse. Es más, como aprecié que crecía un resentimiento hacia mí, pensé que lo que aquel hombre deseaba de verdad era perderme de vista cuanto antes para poder continuar con esa labor extremadamente concienzuda que tanto le ayudaba a abstraerse de sus verdaderos problemas, cuya textura podía yo palpar con la mirada.

—Ya, ya. Rellene una solicitud y déjela en el registro de entradas —me contestó, dando por finalizada la conversación.

Pude haberle dicho que muy bien e irme, salir del edificio sin hacer nada y no volver a acordarme de la carta ni de la Administración. Si no lo hice, si me quedé y le exigí una explicación, fue porque me di cuenta de que su rencor tenía raíces profundas que se remontaban a muchos años atrás: aquel hombre me odiaba porque me conocía, no por haberlo sacado de su enfrascamiento. Me había reconocido nada más verme y la declaración de mi nombre no había hecho sino ratificar lo que él ya sabía.

—Me gustaría oír una pequeña explicación. Quizá no le guste oír esto, pero debo decirle que en las circunstancias actuales uno no puede tener la certeza de que su escrito llegará a donde debe, y mucho menos de que su solicitud será atendida —le dije.

—En este departamento se ven todas las solicitudes, se estudian y se da a cada una la respuesta que se merece —me contestó.

Me odiaba tanto y tenía tan pocas ganas de dar satisfacción a mi solicitud, fuera verbalmente o por escrito, que supuse que la resolución que me nombraba juez de distrito no era casual, sino obra de su inteligencia, como parte de una estrategia de venganza por algún antiguo agravio.

—No parece que el departamento dé para mucho —proclamé mirando a mi alrededor, y añadí señalándole las montañas de papeles que había sobre su mesa—: Y no creo que usted pueda despachar todo esto antes de que se jubile.

Ya no me interesaba nada la carta, sino averiguar quién era aquel individuo que con casi toda seguridad me había nombrado juez de distrito saltándose el procedimiento sin más propósito que el de fastidiarme.

—No puedo darle una contestación verbal, porque desconozco por completo su caso. El soporte natural de la Administración es el papel. Si quiere que estudie su expediente, formule una solicitud por escrito. Es todo lo que puedo decirle —me contestó conteniéndose a duras penas la ira.

—Verá lo que voy a hacer: voy a salir de este despacho y a dejar que siga masturbándose el coco con esos papelajos que ni respeta nadie ni sirven para nada. Me voy a ir y a olvidar de su notificación y de que existe este sitio.

Le hablé así para provocarlo. Ya no tenía más interés

que saber quién era y supuse que aguijoneándolo acabaría delatándose. Pero se resistió, le pudo más el diferido ideal de verme destruido que la satisfacción inmediata de insultarme.

—Haga lo que quiera —me contestó—. Todavía estamos en un país libre. Y si ha terminado, váyase. Tengo mucho trabajo: hay decenas de reclamaciones que debo estudiar con el detalle que se merecen los administrados.

Bajó la cabeza e hizo como que se ponía a leer uno de los papeles que tenía ante sí, haciendo ostentación de que me ignoraba. Me levanté y durante unos segundos lo examiné a fondo. Yo estaba en su interior desde la época escolar, habíamos sido compañeros de clase o algo así y por un percance que ocurrió entonces me había odiado durante un montón de años. Yo había vivido de espaldas a él, ignorándolo por completo, y él, en cambio, había vivido alimentando un odio que ahora no podía calmarse sino con la consumación de la venganza.

—No le ha servido de nada mandarme ese estúpido papel. Si quiere hacerme daño, tendrá que buscarse otra forma —le dije.

Me di la vuelta y me dirigí hacia la salida. ¿Quién era aquel hombre? Recuerdo haberme preguntado eso mientras me iba, y recuerdo que antes de salir oí que me decía:

—Puede hacer lo que quiera, pero el Estado aún no está muerto. Hay leyes, policías que pueden detenerlo, jueces que pueden condenarlo y cárceles controladas por mafias donde miles de reclusos desesperados suspiran por la llegada de juguetitos como usted. A nadie que incumple las normas le ocurre nada hasta que le ocurre a alguien. No se fíe de la debilidad de la Administración. El monstruo puede estar muriéndose, pero sus dentelladas siguen siendo mortíferas. Cogerá a pocos entre sus fauces, pero al que coge lo engulle irremisiblemente. ¿Adónde acudiría usted, si lo detienen? ¿Cómo sabe que tendría un juicio justo? ¿Quién llevaría la cuenta de su condena si lo meten en la cárcel? El que la Administración esté abandonada es una ventaja para quien quiere utilizar sus poderes exorbitantes sin dar explicaciones y con total impunidad. ¿Lo comprende?, yo no tengo subordinados, pero tampoco jefes. Así que, por chulo que se ponga, está usted en mis manos.

Lo había oído todo sin volverme, anclado junto a la puerta, y, después de oírlo, no me volví. Ya estaba al tanto de quién era, sin embargo. Mientras hablaba había ido conformando la cara de su odio hasta que distinguí en él el rostro de Saín, aquel compañero de clase que me acusó en falso y al que luego denuncié por mentir tras haber sido humillado por su madre, una puta que vivía en las afueras de Sholombra, la mujer de cuerpo más hermoso que había visto jamás, quizá el más hermoso posible.

Ni me volví ni le contesté. Hice como que no lo había reconocido, porque lo contrario hubiera alimentado el placer de su venganza y restado posibilidades a mi respuesta, y salí de aquella sala. Detrás de la puerta, ausculté su alma y vi en ella la sima negra en la que caen todos los sentimientos cuando el odio ha impuesto su orden a rajatabla, y vi la suprema determinación de hundirme, aunque fuera a costa de destrozarse, aunque supiera que haciéndolo se convertiría en un ser desdichado.

Ha cambiado, reflexioné en el metro camino del trabajo. El paso de los años y, sobre todo, la gordura y la barba lo habían desfigurado hasta volverlo irreconocible. Pero ese cambio era menos sustancial que el operado en sus convicciones: de ser un joven revolucionario que pretendía derribar el orden establecido desde hacía siglos, había pasado a ser uno de esos funcionarios nostálgicos que aún se obstinaban en impedir la muerte de lo que ya era un cadáver en descomposición. ¿O no era tan cadáver? El mismo Saín, al que debían haber comido el coco los últimos psicólogos del correccional a donde lo mandaron cuando lo expulsaron del colegio, me había enseñado las zarpas de la Administración y me había advertido de que los monstruos moribundos dan golpes tan dolorosos como los sanos. Saín era el único funcionario en activo de todo un departamento. No tenía jefes ni subordinados. En esa enorme parcela de la Administración, él era el único ser vivo, la única cabeza pensante y la única mano ejecutora. En la Administración debía de haber muchos departamentos como el suyo, ocupados por funcionarios ejemplares que se hundirían con el barco o por funcionarios advenedizos que saqueaban en su provecho el ilimitado poder que las normas ancestrales continuaban dándole a los poderes públicos. Saín era una mezcla espuria de los dos: seguía estudiando minuciosamente cada uno de los expedientes como si nada hubiera pasado y, también, utilizaba el músculo herido pero temible de la Administración para darle satisfacción a su privado interés de venganza. La Administración estaba hueca, ocupada por gentes como Saín que de una forma o de otra sacaban de ella los nutrientes necesarios para su vida. Los pocos funcionarios que quedaban estarían relacionados por intereses comunes y por favores debidos, quizá hasta tuvieran una especie de asociación secreta para organizar el pillaje, incrementar su poder y darse amparo cuando esas grietas por las que se movían con total impunidad resquebrajaran los cimientos del sistema y este, colapsado definitivamente, se viniera abajo de golpe.

Saín no amenazaba en balde. Yo conocía su interés extremo por hacerme daño e intuía que su fuerza era tan abundante como él había querido hacerme ver. ¿Cuál sería su siguiente paso? El hecho de que no revelara su identidad suponía que estaba jugando conmigo, y seguiría ocultándola mientras ello le diera una ventaja suplementaria sobre mí, pero antes de darme el golpe definitivo se quitaría la máscara para hacer ostentación de su triunfo, humillarme y satisfacer su ego de vengador.

Pero Saín ignoraba que yo lo conocía a él. Y yo no era un administrado al uso. Yo ignoraba los mecanismos internos de la Administración, pero sabía cómo funcionaban las personas que dirigían sus movimientos, y la Administración, como cualquier creación del hombre, por opresora e inhumana que esta sea, depende finalmente de un proceder individual. Saín quería jugar conmigo como juega el gato con el ratón y no se daba cuenta de que él planteaba una partida en la que yo podía ver sus cartas. Saín, por último, desconocía hasta dónde estaba dispuesto a llegar yo. Acostumbrado a tratar con administrados sumisos o con administrados broncos a quienes el gelatinoso lodazal de los trámites y el papeleo dejaba extenuados e indefensos, creía que yo me agotaría luchando contra el monstruo y que, en última instancia, impotente y vencido, me abandonaría a la voluntad de la Administración, que en este procedimiento coincidía plenamente con la suya. Pero yo era consciente de que jugaba contra él, no contra la Administración, y él tenía una espalda que cubrir, unos afectos que guardar, un cuello, en fin, que podía ser segado de una puñalada.

A media mañana, ya había aceptado de buen grado el

juego que Saín me ofrecía. Sentado en mi oficina, imagine que librábamos una partida sin reglas sobre el atractivo y perturbador tablero que era la colosal y decadente ciudad de Sholombra, con fichas que eran sus habitantes pero, especialmente, nuestra familia, nuestros amigos y nuestros conocidos, que podían utilizarse para provocar dolor o gusto mientras fueran útiles y que podían destruirse cuando estorbaran o cuando su desaparición resultara ventajosa: una partida cuyo único final admitido debía de ser la eliminación física del adversario. Estaba tan seguro de ganar que sentí el juego como una competición de caza, en la que lo divertido no era lo incierto del final, sino lo contingente de su desarrollo, en la que yo era el cazador y él era la pieza. Desde su ignorancia, lo mismo pensaba él. Lo imaginé sentado ante su mesa en la sala abandonada que le servía de despacho, examinando con enfermizo perfeccionismo las estériles reclamaciones de los administrados, los formularios de procedimiento y las agendas donde apuntaba los términos y los plazos, e imaginé que a menudo hacía un alto en su fatigosa labor y, para descansar la mente, cavilaba sobre mí. También yo hacía algo parecido, me dije —¿no estaba pensando en él?—, aunque con la sustancial diferencia de que yo tenía conocimiento palmario de lo suyo y él solo conocía de mí los datos que le suministraba la ruinosa Administración del Estado. Yo, con examinar la impronta que su alma había dejado en mi memoria, sabía sin error que amaba ciegamente a su madre y a su hermana, con quienes nunca había dejado de vivir, que no tenía amigos, que se había enamorado dos veces y las dos fue rechazado, que sus horas se consumían con implacable linealidad y que no tenía más proyecto vital que el de hacerme sufrir. Él, por el contrario, conocía mi domicilio oficial, si me habían puesto o no multas de tráfico y cuatro simplezas más, y eso suponiendo que entre los organismos públicos siguieran funcionando los canales que transvasaban información.

Por supuesto, nada le conté a Ania. Ni yo volví a sacar el asunto de la notificación ni ella se acordó de aquel papel más que una vez que lo puso de ejemplo del orden vacuo y del desgobierno en que vivíamos.

—A ti te nombran juez, no vas ni a tomar posesión y no ocurre nada. ¿Quién te asegura que no está pasando lo mismo con el Ministro de la Guerra, por muchas batallas que nos saquen en la televisión?

No solo yo, sino cualquiera que hubiera visitado la plaza de la Ciudad se habría percatado de que el palacio del Consejo Supremo tenía sus puertas cerradas. Ello quería decir que nadie legislaba o, al menos, que no lo hacían los legisladores. Y era presumible que nadie gobernara, o, al menos, que no lo hicieran los gobernantes, y que nadie impartiera justicia o, al menos, que no lo hicieran los jueces.

Como decía ella, yo había sido nombrado juez y no estaba en mi puesto, lo que quería decir que o no se administraba justicia en mi distrito o alguien la estaba administrando por mí. Quizá ese alguien fuera Saín, que no contento con nombrar y cesar jueces ejercía como si lo fuera. Recuerdo que pensé en ello en los abundantes tiempos muertos de que disponía en mi vida laboral. Si Saín dictaba sentencias en nombre de un juez, podía hacerme más daño del que había imaginado. Él mismo se había referido a cárceles en las que presos desesperados aguardaban la entrada de juguetitos como yo. Si él actuaba por un juez, él podía condenarme a treinta años de cárcel sin detención policial ni juicio. Un día cualquiera, como me llegó el nombramiento de juez, llegaría la policía y con la legitimación de un papel escrito por Saín y con una firma usurpada me meterían en un coche y me llevarían a una de esas vetustas ciudades de la penitencia y la rehabilitación donde miles de ciudadanos desaparecidos eran pasto de las mafias más diversas o, simplemente, de un tropel de degenerados.

Aunque no se me había olvidado que Saín y yo llevábamos varios días enzarzados en un juego, yo aún no había movido pieza alguna, confiado en mi superioridad y relajado por la fascinación que me producía tanto la presencia de Ania como, en su ausencia, su recuerdo. Pero aquel comentario de ella despertó en mí el temor a la emboscada: quizá no fuera tan superior como me creía y, de todas maneras, esa más que probable superioridad mía debía ejercerla para que produjera los efectos necesarios. Ocultándome de Ania, amparándome en mi destreza para fingir y en el gigantismo de Sholombra, me dispuse, entonces sí, a avanzar por el tablero poco a poco tras desechar, por aburrida, la idea más concluyente de matarlo.

Quizá guiado, como él, por el despecho, lo primero que me vino a la mente fue su madre. Habían pasado ocho años desde aquel día en que me dejó plantado en mi casa después de haberme puesto la sangre en el punto justo de ebullición. Ocho años pueden ser muchos para cambiar el aspecto de un joven, como le había ocurrido a Saín y quizá me había ocurrido a mí, pero no debían de ser tantos para trocar la fisonomía de una mujer que cuando yo la conocí tendría treinta y tantos y en el presente de esta historia serían poco más de los cuarenta, una mujer acostumbrada a cuidarse porque de su apariencia dependían sus ganancias. Ocho años, en fin, no son nada cuando hay de por medio tanta frustración y tanto agravio.

Yo estaba enamorado de Ania de una forma profunda y perfecta. Ania era la mujer de alma más divertida y hermosa que podía imaginarse. Ganármela, tras la comisión de dos asesinatos, había sido el triunfo más importante de mi vida, un turbión de días iguales que ya no imaginaba sin el consuelo de sentir su cercanía o la esperanza de su cercanía. Yo gozaba solo con saber que me amaba y estar a su lado. Y ese gozo me hubiera sido suficiente toda una eternidad, incluso sin poseerla. Pero es que, por si fuera poco, la poseía, y su profusa voluptuosidad y sus audaces modos de entender el sexo convertían cada encuentro carnal en un regalo sorpresa.

En otras circunstancias, nunca se me hubiera ocurrido engañar a Ania. Pero el devenir de esta historia me había puesto frente a Saín y con ello cobró fuerza en mí el recuerdo de su madre dándome con la puerta del cielo en las narices. La consumación de aquel acto abortado, aunque fuera con tanto retraso, equilibraría la relación entre ella y yo y supondría un movimiento espectacular en ese tablero donde ambos operábamos generándonos mutuo dolor.

Me acostaría con la madre de Saín, ya estaba decidido. ¿Qué malo había en ello? —Me dije pensando en un posible reproche de Ania—: Solo era una puta. No había amor de por medio y, en puridad, ni siquiera podía considerarse un engaño, máxime cuando yo tenía cubiertas por entero mis apetencias afectivas y sexuales. Además, Ania no tenía por qué enterarse y, en efecto, no se enteraría nunca.

Sin embargo, el tener a la madre de Saín de nuevo en mi pensamiento de una forma consciente reprodujo en mí el desasosiego del deseo insatisfecho. Ania podía ser la mujer de belleza interior más cautivadora que podía imaginarse, era culta, no era fea y su rico erotismo podía hacer feliz a cualquier hombre, pero me acordaba de ella como el sano lo hace de su salud, en segundo plano, como si su manifestación fuera de obligado cumplimiento, en tanto que la evocación de la madre de Saín estaba siempre presente en primer plano, hasta cuando hacía el amor con Ania.

Finalmente, a primera hora de una mañana que amaneció lluviosa, fui desde la casa de Ania a la mía a buscar en una agenda antigua el teléfono de Saín, dado que en la guía no había ningún número a su nombre y no sabía cómo se llamaba su madre (Nuca, el apellido de Saín, que quizá fuera el su madre, tenía miles de entradas). Aunque iba descuidado y pensando en algo que me absorbía, nada más acceder al portal noté varias manifestaciones recientes que llamaban la atención por su talante oscuro. Alguien ha venido a robar o a secuestrar o a matar, pensé. Las huellas de sus sentimientos subían por el mugriento pasamanos de las escaleras, perfectamente reconocibles entre millones de huellas inodoras e insípidas. Mucho antes de llegar a mi casa, supe que iban por mí, porque en su mínimo nerviosismo y en su aborrecimiento estaban mi descripción y mi falta: eran tres policías mandados por algún superior con la orden de detenerme. Saín —pensé de inmediato— hilaba más fino de lo que me creía.

Desde el pasillo, pude sentir la excitación de los policías mientras forzaban la cerradura y, luego, los vi entrar con la pistola en la mano, arrollando las sillas cubiertas de polvo y abriendo a patadas las puertas de las habitaciones. Sentí la diligencia con que se aplicaron a buscar vestigios de mí en los lugares más inverosímiles, su decepción y su ira. Aquella vieja agenda era una de las cosas que se habían llevado. En ella había algunas anotaciones de mi adolescencia y de mi juventud (unas cuantas direcciones y unos pocos números de teléfono de compañeros, de instituciones públicas y de emergencias), fiel reflejo de las contadas relaciones a que la sociedad nos obligaba entonces. No creí que contuviera datos de los que la policía pudiera extraer mi paradero actual (ni siquiera estaba el número de mi trabajo), pero no podía fiarme y, por encima de la agenda, estaba la información que obraba dispersa por los archivos públicos y los rincones de Sholombra en que yo hubiera estado. Por primera vez, quizá por primera vez en mi vida, tuve a mis espaldas esa figura invisible que es el miedo.

Salí del piso sabedor de que era una ratonera. Saín movía las piezas con rapidez. Quizá lo había menospreciado. No era muy inteligente, pero la animosidad contra mí y el mucho tiempo de que había dispuesto para urdir la venganza debían de haberlo facultado para trazar un plan con pocas fisuras que ya habría puesto en marcha antes de que yo fuera a visitarlo.

En la primera boca que encontré, cogí el metro para dirigirme a la casa de Saín, dispuesto no tanto a tropezarme con él o con su madre como a encontrar en las huellas que los sentimientos de ambos hubieran dejado en las inmediaciones un elemento de debilidad por el que atacarlo. Recordaba de cuando fui con él la sensación de lejanía de su barrio y al tren volviendo hacia la seguridad de Sholombra, como si le asustara lo foráneo de una superficie sin acero ni hormigón.

El barrio de Saín no había cambiado nada en los últimos ocho años, como no fuera para envejecer. Las calles seguían sin asfaltar, los coches continuaban aparcados en cualquier sitio y las paredes, más mugrientas y grises que entonces, lucían aún las mismas pintadas en pro de la revolución, ya, por anticuadas, poéticas. El día que lo acompañé hasta su casa, entre todos esos grafitos, alguien había garrapateado uno que decía: «Saín es un hijo de puta». Pocos días antes de aquel de entonces, Saín había intentado sin éxito desfigurar las letras uniendo sus vértices. Ahora, donde estaba el escrito, había una mancha de pintura blanca y, justo delante de ella, un fangal de dolor en el que todo hombre con mi sensibilidad se hubiera podido meter hasta la cintura. Sí, las huellas lo delataban: Saín seguía transitando por las calles de aquel barrio apartado. Su puesto en la Administración de nada le había servido para mejorar la calidad de vida de su familia.

El bloque de pisos de la familia de Saín, que ya me sorprendió por su abandono hacía nada menos que ocho años, había acrecentado sus miserias. Una gruesa pátina de roña cubría todas las superficies de uso, las paredes estaban descascarilladas o resquebrajadas, el ascensor no funcionaba y solo algunos plafones iluminaban turbiamente las escaleras. Me resultaba difícil imaginar a Saín subiendo a diario aquellas escaleras después de haber jugado con el destino de los habitantes de Sholombra. Pero era de allí, como una respuesta superadora de ese abandono y ese desorden, de donde nacía su gusto por el detalle, y era allí donde encontraba alimento gran parte de la tirria que me tenía. En ese lugar, además, continuaba viviendo su madre, la mujer más hermosa que había visto nunca, digna de los lujos más exquisitos y de las mayores opulencias, que hubiera podido ser amante de los funcionarios más altos y se había quedado, por una rara mezcla de orgullo moderno y mala suerte, en prostituta asequible a casi todos los bolsillos. Saín lo sabía, como sabía que su hermana no se mere-cía aquel barrio astroso. «¿Y tu hermana? ¿Qué será de tu hermana?», debía de haberle reprochado su madre cuando se enteró de que había mentido sobre mí en el colegio. Saín también tenía un complejo de culpa, pero no le afloraba de modo consciente, sino que servía para alimentar, también él, el resentimiento que me guardaba.

Tomé de los buzones el nombre completo de la madre (Lida Sana) y el de la hermana de Saín (Nohire Nuca) y subí hasta el pasillo de distribución del octavo piso, el del suyo, desde donde noté claramente las huellas de los sentimien-tos de Lida –que seguía siendo prostituta– y de Saín y los sentimientos vivos de una muchacha joven, abierta a la ilu-sión, que irradiaba una intensa y equívoca impaciencia de amar y de ser amada. «La hermana está en la flor de la vida y busca exasperadamente un corazón que la quiera y unas manos que la acaricien», pensé. Atento a las emociones que pudieran delatar la llegada de moradores de otros pisos, me entretuve en auscultarle el alma. Nohire tenía el mal de las obras de arte, que suele atacar a las piezas de incalculable valor escondidas en cámaras blindadas, asequibles a la vista exclusivamente bajo la supervisión de su dueño y nunca accesibles a un tacto que, sin embargo, desean. «Debe ser muy guapa», discurrí, imaginándola con la figura y el rostro de su madre pero sin el velo de tristeza con que los desen-gaños habían apagado la luz de su mirada. Tanto Saín como su madre estaban al corriente de la excesiva atrac-ción que podía provocar y la protegían con la inquietud y la desconfianza con que se guardan los tesoros.

Bueno era saber que Saín tenía un tesoro. El amor hacia su hermana, como todo amor, lo hacía más vulnerable. Todos tenemos un precio, que no tiene que ser necesariamente en dinero, y todos tememos a un mal, que no tiene por qué ser el dolor propio. Saín me había tomado por un ciudadano al uso que ante un litigio con la Administración se siente atrapado por una red pesada y viscosa. Ignoraba que, siendo un muchacho, yo fui capaz de chantajear a su madre, y de mi denuncia en el colegio solo recordaba las consecuencias, pero no lo resuelto de mi proceder. Saín tenía un tesoro y no había caído en que yo no era una persona corriente cuando me lanzó el reto de jugar a matarnos.

Durante unos minutos no supe si llamar a la puerta con alguna excusa tonta y luego irme o irme y volver luego, cuando tuviera un plan. Llamar era actuar como el jugador que mueve por mover, sin cumplir una estrategia. Si llamaba, sería para satisfacer una curiosidad que me estaba corroyendo y, quizá, para darme el gusto de hacerme presente ante Saín, a quien muy probablemente llegarían noticias de mi visita. Pero no soy hombre que tienda a actuar fuera de lo planificado. Nunca compro a vendedores a domicilio, por ejemplo, porque sospecho de la necesidad que no se ha manifestado por sí sola. Si hubiera llamado a la puerta, hubiera satisfecho mi curiosidad y hubiera alarmado a Saín, triunfos menudos para quien ansía la victoria final. Si hubiera llamado, habría sobresaltado a su madre y la habría puesto en el camino de recordar mi rostro.

La madre de Saín era el siguiente paso, según lo programado. A pesar de mi amor por Ania, no había dejado de soñar con ella y en los últimos días era su complexión extraordinaria la que se había proyectado de todas las formas posibles en ese cine porno de sesión continua que era mi imaginación. Tenía que sacar a aquella mujer de la pantalla y amarla entre las butacas para romper el hechizo que me tenía de día y de noche prisionero de la misma película. Ya tenía su nombre y su apellido, ya tenía su dirección: ya podía localizar su número de teléfono y llamarla. Me acostaría con ella y, luego, se lo haría saber a Saín. Me acostaría con ella y, luego, roto el hechizo, la olvidaría para siempre.

Pero no hice más que salir del bloque cuando me di cuenta de que el número que localizara en la guía no sería el de contacto de Lida, sino el de su casa, que pocos o ninguno de sus clientes conocería. Si la llamaba a su casa y le pedía un servicio, estaba evidenciando un interés sospechoso. Desde donde estaba, telefoneé a información y pedí el teléfono de Lida Sana. Luego, desde una cochambrosa cabina que encontré camino de la estación, marqué el número que me habían dado.

—¿Es casa de Lida Sana?

—Sí, pero no está.

Nohire tenía una voz preciosa.

—Necesito urgentemente hablar con ella.

—Ha tenido que salir. Volverá a la hora de comer. Llámela entonces.

—Verá usted, de que hable con ella ahora mismo depende el que pueda coger un tren que sale dentro de diez minutos. Tendrá teléfono móvil, ¿verdad?

—Sí, sí tiene.

—¿Y no me puede dar su número?

Uno era capaz de enamorarse de una voz así. Me imaginé que ella era una locutora de radio y que, locamente enamorado de su voz, me pasaba el día oyéndola o fantaseando sobre ella, que en mis figuraciones era una mujer elegante, alta, morena, delgada, de ojos grandes, de rostro indefinido pero perfecto, que se dirigía a mí y a nadie más a pesar de que hablara en abstracto, aunque no me conociera, porque sin saberlo era a mí a quien buscaba, eran mis cualidades, mi afecto, mi ternura, mi comprensión y el consuelo de mi sexo.

Nohire me dio el número del teléfono móvil de su madre, a quien llamé inmediatamente.

—Un amigo me ha dado este número y me ha dicho que ofrece usted todo tipo de servicios.

—Todos, no.

—Perdone. He debido decir los mejores servicios.

—Digamos que sé cómo prestar algunos.

—Pues ese conocimiento es el que busco. ¿Puedo contar con ellos?

—Pagando la tarifa establecida, por supuesto.

—¿Cuánto cobra?

—Ciento cincuenta pírsen.

Ciento cincuenta pírsen era una cantidad adecuada. La cena que tuve con Ania en el restaurante más alto de la ciudad me costó una cantidad parecida.

—Me parece bien.

—¿Cuándo quiere que nos veamos?

—Esta tarde, ¿puede ser?

—¡Claro! ¿Dónde me espera?

Entonces recordé que tenía las llaves de varios pisos que debía vender. Uno de ellos estaba muy bien situado. Tras un momento de duda, le di la dirección.

—No trabajo en domicilios particulares —me contestó.

—No es mi domicilio.

—Es igual: solo trabajo en hoteles.

Estaban cerrando los hoteles uno detrás de otro. El mundo civilizado era completamente inseguro. Ya nadie viajaba por placer y casi nadie lo hacía por negocios.

—Dígame usted el hotel —le dije.

—El Kúrmel. Es céntrico. ¿Lo conoce?

Era un hotel del montón, pero situado en una esquina de una de las avenidas principales de Sholombra.

—Sí. ¿Cómo hacemos el contacto?

—Regístrese con cualquier nombre. Herd Mayo es bastante corriente. Yo preguntaré por la habitación de Herd Mayo a eso de las cinco de la tarde.

Cuando colgué el teléfono, me sentí anormalmente indeciso. Mientras salía del barrio, creí que debía achacárselo al nerviosismo que me producía verme de nuevo frente a la madre de Saín y al veneno que mi traición arrojaba sobre mi relación con Ania, pero luego, sentado en un vagón del metro, culpé de ello al azaroso rumbo que había tomado mi vida. ¿Adónde iba yo? Siempre había presumido de tener un plano para el futuro con un destino y unos puntos intermedios o, cuando menos, una idea clara con la que adentrarme firmemente en lo desconocido. Pero de pronto no tenía ni lo uno ni lo otro. En esa historia lineal que era mi biografía, ¿cuál era el siguiente capítulo?

Mi desorientación no podía atribuirse a la contingencia implícita en todo juego: era el mismo juego el que no tenía sentido. La trama de la película ya tenía bastante de extraordinario sin la reaparición de Saín. Como las historias felices se cortan en el beso o en la boda y a nadie se le ocurre imaginar qué hubiera sido del día después, la historia de mi relato debía haber finalizado la noche en que me acosté con Ania, a fin de que lo subsiguiente fuera sobrentendido por el lector como baladí y no digno de contarse. La mayoría de la gente asume papeles para los que no se siente preparada, casi nadie está de acuerdo con el suyo y muchos creen que pueden enmendarle la plana al escritor de su vida. Pero pocos son conscientes de que el carácter de un personaje y la coherencia de la obra marcan el camino de las páginas siguientes. Yo sí lo era. A mí no me pegaba el futuro desmadejado y aleatorio que mi creador me estaba asignando. Y más, teniendo en cuenta que podía perder a Ania, cuyo papel se diluía entre el galimatías de figurantes metidos en el guion sin saber muy bien a cuento de qué. Rebelarse contra la voluntad del autor y marcar la senda por la que debe discurrir la historia es un privilegio de los personajes bien caracterizados. Y yo, como protagonista instruido, lo era. Simplemente, podía negarme a hacer lo que se suponía que debía y volver al momento de la historia en que Ania me advirtió de que no fuera a preguntar por el origen de la notificación. Ya había ido, es cierto, y me había encontrado con Saín, que, a tenor de la visita que la policía había hecho en mi casa, había empezado a actuar por su cuenta, pero podía hacer como si no supiera nada y negarme a participar en el juego. A Saín eso le importaba poco, pues él seguiría buscándome sin tregua. ¿Qué mal podía infligirme si me encontraba? Ninguno o casi ninguno. Y si daba conmigo e intentaba hacerme daño, obtendría de mí una respuesta adecuada: yo no era hombre con el que se pudiera jugar impunemente.

Comí con Ania en un restaurante barato cercano a su trabajo. Pocos minutos antes de encontrarnos, yo había decidido no acudir a la cita con la madre de Saín, lo que fue como si me hubiera liberado de un lastre. Recuerdo que entre tanto estuvimos juntos me mostré excepcionalmente divertido, a pesar de lo mal que iban las empresas en las que trabajábamos, y que, después de despedirnos, me quedé en medio de la acera, mirando, eufórico y libre, cómo se confundía entre la multitud y pensando que había estado muy cerca de echar a perder mi bienestar por una estupidez.

Serían sobre las tres de la tarde cuando me dirigí andando hacia mi oficina, donde nada urgente me esperaba. Mientras escribo esto, achaco a esas tres circunstancias —el poco tiempo transcurrido, el caminar y la ociosidad— gran parte de la culpa de lo que ocurrió luego: iba andando por la calle, relajado y contento, sin ninguna obligación que cumplir durante las próximas horas, cuando empecé a notar en el pensamiento la llamada de la cita que tenía con Lida. La mente es autónoma. Cuando un pensamiento se empeña en aparecer, no hay forma de quitárselo de la cabeza, y los intentos conscientes de hacer obrar al olvido solo consiguen reafirmarlo. Ocurre, claramente, con los pensamientos asociados al miedo. Y también ocurre con los del amor. Pero puede ocurrir con cualquier cosa. Entonces, no cabe más que intentar ocultarlo tras la cortina de otro pensamiento o entretenerse en menesteres que nos absorban. Yo no quería pensar en Lida, ya había decidido no ir a encontrarme con ella, pero a los argumentos a favor de esta decisión empezaron a lloverle razonamientos contrarios que me venían de yo no sabía dónde, a pesar de mí. Así, pensé en la cantidad de veces que me había dormido y me había despertado soñando con la imagen de su cuerpo desnudo. Hay asuntos pendientes que solo se desprecian cuando se les da cumplimiento, me dije. ¿Qué son las frustraciones, si no? Yo había quedado con Lida en un hotel para un rato. ¿En qué podía afectar mi encuentro con ella a mi relación con Ania? En nada. Le mentiría, sí, pero si no declarar un polvo pagado era una mentira menor para un hombre, cuanto y más para mí, que había conseguido su amor tras la suprema mentira de dos crímenes aún in-confesados. ¿No era mejor que me acostara con Lida y dejara de pensar en ella cuando estaba acostado con Ania? El asunto tenía que ver con mi subconsciente, no con Saín o con el juego. Había decidido remontar el tiempo y volver al instante anterior al que decidí ir a la sede del Ministerio de Justicia para dejarme llevar luego por la corriente que quería Ania, distinta de la que había tomado yo. «Haz como si no la hubieras recibido», me había dicho ella refiriéndose a la notificación. Lo haría. Si me acostaba con Lida sería porque era la única forma de cerrar una puerta por la que continuaban entrando fantasmas, no para ajustarle las cuentas ni a Saín ni a su madre. Podía, en fin, acostarme con Lida y no decirle nada ni a ella ni a su hijo. Podía acostarme con Lida y que Ania no se enterara nunca.

Mientras hacía estas cavilaciones, me descubrí andando en dirección al hotel en que había quedado con Lida. Entonces, por un momento, dudé sobre si debía o no acudir a la cita. Luego, seguí andando. En mi mente, sin embargo, los motivos a favor del encuentro habían cambiado de carácter: ya no eran producto de la razón, sino de los sentidos; ya no eran ni reflexiones ni especulaciones, sino recuerdos como el de la visión de su tanga, la sensación de vértigo ante el bamboleo simétrico de sus tetas o el apetito de probar la textura de sus pezones con la punta de la nariz. Aquellos eran argumentos mayores, quizá irrefutables, o por lo menos difícilmente refutables usando la razón. Yo estaba a unos cuantos cientos de metros del hotel donde habíamos quedado a las cinco y eran casi las cuatro. Yo, siendo todavía un jovenzuelo, había sufrido en mis venas el dolor de la sangre en ebullición y ahora, al cabo de los años, sentía la necesidad de terminar el acto inconcluso que lo motivó con una fuerza crispada a la que era estúpido resistirse porque era imposible resistirse, porque resistiéndose se sentía un sufrimiento baldío y porque la suerte ya había decidido por mí en el sentido de consumar el deseo.

No era yo el que iba a acostarse con Lida, sino el joven que debió guardarse las ganas cuando tenía diecisiete años. Ania podía estar tranquila. Lida podía estar tranquila. Yo podía estar tranquilo. El mundo que me rodeaba y que dependía de mis actos podía estar tranquilo. No pasaba nada. Al menos no pasaba nada distinto de levantarse, de orinar, de comer, de esos millones de actos insignificantes cuya ejecución no supone nada pero cuya ausencia produce graves desarreglos.

—Me llamo Herd Mayo. Quiero una habitación doble.

La recepcionista —una cincuentona obesa—, por mis ademanes y porque no llevaba maletas, supo rápidamente a lo que iba, pero no sintió nada especial hacia mí: la costumbre y el dinero le habían encallecido el rodal del alma donde le crecían los reproches de la nueva moral.

El hotel Kúrmel era un edificio pequeño, de treinta o cuarenta habitaciones en las que solo con apreturas cabían la cama, una mesilla de noche y una mesita con una silla. Tumbarse en la cama era prácticamente lo único que se podía hacer en ellas. Lo hice y, mirando al techo, pensé en la evidencia del principio de la circularidad: afortunadamente, cumplidos unos pocos años, yo iba a ver cómo mi vida volvía al mismo lugar que tuvo el día en que pasó por mi cielo un astro y no pude verlo. El futuro me había dado la oportunidad de reparar lo ocurrido. La aprovecharía y continuaría mi camino como si nada.

Nunca habría intentado corregir el pasado si la solución hubiera afectado a mi futuro. Cuando se fuera Lida de la habitación, yo estaría limpio de frustraciones y podría soñar con Ania tranquilamente. Ania era lo fundamental para mí. Mientras estaba esperando a Lida, tuve esa seguridad y me sentí reconfortado.

Lida llamó a la puerta poco después de las cinco. Antes de abrirle, me exploré el ánimo como otros se miran al espejo y me reconocí un poco nervioso, pero firme. Esta vez, la atracción, por sofocante que fuera, no le haría perder la compostura a mis facultades, me indiqué. Aun así, entre tanto giraba el pomo tuve el recelo de quien abre la puerta a otro mundo para dejar entrar a un fantasma. Fue apenas el instante que tardé en descubrirla: era del pasado, efectivamente, pero entonces se presentó en mi casa con uno de aquellos desalentadores trajes grises y ahora traía un elegante vestido de colores; era del pasado, pero estaba tan viva, parecía tan digna y era tan hermosa, que enseguida se volvía asequible a ese fluir del presente que es el instinto.

—¿Es usted Herd Mayo?

—Sí, yo he sido el que la ha llamado. Pase, pase.

No me reconoció. Yo, empero, la habría reconocido entre millones de mujeres, entre todas las mujeres del orbe. Un rostro como el suyo no solo no se olvida, sino que siempre se lleva presente, incluso en la más azarosa de las situaciones y en el más incongruente de los sueños.

—¿Tiene ciento cincuenta pírsen?

—Los tengo.

—Suelo cobrar por adelantado.

—Me parece razonable.

Podía ver en ella esa frialdad que anida en el corazón de la costumbre. Muchos médicos se acostumbran a la muerte de los otros, aun siendo la muerte lo más trascendente de cuanto puede acontecernos; muchas putas se acostumbran al amor que de ellas necesitan los otros, ignorando que el amor es el acto más excelso de cuantos puede realizar un ser humano. Los malos médicos y las malas putas ejercen su oficio con la desalentadora indiferencia que el operario de una cadena de montaje aprieta un tornillo, son unos desaprensivos, desconocen que la materia de su trabajo es demasiado substancial como para dejarse vencer por la desafección y la rutina.

No sabía muy bien qué me habría gustado antes de acostarme con ella. Quizá un rato de charla hablando de nimiedades. Quizá, que ella me sonriera y me sonsacara si estaba nervioso o si tenía pareja. No lo hizo: entró y de inmediato me preguntó por el dinero. Mientras un poco torpemente me hurgaba en el bolsillo en busca de la cartera y mientras, luego, sacaba de la cartera los billetes que sumaban el precio convenido, noté su ansiedad por hacerse con él. Es verdad que me dio las gracias y me sonrió después, cuando lo guardó en su bolso de mano, pero lo hizo con la actitud artificiosa de una comerciante avara. Cualquier otro habría pensado que lo normal era eso. Quizá yo mismo lo habría pensado en otras circunstancias o con otra mujer, pero mis condiciones eran las que eran y ella era la mujer que yo había llevado en la memoria como fondo permanente del escenario en que se movían los actores de esa obra insulsa que había sido mi vida.

Algo no marchó bien desde el comienzo. ¿Había un desequilibrio entre lo que yo quería y lo que ella podía ofrecerme? Antes de verla, yo creía que no quería de ella más que lo que de ella era asequible a los sentidos, su cuerpo, su belleza física, y que teniendo a su cuerpo desnudo en la cama y poseyéndolo consumaría el acto que se quedó en suspenso siendo yo casi un adolescente. Pero debía de querer bastante más, pues con ella a punto de desnudarse tenía la impresión de que se estaba portando como una puta y eso me decepcionaba. Incluso como puta me estaba defraudando. Yo anhelaba, por ejemplo, que se metiera en el cuarto de baño y surgiera de él vestida con una indumentaria parecida a la que tenía cuando salió del cuarto de baño de la casa de mi madre. (Era una fantasía tonta, porque las costumbres habían cambiado y ya muchas mujeres llevaban falda y ropa interior pequeña, de colores y con encajes). Y también esperaba que el acto de desnudarse fuera especial por sí mismo. Quitarse la ropa fue lo único que hizo cuando yo era un adolescente, solo que entonces me fue descubriendo su cuerpo mientras jugaba con mi excitación. El juego era lo primordial. El juego, no su cuerpo, fue lo que me calentó de verás, aunque luego me dejara caliente y desconsolado. Ahora, por el contrario, parecía que lo único importante era la acción casi masturbadora de consolarme sin haberme calentado, de ofrecerme su cuerpo sin un juego previo.

Se desvistió de seguido y de espaldas, como el que lo hace en la consulta de un médico, y se acostó en la cama como si esta fuera una camilla, ella una madre experimentada y yo un ginecólogo tímido con la obligación de explorarla. No puedo dejar de decir que era deliciosamente hermosa y que los años habían obrado en ella limando aristas inconvenientes y dando serenidad a sus formas. En cualquier otro momento, quizá su cuerpo me hubiera seducido por sí mismo (yo, que no soy guapo, siempre quise ser guapo para seducir sin palabras, sin gestos, sin amar, sin alma) y me hubiera dejado en suspenso, contemplando su madurez gloriosa, su belleza redonda y sin fisuras, y la hubiera deseado como a la fruta brillante que todavía está dura pero ya no está verde, pues se encontraba en ese vértice exacto que va del ir al volver, del subir al bajar, del mejoramiento al empeoramiento. En cualquier otro momento, pero no en aquel, porque en aquel lo que yo quería es que siguiera ejecutando la acción que dejó inconclusa el día en que más como madre de Saín que como puta se presentó en mi casa.

—¿Es que no te vas a desnudar? —me demandó, con la voz premiosa de quien no puede andar perdiendo el tiempo con simplezas.

Le hice caso, y cuando me quedé en calzoncillos me percaté de que se me había ido la erección que había empezado a insinuarse conforme sentía que llegaban las cinco y que cuando llamó a la puerta estaba en su máximo apogeo. Por eso, antes de quitarme los calzoncillos, dudé. Ella creyó que era por timidez y ni dijo nada ni torció el gesto, pero cuando me quité los calzoncillos y observó lo que hasta entonces había permanecido oculto, noté que su menosprecio dejaba paso al fastidio, como si hinchando y elevando aquello asumiera una tediosa obligación que no le correspondía o como si con ello perdiera unos minutos que debía dedicar a otros clientes.

—Levántate que te vea bien. ¡Eres tan preciosa! —le rogué.

Acostada boca arriba no le veía el culo y sus tetas, un tanto desparramadas por el pecho, habían perdido mucha de su provocación a las manos y el insólito desafío a la gravedad que tenían cuando se hallaban apuntando al frente. Se levantó y se quedó mirándome. Esa llamada mía la halagó y, al hacerla consciente de su poderío, la sacó un poco de la desidia. Por un instante creí que iba a aceptar las maniobras del juego. Yo di dos pasos atrás, que eran todos los que me permitían las estrechuras de la habitación, y cuando la hube examinado de pies a cabeza, más que preguntarle, exclamé:

—¡Cuánto vale estar contigo toda la vida!

Aunque me salió de lo más hondo de mis adentros, ella se lo tomó como una ocurrencia que empezó a dinamizar su espíritu y, por ende, a activar mi miembro. Me acerqué a su cuerpo, le puse las manos en la espalda y se las fui bajando despacio, sintiendo el ligero hundimiento entre sus lomos y su columna, el cambio de línea donde empezaban los glúteos, la sólida consistencia de la carne y el volumen escrupulosamente exacto de su culo. Aferrado a él, aunque solo tuviera posadas las manos, me agaché y hundí mi nariz en un pezón y luego en el otro, haciendo como que rebotaba contra las tetas, como había hecho sin darme cuenta en el sopor de los instantes que preceden al sueño desde que la había tenido desnuda en la casa de mi madre.

Lo esencial no era tanto la cópula como que esta fuera precedida de los prolegómenos que llenaban de desvarío las grietas de mi subconsciente. El acto iniciado siendo yo un jovenzuelo no se había terminado con su marcha, únicamente se había quedado en suspenso, pero, ahora que lo retomaba, para que su consumación produjera efectos curativos era imprescindible encajarlo en el carril adecuado repitiendo los mismos pasos, tomando carrerilla. Y eso no era posible sin su concurso. Lo digo porque, mientras admirado por su dulce curvatura le recorría con las manos y le escrutaba los simétricos ensanchamientos de las caderas, percibí en ella el disgusto de los que consienten. No miró el reloj para cerciorarse de que el tiempo seguía consumiéndonos, ni bostezó, ni dio señal alguna de estar deseando irse, pero a mí no me hacían falta señales externas para descubrir que, aunque me sonreía y su cuerpo estaba conmigo, su espíritu andaba en otros menesteres. Y yo no era un cliente al uso, yo quería algo más que desahogar el cuerpo de los humores que le sobran o que descargarlo de esa ansiedad fiera y mema que tienen los machos solitarios. Lo mío era bastante más complicado que echar un polvo. Por eso, al verla nada más que dejándose hacer, empecé a notar que el camino por el que íbamos nos conducía a la consumación de un acto cualquiera, no radicalmente distinto de comer o excretar, y no a la del iniciado cuando yo tenía diecisiete años.

—¿No vas a poner nada de tu parte? —le sugerí.

Mi demanda no era nada excepcional. No le pedía que me quisiera, pues yo tampoco la quería, sino que ejecutara su oficio con el sentimiento que ponen los artistas en la ejecución de su obra, el que derrochan los buenos actores cuando se hacen pasar por el personaje que les toca. Ella, sin embargo, entendió que le reprochaba su actitud de brazos caídos y no la ausencia de emoción, y, como si las dolamas de mi alma se arreglaran con trabajos manuales, me echó mano al sexo y empezó a maniobrar en él.

Ya no le dije nada. Poco después volvía a tenderse en la cama y me llamaba con un ven, una sonrisa y una mano tendida: todo era comedia. Tumbado sobre ella aprecié cómo en su interior se movía el temor por su hija, la inquina hacia la sociedad y el miedo hacia su hijo. Nada sentía por lo que hacíamos que no fuera el fastidioso cumplimiento de una obligación. Aguantaba mi peso a la espera de mi orgasmo con la impaciencia que los obreros anhelan la sirena que pone fin a su jornada laboral. En esas condiciones, la sangre continuaba llenando las cavernas de mi miembro exclusivamente por el efecto reflejo del rozamiento. Cambiamos de postura varias veces, me concentré en el tacto de su piel, en la geometría asombrosa de su cuerpo, hasta cerré los ojos y pensé en Ania, pero todo era inútil: mi cerebro estaba frío y no mandaba al sexo las órdenes correctas. Y la desgana de Lida acabó, con la demora de mi éxtasis, convirtiéndose en desagrado perceptible a simple vista: cualquiera lo hubiera notado en sus palabras de ánimo (venga, vamos, qué bien entra, observa cómo se mueven mis tetas), cuando estando de espaldas giraba la cabeza y me miraba o cuando resolvió arreglar con la mano y la boca lo que no quería arreglar con su ánimo y, por ello, estaba definitivamente amuermado.

Seguí intentándolo, ya no por el fin primero de superar una frustración, sino por el más banal de amortizar el precio del servicio y no quedar mal ni con ella ni conmigo. Continué intentándolo sudoroso y angustiado incluso cuando supe que no lo conseguiría. Lo intenté hasta que ella se cansó de trabajar y me dijo:

—Bueno, ¿qué hacemos? ¿Lo dejamos para otro día?

Yo me quedé tendido de espaldas, rumiando tanta vergüenza como desolación.

—No has puesto nada de tu parte —le reproché mientras se vestía.

—¡Cómo puedes decir eso, si llevo media hora dando vueltas en la cama contigo dentro de mí!

Me dieron ganas de contárselo todo: yo era aquel compañero de su hijo al que un día dejó con una erección de caballo, seducido para siempre por su belleza imposible y por su modo de quitarse la ropa, que ahora se sentía totalmente decepcionado. Yo había soñado con ella imaginándola como aquel día que me tuvo a su merced en la casa de mi madre, yo la había tenido como la representación viva de algo espiritual, la encarnación de la exquisitez formal, del erotismo, del placer, de lo más humano y vivo que hay en el interior de esos seres desolados que son los hombres, tan devotos de lo que les entra por los ojos y por las manos, tan necesitados de ídolos y de iconos. Yo había estado un montón de años con una erección mental, soñando con tenerla a solas en una habitación y, ahora que la tenía, ella no era como yo la había imaginado. No era una diosa apasionada e inteligente que sabe extraer de su pareja todo lo que esta puede dar, sino un bulto de carne bien moldeado que silba y abre las piernas cuando le metes en el bolso unos pocos billetes.

No le discutí. Se fue con su dinero, que poco antes había sido mío, y me dejó sentado en el borde de la cama, encorvado y hundido.

Solo es un coño, pensé pasados unos minutos. Desde mis diecisiete años, yo había tenido un trastorno mental parecido al del amor que finalmente se descubría como una forma de encoñamiento. Solo es un coño, nada menos que un magnífico coño envuelto en brillante papel de regalo, pero nada más. Un coño adornado con unas tetas del volumen y la maleabilidad justa, con unas caderas sorprendentes y deliciosas y un culo cuya curvatura se quedaba grabada en la memoria de las manos. Un coño al que la naturaleza le había puesto el rostro humano de una mujer preciosa. Un coño que atraía como un agujero negro y, como un agujero negro, carecía de luz y de vida. Era cierto que Lida, que así es como se llamaba el coño y su envoltura, amaba y temía y que se preocupaba por la suerte de otros, pero esos sentimientos no eran más que un estorbo para mis fines. Ninguna emoción había tenido hacia mí que no fuese la de desprecio. Nada había hecho que no fuera desnudarse mecánicamente y abrirse mecánicamente de piernas. Para Saín y para su hermana, Lida sería su madre, pero para mí no era más que un coño, un coño impregnado de ese hedor rancio que en la cama de una pareja son los sentimientos ajenos.

Salí del hotel abatido pero con la creencia de que me había curado. Como todo el que sufre una decepción, sentía a la vez el dolor del tiempo perdido y el gozo de la libertad recobrada. Cuando llegué a la casa de Ania, que también era la mía, y vi cómo se alegraba de verme y que el futuro de esa alegría primaba sobre las demás opciones de su destino, me sentí tan arrepentido de haber puesto en peligro su felicidad como contento de que ya ninguna obsesión interfiriera en mis pensamientos hacia ella.

—Es asombroso cómo pueden inventar historias los escritores —me dijo. Dejó el libro sobre la mesa y se abrazó a mí.

Era la primera novela que leía. Desde hacía no más de unos cuantos meses, pequeñas imprentas semiclandestinas habían editado sin autorización de nadie algunos libros de ficción copiados de volúmenes traídos a lo largo de los siglos por los exploradores de los países bárbaros y guardados por coleccionistas secretos como objetos de culto.

—¿Te gustaría escribir libros como esos? —le pregunté.

Yo no había leído nunca una novela, pero por lo que había oído de ellas las imaginaba llenas de erróneas descripciones de almas y de sueños.

—Sí, me gustaría mucho.

—Pues los escribirás, seguro.

Yo sabía que Ania nunca escribiría un libro con la enjundia suficiente como para llegar a los lectores. Lo de Ania era ser calor, oxígeno, luz, consumirnos y envolvernos a los que la rodeábamos. Aunque era inteligente y sensible y su voluntad era robusta y templada, tenía espíritu de lectora, no de escritora, y lo suyo eran las historias inventadas por otros.

—Te he llamado a la oficina y me han dicho que no habías ido. Tampoco cogiste el móvil —me dijo.

Estaba tan radiante, era tan feliz, que jamás se me hubiera ocurrido apagarle la engañosa luz que simulaba el otro lado del túnel. Después de todo, nuestra civilización marchaba hacia un precipicio por un carril de hierro y nada podíamos hacer nosotros excepto bajarnos. Afuera podían estar lloviendo lanzas o bolas de fuego, pero nosotros estábamos a cubierto, teníamos víveres y nos amábamos. El destino de todos los seres con sus casas y sus culturas no era más valioso que el de nuestra burbuja. Y quién sabe si el estropicio que se avecinaba no era providencial: los grandes cataclismos borran de la tierra a numerosas especies, pero suponen el nacimiento de otras muchas. Ania y yo éramos dos seres excepcionalmente dotados para nadar en la penuria y la anarquía. Ania y yo no solo sobreviviríamos a la catástrofe, sino que en el nuevo régimen seríamos distintos de los otros, seres superiores, y más que nosotros lo serían nuestros hijos. No otro resultado podía pretenderse de la mezcla de una mujer sublime y un sublime criminal, de la unión de quien tiene la suprema belleza interior y quien es capaz de gozarla con los sentidos, de la síntesis de la verdad y la mentira.

—¿Tendrías un hijo sin miedo? —le pregunté.

Cuando se ama como ella me amaba, no hay más contestación que el sí.

—Si es contigo, sí —me dijo.

Nos desnudamos despacio y nos fuimos a la cama. Nos besamos y nos acariciamos mientras inventábamos poemas de un verso o de una palabra que recitábamos el uno al otro en voz alta. Nunca he sentido más paz que en la excitación de aquel sexo compartido. Aunque sobre la ciudad se cernía una tormenta de lanzas y fuego, me amparaba el microclima de la burbuja y la suerte ya estaba echada.

Dejamos de amarnos sin estar hartos y el sueño nos venció abrazados. Yo no me acordé de Lida en el duermevela y Ania, como de costumbre, no soñó en toda la noche.

## Capítulo 6

*El secuestro de mi madre. La llamada del señor Suelo. Los extra-*
*ños habitantes del metro. La plaza de la Ciudad y su templo de la*
*burocracia: su vacío, sus ocupantes y su final*

Recuerdo de cada uno de los cinco días que siguieron lo
que hicimos Ania y yo y dónde estuvimos. Al sexto, recibí
una llamada telefónica de mi madre. El número de mi móvil era la única referencia localizadora que conocía de mí.
Hacía meses que no hablábamos y casi dos años desde que
la vi por última vez.

—Niño —me dijo. Así es como me había llamado siempre—, ¿cómo estás?

Aunque quería mostrar confianza, noté en su voz los
tropezones de la aflicción.

—Bien, mamá. Estoy bien. ¿Y tú?

—Bien, yo muy bien. Me he enterado de que no vives en
casa.

—Bueno, digamos que hace meses que no voy por casa,
por nuestra casa.

—¿Y dónde vives ahora?

—Con una mujer, mamá.

—Eso quiere decir que vais en serio. Quizá debería co-nocerla. ¿No crees? No para darle el visto bueno, por su-puesto, sino porque parece lo lógico.

—Claro, mamá, algún día iremos a verte.

—¿Le has hablado de mí?

—No mucho. Pero ella sabe que existes y cualquier día cogemos el metro y nos plantamos en tu casa.

—Sería estupendo. Y estoy segura de que lo harás, pero dudo mucho de que sea pronto: esos proyectos se demo-ran y se demoran sin querer porque constantemente hay asuntos más urgentes que necesitan de nuestra atención. De modo que, ¿por qué no me dices dónde vives y yo voy a visitaros?

¡Aquello resultaba tan inexplicable! ¿Por qué de repente se acordaba mi madre de que tenía un hijo? Y a qué venía ese antojo de conocer a mi novia. Y luego estaba la forma tan artificial con que manejaba el tono de la voz.

—Yo te lo digo mamá, pero, cuéntame, ¿qué pasa?

Me imaginé un mal extremo, quizá una enfermedad de-finitiva.

—No, nada, nada, ¿tiene que pasar algo para que una ma-dre quiera ver a su hijo?

Tiene que amarlo a la manera que las madres quieren a sus hijos, por encima de cualquier otra consideración, siempre. Y ella no sabía lo que era eso. Si ella me llamaba, era por alguna circunstancia emboscada en el amor. Sin embargo, me pareció cruel decírselo tan crudamente y le mentí.

—Por supuesto que no, mamá. Nos vemos cuando tú quieras. Y no hace falta que vengas, nosotros vamos a vi-sitaros. Dime un día y una hora que podáis recibirnos Airos y tú.

—Bueno, verás..., yo estaba hablando por mí, no por Airos. Él ni siquiera sabía que te iba a llamar.

Noté su indecisión. Algo distinto de lo que me estaba diciendo quería mi madre. Si era así, lo descubriría en cuanto la viera. ¿Por qué, entonces, quería verme? ¿O no quería verme y solo le interesaba conocer mi domicilio?

—¿Qué pasa, mamá? Te encuentro rara. ¿Me lo vas a contar o quieres que lo averigüe por mí mismo?

—Eres un demonio, hijo —hizo una pausa para hipar un sollozo y añadió luego—: Vino la policía preguntando por ti y, como ignorábamos dónde vivías, se llevó a Airos.

—No te entiendo.

—Eran varios hombres. Nos solicitaron la manera en que podían localizarte. Yo no pude decirles sino la verdad: que creía que vivías todavía en casa y que hacía años que no te veía. Insistieron, ya de una forma poco amable. Cuando les pregunté por la razón de su interés, me contestaron que debías declarar ante la Justicia y que no te pasaría nada. Ni Airos, que acudió a la puerta alarmado por mi tardanza, ni yo podíamos ayudarlos. «Conozco el número de su móvil», les expliqué. «Eso no nos servirá: lo que queremos es verlo», dijo el que parecía ser el jefe. «¿No querían solamente hablar con él?, les contesté yo con más enfado que ironía. Aquello pareció sacarlo de sus casillas. «Nos llevamos a su compañero para hacerle unas cuantas preguntas y cuando haya localizado a su hijo viene y nos lo dice», me contestaron. Airos, el pobre, no supo qué hacer ni qué decir, tú lo conoces de sobra. «¿Esto es legal?», fue todo lo que acertó a protestar cuando se iba con ellos. «¿Importa mucho?», replicaron sin poder contenerse la risa. «Nosotros somos la policía. ¿No le parece suficiente? No se alarme, su compañera encontrará pronto a su hijo, nos lo dirá y usted podrá volver a su casa».

El silencio medió entre nosotros durante unos instantes.

—Eso fue ayer —continuó—. Llevo todo un día junto al teléfono y mirando una tarjeta de visita que me dieron. Si he tardado tanto tiempo en llamarte es porque no me atrevía a elegir entre él y tú.

—Y te has decidido por él —lo expresé sin reprochárselo.

—Él no tiene más recursos que los de un hombre corriente: solo sabe atender a su mujer, comprar en el supermercado, llamar al electricista o al fontanero, ajustar las cuentas en su trabajo y otras labores parecidas. No le pidas que salga adelante en situaciones excepcionales porque no está hecho para la singularidad: si lo sacas de su rutina, lo conviertes en un ser desconcertado e inválido. Tú, sí, eres mi hijo, pero no puedo vivir cerca de ti. Tú estás preparado para el desorden y lo sobrehumano, es más, en lo inusual es donde te encuentras verdaderamente cómodo. A ti nada puede asustarte porque para ti siempre es de día, porque tú lo ves todo antes de que pase. Airos infunde pena y tú, y me duele decirlo, tú infundes miedo.

Su sinceridad y su desvalimiento me convencieron sin conmoverme.

—Te agradezco la vacilación, mamá: un día entero dudando supone que me guardas un pellizco de afecto.

—¿Me dirás dónde vives?

No podía decírselo porque ya no me dolía solo lo mío: del mismo modo que se habían llevado a Airos para presionar a mi madre, esos hombres se llevarían a mi novia para conseguir de mí sus propósitos. Mi madre, entre Airos y yo, había elegido a Airos. Y yo, entre mi novia y ella, elegía a mi novia.

—Lo siento, mamá, pero no puedo. Yo no te reprocho

nada y espero que tú hagas otro tanto.

Hubo otra pausa. Luego dijo mi madre:

—Dime a qué viene todo esto, qué quieren, por qué te buscan.

—Eso es lo menos relevante. No existe conflicto de fondo. No hay infracción, no hay delito, no hay incumplimiento alguno. Tengo un enemigo que trabaja en la Administración y que se aprovecha de la Administración para castigarme.

—Algo podrás hacer para calmarlo.

Prepárate para lo peor, mamá, pensé, pero le dije:

—Supongo que sí. De todas maneras, esto no va contigo, tranquilízate. Soltarán a Airos y todo seguirá igual: tú con tu vida y yo con la mía y cada uno con ese mínimo círculo que nos rodea. Dame los datos de la tarjeta que tienes sobre la mesa y yo llamaré. Tú has hecho todo lo que tenías que hacer, ahora me toca a mí.

Me los dio y cuando nos despedimos, sin manifestarnos cariño ni desearnos suerte, se me quedó en el semblante el dejo de lo irreversible.

«La única forma de resolver el problema es acabando con mi enemigo, mamá», pensé luego mientras miraba el papel en el que había escrito el nombre del policía, la comisaría a la que estaba adscrito y su número de teléfono. Pero matarlo no era suficiente. Primero, porque Saín, mi excompañero del bachillerato, había tramado un plan no para matarme enseguida, sino para hacerme daño. La justicia de la proporción y el resarcimiento de mi dolor estaba en el daño que yo pudiera infligirle. Si lo mataba sin más, ni se mantenía la proporción ni se indemnizaba mi dolor. Su dolor se hacía necesario para restablecer el equilibrio emocional. El equilibrio fue lo que me llevó a intentar acostarme con su madre cuando era un adolescente y lo que me indujo luego a denunciarlo, pues tengo comprobado que en las relaciones interpersonales las emociones actúan de un modo similar a como operan las fuerzas en el cosmos: producido un cataclismo porque un astro se ha salido de su órbita, es necesaria una recomposición general, que solo fragua cuando surgen nuevas fuerzas compensatorias. Si no hay dolor del otro, el olvido no puede ejercer su poder de desmoronamiento, ni siquiera cuando la memoria de la afrenta salta a las generaciones siguientes. Antes de matarlo, pues, debía hacerle sufrir. ¿No era esta la razón que Saín esgrimía para mi propio suplicio?

Matarlo no era suficiente, además, porque había habido una intervención de terceros. Los intersticios dejados en el Estado por las autoridades y los altos funcionarios formaban verdaderos túneles por los que bandas de funcionarios sin escrúpulos se movían a sus anchas haciendo uso de las potestades de los poderes públicos para cometer toda clase de tropelías. Esas mafias estaban obligabas tanto a buscar la cohesión interna como a la defensa conjunta frente a las agresiones exteriores. Visto así, yo había dejado de ser enemigo de Saín para serlo de todo el grupo, un conjunto de indeseables capitaneados por alguna mente perversa que actuaba valiéndose de los poderes del Estado pero sin los frenos que para este suponían los derechos de los individuos.

El asunto no era frívolo ni mucho menos, pero tampoco decía nada en favor de la inteligencia y la peligrosidad de Saín que, a pesar de disponer de libertad absoluta para hurgar en los inmensos archivos de la Administración, no fue capaz de localizarme. Es más, en cualquier otra situación, su incompetencia habría producido hilaridad. Quizá ya no

servían para nada los archivos, que unos cuantos decenios
atrás habían sustituido el papel por los soportes informáti-
cos. Quizá nadie previó que la rápida obsolescencia de las
máquinas y su sustitución por otras más modernas suponía
la pérdida de la información guardada en los soportes an-
ticuados, definitiva en ausencia de papel; o se previó pero
no se hizo nada al respecto, porque sustituir unos soportes
por otros era costoso en dinero o suponía un esfuerzo
mental para el que la Administración, presa del gigantismo
y de la parsimonia, no estaba preparada. Quizá todos los
archivos fueron guardados en una gran máquina o en varias grandes máquinas cuyo mantenimiento se dejó en manos de técnicos incompetentes, o quizá alguien ajeno a la
Administración introdujo en la memoria de las máquinas
un virus infernal que provocó la metástasis general del sistema cuando ya no había ni capacidad ni voluntad para su
sustitución. Quizá, simplemente, las máquinas se habían
deteriorado por falta de mantenimiento o quienes se habían hecho con su control desconocían el funcionamiento
de los complicados mecanismos centrales que convertían
en operativos y asequibles cada uno de los millones de
puestos de trabajo de que un día dispuso el sistema. El caso
es que la mayoría de los ciudadanos continuaba pagando
sus cuotas públicas de asistencia social sin darse cuenta de
que las aportaciones no quedaban grabadas en ninguna
parte. Todo parecía funcionar aún porque las pensiones seguían llegando a las cuentas bancarias de los pensionistas y
las solicitudes de nuevas pensiones eran tramitadas y re-
sueltas, si bien con meses o hasta con años de retraso. Pocos se figuraban que todas las solicitudes eran indefectiblemente aceptadas, que a la resolución no le sucedía pago

alguno y que los pensionistas fallecidos cobraban puntualmente a pesar de las declaraciones de los familiares más escrupulosos. La Administración tramitaba sus pagos y sus ingresos con similar automatismo al que una empresa pública construía puentes hercúleos sobre el Novorm u otra empresa pública extendía la red de metro bajo las calles de Sholombra. En el caos de aquel anquilosamiento, la policía no era capaz de extraer de las máquinas la dirección de mi lugar de trabajo. Quizá ni siquiera hubiese podido extraer mi propio domicilio, sino que llegó a él por una concreta indicación de Saín, que lo conocía desde los tiempos en que éramos compañeros del instituto, y quizá fuera en él donde, revolviendo en los papeles que encontró, dio con la dirección del piso que mi madre compartía con Airos Rora.

Podía sentirme, pues, relativamente seguro. Me amparaba el gigantismo de Sholombra y la misma desorganización que había posibilitado la propagación de las mafias. En aquella jungla majestuosa en la que las máquinas perdían valor y volvían a ser tan convenientes la intuición y los sentidos, mi fisonomía era vulgar y podía ver a decenas o a cientos de metros un sentimiento en mi contra. Adoptando unas mínimas medidas de prudencia, hubiera podido estar toda la vida oculto, con el acoso enquistado y haciendo trizas la paciencia de mis enemigos, pero yo no era hombre que pudiese vivir en el desequilibrio ni estaba hecho para dolores crónicos que pudieran eliminarse con bisturí, por arriesgada que fuera la operación. Desde el principio había tenido la certeza de que debía extirpar el quiste reservorio de mi enfermedad, la raíz de mi mal, que no era sino la hostilidad de Saín, por más que las cepas se hubieran propagado por empatía entre los miembros de su clan.

Saín era, fundamentalmente, un ser que odiaba, a mí y a todos, con un encono energético y necesario, como lo es la luz para las plantas, un aborrecimiento que le había dado fuerzas tanto para justificar lo abrumadoramente superficial de sus días como para proyectar durante años la consumación de una venganza cuyo fin era provocar la máxima desesperación y el máximo dolor. Su carácter era concienzudo y milimétrico, pero en su ineptitud lo aplicaba a lo intrascendente, no a lo necesario. De hecho, tuvo noticias de que yo vivía en mi casa de toda la vida y a ella mandó la carta que me nombraba juez de distrito sin cerciorarse de que me había mudado de piso unos cuantos meses antes. El que me presentara en su oficina con la carta fue para él la comprobación de que mi domicilio seguía siendo el mismo. Seguramente previó con detalle mi detención, mi juicio, mi condena y mi encierro, e incluso soñó el detalle de su satisfacción sobre la base cierta de que podía localizarme en cualquier momento. Cuando no pudo hacerlo, debió de intentarlo en las necróticas bases de datos de la Administración. Para su desgracia y mi fortuna, tampoco allí consiguió nada, por lo que tuvo que dirigirse a la última fuente posible, mis supuestos seres queridos, quienes —¡oh gran descubrimiento!— le proporcionarían algo más que información sobre mi persona: otra espalda sobre la que golpearme. Saín ignoraba que mi madre no sabía dónde hallarme porque casi no tenía tratos conmigo e ignoraba, también, que los palos que pudiera darle a ella poco o nada le servían como chantaje.

Aunque el peor error de Saín fue el imaginar que él era el gato y yo el ratón. En su ingenuidad, se sentía a salvo bajo su apariencia de pequeño funcionario, respaldado por las potestades de la Administración y por la barbarie de alguna mafia y preservado de mi ira por el desconocimiento que yo debía de tener de su identidad. Saín ignoraba que yo disponía de mucha más información que él y se había olvidado del extraordinario potencial para hacer daño que podía desplegar mi corazón.

Cuando pensé cuanto he descrito y, en especial, cuando me reconocí como capaz de llevar a cabo la peor de las maldades, me sentí confiado y tranquilo. Debía actuar no por la espada que colgaba sobre el bueno de Airos o sobre mi madre, a quienes ni les deseaba ni les dejaba de desear mal alguno, sino por pura prevención, para evitar que los dardos dispuestos contra mí pudieran afectar al único entorno al que amaba: Ania. Debía actuar, también, por el encanto del juego y, por último, por el enajenamiento de sentir en las manos el definitivo estertor de mi enemigo.

Esa seguridad en mí mismo y esos placeres que me impulsaban a la acción se pusieron a prueba con éxito enseguida. Al día siguiente, alguien que dijo llamarse Cluk Suelo y pertenecer a la policía, me llamó al teléfono móvil.

—Su madre nos ha dado el número de su teléfono —me manifestó a modo de presentación.

—Sí, ya me imagino: ayer estuvo hablando conmigo y me puso al tanto.

—El asunto es serio, señor mío. Se han abierto diligencias contra usted. Debe venir cuanto antes a la Comisaría Central, la que está en la plaza de la Ciudad.

En uno de los edificios de esa plaza trabajaba Saín.

—¿Y por qué se me han abierto diligencias?

—Por haberse negado a desempeñar un cargo público. Eso es un delito, querido amigo.

Señor mío, querido amigo: el tono artificialmente empalagoso y esa forma tan estúpida de referirse a mí me habrían hecho desconfiar de él aunque no hubiera sabido nada. A pesar de todo, decidí seguirle la corriente.

—¿Se refiere a lo de juez de distrito?

—Exactamente. Veo que está enterado.

—Verá usted, es que yo no puedo ser juez porque no cuento con la titulación necesaria.

—Si es así, puede estar tranquilo: bastará con firmar una declaración. El problema surgirá si no viene a aclararlo todo.

—Es que ya he ido al Ministerio y no ha servido de nada. Al contrario, un hombre rechoncho y feo como un gusano, y a todas luces memo —yo sabía que mis palabras llegarían a oídos de Saín y que insultándolo a él ponía nervioso a mi interlocutor—, no quiso hacer nada para solucionar mi caso. El error es de la Administración, que lo solucione ella.

—En el expediente no consta la declaración explícita de usted en contra del nombramiento.

—Tampoco constará el título.

Su tono había perdido afabilidad, pero no era duro.

—No comprendo por qué se emperra en la negativa, si solo se trata de un mero trámite.

—¿Cómo dice, que no lo comprende? Usted no parece muy listo, y eso no dice nada en favor de la organización a la que pertenece, pues estoy seguro de que para hablar conmigo han debido de mandar a uno de los jefecillos.

Recuerdo que solté una carcajada.

—Si no es más que un mero trámite, ¿por qué ese empeño en dar conmigo? —pregunté luego.

—Porque es nuestra obligación.

El tono ya era agrio, pero aún se contenía, y ese esfuerzo

se le notaba en la voz.

—Así que es su obligación. ¿Y para ello tienen que retener contra su voluntad a un hombre que no ha hecho nada?

—¿Se refiere a su padrastro? Bueno, no se preocupe por él. En cuanto venga usted lo dejaremos libre.

—Eso es precisamente lo que me preocupa: el chantaje no parece un procedimiento que infunda mucha confianza en el chantajeado.

—Nos juzga usted con demasiada severidad. Su padrastro está tranquilo y no le pasará nada.

—Se equivoca usted: no es mi padrastro, sino el compañero de mi madre. Y se equivoca sobre todo porque no es él quien me preocupa, sino yo.

—No parece tenerle mucho aprecio a su padrastro —pronunció padrastro a conciencia, para herirme, pero yo no me di por aludido.

—Desde luego mucho menos que a mí mismo. Eso incluso usted lo entenderá, ¿no?

No se inmutó por mi referencia a su estupidez porque aún creía jugar con ventaja.

—Sí, lo entiendo, ¡ese hombre parece tan vulgar! Pero ¿y su madre? ¿Qué me diría si en lugar de retener a su padrastro retuviéramos a su madre?

Dejé escapar un bufido de hastío.

—Verá, lo de mi padrastro —lo recalqué mucho para joderlo un poco—me incomoda por lo que hiere mi amor propio, no por él. Y si me molesta más que en lugar de retener a mi padrastro —volví a recalcarlo— retengan a mi madre, no es porque a ella la quiera más que a él, sino porque todavía heriría más mi orgullo.

—Quizá no se trate solo de retenerla. Quizá pudiéramos llegar más lejos.

—Usted le pidió a mi madre mi domicilio. ¿Tiene usted mujer? ¿Tiene usted hijos? ¿Los quiere? Parece usted muy duro. Dígame su domicilio, señor Suelo. Suelo dijo que se apellidaba, ¿no? ¡Es un apellido tan estúpido! ¿Ha comprendido usted o debo ser más explícito?

—Está usted loco —me contestó—. ¿Sabe con quién está tratando?

—Usted dígame dónde vive, señor Suelo. Ya es lo único que me mueve. Lo demás, incluido quién lo ampare, me importa un rábano.

Colgó. Fue él el que colgó primero. Me hubiera gustado sentir los frustrados empellones de su ira contra mi imagen, pero debí conformarme con la ovación que me di yo mismo. Recuerdo que durante los días siguientes nada hice excepto regodearme en mi satisfacción y esperar con cierta laxitud.

A pesar del tiempo que perdía en desplazarme de unos lugares a otros, disponía de muchas horas para no hacer nada. Nadie, ni siquiera los especuladores, quería comprar pisos, por ridículo que hubiera llegado a ser su precio, porque la sociedad había perdido toda esperanza. Los bancos estaban completamente arruinados por el peso de los morosos y por la retirada de depósitos, pero sus cascarones formidables aún seguían enteros y sus trabajadores continuaban tramitando ingresos y pagos que no eran más que anotaciones contables. Algunos bancos habían comenzado a dar pagarés respaldados por sus propios fondos que los clientes aceptaban como mal menor a sabiendas de que quienes los recibieran no podían hacer sino otro tanto. Latía en la calle la ansiedad del moribundo al que le inyectan en forma de veneno una semana de juventud. Era la muerte, no el cambio, la que acechaba a nuestra sociedad, una muerte aceptada con menos dignidad que resignación. Como la muerte física, la social era interpretada como el final de todo o como un paso hacia un nuevo mundo del que nadie tenía ni experiencia ni conocimiento cierto: nunca hasta entonces se había consumido un modelo de organización de la convivencia ni había habido una revolución, nunca había habido grandes catástrofes ni había pasado la guerra de las lejanas fronteras exteriores. Todos los pobladores de Sholombra aguardábamos expectantes un suceso apocalíptico y abstracto, de comprensión imposible.

La de aguardar venía siendo, además, la costumbre más acendrada de mi ánimo. Yo pasaba las horas aguardando en mi pequeña oficina a un cliente mínimamente interesado en adquirir un piso, aguardando en la estación del metro la arribada de un tren que cada vez tardaba más y venía más lleno de parados y de hambrientos o aguardando la llegada de Ania. No me extraña no haber hecho nada después de que aquel tal señor Suelo me llamara por teléfono porque, aunque ya tenía entendido que librábamos un juego y cuál sería su final, aún no lo había encajado, quizá porque en el fondo me sentía más cómodo y seguro de lo que yo mismo suponía. Debieron aguijonearme con una nueva llamada de teléfono para que me sacaran de golpe de mi ensimismamiento.

Fue el señor Suelo.

—Tenemos a su madre —me dijo.

—Bueno, hagan con ella lo que quieran.

Colgué, pero a los pocos minutos me estaba llamando de nuevo.

—Por su madre sabemos que tiene una novia y que viven juntos en la casa de ella.

—¿No me supondrán tan tonto como para decirles dónde vivimos?

Colgué, pero volvió a llamarme.

—Cuando lo tengamos a usted, antes de hacerle a usted daño, se lo haremos a su novia delante de usted.

—¿Es esa forma de decirme que me entregue?

—Quizá ya no nos convenga tanto que se entregue como que lo descubramos.

Entonces el que colgó fue él. Yo estaba en la oficina y no tenía nada que hacer, de modo que las llamadas impactaron en mi tiempo con la fuerza de un par de aldabonazos en la calma de la noche. Es el juego, pensé finalmente. Debo de ser un bicho raro para ellos. También a ellos está empezando a fascinarles mi resistencia. De otra forma, no se explicaría la aplicación que le prestan a mi caso, que no genera ni dinero ni poder, a mí, que soy una mierda más flotando hacia el Novorm por uno de los miles de colectores de Sholombra. Solo así tiene sentido que la venganza de un burócrata menor por un asunto de juventud sea tomada tan en serio por toda una mafia criminal. Ya no les atrae cogerme, sino jugar conmigo. Ya no les seduce atraparme de cualquier manera. Le están tomando más gusto al juego de la caza que al sabor de la pieza. Esto parece que va a ser más peligroso de lo que suponía, me dije. Mejor: será más divertido.

Salí de la oficina con la intención de ir a la plaza de la Ciudad. No tenía ni un objetivo ni una idea concreta y sabía lo arriesgado que era andar rondando por donde anidaban mis enemigos. Quizá sospechaba que se me ocurriría un plan en los momificados reposos del metro; quizá, que en las piedras de los edificios encontraría la huella de un sentimiento delator; quizá, que en el alma de alguien con quien me cruzara hallaría la luz plomiza del odio hacia mí o el suave tacto del placer de andar jugando conmigo. Como medida de prudencia, no me bajé en la misma plaza, sino en la estación anterior, que daba a la fachada trasera de uno de los ministerios abandonados. Nunca me había apeado en ella ni creo que lo hubiera hecho nadie que no fuera tan necio o tan ignorante como yo desde hacía mucho tiempo. La estación estaba casi completamente desmantelada, aunque desde el interior de los vagones diera la sensación de hallarse operativa. En cuanto me vi en el andén, solo y con las luces a medio funcionar, sentí la aparición de miles de emociones aviesas. Era, como el lector podrá comprender, algo meridianamente real y concreto y no esa forma de llamada de lo maligno que se apodera de nuestra imaginación en los lugares solitarios y oscuros. Yo era capaz de percibir en las piedras los pesares de quienes las habían tocado y en aquellas había un coro desquiciado de gritos recientes, de asesinos y asesinados. Los asesinos, decenas o cientos de individuos enloquecidos y sanguinarios, vivían en el metro y no andaban lejos. Maldiciendo mi excesiva prudencia y horrorizado, ausculté el aire y no sentí ninguna manifestación viva. No me relajé, sin embargo, pues el escandaloso ruido que emanaba de las piedras ahogaba las voces de los sentimientos activos, a menos que estos se hallaran muy cerca.

Como creí temerario adentrarse por los túneles de salida, me pegué a la pared y esperé a otro tren. No sabría decir cuánto tardó en llegar, solo que aquellos minutos se me antojaron eternos. Mientras lo hacía, mi sensibilidad se acostumbró al ruido de las piedras y empecé a oír un lejano rumor de almas que exhalaba sus propias emociones, todas inestables y amorfas, de entre las que destacaba un atroz deseo de la ferocidad por la ferocidad, parecido al que del rencor hacia los vivos nace en el corazón de los muertos vivientes. Cuando el tren alcanzó la estación, no hizo nada por detenerse. Aún recuerdo la cara de espanto del conductor al percatarse de mi presencia y la de sorpresa y consternación de algunos de los pasajeros, para quienes yo debía de ser una especie de desafortunado alter ego. Todavía esperé a otro tren, pero el resultado fue el mismo.

Si nunca se detenía un tren como no fuera para dejar viajeros, era inútil perseverar más: aquello –pensé– no era una estación, sino un matadero, y yo no era un hombre con poderes especiales, sino una res, y de poco le valen a las reses sus poderes de convicción ante el escéptico cuchillo del matarife. Como no había más escapatoria que la boca de la calle ni mejor ocasión que el cuanto antes, tensé mi esmero y explorando los efluvios de las piedras, como hubiera hecho un animal escaldado con sus orejas o su nariz, me metí en el túnel. Había luces, aunque tan solo algunas funcionaban, y las flechas y las señales que indicaban la salida persistían en las paredes. Cualquier otra persona hubiera seguido sin miedo, acaso con cierta aprensión por la soledad, la oscuridad y el silencio, y quizá hubiera llegado a la calle sin haber tenido contacto alguno con los habitantes de aquel lugar ni haber sabido de su existencia. Pero yo era uno de esos seres privilegiados que dominan lo que otros ignoran y no un sujeto común, y, ya que sentía el dolor de la información, debía hacer de ella un uso que me aprovechara. No iba, pues, guiado por el azar o por la comodidad de las galerías con luz, sino por el testimonio de la realidad que a cada paso me daban mis sentidos. La salida era lejana e intrincada, había varias conexiones entre líneas y galerías diversas que daban a varias bocas. En lugar de coger un túnel claro, tomé otro más oscuro en el que no oí más que unas cuantas huellas antiguas, y luego otro y otro. Caminaba pegado a las paredes y almohadillando los pasos y, mientras lo hacía, nunca dejaba de oír lejanos murmullos de animosidad. Pero de repente noté el pinchazo de alguien que me había descubierto y a continuación oí los gritos agudos y distantes de una mujer que advertía de mi camino: «Aquí, aquí». Acto seguido, como si quienes los dieran hubieran brotado de las paredes o se hubieran despertado, se oyó un clamor de carreras y de voces que se cruzaban para darse pistas sobre mí y guiarse hacia donde yo me encontraba. «¿Por dónde?» «Por allí.» «En la Sur, en la salida Sur». «Venid», decían, desquiciados, los chillidos. «Aquí, por aquí», guiaba la voz de quien me había descubierto. «Está aquí. Corred, está aquí». Yo, que me había quedado inmóvil con las primeras voces, eché a correr con todas mis fuerzas sin reparar ni en las revelaciones de las huellas, ni en los sentimientos de quienes me perseguían, ni en más indicaciones que en la flecha de salida y en aquellos atormentados alaridos que cada vez eran menos y sonaban más cerca. Hubo un momento en que dejé de oírlos para oír carreras y jadeos a mi espalda. No miré atrás. Corrí, corrí como si el endemoniado fuera yo y no ellos, subí unas escaleras y vi a unos cuantos metros la luz del día, atravesé por un estrecho agujero la valla de acceso, que estaba cerrada, y subí las últimas escaleras, que me llevaron sano y salvo hasta la calle. Apenas había recorrido unos metros cuando oí cómo agitaban la valla y un tropel iracundo de gritos de fiasco. Entonces, solo entonces, me detuve, y solo entonces noté que el corazón me latía enloquecido en la garganta.

Me había salvado. Anduve despacio y respirando

hondo, y cuando estuve lo suficientemente alejado, me paré y apoyé la espalda contra un muro. No era una calle muy transitada, pero la gente seguía pasando por delante de la boca del metro sin advertir que ese agujero neutro era la salida del infierno. ¿Lo ignoraban o hacían como que lo ignoraban? Sin haber recuperado aún todo el resuello, volví a las cercanías de la boca para mirar en el interior de quienes transitaban junto a ella. Nadie sabía exactamente lo que se escondía dentro, pero intuían algo escalofriante. Para la mayoría, la puerta era temible a la manera que lo es una alcantarilla. Los colectores están llenos de ratas, esos animales inteligentes, diabólicos y odiosos; en sus aguas fétidas nadan nuestros excrementos y en su atmósfera pútrida hierven las bacterias asesinas y los virus. El espectáculo de una cloaca nos parece horroroso, pero nos sentamos inermes sobre una de sus bocas y pensamos descuidadamente en otra cosa, porque el horror que no se ve es como si no existiera.

Mientras me alejaba camino de la cercana plaza de la Ciudad, pensé en lo indefensos que estamos ante una intención de dañarnos. Yo iba hecho un gallito, dispuesto a enfrentarme con la banda de Saín y el señor Suelo, consciente de lo superior de mi condición, y de pronto una turba desquiciada de la que nunca había oído hablar ni había sospechado que existiera, me había devuelto a la realidad de mis carencias.

Entré en la plaza de la Ciudad por uno de los enormes arcos que le daban acceso y enseguida me pegué a la pared para resguardarme en la oscuridad de los soportales de las miradas que pudieran venir desde los edificios de enfrente, donde estaba el Ministerio de Justicia, aunque había varios cientos de metros de distancia. En esa escalofriante estepa que era la plaza, casi no había nadie, únicamente unos cuantos hombres y mujeres desperdigados andaban con paso decidido bajo los pórticos, convirtiendo en extraño el decorado que sin ellos hubiera parecido absolutamente irreal. Me pareció que para no levantar sospechas tenía que hacer lo mismo y aligeré el paso. Aun así, desde donde estaba hasta mi meta debía de haber un cuarto de hora de camino.

Mientras me acercaba al Ministerio de Justicia, me topé con varios sentimientos detestables de personas distintas, pegados a las paredes. No reconocí a ninguno de ellos. Ninguno expresaba nada alarmante en extremo ni indicaba más inteligencia para el mal de la que tiene un malhechor común. Quizá, pensé, fueran aprendices de malvados con ínfulas de maestros. Ni siquiera muy cerca de la puerta del Ministerio hallé una huella sospechosa. Entonces, me asaltó como una náusea la duda del que presiente haberse metido en la boca del lobo y me detuve. Recuerdo que sentí los latidos del corazón y que, desconfiando de mi propia capacidad, me volví para ver si alguien me seguía. El lugar invitaba a la suspicacia, pues en una cualquiera de las cientos o miles de ventanas que daban a la plaza podía haber un par de ojos espiando mis pasos.

Delante del pesado tablón de anuncios del Ministerio, me detuve a examinar las huellas que había dejado el bedel, a quien conocí en mi última visita al inmueble. No había en él nada inquietante. Era un hombre de una simpleza absoluta, iluminado por la ética del carril, que veía en el rigor de las normas el único camino por el que conducirse. Estaba mirando por encima las fechas de los papeles pegados por el gusto de regocijarme con su antigüedad, cuando descubrí que uno de ellos llevaba mi nombre. Era una notificación realizada por anuncio, ante la imposibilidad de hacerlo personalmente, en la que se ponía en mi conocimiento que, dado que no había tomado posesión del cargo de juez de distrito para el que había sido designado en sorteo público, se remitía copia del expediente a la Sala nº 9 del Tribunal Central de la Ciudad de Sholombra. Tenía fecha de un día de varias semanas atrás y era el único documento reciente. Me acerqué a él hasta casi tenerlo pegado a la nariz para indagar en su fina morfología los vestigios que había dejado su creador, pero no hallé más que una desdibujada referencia, como imágenes lejanas, de unos sentimientos sombríos que no eran ni de Saín ni de alguien conocido por mí. Ya que había llegado tan lejos, no iba a irme sin entrar en el Ministerio, pensé, para vencer la tentación de dar media vuelta y largarme. Seguí adelante con un exceso de nerviosismo que ahora no me sonroja llamar miedo, aunque en mi descargo diré —si es que el miedo necesita excusarse— que los sucesos del metro me habían dejado pelados y a flor de piel los hilos de los nervios más gruesos.

El bedel de recepción estaba de pie a unos cuantos metros de la puerta, mirando el sobrecogedor abismo horizontal de la plaza. Cuando me vio entrar, su corazón dio un respingo de alegría, pues deseaba fervientemente tanto ser útil como entablar una conversación.

—Dígame, ¿puedo ayudarlo? —dijo. No me había reconocido.

—No, muchas gracias. Sé a dónde voy y conozco el camino.

—Le felicito, porque en estos tiempos no son muchos los que pueden decir lo mismo. Los administrados vienen como perdidos. Ya nadie entiende nada de papeles. Cuando les llega un documento, no saben distinguir unos ministerios de otros, y cuando finalmente se enteran del organismo en concreto y deciden acudir a su sede, no entienden los letreros que los guían por el interior del complejo ni conocen la jerga en que les hablan los funcionarios.

—Otro síntoma más del ocaso de nuestra sociedad —le comenté por darle algo de charla, una afición que empezaba a practicarse con entusiasmo.

Era un hombre peligroso a fuer de cumplidor, de los que nunca utilizan recomendaciones ni se cuelan, ni siquiera para salvar a su hijo. Aunque tenía un dedo de polvo posado en la mayor parte de su alma, hubiera despertado todos sus buenos propósitos y me hubiera entregado ipso facto de haber conocido que yo era el desertor de la plaza de juez de distrito a que se refería el anuncio del tablón que él sacaba y entraba con encomiable fidelidad a las viejas reglas de su oficio.

—¿El ocaso de nuestra sociedad dice usted? No dejo de pensar en ello desde que veo el estado en que se encuentran los edificios. Este, por ejemplo, está hecho un colador. Yo dependo de Agricultura, no de Justicia, pero no podía soportar que nadie sacara el tablón de anuncios que ha podido ver en la fachada —eso mismo me lo había contado en mi visita anterior—. Hasta hace unos cuantos días, yo venía desde Agricultura, sacaba el tablón de anuncios, me quedaba aquí toda la jornada y a última hora lo metía y me iba. Pero una mañana oí gritos que venían desde el interior y me decidí a adentrarme por los corredores. Anduve por casi todos los pasillos y subí a todas las plantas, por las escaleras, naturalmente, pues los ascensores no funcionan.

Pues bien, en la última planta hice un descubrimiento horroroso. Y, además, que se lo voy a enseñar a usted. Venga, venga —y empezó a andar hacia las anchas y tendidas escaleras que subían haciendo cuadros exactos, mientras me indicaba con la mano que lo siguiera—, usted es joven y podrá subir sin dificultad. No tardaremos mucho, solo son diez pisos.

Yo decidí hacer lo que me decía, no tanto por no contrariarlo como porque me interesaba su compañía para disimular mis intenciones. Por otra parte, lo de los gritos me había intrigado bastante. Al verlo por dentro, yo entendí que no había visto nada verdaderamente significativo, pues su sobresalto no había afectado al área de los sentimientos de fondo (al amor, al odio, a la amistad), sino a esa que engorda en las personas sin sustancia, la que guarda lo fútil o lo que cuesta dinero. Era, pensé, uno de esos hombres que suelen pasar por buenos porque son extremadamente rectos, se significan en el cumplimiento de su obligación y siempre dan la razón al otro. Uno de esos hombres que se plantean problemas de conciencia ante una infracción menor y no saben qué hacer después de jubilarse o cuando se muere su mujer.

Mientras caminábamos, no dejaba de hablarme. Me habló de las escaleras que subíamos y, por extensión, de las de casas, fábricas y torres que frecuentaba. Conocía el número exacto de peldaños de aquellas escaleras, el de la escalera principal de la sede del Ministerio de Agricultura, el de las del bloque donde se hallaba su piso y el de otras muchas que no cito para no hacer tan fatigosa esta narración como lo fue la suya. «En tanto subo o bajo, me entretengo contándolos», me dijo luego. «Ya ve qué tontería, como si el número de escalones cambiara. Pero con algo hay que matar el tiempo, ¿no cree?». Era uno de esos hombres que deben buscar distracción adrede porque en su cabeza no hay jugo suficiente como para entretejer historias sin proponérselo, de esos a los que les cuesta trabajo hilar pensamientos sin hacerlos públicos y de esos que solo piensan cuando hablan. «Antes, todas estas escaleras estaban abarrotadas de funcionarios y administrados que subían y bajaban enchaquetados y en silencio. Fíjese cómo vamos nosotros: hablando sin parar, vestidos de cualquier manera y solos. ¡Parece mentira lo que han cambiado los tiempos!», exclamó. Él llevaba puesto su uniforme de ordenanza y yo aún no había pronunciado palabra, pero no lo contrarié, porque a pesar de todo llevaba razón y, más que nada, para dejarlo que siguiera dando rienda suelta a sus pensamientos. Mientras él hablaba, yo iba observando el rastro que el alma de los humanos deja a su paso. El pasamanos, la pared y los escalones, todos ellos de piedra, estaban llenos de huellas, antiguas la mayoría, pero en el aire prácticamente no había nada. Las emociones y los sentimientos impregnan la superficie de las cosas que usamos y llegan a la médula de las que queremos, pero se quedan flotando a merced del viento, como las pompas de jabón o los virus, y basta una brisa suave para dispersarlos.

Saín no había entrado por la puerta de aquel piso ni había subido por aquellas escaleras desde hacía meses.

—Estas no deben de ser las únicas escaleras ni este edificio debe de tener una sola puerta —le pregunté al bedel.

—Por supuesto que no. Hay varias entradas traseras, pero casi no se utilizan. Tenga en cuenta que todos los edificios de la plaza se construyeron simultáneamente y unos están comunicados con otros. Y respecto de las escaleras, hay por lo menos otras dos. Esta que subimos es la más cercana a la puerta principal, la que más usan los administrados, pero los funcionarios suelen usar las escaleras interiores.

—Me ha dicho que todos los edificios están comunicados. ¿Cómo? ¿Hay puertas entre ellos?

—Más que estar comunicados, son el mismo edificio. Cada planta tiene un único corredor central para el conjunto que forman todos los ministerios.

—¿Y cuáles son los ministerios que lindan con este?

—A un lado, el Ministerio de Obras Públicas y, a otro, el de Interior.

—¡El de Interior! Entonces la Comisaría Central está cerca, ¿no?

—Si hubiéramos tomado el corredor central de la primera planta, ya estaríamos llegando, porque ocupa toda la primera planta del Ministerio del Interior.

—Supongo que tendrá calabozos.

—Desde luego, en los sótanos. Los calabozos quizá se extiendan por todo el subsuelo.

—¿Vendrían de ellos los gritos que oyó?

—No, no. Venían de este edificio. Pero usted no se preocupe por los gritos. Lo que encontré en el último piso, y ahora voy a enseñarle, no tiene nada que ver con ellos.

El bedel, como hacen algunos narradores con los sucesos previsibles, no quería decirme lo que iba a enseñarme para picarme la curiosidad y convertir en asombroso lo que por las trazas del personaje se barruntaba como insignificante. La minuciosa voluntad del tiempo, la inmensidad de los desiertos corredores, el sosiego roto por nuestros pasos, la sima del hueco de la escalera, la solidez de las piedras y sus voces y aquella breve apelación a unos gritos oídos desde la puerta debían de haber provocado en mí una mínima intriga por la solución del bedel, pero solo me impacientaba su demora. Mientras tanto, aguantaba como podía la monserga de aquel ser tan insípido a sabiendas de que era una circunstancia más del ambiente, como en otros ámbitos lo son el frío y la lluvia.

—El próximo es el último piso —me dijo.

Eran muchos escalones e íbamos despacio. El bedel se había parado frecuentemente en algún descansillo para mirarme a los ojos al paso que me contaba hazañas de la época en que los administrados chocaban por los corredores y en cada ministerio había varios tablones de anuncios al cuidado de una legión de porteros. Aunque llevaba sin enfadarme más rato de lo humanamente soportable, todavía me aguanté cuando se detuvo otra vez antes del último recodo de la escalera y, con la medrosa voz del cotilla que se arrepiente mientras divulga una confidencia, me declaró:

—No sé si debo enseñarle todo lo que va a ver: estos son los trapos sucios de la Administración y yo trabajo en la Administración.

El bedel era uno de esos funcionarios menos escrupulosos en el cumplimiento de su labor que chismosos, uno de esos empleados que no tienen a la discreción como parte del deber de fidelidad.

—Sabré guardarle el secreto —le contesté—: esto se quedará entre nosotros.

Y, sin esperar a su respuesta, seguí avanzando, dispuesto a hacerlo delante de él en lo sucesivo. No debí de subir más de cuatro o cinco escalones para toparme de bruces con la imagen que tanto había impactado al bedel: todo el corredor —alto, ancho e interminable— estaba salpicado de barreños de plástico de distintos tipos y colores. Me volví hacia mi acompañante, y lo interrogué con la mirada.

—Goteras. El edificio entero es un colador —dijo.

Entre el ocre de la piedra de las paredes y del pavimento, los barreños eran como un sarpullido de hongos gigantes y el disparatado corredor parecía sacado del universo alucinante de un sueño.

—Estos palacios gigantescos fueron construidos para ser eternos —afirmó el bedel.

Para ser eternos, murmuré yo, como el Estado, como las leyes, como los principios morales que prohibían la ficción y la mentira.

—¿Quién los ha puesto ahí? —le pregunté.

El bedel simuló enojarse.

—¿Cómo que quién? Yo, naturalmente.

—¿Y de dónde ha sacado usted tanto barreño?

—Esto no es nada: hay más en otros corredores. Se los pido a un primo que tengo en el Ministerio de la Guerra y me los trae un camión. Todos los que pida. Ya van cientos, miles, quizá. Cuando llueve, subo a esta planta y veo cómo cae el agua desde el techo a los barreños. Es un espectáculo, ¿sabe usted? Y no solo por lo que se ve, también por el ruido que hacen las gotas al caer sobre las láminas de agua.

Un edificio rocoso, diseñado para templo de la burocracia y con vocación de hacer frente a las devastadoras leyes del tiempo, dependía ahora del celo de un furriel y un portero. El edificio era una alegoría del Estado: aparentemente incólume, pero podrido; soberbio y pretencioso, pero vacuo; ciclópeo y amenazador, pero exánime.

El bedel andaba por las venas de aquel inmueble con la desenvoltura que Saín y el señor Suelo se movían por los entresijos de un Estado en ruinas que desde siempre se había confundido con la sociedad, o, por decirlo de otra manera, por entre las ruinas de la sociedad. Si el bedel hubiera querido, en lugar de barreños habría podido pedir bombas, y su primo, si hubiera querido, se las habría llevado en una furgoneta de reparto sin más controles ni más cuentas que, quizá, un apunte artero en un libro de contabilidad que nadie examinaría.

Cuando nos adentramos por el corredor, pude comprobar que los barreños tenían el agua corrompida y que minúsculos gusanos nadaban a espasmos en ella.

—Son larvas de mosquito —me explicó el bedel—. Lo que yo no puedo hacer es tirar el agua cada vez que llueve. Procuro vaciar los que se llenan, pero incluso eso es difícil. ¿Dónde lo hago? ¡Cómo no sea por el balcón o en el váter! ¿Y cómo los llevo, con lo que pesan, a cubos?

Y para hacer más verosímil su abnegación, como disculpándose, abrió la puerta de un despacho y señalando a otros muchos barreños que había colocados en el suelo y en las mesas y sobre los muebles de oficina, me aseguró:

—Es que no es solo el corredor: es toda la planta alta. Son muchos barreños que colocar, comprobar y vaciar. Este edificio necesitaría no menos de cuatro o cinco personas para atender el sistema de barreños.

—¡Cuatro o cinco personas! —dije en voz alta como para mí ante semejante estupidez. Ya me imaginaba a un servicio entero de la Administración, con sus altos funcionarios, sus inspectores y sus oficinas llenas de impresos oficiales, destinado a solucionar con barreños el mantenimiento de las construcciones públicas.

—Cuatro o cinco por lo menos —rubricó el bedel, que me había oído—. Y luego están las palomas.

—¿También hay palomas?

—Algunas hay. Entran por los cristales rotos y anidan en los anaqueles —me cogió del brazo y luego me pidió cautela llevándose el dedo índice a los labios. Después de un rato concentrado y mirando a ninguna parte, resolvió—: Lástima: ahora no se oyen los arrullos.

Pero en cuanto volvimos al corredor vimos a una pareja de palomas echar a volar desde el alféizar de una ventana y oímos su vuelo silbante como se oyen caer las piedras en un pozo sin fondo, hasta que el oído no dio más de sí.

—¿Qué le dije? —me aseveró, satisfecho de que se hubiera corroborado tan pronto una afirmación tan supuestamente precaria como la suya.

—Otros cuatro o cinco hombres para espantar palomas —le anuncié sin aparentar cinismo, con toda la impostura de que es capaz un asesino.

—Las palomas las liquido yo a poco que me den cristales de sobra. Pero, ya ve, no tengo cristales y ando tapando los agujeros con bolsas de plástico. Una chapuza, una auténtica chapuza. Porque, por si fuera poco, la cinta adhesiva que tengo para sujetarlas es de pésima calidad: se despega con un empujoncillo o con que el ambiente esté húmedo. Mire ese, sin ir más lejos.

Me llevó hasta la ventana desde donde habían salido las palomas y señalando a un cristal roto que estaba tapado con una bolsa a medio pegar, me expuso:

—¿Ve? Me gustaría saber si las palomas empujan conscientemente o a ciegas. ¿Me entiende? Quiero decir que me gustaría saber si las palomas son o no son inteligentes.

—Un poco inteligentes sí deben de ser —le contesté yo.

Ni había mucho más que ver ni el ambiente era agradable. El bedel no abría las ventanas por miedo a la invasión de las aves y la rancia atmósfera que respirábamos estaba espesada por el olor a moho y a los excrementos de las palomas que conseguían burlar las defensas. Nadie, excepto el bedel y un par de ciudadanos tan apabullados como yo a quienes el bedel había llevado hasta allí para enseñarles los resultados de su diligencia, había dejado huellas en aquel lugar desde hacía varios meses.

—Todo esto es muy interesante, pero yo tenía que ir a un negociado a arreglar unos asuntos —le dije.

—Claro, claro. Aquí está todo visto. ¿Quiere que lo guíe hasta donde va?

—No, gracias. Conozco el camino.

—Le aconsejo que baje y se mueva por los corredores de otros pisos. Si no le importa, yo voy a inspeccionar los barreños y los agujeros.

Le expresé mi agradecimiento y volví a tomar las escaleras. De entre las diversas posibilidades que se me abrían, la más razonable quizá fuera alejarse de aquel lugar, pero la más tentadora era adentrarme solo por los corredores. Adopté esta última sin decidirlo. ¿No se resuelven así la mayoría de las encrucijadas?

Los sentimientos que habían untado últimamente aquellas piedras no eran de funcionarios eficientes y cumplidores ni de seres fracasados que buscan en el trabajo el detalle que los distraiga o la medalla que los premie, sino de individuos fríos y ambiciosos, capaces de adoptar de forma refleja decisiones cuyas consecuencias son insoportables para la mayoría. Quizá una de esas huellas fuera la del señor Suelo. Había pensado que entre él y yo había algo más que una cuestión personal, que estaba empezando a gustarle el juego de acosarme, y ahora que me hallaba en el corazón de su retaguardia iba como perdido. Andaba, sí, y andaba hacia delante, pero lo hacía con la moral del que busca una escapatoria, no del que avanza. Las palabras del señor Suelo advirtiéndome de que debía visitar la Comisaría Central y las del bedel hablándome de unos gritos misteriosos eran en mi razón como una luz lejana en un territorio oscuro por el que se anda a tientas. En tal caso, es más poderosa la percepción de las manos que la de la vista e influye más sobre el ánimo el miedo al peligro concreto que la esperanza de salvación.

Pero como si se hubieran incendiado de repente cientos de antorchas, aquellas marcas me devolvieron las referencias de mi historia y, con ellas, la conciencia de mí. Estaba en el campo enemigo y para espiarlos debía simular ser uno de ellos, así que descolgué un tablón de anuncios donde se daban noticias de régimen interno y unos ratos en volandas y otros a rastras lo fui llevando por el corredor con la seguridad de un bedel experimentado. No había andado mucho cuando oí una puerta que se abría y, luego, pasos decididos que en aquel silencio etéreo sonaban —así lo retengo aún— a narraciones llenas de alegorías y hambrientas de metáforas. A pesar de la carga, pronto me hallé en un corredor que tenía un ligero ruido de fondo y cuyas paredes ofrecían numerosos vestigios con los que hice no menos de veinte fichas de personas, cada una de las cuales contenía, entre otra información, datos sobre quién sería capaz de matar a sangre fría y quién no, la forma en que respondería cada una de ellas a una escala de chantajes y quién estaría dispuesto a obedecer hasta la ignominia con tal de seguir viva. No tardé en formular una hipótesis razonable sobre sus relaciones jerárquicas y el talante con que ocupaban un lugar dentro de ellas. Conocí quién mandaba y quién obedecía y, entre los que obedecían, quién lo hacía con agrado y quién a disgusto. Si el jefe era el señor Suelo, ya sabía quién era el señor Suelo y lo que se ocultaba en su corazón.

Yo era, pues, el que llevaba ventaja, aunque para protegerme solo contara con el exiguo disfraz de bedel que me daba el tablón de anuncios, cuya funcionalidad pude comprobar sin excesiva tardanza. Ocurrió que cuando me hallaba explorando frente a una puerta detrás de la que había sentido gente, oí que otra puerta se abría en el mismo corredor. Cogí el tablón y continué adelante a tiempo para que un hombre y una mujer me vieran andando. El minuto que siguió lo guardo en mi memoria con la terca solidez de una inscripción lapidaria: recuerdo como si lo estuviera viendo cómo se acercaban a mí, las palabras que se dijeron y el desapego helado con que me miró la mujer cuando me crucé con ellos. Aquella mujer, cuya ficha sentimental había hecho yo poco antes, era capaz de comer con el cuerpo destripado de un niño sobre la mesa.

Cuando desaparecieron por uno de los corredores laterales, dejé en el suelo el pesado tablón de anuncios y recobré la atención sobre las huellas. Las había a cientos. Eran de seres asustados, acobardados, sobrecogidos, de seres que entraban enteros y salían hechos trizas, que de estoicos pasaban a vehementes y de enérgicos a pusilánimes. El corredor entero era un osario de sentimientos. Como el que busca entre un montón de esqueletos rotos la calavera de su madre, busqué yo en aquella pila funesta las emociones de la mía y de Airos Rora. Y las encontré. Los dos habían circulado por allí. Airos, primero. Su rastro era el de un hombre aprensivo que entró derrotado en una de aquellas salas y salió de ella hecho un vegetal. Mi madre había llegado a aquel lugar con la impresión de haber visto en otras dependencias el cadáver de su compañero. Llegó dándole igual todo, incluido yo, y se fue con la absoluta convicción de que lo único digno de vivirse en este mundo es el momento de la muerte.

Quizá yo también lo pensara pronto si no lograba salir urgentemente a la plaza. Cogí el tablón de anuncios y me dirigí hacia la puerta de salida mientras oía el coro de voces desgarradas que me gritaba desde las paredes. A pesar de eso, cuando pasé por delante de una puerta, sentí con la brusquedad de un puñetazo la presencia del jefe de aquella banda de policías metidos a mafiosos. ¿Era el señor Suelo? No estaba solo. Lo acompañaban otros tres individuos. Ninguno de ellos era Saín, pero Saín había estado en aquella oficina no hacía más de cuarenta y ocho horas, porque podía sentirlo con la sutil vaguedad de un perfume. La relación entre el jefe y Saín era palmaria, pues. Se habían confirmado todas mis sospechas y era notorio el aciago papel secundario de mi madre y de Airos Rora. ¿Por qué no me fui, entonces? Quizá porque yo era como ellos. O porque, como ya he dicho, entre ellos y yo mediaba un juego de envite, y en los juegos de envite no se puede ser sabio sin ser audaz, ocasionalmente hasta la chulería.

Encima de aquella puerta había un cartel que decía: «Director General». La abrí y me quedé quieto. La estancia era bastante grande. Había un escritorio y, a unos metros, una mesa de reuniones con ocho o diez sillas forradas de cuero negro. El jefe estaba sentado detrás del escritorio, limpiándose las uñas con un afilado abrecartas de metal, y los otros tres individuos estaban sentados junto a la mesa de reuniones, muy lejos del jefe, mirándolo y escuchándolo. Uno de aquellos hombres odiaba a muerte al jefe y este no lo sabía. Los otros dos eran tipos bragados y leales. El jefe tendría unos cuarenta años y no tenía mujer ni hijos. Los otros tres sujetos sí tenían afectos cercanos: dos de ellos, de una mujer y, el tercero, el que odiaba al jefe, de un hombre, aunque esto no se lo había declarado a nadie, ni siquiera al amado. Los que tenían mujer tenían hijos pequeños y su corazón fabricaba una ternura untosa. Los otros dos, el jefe y el que lo odiaba, no tenían en su alma sedimento alguno de piedad.

Cuando abrí la puerta, me dio tiempo de oír al jefe pronunciar unas cuantas palabras y en su voz reconocí la del hombre que me había llamado por teléfono. Ya no me cabía ninguna duda: el jefe era el señor Suelo.

—Ustedes perdonen —les dije—. Traigo un tablón de anuncios. ¿Dónde les viene bien que lo cuelgue?

—¿Un tablón de anuncios? —el señor Suelo tardó en continuar. Luego miró a los otros y preguntó—: ¿Sabéis algo?

Los otros negaron con la cabeza o con monosílabos mientras me observaban.

—Al parecer alguien ha examinado los corredores de los ministerios y se ha dado cuenta de que en muchas dependencias faltan tablones de anuncios —les expliqué.

—¿Alguien? ¿Quién? ¿A quién se le ha podido ocurrir semejante tontería? —consideró el señor Suelo.

Los otros rieron como si hubiera dicho una gracia.

—A mí no me pregunte: yo soy un simple bedel. A mí me ha llegado una orden por escrito del Ministerio de Justicia, departamento de jueces de paz, diciéndome que como parte del programa integral de exposiciones públicas debo traer un tablón de anuncios a la Comisaría Central. No sé nada más. Este que traigo estaba en otra dependencia, pero en ella no hace falta porque no hay nadie.

—¿Del Ministerio de Justicia? —se preguntó en voz alta el

señor Suelo.

—Ha debido de ser Saín —dijo uno de los otros.

El señor Suelo pareció convencerse.

—Está bien —concedió—, déjelo en cualquier lado.

Yo me despedí y cerré la puerta. Pero nada más encajarla, una explosión de lucidez llenó la estancia de luz negra. Dejé el tablón de anuncios de pie sobre la puerta y eché a correr a sabiendas de que en mis piernas y solo en ellas se hallaba mi salvación: el señor Suelo había recordado borrosamente mi voz y al asociarla con lo que yo le había dicho sobre el departamento de jueces de paz había dado con mi identidad.

—Es él —gritó, con el ímpetu que da la clarividencia súbita—. Es el amigo de Saín. Cogedlo y traédmelo. Cogedlo o me cago en todos vuestros muertos.

Aquellas voces volaron por los corredores doblando esquinas, bifurcándose y llamando a las puertas de los despachos hasta extenuarse muy lejos. Cuando las oí, yo estaba a unas cuantas decenas de metros y corría con todas mis fuerzas por otro corredor en la ilusoria creencia de que en breve me hallaría en la plaza. Después de esas voces oí el ruido de alguien que tropezaba contra el tablón de anuncios y caía al suelo y, luego, un alboroto de puertas que se abrían y cerraban y un tropel de pasos premiosos y de gritos que daban órdenes o amenazaban. Debía salir de aquella madriguera de piedra y hormigón enseguida, pero, contra lo que yo creía, el corredor no daba a la puerta de salida, sino a otro corredor. Como el conjunto de edificios de los ministerios era un laberinto diseñado por una mente tortuosa con el afán de encoger el ánimo de los administrados, acabé yendo en círculo o, al menos, empecé a oír voces tanto detrás de mí como en la dirección en que corría. Asfixiado y atemorizado, tomé la primera escalera que vi y subí peldaños con la decisión que da el supremo instinto de supervivencia. Cuando me hallé en la penúltima planta, corrí por uno de los anchos corredores transversales que unían todos los bloques hasta que no pude más y me paré a descansar al amparo de un rincón mal iluminado. Seguro que continuaban gritando, seguro que no se pararían donde estaban y me buscarían peinando los corredores y las oficinas, pero ya no oía voces. Necesitaba tomar oxígeno y pensar. Solo saldría vivo de aquel templo siniestro si me conducía con inteligencia y hacía uso de todas mis facultades. Si seguía actuando como un animal perseguido, tarde o temprano acabaría cayendo en una trampa.

Por eso, en cuanto pude respirar continué avanzando, y durante un tiempo impreciso atravesé numerosos corredores y cambié varias veces de planta. Llevaba varios minutos sin noticias del señor Suelo y me hallaba en un corredor libre de sus vestigios, cuando advertí otras emociones conocidas. Recuerdo que, quizá por estar muy difuminadas, no las asocié al pronto a una identidad concreta y que luego me di cuenta de que eran de Saín y mi turbación se tornó en ansiedad, pues yo las asumía no como algo de lo que me convenía alejarme, sino como una voz que profería una llamada de acatamiento obligado: ¿No había ido a aquel lugar precisamente para verlo?

Ahora recuerdo que me encontré frente a su despacho no ya sin estrategia alguna, sino sin más propósito que entrar y humillarlo haciéndome el perdonavidas, que dudé antes de llamar y que abrí la puerta antes de que me contestara.

—Yo soy ese que han nombrado juez de distrito. ¿Quería

usted que viniera? Pues aquí estoy —le dije acercándome a él.

Como la otra vez que fui, las demás mesas estaban vacantes, pero las torres de papeles de la suya habían incrementado su altura y a su alrededor, asentadas con desorden sobre el suelo, había varios montones de carpetas que anteriormente no estaban.

—El trabajo continúa a buen ritmo —le indiqué.

Yo despreciaba aquel escrupuloso frenesí por la observancia de la obligación, tan extemporáneo, tan enfermizo en una época en la que nadie cumplía ni hacía nada que no fuera entregarse a la corrupción, a la abulia o, directamente, al Destino.

Cuando estuve frente a él, limpié a manotazos la silla destinada a los administrados de una pila de papeles y carpetas y me senté en ella. Él aún no había dicho nada y me miraba más estupefacto que asustado.

—Vamos a ver —continué, empleando un tono exageradamente comprensivo, ciertamente insultante—, le supongo al corriente de los procedimientos que ese tal Cluk Suelo y los demás compañeros suyos están empleando para conseguir atraerme. Bien, parece que lo han logrado. Dígame: ¿a qué viene tanto interés por mí?

Saín no sabía que yo había descubierto quién era. Se lo diría. Había ido hasta allí solo para decírselo en persona, porque manifestándome tal y como era me engrandecía y le daba cierta altura al desarrollo del juego. Pero no había prisa. Antes de explicárselo, me daría el gusto de cohibirlo recordándole todos sus complejos: el de su fealdad, el de su gordura y, sobre todo, el de su origen. Saín me contemplaba con un bolígrafo en la mano y la boca medio abierta, quieto como un memo en una fotografía. Parecía entregado y, sin embargo, había una sombra en su alma que provocaba recelo. Otras veces me había ocurrido con algunas personas especialmente aviesas, en las que las segundas intenciones existen más como manifestaciones sin forma que como formas agazapadas, no como lo estaría un asesino en una sombra o un puñal en la manga de una chaqueta, sino como se oculta una tormenta en una soleada tarde de estío.

—El procedimiento —me contestó—. Es la base del Estado garantista. Si no existiera, cualquiera podría hacer lo que le viniera en gana. Hay que respetarlo, por malo que sea, porque mejor es uno malo que ninguno.

—¡El procedimiento! —dije suspirando.

No se había inmutado, a pesar de mi chulería.

—Sí, el procedimiento. Usted fue nombrado juez de distrito y la Ley le obliga al desempeño del cargo. Ha sido la Ley, y no yo, quien lo ha llamado.

—¡La Ley! —volví a suspirar.

—Sí, la Ley —precisó sin asomo de cinismo, con su gordura, con su fealdad, desde detrás de aquella mesa rebosante de estúpidas carpetas, aquel hijo de puta que había matado al bueno de Airos Rora y tenía secuestrada a mi madre.

—Ya sé que el compañero de mi madre ha sido asesinado para atraerme. ¿Qué dice a eso la Ley?

Era un hecho que no podía reconocer sin debilitarse. La respuesta esperada era la mentira, pero otro en su lugar la hubiera exteriorizado sintiendo un terremoto interior. Él no, él siguió como si tal cosa, disimulando por fuera y controlándose por dentro, de modo que sólo pude sospechar la mentira porque sabía la verdad y porque entre el mobiliario de su alma vi que le intrigaba conocer la manera en que yo había podido acceder a esa información. Saín me estaba dando muestras de un talento excepcional, nada sospechable por su imagen de repugnante rata de despacho. Debía tener con él más cuidado del que tenía. Contra lo que pudiera parecer, aquel hombre era sumamente peligroso.

—¿Asesinado? ¡Qué tontería! ¿De dónde ha sacado esa patraña? Por lo que yo sé, el señor Rora fue llamado para declarar sobre usted y vino con sumo gusto —me dijo.

—Y dónde está ahora?

—¿Dónde está ahora? —pareció sorprenderse con la pregunta—. ¡Cómo quiere que lo sepamos! Vino, declaró y se fue.

—Como mi madre.

—Desconozco si su madre ha sido citada para declarar o no.

Aquella serenidad, en una conversación tan estúpida, estaba empezando a ponerme nervioso. Podía ver el odio que sentía hacia mí desde la época escolar y sabía que me estaba mintiendo, pero aquel hombre hubiera podido pasar sin complicaciones el examen de la más refinada máquina de la verdad. Y a una infalible máquina de la verdad le duele no poder descubrir la mentira de quien la odia. Por eso no dudé más y me puse a escarbar en el rincón más vulnerable de su alma.

—Sinceramente, no creo que usted lo desconozca. Un tal Cluk Suelo, al que acabo de dejar en el Ministerio de al lado, me llamó amenazándome con un mal para mi madre si no comparecía en la Comisaría Central. Y creo que ese tal señor Suelo no habría movido un dedo por un incumplimiento tan común como el mío si no hubiese sido a instancias de alguien con verdadero poder. Ahora, cuando los ministerios están abandonados, el poder no lo ocupan altos funcionarios, sino funcionarios ratas, auténticos saqueadores de los papeles oficiales, bedeles, auxiliares y subalternos de carácter enfermizo o en confabulación con policías mafiosos como Cluk Suelo y sus secuaces.

Me detuve para observarlo y, quizá, para sopesar su reacción, pero apenas hallé rastro alguno de destemplanza.

—Lo que no entiendo —continué— es qué relación existe entre el señor Suelo y usted. Él es un hombre de acción, uno de esos asesinos fríos y ambiciosos que nunca consentirían recibir órdenes de un funcionario oscuro como usted. Algo gordo tiene que deberle para que haya puesto en funcionamiento todo su aparato criminal por un fin que a él no le va a reportar beneficio alguno.

—Usted me minusvalora —dijo entonces. No había perdido la imperturbabilidad exterior, pero noté que en la cacharrería polvorienta y detenida que era su alma emergía el oscuro volumen de una zozobra—. Usted es uno de esos cretinos que se dejan llevar por las apariencias. Me ve sentado en un despacho perdido, rodeado de montañas de papeles, y piensa que soy un funcionario de la última categoría, desvalido y loco, un asocial que ha encontrado en esta oficina una tabla de salvación y se ha creído poderoso.

Llevaba razón en que su apariencia me había influido mucho, y eso me molestó, pero me molestó especialmente la necedad de que yo sólo me dejaba llevar por las apariencias.

—No crea que me engaña o que me engaño —le solté—. No me dejo llevar por su aspecto de rata rolliza y repulsiva.

Sé que me odia desde hace años y que llegó hasta este despacho huyendo de una obsesión que sigue viva. Más claro aún: usted no tiene padre ni nunca lo ha tenido. Usted tiene un hermano menor o, mejor, una hermana a la que odia y a la que ama y usted tiene una madre de la que se avergüenza y a la que ama hasta la exasperación, hasta el fanatismo. Usted, señor mío, usted es un hijo de puta, y lo digo sin ánimo de insultarlo.

No supo qué contestar, no pudo, paralizado por el complejo de ser hijo de su madre.

Saín —por fin me daba cuenta de ello— no era un pequeño funcionario perdido en las alcantarillas de un poder colapsado, sino el jefe supremo de quienes utilizaban en su propio beneficio los resortes del poder que aún conservaban las instituciones cuya sede estaba en aquellos palacios.

—Te conozco —le reconocí envalentonado—. Siempre fuiste un pobre hombre. Incluso en los tiempos en que la hipocresía era perseguida y las putas eran estimadas por la sociedad, tú ya te avergonzabas de tu madre. Eras un hombre, más que moderno, progresista. Entonces te las dabas de aspirante a revolucionario, cuando la revolución traería el fingimiento y la mentira y, con ellas, una doble moral que, simultáneamente, prohibiría el oficio que te ofende y lo consentiría, y que te convertiría a ti de hijo de una trabajadora en hijo de una puta. Eso es lo que esencialmente eres ahora, antes que revolucionario reconvertido en jefe de aprovechados mafiosos. Y por eso estás aquí, en el lugar más olvidado y cochambroso de esta ciudad indecente que se hunde sin tempestad, fatigada de nadar hacia un horizonte donde ni hay tierra ni hay abismo. Te dedicas a labrar con papeles en esta oficina solitaria, aun a pesar de tu poder, por el sueño de estar entretenido, como otros se aplican a construir y observar dilatadas colecciones de objetos vulgares, porque te atosigan los pensamientos que conlleva la inacción. Así que eres lo que aparentas, un hombrecillo perdido entre carpetas en un edificio abandonado y aplicado a la ejecución de trámites que nadie tiene en cuenta.

Él seguía sentado y yo estaba de pie frente a su mesa. Por un momento, me llamó la atención el contraste tan descomunal entre la belleza de su madre y la fealdad de él. ¿Quién sería su padre?, especulé. ¿Quién sería aquel hombre de genes dominantes que pagó por estar un rato con Lida y la dejó preñada de Saín, un hijo de cuya existencia no sabría nunca y al que acaso se parecería? Esa pregunta había rondado en el alma de Saín desde siempre. Yo podía oírla yendo y viniendo entre los cachivaches polvorientos que la ocupaban, como una brisa inestable que removía las anchas mangas y los faldones de las vestiduras negras del monstruo sanguinario en que se había convertido su paciente ojeriza contra mí.

—Tu madre es la mujer más hermosa que yo haya visto nunca —continué—. Cuando estábamos en el instituto, conseguí hacerme con sus servicios —No era del todo cierto, pero eso importaba poco—. La visión de su cuerpo desnudo me dejó tan impresionado que durante años me he dormido con el sabor de su sal en la boca e imaginando que hundía sus pezones con la punta de la nariz. Cuando supe quién eras, averigüé su teléfono y la llamé. Lo hice tanto por el gusto de dar satisfacción a esos vidriosos deseos que me asaltaban antes del sueño como para venir a contártelo a ti. Lo primero se ha cumplido. A lo segundo le estoy dando cumplimiento ahora: quedamos en el hotel del centro que me indicó. Llegó a la hora en punto. Yo la esperaba impaciente, quizá suspicaz (¿y si ya no era la mujer de turbadora perfección que yo recordaba?). No había, sin embargo, razones para el temor: ella, con la madurez, había ganado contundencia en las formas y sosiego en el ánimo y yo perdí el miedo a mí mismo en cuanto la vi aparecer. Amigo Saín, fue de verdad una hora memorable. Es una profesional de primera. Tu madre sabe encontrar todo el placer que en el cuerpo de un hombre hay disperso, atesorarlo con fascinante maestría, mantenerlo durante minutos en el límite de la ebullición y hacerlo estallar luego en una erupción impetuosa y redentora. Hasta por tres veces, en tan escaso tiempo, sacó de mí los efluvios que acompañan al deleite satisfecho. Sí, te lo digo francamente, puedes estar orgulloso de ella. No es una de esas putas comunes que la sociedad necesita para liberar presiones. Tu madre es mucho más. Lo suyo es arte. Tú, que fuiste revolucionario, entenderás lo que el arte significa para una vida y para un pueblo. ¿Sabes lo que es un poeta? —le dije—. Uno de esos escritores que desparraman dulce tristeza en el corazón de sus lectores describiéndoles sensaciones bellas. Pues bien, tu madre es más necesaria como poeta que como puta. Sí, Saín, amigo, eres hijo de la mejor puta de Sholombra, de eso no cabe duda, y por el bien común deberías animarla a que siguiera muchos años en el oficio.

Varios días después, recordándolo, me di cuenta de que el párpado del ojo izquierdo le temblaba cuando terminé. Allí, mientras se desarrollaba la acción, solo estuve atento a la reacción del engendro que atormentaba su interior. Podía verlo quieto, absolutamente iracundo pero agarrotado por un dolor que espesaba el aire de electricidad, incapaz de responder con movimiento a mi apología insultante. Yo notaba que aquello no podía durar mucho y que más pronto que tarde iba a saltar una chispa liberadora. Saín se abalanzaría sobre mí con la abierta intención de matarme. Pues que lo hiciera: yo tenía la misma intención y él no era más asesino que yo ni más corpulento.

—Eres un hijo de puta con suerte —lo animé, y sonreí retadoramente.

—Te mataré —balbuceó.

Yo apreté los puños y me dispuse a recibirlo. Enseguida, sus ganas de hacerme trizas romperían la barrera del agarrotamiento y liberarían la monstruosa energía de golpe, en un terremoto que se llevaría por delante las carpetas y la silla. Se abalanzaría sobre mí, ciego, loco, arrollando obstáculos, entre insultos y amenazas de muerte, como una fiera acorralada, como si se creyera dotado de una fuerza inhumana, para destrozarme a puñetazos y a patadas, para troncharme el cuello, para sacarme el corazón hundiendo sus uñas hasta más allá de mis costillas, para aplastarme los testículos, abrirme las entrañas y comerme los hígados.

Yo sólo quería matarlo. Y no estaba ciego ni loco ni había perdido la razón. Lo recibiría conocedor de la fortaleza que el odio le daba a sus músculos y a su mente. Sobre una mesa cercana a mí había un cubilete con bolígrafos y un abrecartas de metal. El saber que yo podía coger el abrecartas en menos tiempo del que él emplearía en salir de detrás de su atiborrado escritorio me daba una confianza añadida.

—No —le aseguré—. Seré yo el que te mate a ti. Y luego me iré a celebrarlo con tu madre.

Una pizca antes de la explosión me di cuenta de que algo no iba bien. Cuando comprendí lo que estaba ocurriendo, me tiré al suelo. Saín, mientras yo hablaba, había sacado del bolsillo una pistola que ya solo tenía que levantar por encima de los papeles. Las balas me pasaron cerca de la cabeza y se estamparon contra la pared en tanto me gritaba fuera de sí. La pistola rompía el equilibrio de las ganas de matarnos, lo convertía a él en cazador y a mí en su presa. Como presa que era, yo estaba obligado a huir. Me levanté de un salto y corrí hacia la puerta. Él, supongo, salió de detrás de su escritorio para buscar ese blanco que era yo, y supongo que, cegado por la superioridad, tropezó contra las torres de carpetas que lo rodeaban y cayó al suelo, llevándose consigo mesas, flexos y sillas, porque dejé de oír sus gritos para percibir un ruido de mundo que se viene abajo, de cataclismo burocrático.

Logré salir al pasillo, corrí por él, doblé una esquina y subí por las primeras escaleras que encontré. Detrás de mí oí disparos que avisaban de mi aparición, las voces de Saín amenazando a quienes debían encontrarme y las órdenes del señor Suelo distribuyendo a sus secuaces por los corredores. «Vivo, lo quiero vivo», les gritó. Yo seguí subiendo, pegado a la pared y silenciando mis pasos, hasta que se terminaron las escaleras y me hallé en un corredor encharcado por el agua de lluvia que estaba goteando desde el cielo raso o que rebosaba de algunos de los pocos barreños colocados para recogerla. Guiado por la intuición de que la puerta por la que había entrado estaba cerca, continué corriendo hasta que, varios centenares de metros más adelante, noté en el aire la presencia del bedel. Paré de correr y me dirigí andando hacia donde se hallaba, con la seguridad de que era la única persona que podía ayudarme a salir indemne de aquel laberinto. Recuerdo que lo encontré en uno de los inacabables corredores que unían transversalmente todos los edificios. Venía de frente e iba cargado con un barreño en cada mano. El suelo estaba colonizado por infinidad de recipientes de distintos tamaños y colores en los que caían secuencias de gotas que pintaban el deslumbrante cuadro de un sueño y componían una sinfonía monótona y agotadora. Yo le hice una señal con la mano cuando aún estaba lejos y él me respondió con un movimiento de cabeza.

—Está haciendo usted una labor magnífica —le dije.

No lo manifestó, pero yo vi en su alma las raíces de un musculoso desagrado. El bedel era un hombre cumplidor a fuerza de lineal y los hombres lineales son ineficaces y, cuando predomina la incertidumbre, peligrosos. Aquel funcionario me traicionaría para cumplir con su obligación, estaba claro. Hay gente como el bedel que no es de fiar precisamente por lo fiel que es a sus principios.

—Se hace lo que se puede —me contestó.

—Si tuviera más tiempo, le ayudaría, pero debo irme cuanto antes.

Me traicionaría. Le resultaba sospechoso haberme cazado en aquel escenario de pesadilla que él regía como si fuera un brujo al que le es dado pasar de la realidad a la fantasía por el sencillo mecanismo de cambiar de planta. Yo había encontrado en los pasamanos de las escaleras huellas antiguas de saqueadores. Se habían llevado muebles, documentos del pasado remoto o esos negligentes adornos que decoraban las oficinas. Ahora, la vigilancia del bedel y, sobre todo, la resolutiva respuesta de los forajidos del señor Suelo habían acabado con los robos. Ambos, el bedel y el señor Suelo, se complementaban. Ambos, por motivaciones bien diferentes, perseguían el mismo fin: el bedel amaba al edificio y cuanto contenía y el señor Suelo (la mano derecha de Saín) no quería ladronzuelos entrometidos en su guarida de fiera mafiosa.

El bedel no me diría a la cara lo que pensaba, porque por muy cumplidor que fuera no dejaba de ser un burócrata medroso, pero delataría mi posición en cuanto me viera desaparecer. De poco me iba a servir explicarle que yo no era un saqueador. Su misión era hacer oídos sordos a mis aclaraciones y denunciarme y la de los secuaces del señor Suelo, según él, comprobar que lo declarado por mí era cierto.

—Estoy buscando la puerta de la plaza en la que nos vimos. ¿Me puede decir por dónde queda? —le pregunté.

Iba a mentirme, lo vi. Durante un instante estuvo buscando el armazón de un embuste con el que retenerme en el Ministerio mientras él avisaba a las huestes del señor Suelo, pero se demoró en toses, en sonrisas y en muletillas que no eran sino signos de insolvencia y de irresolución. Yo lo miré a los ojos fijamente y endurecí el gesto. Mis palabras iban cargadas de amenazas cuando le porfié:

—La puerta de salida, por favor.

Entonces ya estuvo seguro de que en lugar de confundirme y luego ir corriendo a delatarme, debía seguir el protocolo de los cobardes, que obliga a decir siempre la verdad, lo mismo a quienes se la merecen que a quienes no.

—Siga adelante, tome el primer corredor a la izquierda y baje por las primeras escaleras que se encuentre —me contestó finalmente.

Yo supe que no me engañaba, y supe que en cuanto me perdiera de vista sacaría su teléfono móvil y me denunciaría. No podía dejar que lo hiciera y no bastaba con quitarle el móvil, pues teléfonos que funcionaran debía de haber en cualquier despacho. El problema era él. Mi problema, ahora que sabía cómo salir de aquel maldito enredo, era su manifiesto proyecto de cumplir con las reglas, aunque las reglas causaran más perjuicios que beneficios.

Una nube de temor le nubló el ánimo cuando vio que no me iba. Se quedó mirándome, volvió a indicarme el camino y me señaló:

—¿No tenía usted tanta prisa?

—Sí, la tengo. Pero no tanta como para dejármelo aquí. En cuanto me vaya, me delatará a esa panda de policías sin escrúpulos que han tomado la Administración como invaden las ratas los museos en ruinas.

—¿Delatarlo? ¿No le entiendo? —me dijo tembloroso.

No podía matarlo con las manos. Él era viejo y yo joven, en él habitaba el miedo y en mí no, él tenía vocación de víctima y yo de verdugo, él iba a morir y yo iba a matarlo, pues así es como estaban escritas las líneas que suceden a estas, pero necesitaba un utensilio con el que abrirle la cabeza. Ante sus ojos despavoridos, con su garganta enmudecida por el espanto, busqué un objeto duro y manejable. Durante unos segundos, no se oyó más que el agua cayendo sobre los espejos de aquella caterva de barreños distintos y un lamento contenido que era a la vez preludio y acicate, que anunciaba la muerte y la llamaba. Luego, le di un puñetazo en el estómago y, cuando se encogió por el dolor, le di otro en la cara que lo tiró al suelo. Yo no había encontrado otra herramienta en el corredor que una maceta con una planta seca, colocada no debía de hacer mucho tiempo por alguien sensible a los estéticos vientos de la cultura que se avecinaba. Aunque pesaba mucho, la levanté enseguida haciendo un aro con los brazos y la dejé caer sobre su cabeza. No fue mi falta de puntería, sino un último movimiento de mi víctima el que me hizo errar el golpe. La maceta se destrozó contra el suelo y el hombre, incapacitado por el pánico para huir, para luchar y hasta para pedir ayuda, se quedó en el suelo mirándome aterrado, de una forma tan mansa que resultaba nauseabunda y me urgía a terminar cuanto antes con el suplicio de matarlo. Recuerdo que lo pateé en el vientre, y que luego me puse de rodillas junto a él, lo agarré por la cara y le estrellé la cabeza contra las losas de granito del suelo mientras entre dientes lo insultaba y le pedía que se muriese, y recuerdo su angustia, tan táctil como su carne fofa o sus huesos quebradizos y tan repugnante como ellos: un líquido se extiende por donde no encuentra barreras; la debilidad llama al atento desmán del fuerte.

Cuando dejé de sentir su sufrimiento, supe que había muerto. Solo entonces me di cuenta de que bajo su cabeza había un charco de sangre. Me levanté y oteé el corredor. El agua continuaba cayendo sobre los barreños como si no hubiera pasado nada. Pronto, se desbordarían los receptáculos y el agua correría por las escaleras formando cataratas inclementes que extenderían la humedad por todo el edificio. Ahora que el bedel había muerto, la suerte de aquel templo de la burocracia estaba echada. Me lavé las manos en un barreño y, con una desazón emparentada con la que se tiene tras el orgasmo, seguí el camino recomendado por el bedel, que en pocos minutos me condujo hasta la puerta. Desde ella rastreé en la desolación de la plaza la tenacidad de mis enemigos. Las nubes oscurecían el cielo. Bajo la lluvia torrencial, algunos hombres sin paraguas vigilaban como fantasmas de piedra junto a las bocas de metro. No había nadie, excepto ellos y algunos individuos quietos al amparo de los soportales, cerca de una de las puertas del Ministerio del Interior. Unas cuantas ventanas de enfrente tenían la luz encendida y quizá alguien estuviera mirando desde detrás de sus cristales. Mis enemigos me aguardaban como se espera en mitad de una sala a que un ratón salga de entre los muebles, con la escoba levantada. Si salía a la plaza, sería cazado al minuto sin remedio.

Llevaría una hora asomado a la puerta, cuando se me ocurrió que, si veían fuego, aquellos hombres que me acechaban harían lo posible por apagarlo y vendrían los bomberos, y yo podría aprovechar el barullo para intentar escabullirme. Los edificios estaban hechos de piedra, pero en ellos había muebles que podía amontonar y galerías enteras con kilómetros de archivos de papel. Y había, sobre todo, un enorme sistema de calefacción que debía de estar alimentado con gasoil, como era costumbre en los grandes edificios de Sholombra. Para cubrir el suministro, los camiones cisterna aparcarían junto a la fachada del otro lado, la que no daba a la plaza, cerca de la cual, acaso bajo la protección del subsuelo, estarían los depósitos y las bombas de calor. Así que dejé la puerta y me adentré en el edificio siguiendo una línea recta perpendicular a la fachada de la plaza. Poco antes de llegar al final de la larga galería, encontré unas escaleras que subían a las plantas superiores y bajaban a un sótano. Descendí por ellas lentamente y no sin cierta aprensión, aunque las huellas que los sentimientos habían dejado en el pasamanos demostraban que nadie me había precedido en los últimos días. ¿Qué habría abajo?, pensé. Las construcciones de la plaza de la Ciudad tendrían setenta u ochenta años, no más. Cuando los arquitectos oficiales del Estado las diseñaron, los automóviles ya invadían las calles de Sholombra y el metro se extendía por los principales barrios de aquella aglomeración urbana que crecía sobre planos diseñados al milímetro, con la vana pretensión de agotar a los cartógrafos. Los arquitectos previeron la ocupación del subsuelo igual que planearon la ocupación del suelo y del vuelo de los varios centenares de hectáreas que formaban el complejo. El metro había llegado hasta la plaza al mismo tiempo que se construían los edificios. ¿A qué se destinaba el resto del subsuelo? Yo tenía constancia de que había aparcamientos destinados a los miembros del Gobierno, a los del Ayuntamiento y a los altos funcionarios. La mayoría del personal de la Administración, sin embargo, acudía a su trabajo en metro, como los administrados, y en las horas punta de hasta hacía unos pocos meses las numerosas bocas de la plaza vomitaban grandes chorros de individuos vestidos idénticamente que se desperdigaban circunspectos por el gigantesco descampado y se perdían luego por alguna de las numerosas puertas de que disponían los edificios, como hormigas que iban de su hormiguero a sus quehaceres.

En el primer sótano, las escaleras daban a un distribuidor cuadrado al que se abrían cuatro puertas metálicas, una en cada lado. Sobre una de ellas, la contraria a la dirección de la plaza, había colocado un letrero que decía: Aparcamiento. Sobre cada una de las situadas en sentido transversal, el cartel rezaba: Galería de servicio. En el instalado sobre la que me devolvería a la plaza por el subsuelo, ponía: Archivo. Las escaleras seguían bajando hasta un número de plantas que no se podía determinar desde donde yo estaba. Las puertas eran de una solidez manifiesta y estaban cerradas, pero cuando giré la gruesa manivela de la que daba paso al archivo, me sorprendió escuchar el clic que me franqueaba el camino. Era de metal macizo y para hacerla girar hube de emplear las dos manos. Las luces estaban encendidas y vi una galería de unos cuatro metros de anchura que se prolongaba hasta un punto visualmente impreciso, pues, a lo lejos, las paredes, de las que colgaba un extintor cada diez metros, acababan juntándose y, a pesar de ello, existía en el observador la razonable convicción de que continuaban separadas. A esta galería daban decenas, quizá cientos o miles de puertas metálicas pintadas de rojo, sólidas y pesadas. Todas estaban cerradas menos una, que se veía abierta a unos doscientos metros de distancia. Antes de avanzar hacia ella, me paré a buscar en las paredes y en el suelo huellas de sentimientos antiguos. Los más recientes, de un par de semanas para atrás, correspondían a un hombre mayor, de entre sesenta y sesenta y cinco años, con la cicatriz sin cerrar de una viudez no lejana, sin hijos, sin amigos, tímido hasta el dolor y acomplejado por la fealdad de su rostro y una ligera joroba. En la manija de la puerta había una pátina de rastros concretos del sufrimiento que le producía la situación de abandono del archivo y el aire quieto de las galerías guardaba el ánimo con que se sobreponía a la fatiga. Los vestigios de aquel hombre se perdían de repente, sin aviso de desengaño ni motivo alguno para que saliera un día del edificio y no volviera jamás. Algo debió de pasarle afuera, pensé, porque de lo contrario aquel archivero ejemplar jamás hubiera abandonado su puesto.

En el protegido sosiego del sótano, aún quedaban como un cuchicheo millones de tenues huellas de cientos de archiveros y auxiliares entrando y saliendo cargados de documentos. Pero de ese metódico trajín hacía muchos meses. Nadie había accedido por aquella puerta en los últimos quince días, y nadie, excepto el último archivero, había seguido trabajando en las dependencias desde hacía no menos de medio año. Ni siquiera habían bajado los encargados del mantenimiento de los extintores, pues las fechas de retimbrado oficial databan de tres años atrás, con lo que los archivos, en teoría, llevaban expuestos dos años a la acción definitiva del fuego.

Naturalmente, eso me dio qué pensar, dado el vandálico propósito que me había llevado hasta allí, pero pudo más la imagen intuida de los archiveros cruzándose en silencio con legajos bajo el brazo. No sin cierta devoción, la misma que sintieron los más románticos de ellos, intenté inútilmente abrir las puertas con que me cruzaba conforme me adentraba en el sótano. De vez en cuando me paraba a mirar el asfixiante fondo de la galería, profunda como un pozo voraz, que a tramos iguales era atravesada perpendicularmente por otras galerías.

Solo después de haber andado muchos metros, descubrí una puerta abierta que truncaba la simetría del inacabable corredor e inquietaba el ánimo de sus visitantes. Ninguna huella me hacía sospechar que dentro del recinto abierto hubiera alguien. El archivero —medité por el camino— cerró las demás puertas, que convertían cada sala en departamentos estancos, y se dejó abierta aquella porque pensaba volver en breve. Algo imprevisto retuvo al archivero fuera y, especulando sobre lo que habría podido ser, recorrí los metros que me separaban de aquel destino fugaz. La respuesta la descubrí de pronto en cuanto me hallé en el umbral de la sala: el archivero había muerto súbitamente en acto de servicio. Su cadáver, tendido junto a una de las máquinas de las que hablaré luego, había sido devorado por algún animal carroñero o, mejor, por un hervidero de animales menudos cuya oculta presencia provocaba escalofríos. El cadáver ya no olía, eran restos, huesos y pelo envueltos en una bata blanca hecha jirones. Me acerqué y lo escudriñé desde un par de metros, todavía precavido, ante la sospecha de un mal imprevisible. El cráneo tenía puestas las gafas, que alumbraban la visión de un par de huecos mondos donde antes hubo ojos. Con más curiosidad por los efectos de la muerte que por un hallazgo de beneficiosas consecuencias, me acerqué aún más, me agaché y le miré de cerca lo que en mejores tiempos fue su rostro. Así estuve un rato indeterminado, quizá demorándome en filosofías, quizá buscando en la imaginación las ideas que no me proporcionaban las rancias huellas de aquel hombre, hasta que por el agujero de un ojo vi en el interior del cráneo un movimiento oscuro. Me levanté de un salto y, después de unos instantes de pausa, le di al cráneo con el pie. Lo que vi entonces no se olvida por más que se disuelva la memoria: unos cuantos animalillos parecidos a ratones, pero más pequeños, más peludos y sin ojos ni cola, salieron rápidamente de entre los restos del archivero y corrieron hacia la puerta. Nunca había visto animales tan extraños. Seguramente eran, pensé más tarde, ejemplares de una especie única que habían encontrado amparo en el exclusivo hábitat de las magnas catacumbas ministeriales. Quizá los técnicos de los ministerios habían conseguido proteger los legajos de la codicia destructora de aquellos voraces animales y ello los había convertido en carnívoros o quizá, más previsiblemente, se alimentaban de todo lo que pillaban y habían encontrado en la carne muerta del desgraciado archivero una fuente inopinada de abundantes proteínas.

Sea como fuere, el archivero estaba muerto, y, por suerte, del bolsillo medio raído de su bata sobresalía un llavero con varias llaves marcadas con gomas de colores distintos. No sin cierto asco, metí la mano entre las arrugas de la bata y tiré de él. Tenía cuatro llaves, identificadas con los colores verde, rojo, negro y blanco. Con ellas en la mano, miré a mi alrededor. La sala era mucho más profunda que ancha. Pegadas a la pared de la derecha y en varias hileras paralelas, había varios cientos de mesas sobre las que descansaban multitud de ordenadores e impresoras de la más diversa antigüedad y tipología. Pegados a la pared de la izquierda había otros aparatos, más grandes y más pesados, que también debían de ser ordenadores, y varios armarios de cristal con soportes de datos, asimismo de distinta antigüedad y tipo. La sala era, deduje raudamente, el lugar donde se guardaban los mecanismos para mantener fresca la memoria. Aquellos ordenadores obsoletos eran básicos en la estrategia última del archivo. Descubierto un nuevo tipo de soporte o confeccionado un programa más complejo, las fábricas habían lanzado otras máquinas más potentes que no sabían descifrar los soportes de datos anteriores. Por culpa de esa loca carrera evolutiva, muchos ciudadanos guardaban sus datos en archivos que ya no podían ser leídos. Probablemente algo parecido había querido evitar la dirección del Archivo General de Sholombra. La posibilidad de que las máquinas realizaran casi al instante millones de operaciones y guardaran infinidad de datos en un espacio mínimo había aumentado las exigencias de la Administración hasta límites intolerables para los archivos tradicionales. Yo no ignoraba, por ejemplo, que un movimiento real generaba decenas de apuntes en innumerables libros de contabilidad que por su desorbitada extensión nunca se imprimían, sino que, con tanta soberbia como ingenuidad, se guardaban en uno o en varios discos. El papel se utilizaba más que nunca, pero muchas veces se sustituía por otro tipo de soporte de datos con la seguridad de que era posible luchar contra la obsolescencia trasladando los datos de los soportes antiguos a los modernos. Pronto se vio, sin embargo, que la rapidez de los avances y la desmesura de los archivos hacían imposible el traslado, por lo que ya no quedó otro remedio que guardar máquinas antiguas que con programas antiguos pudieran leer los antiguos soportes. Si un tipo de ordenador dejaba de funcionar, se perdían para siempre millones de documentos. El accidente era menos aparatoso que el fuego pero mucho más exterminador. El archivero lo sabía, y ante la imposibilidad de guardar documentos que nadie le daba o de conservar los de papel, había debido de limitarse al mantenimiento de las máquinas. Los ordenadores no estaban cubiertos con lienzos o plásticos y, no obstante, en los quince días que el archivero llevaba muerto, la acción mate del tiempo aún no había amortiguado el brillo de la limpieza, por lo que en los últimos meses su trabajo debió de limitarse a encender y apagar los aparatos y a separarlos de los corrosivos efectos del polvo.

Volví al corredor y vi huyendo en zigzag a los últimos animalillos ciegos. Cuando los perdí de vista en la lejanía, intenté abrir la puerta frontera a la de la sala de máquinas con una de las llaves, lo que conseguí con la de la goma verde. Era otra estancia de idénticas dimensiones a la anterior pero totalmente ocupada por estanterías móviles repletas de archivadores con documentos de papel. Eché un vistazo, cerré y me fui a probar en la siguiente puerta, que también se abrió con la llave verde. La llave verde, como comprobé pronto, abría todas las puertas del archivo.

Regresé sobre mis pasos, salí del corredor y abrí las dos galerías de servicio con la llave roja. Al parecer, aquella planta del sótano tenía centenares de puertas que se abrían con cuatro llaves. Ahora, con el pequeño manojo que llevaba en la mano, yo era el dueño de todo aquel submundo laberíntico, cavilé sonriendo mientras entraba en una de las galerías de servicio. Ante mí tenía un espectáculo de refinería de petróleo: una sala grande con máquinas de distintos tamaños y formas que eran, supuse, las calderas de la calefacción, y con decenas de tubos de todos los colores y secciones que corrían pegados a las paredes y acababan hundiéndose en ellas o en el techo. En la pared frontal de la sala había una puerta que abrí con la llave negra y daba a una sala exactamente igual a la anterior, que tenía una puerta que también abrí con la llave negra, detrás de la cual había otra sala igual, y así sucesivamente. Todas las salas tenían, además, una puerta de acceso al aparcamiento que se abría con la llave blanca. Cuando me cansé de abrir puertas, volví al distribuidor y entré en la otra galería de servicio. También estaba formado por una sucesión de salas, solo que la primera guardaba un turbador panel de mandos eléctricos y en el resto había transformadores, generadores de emergencia, bombas de frío y otros aparatos que no pude identificar.

La segunda planta del sótano era semejante a la primera, aunque con las galerías de servicio trocadas. Había una tercera planta y una cuarta, que seguían la secuencia de las otras dos. En alguna de ellas los arquitectos debieron de dejar espacio para las salidas de las líneas del metro, pero yo no las localicé.

Ya he dicho que iba al sótano con el objetivo de incendiarlo todo y que buscaba el sistema de calefacción para meterle fuego al gasoil que lo alimentara. Durante unos minutos, sin embargo, me había olvidado de aquella intención inicial, intimidado por la soledad, el número y las dimensiones de las salas. En algún momento pensé en la función acumuladora del archivo, en la información sobre la vida de las personas que guardaba cada uno de los documentos y lo trascendentales que estos eran para salvaguardar la memoria colectiva de aquel Estado con capital en Sholombra. Nunca pensé en que la memoria colectiva es tan vana como la de los hombres, ni en que lo que una sociedad merece recordar es lo que sus miembros son capaces de transmitir oralmente, pues únicamente lo oral es activo, ni en que, al igual que resulta pretencioso ayudar a la memoria individual con fotos o con documentos, es estúpido y superfluo crear archivos desmedidos para enmendarle la plana a la Naturaleza, que inventó el olvido como inventó la muerte, para darle a las acciones y a las cosas el brillo de lo sorprendente y lo nuevo. Si quería quemar aquel edificio con todo lo que contuviera, archivos incluidos, era para poder irme a mi casa. La idea de un archivo grandioso que guarda el detalle de cada de uno de los acontecimientos de un Estado desde tiempos remotos me parecía admirable y digna de protección, pero no tanto como mi vida.

Así pues, no por algo que tuviera contra la forma del Estado ni por una inquina especial contra el Gobierno o sus oscuros funcionarios, sino para crear confusión, me adentré por la cuarta planta del sótano y abrí hasta que me cansé puertas y puertas del archivo, de las galerías de servicio y de las galerías de servicio con los aparcamientos. Luego, subí a la tercera planta e hice lo mismo, y luego hice otro tanto en la segunda y en la primera. El complejo estaba hecho de piedra con la pretenciosa ambición de desafiar los efectos de las circunstancias, incendios incluidos, pero por fortuna para mis intereses contaba con la inusitada energía calorífica almacenada en aquel laberíntico desierto de papel y, sobre todo, con el gasoil de las calefacciones. Bajé otra vez al cuarto piso, cerré en el cuadro eléctrico el mando del sistema contra incendios (los interruptores estaban identificados con nombres) y agujereé varios depósitos de combustible, a fin de que su contenido fuera derramándose poco a poco. Después hice lo mismo en el tercer, en el segundo y en el primer piso. Antes de prender fuego al gasoil con una botella de gasolina que extraje de uno de los coches aparcados, me paré a imaginar las consecuencias de mi acto con la emoción purificadora y estética que lo hace el pirómano. No fue más de un minuto, pues pronto volvieron a mi mente Saín y el señor Suelo y sus secuaces, que me buscaban como posesos por el sinfín de corredores abandonados o me esperaban en la plaza, bajo los soportales o aguantando a la intemperie, impertérritos, el vapuleo del mayor diluvio conocido de la era reciente.

Pero la lluvia no detendría en los sótanos la enloquecida voracidad del fuego. Corrí hacia el exterior, y, mientras lo hacía, sentí a mis espaldas el rugido ansioso de las llamas y los gritos desgarrados de las cosas agonizantes. Solo interrumpí mi huida en la puerta donde encontré al bedel. Desde ella no se sentían los efectos de la combustión y el mundo parecía haberse detenido durante el escaso par de horas de mi ausencia: los hombres del señor Suelo seguían de plantones junto a las bocas del metro, apenas visibles tras una espesísima cortina de agua, y Saín y el propio señor Suelo estarían rastreando desde una ventana elevada el acuático páramo de la explanada, como pacientes alimañas frente a la boca de una madriguera en la que han visto entrar a su presa. Hasta que no pasaron muchos minutos no empecé a oler a quemado. Pero después todo fue muy rápido. Primero, los individuos de la plaza se movieron inseguros, nerviosos, se llamaron unos a otros con gritos y con aspavientos mientras señalaban el edificio en donde me hallaba y se juntaron para hablar entre tanto miraban hacia él o corrieron hacia él chapoteando como peces en un cubo medio vacío. Poco más tarde, llegaron varios camiones de bomberos que se situaron a unos cuantos metros de la fachada. La lluvia difuminaba el rojo de los coches y a los bomberos les costaba moverse con sus pesados trajes bajo el castigo despiadado del aguacero incesante. Al menos, continuaba funcionando ese servicio –pensé–, como el metro, o como la construcción de puentes sobre el Novorm. Uno de los bomberos vino corriendo hacia la puerta y al verme junto a ella me preguntó por el origen del incendio. Era un hombre joven, casado recientemente, en nada influido por la desidia social, que aún se creía necesario y disfrutaba con su trabajo. «En la planta más alta se están quemando los archivos. Hay mucha gente cercada por las llamas», le mentí. El bombero volvió a la plaza y habló con uno de sus jefes. Los coches se movieron, levantaron sus escaleras y algunos bomberos empezaron a trepar por ellas mientras otros entraban por la puerta. Uno de estos fue el que había hablado conmigo. Al pasar junto a mí, se detuvo y, cogiéndome de los hombros, me apuntó: «Es usted un valiente. Su información salvará muchas vidas». En cuanto se fue, descubrí que salía humo por las ventanas de los edificios de enfrente, a varios cientos de metros de donde yo me encontraba: el implacable archivo estaba ardiendo por los cuatro costados. Los miles de millones de legajos del sótano eran un magma incandescente que buscando el alivio del aire provocaba espesas humaredas negras. Y frente a la potencia exterminadora del infierno solo había unas cuantas dotaciones de entusiastas bomberos —no más de siete u ocho de los cientos de ellas con que debía de contar Sholombra— apuntando con sus hachas y sus mangueras al lugar más alejado de las llamas.

A los pocos minutos, vi que un hombre cargado con una cámara de fotos atravesaba a la carreta los turbios lienzos de lluvia hacia donde estaba el jefe de los bomberos, los vi que hablaban encogidos y, por último, vi que el bombero señalaba a la puerta descaradamente abierta tras la que, ya más que ocultarme, me guarecía yo. El hombre vino corriendo hacia mí y se detuvo a mi lado.

—¿No será peligroso permanecer aquí?—me preguntó jadeando.

Olía a quemado y se veía humo, pero desde donde estábamos aún se respiraba sin molestias el húmedo ambiente del exterior.

—Menos que salir a la plaza —le contesté, sin aclararle que mi miedo no era al agua, sino a Saín y al señor Suelo.

—Soy periodista —me explicó—. Trabajo en El Orden Nuevo. ¿Fue usted el que llamó a los bomberos?

—No, no fui yo.

—Es usted funcionario de este Ministerio.

—No, soy un administrado. Había venido a solucionar un asunto menor.

—Pero ha sido usted el que le ha dado a los bomberos la información sobre el incendio.

—Bueno, yo he cruzado unas cuantas palabras con un par de bomberos.

—Y les ha dicho que ha visto dónde se inició el fuego.

—No se lo he dicho así exactamente, aunque la verdad es que sé dónde se inició el fuego.

—¿Y dónde fue?

—En el archivo.

—¿En él es donde está la gente atrapada por el fuego?

—Supongo que todo el mundo ha podido salir por su propio pie sin demasiados esfuerzos: el complejo entero es un asteroide de piedra y de papeles.

—Pero usted les ha dicho que había gente atrapada en el último piso.

—Era mentira.

El periodista se quedó mirándome, atónito.

—Usted, como periodista que es, sabrá que hay que dar la información más adecuada, y la más adecuada no siempre es la verdadera —proseguí—. Se lo diré de otra forma: un hombre debe hacer lo que debe, pero ello no quiere decir que deba ser manso y pacífico.

Era pura verborrea, un juego de palabras, ni siquiera un juego mental, pero en el dramatismo de los acontecimientos mi cinismo sonaba con cierta solemnidad.

—Es más —le dije—, yo he sido el que ha provocado el incendio. Ya le auguro que nadie detendrá el fuego, porque los sótanos de todos los edificios y de la plaza están ardiendo por todas partes. Las puertas cerradas se habrán reventado y ahora el aire estará oxigenando las llamas. Y mire —y señalé a los camiones de bomberos que había en la plaza—, ¿cuántos camiones hay, ocho, nueve? No han venido más. Cuando los vi aparecer creí que el servicio de bomberos de Sholombra aún funcionaba, pero enseguida me di cuenta de que era una apreciación falaz. Y tampoco funciona la Administración. Nadie puede resultar lesionado porque nadie o casi nadie había en el inmueble. ¿Me entiende bien? Todo esto es un decorado, la función se acabó, los actores se han ido. Por fin se sabrá que el monstruo está muerto, que el rifle está oxidado, que el aparato está hueco. El archivo se quema y con él se arruina la soberbia pretensión de memorizar para siempre los detalles más ociosos. La oscura Administración de Sholombra carece de datos sobre usted. ¿No se nota más libre? Arden los ministerios, la Jefatura del Estado y el Ayuntamiento. ¿No siente que las llamas incineran un cadáver? ¿No cree que esos documentos antiguos tienen la misma vocación de utilidad que los periódicos atrasados y que ya no sirven más que para encender una hoguera?

El periodista me miraba sin acabar de comprenderme. En el pensamiento de los habitantes de aquella ciudad, incluidos los más capacitados para la crítica, era difícil encontrar otro discurrir que no fuera el de la rutina. El periodista era un hombre joven, de mi edad, aproximadamente, que, como yo, había asistido en el instituto a las últimas clases de testimonio.

—Ahora que no hay datos sobre usted, puede inventarse el pasado que quiera. Nuestra historia es como nuestro cuerpo: si a veces es conveniente una operación de cirugía estética para curar un problema mental, también a veces borrar el pasado es la mejor manera de librarnos de algo que nunca debió suceder. No otra es la función del olvido.

Recuerdo que un torrente de luz iluminó el lugar donde guardaba sus sentimientos.

—¿Y el poder? ¿Qué será de la ciudad y del Estado sin alguien que los controle? —preguntó, ya con la lucidez abrasando su alma.

—Nadie se encontraba sobre la peana que está ardiendo.

Durante años hemos adorado a un dios que se había bajado de su pedestal y se había ido. Aquí no existía nada de sustancia. Esto que se incendia es un rastrojo. Y cuanto antes lo comprendamos, antes podremos sembrar de nuevo.

Quizá empleé un tono mesiánico. Quizá aparenté conocer el futuro con la seguridad del hombre que desde una montaña ve en el valle los movimientos de sus convecinos.

—¡Maestro! —me dijo, o más bien se le escapó.

Se separó de mí unos pasos e hizo ademán de hacerme una foto, pero yo lo detuve con un gesto de firmeza y dignidad. El periodista echó entonces a correr hacia la lluvia y, siguiéndolo con la mirada, vi que por las bocacalles de la plaza entraban caudalosos ríos de una concentración silenciosa.

Si los edificios de enfrente humeaban sin pudor por las ventanas más altas, aquel en el que yo me cobijaba lo hacía por los cuatro costados. Atosigado por el humo, salí a la plaza y aguardé bajo los soportales, pegado a una columna, a que la multitud se extendiese para perderme entre ella. No había más sonidos que los del agua cayendo a chorros sobre las piedras, o a cataratas en las bocas de las alcantarillas, o en infinidad de rápidos por los altos canalones de cinc. El agua limpiaba pero adensaba el aire, alargaba los segundos y le daba a la escena un aura de equívoca trascendencia e irrealidad. El agua, que disuelve, y el fuego, que extingue —pensé—, dos enemigos irreconciliables que, sin embargo, tienen en común una cualidad purificadora. Dos elementos de la naturaleza que crean y destruyen. El agua, el fuego y yo, razoné, y sonreí.

Cuando el gentío ocupó el rodal de la plaza cercano a

mí, me dirigí decididamente hacia él. Los enjambres forman una unidad y tienen sentimientos o, más bien, emiten
voces cuando los sentimientos de los individuos que los
integran son corales. El periodista le había dicho a algunos
de los sujetos de aquella aglomeración que yo era el autor
del incendio y la información había saltado de unos a otros
con la rapidez que se transmiten entre las partes de un
cuerpo las órdenes del cerebro. Yo pretendía diluirme entre la masa, pero esta se abrió no para engullirme, sino para
dejarme paso, y, aunque se cerró detrás de mí, pude atra-
vesarla en medio de una fluctuante burbuja de unos cinco
metros de radio, entre cuchicheos que advertían de mi
marcha y el clamor sordo de una admiración sin límites.

## Capítulo 7

*La insoportable belleza de Nohire. La seducción de Nohire. Testigo de un accidente. Soy un hombre demediado.*

—Te llamé al móvil para quedar a comer, pero lo tenías apagado.

—Todavía no he comido. No me he acordado de nada, ni del hambre.

Ania me hablaba sin reproches.

—¿Dónde has estado? Vienes chorreando.

—En la plaza de la Ciudad. Fui a enseñar un piso en sus cercanías y al terminar, cuando ya nos volvíamos, vimos pasar a unos pocos coches de bomberos. Alguien dijo que estaban ardiendo los edificios de la plaza. Aunque no teníamos paraguas, nos acercamos. Llovía como si fuera el nacimiento del mundo o su final. No sé de dónde pudo salir tanta gente de golpe. Yo creo que éramos cientos de miles, sin paraguas, en silencio. Entramos en aluvión en aquel vasto llano de piedra, bajo una lluvia con rostro de cataclismo, y allí nos quedamos, viendo brotar humo por las ventanas, embobados y quizá descreídos, como si no pudiera ser real lo que estaba ocurriendo.

Ania puso la televisión. Unas cuantas emisoras habían

surgido recientemente amparándose en lagunas legales, pero ni siquiera estas daban noticias de los incendios. Las televisiones antiguas nunca cambiaban sus programaciones, las mismas desde hacía años, y las nuevas no tenían medios técnicos para el directo, quizá porque nunca hubo en Sholombra acto público que retransmitir. Tampoco la radio había interrumpido sus programaciones.

—Es increíble —le comenté—. El grado de mentira que puede soportar esta sociedad no tiene límites.

Ania se acercó a mí y me abrazó, emocionada no tanto por lo que estaba aconteciendo en el corazón de la ciudad como por lo que nos estaba ocurriendo a nosotros. Yo estaba chorreando e intenté alejarla, pero ella se aferró a mi cuerpo con el ánimo de darle calor y proveernos mutuamente de seguridad: en cierta manera, los dos intuíamos que, en el desbarajuste final de aquella urbe desahuciada, no sobreviviría nadie, excepto nosotros.

Me quité la ropa y me duché. Mientras lo hacía, me admiré de que por unas tuberías siguiera fluyendo agua y por otras el gas que la calentaba. Nadie diría que estaban ardiendo los archivos de Sholombra y que ya nada de nuestro pasado quedaba en la tierra, aparte del frágil recuerdo que de nosotros guardaba nuestra propia memoria y la memoria de quienes nos conocían. Viendo cómo funcionaban los servicios básicos, nadie creería que no teníamos Gobierno ni Administración. Y, sin embargo, solo uno de los bedeles sacaba el tablón de anuncios, solo uno de los archiveros cuidaba del archivo y solo unos cuantos coches de bomberos habían acudido a la plaza de la Ciudad. El día menos pensado aquella agua gratificante dejaría de fluir y los grifos se secarían para siempre, porque la inercia que ahora nos ayudaba a seguir en movimiento nos impediría más tarde, cuando todo se hubiera paralizado, echar a andar de nuevo.

Algo parecido le comenté a Ania al terminar de ducharme.

—La misma inercia que ayuda a la ciudad a continuar funcionando es la que nos lleva a nosotros a creernos eternos —le dije desde la puerta del cuarto de baño, con la creencia de que había descubierto el origen de ese engañoso mecanismo que tiende a admitir el fin de los otros y niega el agotamiento de lo propio.

Pero Ania estaba viendo en la televisión las primeras noticias del incendio y no me prestó atención. Una emisora privada, incapaz de conectar en directo, pasaba una y otra vez un pequeño reportaje rodado en la plaza en el que se veía el humo que salía de los edificios, los camiones de los bomberos y los rostros incrédulos de la muchedumbre aglomerada. Las imágenes no iban acompañadas de comentarios de viva voz, sino de unas cuantas palabras que corrían por la parte inferior de la pantalla, repitiéndose sin parar, y que decían: «Incendio en la plaza de la Ciudad. Cinco bomberos atrapados por las llamas».

—Tendríamos que ir preparándonos —me indicó Ania apartando la vista del aparato.

Hablaba por los dos, pero ella ya estaba preparada, de continuo lo estaba para cualquier eventualidad, para la fortuna y para la desgracia, para el orden y para el caos.

—Está ciudad está en coma —exclamé al cabo de unos minutos.

Ella sonrió, gustosa con la comparación, se vino hacia mí, se sentó a mi lado en el sofá y me abrazó largamente.

—En el coma hay vida. Los organismos siguen funcionando en el coma, incluso en el coma terminal e irreversible —continué—, cuando ya no es la vida, sino la muerte, la que rige su destino.

—La Muerte rige continuamente los destinos de los vivos —me aseguró sin solemnidad. Se apartó de mí y me miró.

—Estás demasiado decaído, y se supone que todo esto es para mejor. La ciudad podrá estar en coma, pero no morirá, sino que despertará convertida en una ciudad nueva. Y fíjate en nosotros: estamos sanos y nos tenemos el uno al otro. Debemos prepararnos no tanto para el final como para el cambio, y los cambios suelen ser dolorosos, pero gratificantes.

Yo había de recordar siempre aquellas últimas palabras. Los dos fuimos a trabajar al día siguiente, porque la urbe nunca había perdido esa apariencia de normalidad exhausta que nos reclamaba, pero yo no trabajé, solo estuve en la oficina o rondando las cercanías de la oficina, recordando las imágenes más impactantes de lo que me había ocurrido en la jornada anterior. Si toda metamorfosis convierte al gusano en mariposa, yo, que había incendiado los más emblemáticos edificios de Sholombra, llevado a la muerte a cinco bomberos y matado con mis propias manos a un bedel, quizá fuera en la ciudad nueva otro hombre. Podía ser factible, pues yo no tenía otra pretensión que la felicidad, y para ser feliz no necesitaba más que el amor de Ania y cierta adaptación al ritmo de los acontecimientos.

Pero para hacer efectiva esa adaptación, los sucesos debían estar regidos por la naturalidad. Y la naturalidad excluía a Saín y al señor Suelo, dos accidentes imprevistos en el normal devenir de la ciudad, que seguirían siendo inhumanos y feroces más allá del cambio.

Abundé en esta especulación durante los días que siguieron. En mi vida de aquellos días, a pesar de las penurias que nos acechaban a todos, no había otro elemento para la infelicidad que el temor de ser descubierto por mis enemigos. O eliminaba ese temor o nunca sería feliz. Pero no sabía cómo hacerlo. No podía huir, porque más allá de Sholombra no existía sino la confusión y, sobre todo, porque me era imposible hacerlo sin delatarme a Ania, lo que equivalía a descubrirle al monstruo que habitaba en mi interior. No existía, pues, otra posibilidad para librarme del acecho de Saín y el señor Suelo que acercarme a ellos y matarlos. Lo que no sabía era dónde localizarlos ni cómo hacerlo.

Preso entre el acoso de mis enemigos y la prudencia, me pasaba los días metido en el piso de Ania o en la oficina, dándole vueltas a unas cuantas sensaciones y a unas pocas ideas que se sucedían en total desorden y contra las que nada valía mi voluntad de buscarle alternativas: el bedel andando entre los baldes de agua, las criaturas ciegas saliendo de entre las ropas del archivero, los gritos de los endemoniados del metro delatando mi camino, la voz de mi madre intentando llevarme a la perdición, el culo de la madre de Saín en la memoria de mis manos y, también, la insólita autoridad de Saín sobre el señor Suelo, las estratagemas que ambos estarían tejiendo para descubrirme, los viciados sentimientos de Saín hacia su madre y hacia su hermana y la delicada inhabilidad para vivir de esta última, protegida por su madre de los ojos del mundo a causa de su extraordinaria belleza y atacada por ese mal, casi desconocido en Sholombra, que hostiga a las obras de arte guardadas en vitrinas.

Sabía dónde vivía Saín y que tenía una debilidad, su hermana, consideré. Eso era mucho más de lo que él conocía de mí. Si él supiera dónde vivía yo, me esperaría con una paciencia insensible y me detendría en cuanto llegara o, simplemente, me mataría allí mismo. Si él supiera dónde vivía Ania, se la llevaría para chantajearme, como ya intentó hacer con mi madre, consciente de que si son pocos los que pueden soportar su propio sufrimiento, nadie puede resistirse al de las personas que ama.

También yo podía esperarlo junto a la puerta de su casa. También yo podía secuestrar a su hermana y utilizarla para atraerlo. Podía hacerlo sin dificultad ni remordimiento, pero de esa manera gastaba una oportunidad, quizá la única, de ser primoroso en el desenlace. Quiero decir que, manejada con destreza, esa información debía darme no solo para matarlo, sino para provocarle dolor e, incluso, para matar con él al señor Suelo.

Cuando finalmente me decidí a ir a su casa, lo hice sin más intención que recabar en las huellas de sus sentimientos datos suficientes como para armar una estrategia definitiva. No quería toparme con él, ni con su madre, ni con su hermana, no tenía las ideas claras ni sabía qué hacer salvo evitar un contacto que me comprometiera o comprometiera una solución planificada.

Fui en mi coche porque suponía que en cualquier momento cualquier tren de cualquier línea dejaría de funcionar y con él se pararía todo el sistema metropolitano de Sholombra. También cualquier día dejaría de haber combustible en las estaciones de servicio, pero no lo fue aquel. Llené el depósito en una de ellas, lo que me costó más de lo que había ganado en los últimos quince días y, entre nervioso y enfadado, tomé las avenidas uniformes que llevaban hacia el río, lo crucé por uno de sus puentes iguales y circulé durante media hora por una extrañamente poco transitada vía principal hacia el sur, hasta que vi en las indicaciones de carretera la salida que, según el plano que consulté, había de llevarme después de no pocas peripecias al apartado barrio donde vivía Saín.

Recuerdo que dejé el coche en una calle ancha y concurrida de pasos y miradas y que sin parar tomé otras calles menores y anduve por ellas pegado a las paredes o a los coches, el cuello encogido y las solapas del abrigo levantadas. Ahora no me incomoda reconocer que tenía miedo, no a algo en particular ni a la gente, sino a lo imprevisible de lo anómalo y a mi propia incertidumbre. Me hallaba lejos de mi casa, en un barrio que había visitado un par de veces pero que a fuerza de recordarlo se me antojaba conocido y al que había imaginado situado en un futuro desconcertante, más allá de los límites temporales que separaban los tiempos en los que vivíamos nosotros de aquellos en los que vivirían los que sobrevivieran a la «revolución». Porque, con esa ignorancia fabuladora de los adolescentes, así es como lo había visto la primera vez que fui a él y así se me quedó grabado en la memoria para siempre.

Supe que me acercaba a mi meta por la abundancia de huellas de Lida. ¿Por qué Saín no se había mudado de casa?, ¿por qué seguía viviendo en los mugrientos confines de aquella ciudad minuciosa y enferma, en un barrio donde algunas paredes aún conservaban las pintadas que insultaban a su madre?, pensé mientras continuaba por el mismo camino que Lida recorría a diario para tomar el autobús que la llevaba y la traía del centro. Él era el jefe de una banda mafiosa que debía de generar sumas colosales de poder y de dinero. Si quisiera, podría tener uno de esos chalés con jardín y piscina que la antigua clase dirigente se hizo construir junto a los nudos de comunicaciones, entre lagos artificiales y bosques de sauces llorones y mimosas. Quizá lo tuviera ya. Quizá la organización que encabezaba fuera dueña de cientos de pisos, de terrenos enormes y de las más sólidas empresas. O, más probablemente, no le interesaba del poder más que su tramo definitivo, aquel en el que se mueven los jugadores de rol, que no provoca placer por la mera tenencia de las cosas, sino por la posesión del destino de los personajes que tienen entre tus manos.

Aun así, Saín no iba y volvía del trabajo en autobús, pues su rastro no se acumulaba en el recorrido que llevaba de su casa a la parada, pero tampoco cogía el metro, como descubrí cuando crucé el camino que llevaba al apeadero, el mismo en el que nos bajamos los dos aquel día lejano en el que me delató falsamente en la clase de testimonio. Saín iba y volvía al trabajo en coche. Sus huellas se amontonaban junto a la puerta del bloque de pisos donde vivía y se perdían a los pocos metros, y junto a las suyas había otras de hombres duros, fieles y fríos que debían de ser sus guardaespaldas. Mientras subía las escaleras del bloque, indagué en las huellas dejadas en el pasamanos. Los pasamanos son un verdadero almacén de sentimientos. En ellos se apoyan frecuentemente las manos, que son las piezas del cuerpo que más transmiten a los objetos el estado del alma, y lo hacen en vísperas de un acontecimiento o poco después de él, cuando deseamos que ocurra algo en la casa adonde vamos o ha ocurrido algo de la casa de donde venimos. Entre las huellas dejadas en las esquinas de las calles de aquel barrio por un roce o en el suelo por una pisada y las dejadas en el pasamanos de la escalera había una diferencia de calidad que no se le escapará al lector. Y por las huellas del pasamanos descubrí que Saín iba y venía a su casa casi a diario no para dormir en ella, sino para visitar a su madre y a su hermana. En la roña de aquella madera vieja, entre miles de sufrimientos diversos, estaban los suyos: le dolía venir a verlas; mientras subía temía la mirada inquisitiva de su madre, que intuía la verdadera índole del trabajo de su hijo, y mientras bajaba sentía la afrenta del reproche indisimulado y la culpa de avergonzarse de su madre, aquella culpa que le impedía alejarse demasiado de ella y le inyectaba en las venas un odio exacerbado hacia esa sociedad que, al mismo tiempo, permitía y fomentaba la prostitución y amamantaba sentimientos negativos hacia las putas. Saín vivía en la contradicción de los revolucionarios, era, ciertamente, un hombre moderno: se oponía a los límites asfixiantes de la Verdad pero le dolía la única alternativa posible a la Verdad, que es la hipocresía. Le dolía, naturalmente, solo en lo que le afectaba.

En la pátina oscura del pasamanos apenas había huellas de Nohire, su hermana, a pesar de que vivía allí. El piso de Saín y su familia era un octavo, pero para acceder era obligado bajar y subir por las escaleras, pues el ascensor no funcionaba desde hacía años, así que la ausencia de huellas de Nohire era consecuencia directa del enclaustramiento a que estaba sometida. Eso no era una primicia para mí, ni siquiera lo era su hallazgo como debilidad de Saín, lo que sí era novedoso era la conciencia en mí de que esa debilidad era susceptible de aprovechamiento. El pasamanos se hallaba impregnado de los trastornados sentimientos de Saín hacia ella. Si era la mitad de hermosa que su madre, su capacidad de seducción debía de ser extraordinaria. Saín la amaba y la odiaba como reflejo de su madre, pero también la amaba y la rechazaba como mujer. La amaba sin querer, a pesar de él, y la rechazaba porque era conocedor de que esa atracción era contra natura. Saín era feo y Nohire de una belleza portentosa. Su madre era puta y ambos debían de ser de padres diferentes y desconocidos. Pero, además,

Saín era el único hombre en una familia sin padre o, mejor dicho, en una familia de multitud de padres anónimos, pues en su biliosa mente de hijo de puta cualquier individuo de la calle podía ser su padre.

Saín vivía lejos. Había querido llevarse con él a su madre y a su hermana, pero su madre no había querido. Lida sabía de las andanzas de su hijo lo suficiente como para sospechar de dónde venía el dinero y el poder. Un simple administrativo no podía tener ese coche, ni esa casa, ni guardaespaldas, ni podía hacerles esos regalos inútiles, caros y fastuosos. En el barrio habían aparecido asesinados varios conocidos de su hijo con los que este nunca se llevó bien y ella sospechaba que los crímenes tenían que ver con ese rencor antiguo. Lida, por otra parte, se daba cuenta de lo enfermizo de los sentimientos de Saín, en los que había disgusto y lástima hacia ella, deseo conyugal hacia su hermana y amargado aborrecimiento hacia sí mismo. En las presentes circunstancias, lo mejor era que Saín viviese lejos de ellas y que viniera a visitarlas mientras menos veces mejor.

Cuando estuve frente a la puerta, me detuve a observar el alma de Nohire, cuyo contenido llegaba hasta mí tan definido y consistente como una detallada narración. Desde donde estaba podía ver las dimensiones de la jaula psicológica y afectiva en que la madre la tenía encerrada. Nohire tenía prohibido salir sola a la calle. Cuando la pubertad le confirió aspecto de mujer y la hizo objeto de pasiones, su madre la quitó del colegio sin que la decadente Administración Educativa se percatara de ello. Desde entonces, Nohire solo había salido del piso con su hermano o con su madre. Fueron estos los que hicieron de profesores durante los años que siguieron. Por falta de conocimientos pedagógicos y de materiales, ambos eran profesores pasivos. Lida compraba los libros de texto que se estudiaban en los colegios y se los daba a su hija para que se los memorizara a lo largo de las muchas horas que permanecía sola en su casa. Cada día, o Saín o ella le preguntaban una lección, que Nohire debía responder casi al pie de la letra. Como la niña los memorizaba pronto, Lida ampliaba sus enseñanzas con manuales y tratados sobre las materias más diversas que compraba sin más criterio que su volumen o su peso y lo atractivo de sus títulos. La Botánica, la Geografía y la Aritmética fueron, entre otras, disciplinas estudiadas por la alumna, pero también, entre otras muchas, la Farmacología, la Fsicofisiología y la Administración de Recursos Humanos. Nohire, con el ejercicio de una memoria ya de por sí prodigiosa, lo memorizaba todo, lo comprendiera o no, como hacen los niños con las experiencias de lo que ocurre a su alrededor.

Mientras el resto de los niños edificaban la visión del mundo sobre millones de sencillas experiencias propias, Nohire, que apenas tenía experiencias sensoriales o afectivas, erigía un enfoque general del cosmos sobre las sesudas razones dadas por los más variados autores, fueran claros o insondables. Así fue como llegó a la juventud, sin prácticas ni en la calle ni en los sentimientos y sin la necesaria corrección que el punto de vista de otros pone en la observación de la realidad. Lida dejó que su hija creciera en conocimientos hasta la hipertrofia intelectual más abominable y paralelamente que su universo personal se limitara al contacto con el miedo de su madre y con la atormentada mirada —menos platónica que lasciva—de su hermano.

Nohire era tan sabia y tan distante como una enciclopedia. Como el de una enciclopedia, su erudición no tenía más aplicación práctica que la de la consulta, pues nada sabía hacer aparte de saberlo todo, y, como una enciclopedia, era inocente y fácil de manejar.

Detrás de la puerta, sentada junto a la ventana, Nohire leía un libro que no la impresionaba. Su madre la había convertido en un ser inhabilitado para la defensa, protegido de la humanidad por unos barrotes, pero a su madre le gustaba verla en toda su potencial hermosura y antes de irse la había peinado minuciosamente frente a un gran espejo, le había sacado una ropa impecable y la había observado clandestinamente mientras se maquillaba, no fuera a salirse de las reglas que para acentuar la belleza le había enseñado ella misma. Algo había de viaje a la vida eterna, de embellecer a un cadáver, en todo aquel ritual de aparente inutilidad, pero había más de observación monopolizadora de lo divino, de goce con el resultado de la obra propia, de frustración convertida en amor insano y de pavor a que la obra de arte correspondiera a las miradas y se dejara embaucar por sus admiradores.

Nohire, perfumada, maquillada, peinada y vestida como para salir (nada especial: pantalones y jersey), leía en la eterna soledad de su casa un libro sobre cualquier materia extravagante entre tanto su madre se buscaba el sustento de las dos acostándose con tipos como yo en un hotelucho del centro de Sholombra. Y yo estaba justo al otro lado de la puerta. Y no había nadie en las escaleras. Y Ania residía en esa ausencia lejana y caliginosa de las plazas tomadas y seguras.

Antes de llamar al timbre pensé que había ido allí para recabar datos desde el otro lado de la puerta, nunca para llamar al timbre. No sirvió, y no porque me engañara pensando que viéndola tenía más información, sino porque

Nohire en la madriguera provocaba en un depredador esa atracción irresistible de lo indefenso, tierno y apetitoso. Cuando sonó el timbre, nada noté en su alma excepto la mínima contrariedad de ser interrumpida. Tenía órdenes estrictas de no abrirle la puerta a nadie, para nada, bajo ningún concepto, y ella, que las había aplicado desde siempre sin excepción, las cumplía ya sin inmutarse, como si oyera llover. Volví a llamar. Lo hice hasta que advertí en su alma el fastidio, hasta que fue la obligación impuesta por su madre, y no la costumbre, la que le impidió levantarse para abrirme. Llamé al timbre y a la puerta convirtiendo en disgusto su fastidio y la llamé a voces por su nombre, para demostrarle que yo no era un desconocido: «Nohire, Nohire». Hacía años que nadie, excepto su madre y su hermano, pronunciaba esa palabra que la representaba. «Nohire, Nohire», insistía yo desde el descansillo, seguro de estar soplando sobre el rescoldo adecuado. Y no solo eso, hacía años que no hablaba con otras personas que no fueran su madre y su hermano. «Nohire, deja de leer ese libro y ábreme la puerta, por favor», dije, y entonces la sorpresa destrozó en ella la linealidad impuesta por su madre. ¿Destrozaría también sus prevenciones? Ya había picado. Ya podía más la curiosidad que el libro, ya existía una tensión entre acudir a mi llamada y obedecer a su madre. «Nohire, van a ser unos minutos». No sentí sus pasos acercándose, sino cómo se aproximaba a mi respiración el fresco aliento de su alma. Venía, sin embargo, con el propósito de curiosear a través de la mirilla, no con el de abrirme, por lo que me eché atrás para que me viera bien y miré directamente a donde estaba el ojo que me observaba mientras le enseñaba las vacías palmas de las manos.

—¿Qué quiere usted? —me preguntó.

Yo no quería nada que no fuera verla y nada había previsto para aquel aprieto.

—Tengo que hablar contigo. Es muy importante.

Yo la tuteaba y ella a mí no.

—¿Quién es usted?

—Me llamo Laron —le mentí—. Tú no me conoces, pero yo sí te conozco a ti.

—¿Me conoce? ¿Qué quiere?

—No te lo puedo decir así. La ciudad está llena de oídos ansiosos —le avisé acercándome a la mirilla.

Dudó e hizo un intento poco convencido de acabar la conversación.

—Vuelva otro día. Yo no soy la dueña de la casa y nada puedo decidir.

—Ya lo sé. La dueña es tu madre, Lida. Pero es contigo y no con ella con quien quiero hablar. Tú eres Nohire, Nohire Nuca. No puedo hablarte en la calle, porque no sales: tu madre te lo tiene prohibido. Tampoco puedo hablarte ahora, porque tu madre te tiene prohibido abrir la puerta y hablar con alguien que no sea ella misma o Saín.

—¿Te manda mi hermano?

Noté que la sola mención de su nombre le molestaba.

—No, desde luego que no. Si él averiguara a lo que he venido, me mataba —le dije.

—Entonces, ¿quién te manda?

—Nadie. Tampoco tu madre sabe que estoy aquí, ni debe saberlo. Si ella se enterara, se lo diría a tu hermano.

La duda es el disolvente del alma, como el agua lo es de la materia. Supe que abriría porque la duda había empantanado sus convicciones. Y abrió, en efecto, pero hasta el límite que dejaba la cadena, cuatro dedos de entreabierto por el que no asomó la cara.

—Bien, dígame. ¿Qué es eso tan importante?

Su voz me sonó distinta, de una limpieza, una dulzura y una juventud que solo podían venir de un ser maravilloso. Aquella voz avivó mi incertidumbre: tenía que verla, ya era demasiada mi curiosidad como para resultarme soportable.

—¿Conoces el funcionamiento del Estado? —le pregunté acercándome a la puerta.

—Lo conozco. Y me sé de memoria las leyes fundamentales.

—¿Sabes que el Estado vela por los derechos civiles?

—Sí, lo sé.

—Pues el Estado está al tanto de que estás poco menos que recluida en este piso, sin ir a la escuela, sin salir a la calle, sin tener amigos.

—No salgo porque no quiero.

—No es cierto. ¿Tu madre te enseñó a mentir?

—Sí —dijo lacónicamente tras titubear una respuesta. Era evidente que de la mentira conocía la teoría, pero no la práctica.

—Bueno, eso no es malo, ya no. Lo malo es que eres mayor para decidir y aún no decides por ti misma. El Estado no puede consentir la formación sesgada de los ciudadanos.

—Estoy formada. Sé de todo.

—De los libros que te ha dado tu madre, ¿cuántos hablaban de la libertad?

—Muchos. Casi todos.

—No de esa libertad que nos lleva a ser como somos, sino de la que nos hubiera llevado a ser de otra manera, peores, incluso. No hay más que oírte para saber que la libertad de que hablas es la que rige el cosmos y tienen las piezas de una máquina. Para ti las leyes de la Física y las de urbanidad son semejantes. La libertad que vengo a enseñarte es la de mentir, la de infringir las normas y la de desobedecer.

—No sé de qué me está hablando.

—El Estado no debe tolerar que un individuo no pueda, si quiere, salir a la calle. La libertad que el Estado quiere para ti no te hará necesariamente más feliz, pero el Estado no es una religión, no quiere plantas en macetas ni personas estúpidamente felices, sino seres que puedan elegir y que decidan lo mejor, porque solo el que puede elegir es verdaderamente buen ciudadano, es, en fin, verdaderamente bueno y verdaderamente feliz.

—¿Te manda el Estado?

—Sí, lo poco que queda de él. Hace tiempo que se creó un servicio para enseñar libertad a quienes desconocían su verdadero sentido. Tu caso no es el único, pero es uno de los más graves. Yo he sido seleccionado de entre cientos de funcionarios.

—Nunca oí hablar de ese servicio ni encontré información sobre él en los libros.

—Porque lees los libros que te da tu madre, no los que quieres.

—¿Por qué no hablan con ella y le cuentan todo esto?

—Tu madre te quitó de la escuela y te mantiene aquí alejada del mundo. Teme que tu belleza se vuelva contra ti, pero esos temores son parte del miedo a perderte. Tu madre es el problema, pero la consecuencia eres tú. Y tu madre ya no tiene solución. Debemos actuar sobre ti, y debemos hacerlo, al menos en la primera fase, sin que tu madre lo sepa. Ella puede seguir haciendo lo que hace y tú puedes complementar sus enseñanzas con las que te daremos nosotros.

—Vuelva otro día. Debo confirmar cuanto me dice.

—¿Ves? No eres nadie por ti misma. Hasta esto necesitas consultarlo con tu madre. Nos traería sin cuidado si no fuera porque el recelo de tu madre es el origen de la cuestión. Lo consultarás con ella y ella, tras negar nuestra existencia, tu reclusión y su celo, te impedirá hablar con nosotros, estrechará la red que te cerca y sufrirá un agravamiento de su inquietud. Nosotros no habremos hecho nuestro trabajo, tú perderás la única posibilidad de ser libre y tu madre será infeliz para siempre.

Hubo un silencio. Nohire ya no desconfiaba de mí, ahora solo tenía confusión y vértigo. Los basamentos sobre los que se había levantado su vida se derrumbaban.

—No te preocupes —le dije—. Mírame —Yo era consciente de que mirándome se dejaba ver—, a través de mi rostro verás mi corazón. Nada quiero excepto ayudarte a crecer. He venido para ser tu profesor y tu amigo, a quitaros el miedo que engrasa de arena el discurrir de vuestro tiempo.

Nohire era un pájaro doméstico, y los pájaros domésticos no distinguen al depredador del amigo, toman por maestro al embaucador y creen verdades irrefutables lo que no son sino embelecos.

—No te preocupes —reclamé cuando sentí que las dudas le herían las fibras y los nervios, como si mis palabras fueran caricias en el lomo de un potrillo asustado, mientras abría la puerta—. No te preocupes, Nohire. Nada tienes que desconfiar de quien viene a hacerte el bien. Nada tienes que desconfiar de lo nuevo. Nada tienes que temer de ti.

Nohire abrió finalmente la puerta. Yo, que narro esta historia con la parsimonia o la premura que me dictan las impresiones que guardo en la memoria, debería extenderme en este pasaje para describir la violenta emoción que recibí en el momento de verla. Pero —créame el lector—he procurado hacerlo y no he sabido. Lo que ahora lee es el último borrador de centenares de pruebas. Durante días he intentado rellenar esta página con descripciones justas y de mérito. Todo ha sido sin provecho. Nada de lo que he escrito tiene el poder de la descripción porque hay veces que para narrar no vale la prosa, sino la música o la poesía, que son más dadas a la exaltación de lo eminente, y ni este es sitio para la música ni a mí me ha sido dada la divina virtud de trenzar versos.

Abrió la puerta y yo la vi, eso debe ser suficiente. Eso y el tópico de que era mucho más hermosa que su madre, más que el más hermoso de los paisajes, mucho más que cualquier otra mujer, real o imaginada. Su visión anonadaba y hería inmediatamente en el pecho.

—Laron Sim, tutor de libertad, funcionario del Ministerio de Bienestar Público —balbuceé.

Yo no era guapo ni atractivo, pero mi aspecto no desagradaba, y algo había en mi semblante que infundía confianza. Le tendí la mano y ella la miró y la estrechó luego sonriendo. Era mucho más alta que yo y para hacerlo debió inclinarse un poco.

—No me gustaría hablar contigo de esto en el descansillo de la escalera —le expresé tras unos dilatados segundos de pausa.

Ella se excusó y accedió a dejarme entrar, pero solo anduvimos un par de pasos y no cerró la puerta, así que nos quedamos frente a frente en un pequeño recibidor en el que había un espejo de medio cuerpo que nos vigilaba. Yo había trabajado sobre la marcha los argumentos para acceder a la casa y verla, pero ahora que estaba dentro y la veía no era capaz de hacer otra cosa que admirarla.

—Hay una pega —le confesé—: nadie me informó de que fueras tan ferozmente hermosa. Me resulta imposible pensar mientras te veo.

También me lo resultaba observar su alma. No podía discurrir ni sentirla si la miraba pero no podía sino mirarla. Como me ocurrió con su madre en otra ocasión, aparté mis ojos de los suyos y me encontré con nuestras imágenes duplicadas en el espejo. Entonces, por unos instantes, me liberé de su embrujo para razonar sobre mí: éramos dos seres tan diferentes que parecíamos de distinta naturaleza. Nunca podría amarla desde una posición de paridad, como se aman los amantes entre sí, sino desde una posición de desigualdad, como aman los creyentes a su Dios. En cierta manera, aquellos halagos que se me derramaban eran oraciones y no codiciaban de ella más contestación que la comprensión y el beneplácito, nunca la correspondencia.

Salí del piso con una promesa de silencio y el compromiso de que me abriría la puerta al día siguiente para iniciar la terapia. Recuerdo que, mientras bajaba, me acordé de Ania con complicidad, como si necesitara compartir con ella lo ocurrido para recobrar el imperio de la cordura. Era una salida imposible: Ania no debía saber nada. Estaba solo para dominar una situación que violentaba mis esquemas y me tenía desbordado. Había construido mi vida sobre crímenes y, principalmente, sobre una combinación de mentiras que no podía desandamiar sin el peligro cierto de perder a Ania o, llegado el caso, incluso de tener que matarla. Yo era un ser condenado al secreto de sus actos trascendentales, lo que es tanto como decir que estaba abocado a la soledad más pavorosa.

En una esquina del barrio, me detuve a ordenar mis impresiones. Recordé paso a paso la conversación con

Nohire, sus movimientos, su perfume y su vestuario, y al recordarlos descubrí, como en el fondo de un retrato, los interiores de su alma. Pero, como en el fondo de un retrato, esos interiores no interesaban casi nada: lo significativo era la exposición física del retratado, la conjugación de sus rectas y sus curvas, la armonía de sus formas y sus colores, la desafiante gravitación de sus volúmenes y, además, el porte, la actitud y la mirada.

Quizá llevaba razón Lida al tener encerrado a ese monstruo de la belleza. Si hay una agresión en lo horrible, si la hay en lo feo y lo antiestético, si resulta insoportable la visión de lo repulsivo, si lo horroroso provoca un rechazo con el que debemos convivir en no pocas ocasiones, también hay una agresión en lo extraordinariamente hermoso, también genera infelicidad lo que desearíamos conseguir y no podemos porque somos más torpes, o más débiles, o más feos, o, simplemente, menos afortunados, también resulta insufrible lo sublime, porque tan insoportable como el rechazo insatisfecho, o más aún, es la atracción insatisfecha.

Los hombres no estamos hechos para lo absolutamente feo o lo absolutamente hermoso, sino para una conjugación o una alternancia de ambos. No lo estamos porque a cualquier sujeto podía pasarle lo que entonces me estaba pasando a mí, que era un ser infeliz en extremo, un enfermo de un mal que no era amor, sino locura.

Una manifestación de ese mal fue que mientras andaba por el desamparado barrio de Saín, alucinado todavía, pensara que Lida estaba hurtando al mundo el esplendor de Nohire, algo que era del mundo y por la lógica que rige las leyes de la Naturaleza debía ser aprovechado. Lo debía ser a la manera que lo son las proteínas. Ninguna proteína es desperdiciada. Los cadáveres sirven de sustento a los gusanos y a los carroñeros y las heces y los detritus alimentan a los peces ciegos del Novorm, a los escarabajos y a las moscas. Las leyes de la Naturaleza también rigen el comportamiento humano. Recordé que solo unos pocos días atrás un camión con listones de madera se había salido de la carretera en un lugar conocido por mí y que la gente había ido llevándose los listones poco a poco: ninguna proteína social debe ser desaprovechada. Lo saben las empresas funerarias y los herederos. No era natural privar a la sociedad de esas proteínas de belleza que suponía Nohire. La Naturaleza es perita en todo lo que sea avanzar y no da un paso en vano. Si ha dotado de pies, es para andar; si ha concedido la nariz, es para oler. La hermosura tiene su función, igual que la tienen las alas. La hermosura en el hombre y en la mujer tiene su cometido, como lo tiene la inteligencia. La Naturaleza reclama una progresión en la especie: los seres bellos e inteligentes resultan más atractivos porque de la unión entre ambos surgen seres más bellos e inteligentes. La progresión natural depende de la atracción que ejercen en los otros la belleza y la inteligencia. Yo no era un ser sumamente inteligente, pero era un ser superior. La Naturaleza exigía la unión de Nohire conmigo para darle seres como yo y como ella. La Naturaleza es egoísta y siempre acaba reclamando lo suyo: siembra de matojos las carreteras abandonadas, impulsa el agua por los cauces ocupados y convierte en abono a las flores. Nohire acabaría siendo una vieja arrugada, temblorosa y gorda antes de ser estiércol. No aprovecharla era un derroche inconcebible para todas las leyes de la Moral y de la Lógica.

Aquel razonamiento era, en esencia, el mismo que me había llevado a justificar el asesinato de Damiel, el novio de Ania. Ania y Nohire eran seres parecidos. Las dos eran irracionalmente hermosas. Ania, por su alma; Nohire, por su cuerpo. Mientras conducía por la carretera que me llevaba del barrio de Saín al mío, razoné que el que la vida me hubiera llevado hasta ambas bien podía formar parte de un plan trazado por el Destino, que se valía de los mecanismos del azar para ejecutarlo, como hace de ordinario en la Naturaleza. Ser una pieza más de un engranaje superior me dignificaba y me justificaba, incluso ante Ania. Llevaba en la memoria cada uno de los movimientos de Nohire como se lleva en brazos un objeto extraordinario encontrado en la calle de cuyo descubrimiento se quiere hacer partícipe al ser que amas. Deseaba contarle a Ania lo que me había pasado, y, de hecho, cuando mi pensamiento iba por libre tomaba la actitud de quien va a confesar lo que le ha impactado. Era la conciencia de mí la que me impedía hacerlo, la razón, que estaba anidada de mentiras y de un proyecto sobre Nohire incompatible con la verdad, un proyecto en el que en principio no entraba amarla, sino visitarla otra vez, otras veces, ya no para utilizarla en perjuicio de Saín ni con ningún fin concreto, tampoco para tocarla, sino para mirarla, para olerla, para oírla, para dejarme invadir por su belleza devastadora e incomprensible, como uno se deja cautivar por la música o por la visión de una noche estrellada.

Cuando al anochecer volví a casa, seguía sin poder quitármela de la cabeza. Pensé en Nohire en tanto buscaba argumentos en la conversación inteligente que, como de costumbre, Ania me proponía y mientras, enamorado como un bobo, admiraba cada trazo de su alma única. Pensé en Nohire cuando nos acostamos y Ania se desnudó

y me besó despacio y me propuso al oído el dulce desasosiego del amor. Pensé en ella mientras Ania recorría mi piel
de arriba abajo con esa lentitud calculada que me volvía
loco y mientras le abría las nalgas, le besaba el cuello y le
mordisqueaba los pezones. Pensé en ella sin desearla, sin
querer imaginar que era su piel la que tocaba cuando acariciaba a Ania, como el accidentado reciente recuerda el
suceso que lo ha traumatizado.

Ania se dio cuenta de que algo no andaba bien. Mi energía se demoraba o flaqueaba y la saliva de mis besos debía
de estar contaminada por un pensamiento ajeno a lo que
teníamos entre manos. A pesar de todo, no dijo nada. Se
calló para no agobiarme, por puro amor, y trabajó mi estado de ánimo con una dedicación consciente a los puntos
más sensibles de mi cuerpo. Solo después del sexo compartido, cuando llevábamos un rato a oscuras y abrazados,
ella pensando en mí y yo pensando en Nohire, me preguntó qué me acongojaba.

—Sholombra —le mentí—. Este mundo se va al carajo.

—Se irá al carajo por mucho que te aflijas. Duérmete
tranquilo, yo estoy a tu lado y lo estaré siempre. ¡Qué nos
incumbe esta ciudad podrida! A mí lo único que me alarma
es lo que te pase a ti.

Ania estaba segura y feliz cuando nos hallábamos abrazados en la cama. Yo existía en aquel equilibrado complejo
de formas y colores que era su alma a la manera del espacio
y de la luz, posibilitando el orden de los sentimientos y
dándoles consistencia física y realidad.

—Anda, duérmete —me pidió poco antes de dormirse.

Era una pretensión imposible. Mi cerebro era autónomo
y no consentía en descansar de Nohire, a la que recordaba

sin alivio en secuencias atropelladas de un montaje anárquico e incoherente. Dormí a trompicones un par de horas, y en el duermevela, estremecido, como habitualmente, por la turbadora ausencia de sueños de Ania, me persiguió el recuerdo de Nohire con una insistencia letal.

Cuando al amanecer puse los pies en el suelo, se aligeró algo la presión de mi cabeza. La luz y el movimiento de los demás me daban el consuelo de la compañía multitudinaria y provocaban en mí esa abierta conformidad de las gotas en la corriente. Con el día volvían a nacer mis obligaciones, las de Ania y las de todos los habitantes de Sholombra. En el insomnio, los pensamientos se encuentran con el obstáculo de la inactividad, que los hace volver reiteradamente sobre sí mismos, retorcidos y deformes, como las raíces constreñidas por los carcelarios límites de una maceta. La actividad, aunque sea errónea, es más liberadora que la inactividad, aunque sea atinada. Y si eso es infatigablemente así para todos, mucho más lo sería para mí, que me había citado con Nohire para aquella mañana, por lo que ya solo debía dejarme llevar por esa obligación.

El relajo de la decisión tomada me permitió pensar en ella con más libertad. No sabía casi nada de su vida. Su belleza física había distorsionado mis poderes como la masa de un cuerpo celeste deforma el libre albedrío del tiempo. Nohire era intolerablemente hermosa. Pero ahora que ella no estaba cerca y yo había decidido cumplir con la promesa que le hice de volver, incluso a riesgo de perder a Ania, podía recordar algunos trazos de su alma que con ella delante me pasaron inadvertidos. Recordarla era necesario para manipular sus sentimientos y ponerla de mi parte, para hacerla mía en el sentido más posesivo del término, como lo son las personas hechizadas o, aún mejor, como lo son los perros.

Si las almas son como ámbitos cerrados llenos de objetos, la de Nohire era una sala grande casi desocupada. Su madre había llenado su mente de información por medio de libros sesudos y peregrinos, pero había dejado desocupado y en penumbra su espíritu, solo alimentado por el contacto con ella misma y con Saín. Ahí estaba mi oportunidad. Más que una ventana, yo debía ser como una puerta abierta a la experiencia de un mundo recién hecho.

Había quedado con Nohire a media mañana, así que antes de tomar el coche para ir a verla me pasé por la oficina, donde estuve un par de horas sin hacer nada y pensando en ella. Por la autopista del sur apenas circulaba nadie. Sholombra se encogía y se echaba a dormir, vencida, como un animal enfermo que espera flemáticamente la ineludible llegada de la muerte. Ese fue el único pensamiento que logró competir en mi cerebro con el anhelo de Nohire. La impropia desolación de la carretera provocaba en mí esa incertidumbre de lo remoto. Ir a un barrio de Sholombra, por cercano que estuviera, se estaba convirtiendo en una aventura de final inescrutable, y muy cara, pues yo vivía en buena medida del sueldo de Ania, cuya empresa estaba, como todas las de la ciudad, amenazada por el cierre.

Dejé el coche en el mismo lugar que la otra vez. Mientras andaba, sentí que algunos individuos me espiaban desde las esquinas y los portales. No eran seres malvados, sino tristes, y no tenían otra intención que disipar el tedio, pero su curiosidad me resultaba molesta. Unos pocos minutos más tarde, sin haber sufrido contratiempo alguno, entraba nervioso en el bloque de Saín y me dejaba llevar por las voces de sus huellas y las de su familia.

Desde el rellano de la escalera, supe que Lida se había

ido y que Nohire no le había dicho nada ni de mi visita ni de la cita que tenía conmigo.

Cuando llamé al timbre, sentí el salto que daba su corazón.

—Buenos días, señor Sim —me dijo con una leve sonrisa al abrir la puerta.

Ya no recordaba que al darle un nombre supuesto había acudido al primero que me vino a la memoria, a la lápida más llamativa de ese cementerio de muertos laboriosos que es el subconsciente: Laron Sim era el nombre de uno de mis profesores de Ética en los tiempos del instituto.

—Buenos días, Nohire —balbuceé. Estaba tan hermosa que hería a los ojos.

—Es usted puntual.

—Porque estaba deseando venir. Unos trabajos son más gratos que otros.

Sonrió con más claridad. Me invitó a pasar y mientras recorríamos los escasos metros que había entre el pequeño recibidor y la pequeña sala, recordé la obligación de no encelarme en los tramposos reclamos de la belleza para poder verla por dentro.

—¿Has visto a la gente de la calle? —le comenté en tanto miraba por la ventana.

Aquel era el último lugar del último barrio de una metrópoli extensísima que había decidido morirse de desidia. La calle era una franja terriza con unos cuantos coches aparcados, algunos de ellos con signos fehacientes de abandono, rodeada de edificios exactamente iguales a los de cualquier otro barrio de la ciudad, grises, sucios, desconchados, tatuados con viejas pintadas de cuando la revolución era un sueño romántico o con viejas pintadas de amores frustrados.

Ella se colocó junto a mí y yo no sentí su alma, sino un dolor lacerante y hondo.

—No hay nadie —me advirtió—. En esta calle, nunca hay nadie.

—Ese es el problema —resolví sobre la marcha —. Nuestra personalidad se fragua en el contacto con los otros. Si no hay otros, no hay individualidad. Mi trabajo consiste en crearte una personalidad, lo que no es posible sin el trato con la gente. Vamos a salir a la calle y te voy a mostrar cómo es el mundo fuera de las leyes, de los libros y de las teorías. El que tiene aire acondicionado en su casa, en su coche y en su oficina acaba por olvidar la sensación de estar sudando y por no comprender las reivindicaciones de los que sudan. Y si eso es así en circunstancias normales, mucho más ha de serlo en las tuyas, que tienes la experiencia calculada, corregida y sistemática de los libros y solo esa, que no tropiezas ni has tropezado nunca y eres como un animal doméstico al que le enseñan cómo es el bosque con documentales de televisión.

Había hablado de carrerilla y al terminar pensé que había sido demasiado crudo. Nos quedamos mirando a la calle sin hablarnos, yo lamentándome y ella analizando fríamente mis palabras.

—Si hemos de salir, espérese a que me cambie —me dijo luego.

Yo no sabía muy bien a qué se refería. ¿No estaba ya vestida como para salir a la calle? No le pregunté, sin embargo. Es más, agradecí que se fuera, pues al verme solo sentí el alivio de quien aligera su pecho de un peso insoportable. Cerré los ojos y procuré tranquilizarme respirando hondo y dándome consejos: no la mires, piensa que defeca y en que un día será vieja y fea, acuérdate de Saín y del señor Suelo.

Pensar en mi proyecto era mi salvación. Mientras estaba ausente, conseguí poco a poco superar el recuerdo de su cuerpo y sentirla donde estaba. No se había molestado lo más mínimo por mis observaciones a su inexperiencia porque las entendía tan correctas y académicas como las aseveraciones expresadas en un libro de ayuda para un lector anónimo. En su alma rectilínea y semivacía no existía la rutina del peligro, pero tampoco la del reproche o la de la desconfianza. A salvo siempre bajo el amparo de su madre, no solo carecía de destrezas para caminar entre las zarzas y las fieras, sino que creía imposible la existencia de trampas y no distinguía la sinceridad de la marrullería.

Cuando salió de la habitación, yo estaba listo para soportar su perfección, pero no hizo falta. Enseguida me enteré de que prepararse para salir era afearse. Si para cualquiera de nosotros el contacto con los demás conlleva un intento por aparentar más belleza de la que tenemos para lograr de los otros la aceptación o para provocar en ellos la atracción, en Nohire, por influencia directa de su madre, el contacto con los otros la obligaba a representar menos belleza de la que tenía. Era un simple mecanismo de autodefensa, lógico en una persona de su dramático atractivo, pero era también un modo de hurtar al mundo lo que era del mundo. Donde hay tanta fealdad, donde hay tanto dolor y tanto miedo, apagar la luz, prohibir la música o esconder la exquisitez debería estar castigado. Si no de otra manera había pensado yo, un asesino de gustos refinados, cuando reparaba en lo desaprovechadas que estaban las vidas de algunas mujeres hermosas, ¿por qué al ver a Nohire convertida en un adefesio me alegré y no me acordé de mis principios? La respuesta estaba en mi propia seguridad.

Nohire se había puesto rellenos que desfiguraban sus formas, una peluca horrorosa que ocultaba su pelo y un vestuario repelente y se había maquillado a conciencia en contra de las reglas de la seducción. Estaba fea, pero yo sabía cómo era en realidad, y verla así me daba cierta superioridad sobre ella, como si mirara su refulgencia con la protección de unas gafas de soldador.

Ahora podía percibir su alma con la exactitud que proporcionan los sentidos. Ahora podía observar cómo palpitaba el amor hacia su madre, menos redondo y denso de lo que al inicio había creído, con zonas achatadas y pegajosas que eran roces no olvidados, enconos latentes, reproches pendientes de explosión. Ahora podía palpar con la mirada su desconfianza hacia su hermano, nacida no tanto de la experiencia como de la intuición, una sospecha que no llegaba a cuajar en agobio pero que lo avisaba, como ciertos silencios o ciertos olores aconsejan la prudencia o el refugio. Ahora podía ver las raíces recortadas de sus afanes: el mutilado afán de respirar aire fresco, el de enamorarse y sentir, el de decidir por sí misma, el de alimentarse con los errores y el de volver a intentarlo. En su alma sembrada de ensayos había, pues, como en todas las almas, un lecho de sentimientos abonados para la poesía y el drama que guardaban miles de guiones de historias por vivir, a la manera que el desierto retiene en sus arenas semillas para proyectos de bosques.

Conforme bajábamos por las escaleras, iba tomando cuerpo en su interior el espíritu de las calles, que está colonizado de movimiento, de maravillas agazapadas y de ruido. Se paró en el umbral de la puerta y yo vi desde el recibidor su silueta deformada y sentí sus reparos. Antes de dar el paso hacia fuera, me miró, esperándome. El mundo, que siempre es un mar proceloso, es más temible para las gentes de tierra adentro, acostumbrados a pisar sobre suelo firme y a los horizontes conocidos.

Para dar confianza, nada hay más eficaz que la presencia amiga de un carácter seguro de sí mismo. Le sonreí, mostrándole una confianza que tenía mucho de retórica, y no le hablé de su miedo, sino de ese entorno de miedos al que nos enfrentábamos.

—La calle está llena de historias, porque cada vida es un juego de estrategia —le dije.

Estaba más tranquila cuando salimos juntos. Desde la puerta de su casa, se veía el campo y, a lo lejos, el último apeadero del tren, con su visera amarillenta y decrépita. Nadie había en la calle. Aquel lugar no parecía Sholombra, sino un muñón de su cadáver.

—¿Adónde vamos? —me preguntó.

—A aprender de la gente.

Anduvimos sobre el suelo terrizo, entre coches abandonados y huellas de amargura, hasta que llegamos a una calle pavimentada y con aceras donde algunos transeúntes iban y venían.

—Escoge uno —le pedí.

Ella no me entendió.

—Escoge a uno cualquiera de esos hombres o mujeres que andan por ahí, que vamos a construirle una bonita historia —le aclaré.

Me miró y miró luego delante y detrás de nosotros.

—Aquel hombre que viene por la acera izquierda —me dijo mientras hacía un leve gesto con la cabeza.

A simple vista, el individuo en cuestión era la viva imagen de la vulgaridad. Tendría cincuenta años, era de estatura mediana, la cara sin señales de sucesos extremos ni rasgos definitorios y el pelo algo retirado a ambos lados de la frente. Estaría a unos treinta metros de nosotros cuando me concentré en sentirlo.

—¿Qué dirías que hay más en su vida, esperanza o dolor? —pregunté a Nohire.

—Creo que son dos ideas ligadas entre sí. Quizá solo los afligidos tienen esperanza.

Había olvidado que Nohire sabía más teoría que yo, seguramente más teoría que nadie.

—Hay un estado en el que ya no se tiene dolor ni esperanza, el estado en el que se halla Sholombra, por ejemplo. Y ese hombre es un habitante típico de esta ciudad. Está casado, perdió su trabajo hace varios meses y tiene un hijo que un día se fue enfadado de casa y una hija fea y estudiosa que se avergüenza de él. Mucho peor que ir cuesta arriba, Nohire, es ir cuesta abajo, como va este hombre. Para el que tiene esperanza, la pendiente es dulce, aunque penosa. Para el desesperanzado, la pendiente es agria, aunque fácil.

«Observa», le indiqué luego, y me fui en dirección al transeúnte con ella a mi lado. El hombre nos vio ir hacia él y evitó nuestra mirada, algo confundido.

—¿No te acuerdas de mí? —le pregunté entonces.

El hombre se paró y me miró, abochornado más porque alguien conocido lo viera en su lastimosa situación que por el olvido de mi rostro.

—Me suena tu cara, pero no la asocio con nadie —me contestó.

—Yo sí me acuerdo de ti. Y al verte de lejos he recordado que hace poco vi a tu hijo. Pura casualidad, ya ves, con lo grande que es esta ciudad.

Aquel hombre pareció despabilarse de pronto.

—¿Has visto a mi hijo?

—Sí, lo he visto, y está muy bien.

—¿Dónde lo viste? Quisiera hablar con él para pedirle perdón.

—Cerca de los ministerios. Es uno de los héroes que quemaron aquellos vetustos edificios. Me habló de ti. Me contó que le gustaría volver a casa para pedirte perdón y que sufría por no poder hacerlo: vive en la clandestinidad y no quiere comprometerte.

—Me podía llamar por teléfono —censuró el hombre.

—Quiere hacerlo, pero no puede sin comprometerte. Se ve que ha madurado mucho, que la adversidad y la lucha lo han hecho un hombre de verdad.

Y en diciendo esto, lo abracé, lo abracé con todas mis fuerzas (los seres humanos acostumbramos a negar la soledad última fundiéndonos con otros. Dos personas que se unen en el abrazo no son dos cuerpos pegados, sino una comunidad de sentimientos), y al hacerlo sentí en mi pecho y en mis brazos las turbulencias de su alma y sus ruidos. Él también me abrazó, más tiempo de lo usual y con más brío de lo que las costumbres determinaban como prudente, y cuando finalmente me separé de él, vi que tenía los ojos llenos de lágrimas.

—Ella también estuvo cuando se quemaron los ministerios —le desvelé señalando a Nohire.

El hombre abrió los brazos para recibirla y ella, a un gesto mío, aceptó la invitación y se abrazaron, o, más bien, el hombre la abrazó y ella soportó su abrazo.

—Si lo ven, díganle que vuelva —imploró después limpiándose las lágrimas con las manos.

—Se lo diremos. ¿Verdad? —pregunté a Nohire.

—Claro, se lo diremos —contestó ella.

El hombre nos sonrió, nos dio la mano y se alejó feliz.

Yo sabía que Nohire no había sentido mucho más que presión y fastidio. Aun así, le pregunté:

—¿Has notado cómo al abrazarte a ti abrazaba a su hijo? Nohire dudó.

—No muy bien —dijo luego.

—¿No muy bien? ¿Qué quieres decir?

—Que me apretaba mucho y casi no me dejaba respirar.

—Eso ha sido por la acción de su abrazo. ¿Y por la acción del tuyo?

—Ahora la que no te entiende soy yo.

—Uno coge una piedra que ha estado al sol y siente su calor, ciñe a un árbol y percibe la rugosidad de su corteza, abraza a un viejo y repara en que se le puede romper entre los brazos.

—Entonces he apreciado que olía mal y que resoplaba.

—¿Y nada más? En esa piedra caliente está la energía del sol y el significado del tiempo, esa piedra fue un día magma y millones de años después cuajó en una forma sólida y áspera. Está ahí desde mucho antes de que existiera el hombre y estará ahí mucho después de que una catástrofe natural o provocada por el mismo hombre acabe con la humanidad y con todo lo que lo recuerda. Es prácticamente eterna y, sin embargo, ¿no notas su humildad? ¿No experimentas que eres más modesta cuando la tocas? Ese árbol fue un día una pequeña semilla, casi nada, pero la semilla llevaba el proyecto de lo que hoy es, un ser alto, grande, fuerte, robusto, que ha logrado superar un sinfín de adversidades para llegar a ser todo de lo que era capaz de ser. ¿No sientes su triunfo cuando lo ciñes? ¡Los seres humanos somos tan distintos! ¡Tendemos tanto a la autodestrucción! ¡Desarrollamos tan pocas de nuestras potencialidades! Por decirlo de otra manera, ¿no sientes, cuando lo rodeas, ganas de crecer, no pierdes los miedos que te impiden progresar, no le das más sentido a lo que de verdad conviene? Ese hombre viejo era joven no hace mucho tiempo. ¿No percibes, cuando lo abrazas, lo perecedero de nuestra condición, no descubres que nuestro presente es toda nuestra vida y no un solo día de ella, no eres capaz de ligar el futuro con el sacrificio y la comodidad?

Las imágenes de la piedra, el árbol y el viejo eran, en el fondo, el formato de una patraña, pero cuando terminé de describirlas me quedé satisfecho, porque se habían consolidado en el alma de Nohire y estaban produciendo dos tipos de efectos: los propios de la imagen y los referidos al creador de la imagen, que era yo. Nohire tenía ya las impresiones de quien ha leído un poema excelso: tanta dulzura en el alma como admiración por el poeta.

—Sí, siento la humildad de la piedra, la robustez del árbol y el paso del tiempo —me dijo.

—Para no haber abrazado nunca a nadie, lo has hecho bastante bien —le contesté.

Le tendí la mano y ella la aceptó. Bajo aquel disfraz de fea estaba la mujer más hermosa que pudiera imaginarse y quizá una de las más inteligentes y más leídas. Esa mujer tendió su mano hacia la mía y yo se la estreché y le sonreí.

—Hay más —le expliqué sin mirarla—, muchas más vivencias de otros. Me han mandado a ti para crearte una personalidad. Nada podría hacer si tuvieras el alma llena de triunfos y fracasos. No la tienes y eso te hace moldeable. Podemos dar clases teóricas y que los años se encarguen luego de llevarte de una práctica a otra o podemos practicar directamente asumiendo como propias las experiencias ajenas. La razón de los viejos es echar de menos la juventud porque la vivieron sin la pericia que ahora poseen. Los viejos quieren volver a ser jóvenes, pero sin olvidar lo vivido, para vivir de otra forma, más de acuerdo con lo que la contrariedad les ha enseñado. La razón de los jóvenes es vivir sin la experiencia de nadie, y mucho menos de la de los viejos. Aprender sobre lo que nosotros mismos vivimos nos convierte en seres dados a perder el tiempo y a la melancolía. Tú tienes el alma en claro y yo soy un monitor de almas.

Dejé que transcurrieran unos segundos y señalando con la cabeza hacia delante, añadí:

—Mira, allí puede verse más gente, allí hay más almas que observar y de las que aprender.

—¿Tendré que abrazar a su dueño?

Aunque le desagradara, Nohire estaba dispuesta a hacer lo que yo le dijera.

—Quizá no haga falta —le contesté—, y baste con observarlo, con hablar con él o con mirarlo a los ojos.

Conforme andábamos, yo iba tanteando las almas de los transeúntes. No sabía muy bien lo que buscaba, solo que debía ser algo especial, una persona que me llamara la atención y me motivara una enseñanza. Nohire me preguntaba por los individuos con los que nos cruzábamos.

—Ese que viene por la derecha.

—Es un hombre común: tímido, cobarde, inseguro, infeliz, pero no desgraciado. De estos hay muchos. Cada uno de ellos tiene mil historias que contar, pero de ellas extraeríamos enseñanzas mínimas e iguales: la vida es corta y hay que escoger. Escojamos experiencias más pedagógicas.

—¿Y esa mujer?

—Ha tenido un único amor, el hombre con el que se casó. Vive dedicada a él y a su casa, y acierto cuando te hablo de dedicación, porque ya no sabría qué hacer sin todas esas múltiples obligaciones de mantener el hogar y atender a su marido. Trabaja en ellas sin aplicación ni afecto: es un ejemplo vivo de la rutina. Y la rutina es uno de los peores enemigos de los mortales. Los días iguales son una pista de hielo sobre la que la vida se desliza veloz y reservadamente. La rutina es aliada del sueño y de la muerte y ataca a los humanos maduros en la mejor edad y cuando no tienen problemas. En la rutina, la vida pasa sin gastarse, de manera que cuando te detienes y quieres mirar el paisaje de lo que has hecho, no ves más que una llanura yerma y a lo lejos, muy a lo lejos, esas montañas grises que son las últimas experiencias de la juventud.

—Parece un enemigo digno de tantearse.

—Y lo es, pero buscamos almas excepcionales: hemos salido al campo el primer día y no nos conformamos con la hierba, hierba hay por todas partes, queremos flores raras, setas atractivas pero venenosas, árboles gigantes.

—¿Y ese muchacho que cruza la calle? —me preguntó.

—¿Te parece excepcional? —el muchacho tendría veinte años y se movía con cierta autosuficiencia, incluso con chulería. Había mucho de exhibición y algo de reto en cada uno de sus movimientos.

—¿No podría aprender de la confianza que se tiene?

—¿Confianza? Solo puede tener confianza el que es consciente del peligro. Míralo bien. ¿Dirías que comprende por dónde anda? La calle está llena de gentes que tienen una vida compleja. Cada uno de esos seres que vemos es un mundo. Pero este muchacho no ve nada de esta diversidad porque para él su entorno no es nada más que un reflejo de sí mismo. ¿Crees que es capaz de llegar a los matices? ¿Crees que se ha dedicado a buscar más allá de la figura que le devuelve el espejo? Si parece más seguro es porque ignora más y desprecia más. No nos interesa. La seguridad es conciencia de los límites.

Continuamos buscando. Las calles de aquel barrio estaban colonizadas por seres uniformes. A cada pregunta de Nohire, yo le respondía con nociones de sentido común que ella debía de saber por los libros que había leído. Así, hasta que andando por una calle regularmente frecuentada sentí el frío húmedo que deja en el aire el alma camuflada de un asesino. Nada le dije a Nohire: hice como que seguíamos buscando al albur en los ojos de la gente, aunque mis pasos rastreaban el camino trazado por su llamada con la misma certidumbre que si acudiera a la convocatoria de unas voces. Conforme nos íbamos acercando, empecé a distinguir los otros sentimientos que conformaban su espíritu. Primero, vagamente, como se reconocen a lo lejos los distintos sonidos de una orquesta y, luego, con total definición, a la manera que se concretan los objetos cercanos ante la mirada. El asesino era una mujer de unos cincuenta y cinco años. Cuando su madre se encamó de puro vieja, pensó en los ásperos días que le restaban cuidándola y la envenenó atiborrándola de medicinas. De nada se sorprendió el médico de guardia, que certificó la defunción con la ligereza de los trámites engorrosos. Los escasos parientes cercanos despidieron a la anciana sin que la asesina sintiese ya no solo remordimiento, sino recuerdos: no le vino a la mente ni una imagen de cuando era niña y su madre iba a darle el beso de buenas noches, ni de cuando ella estaba enferma y su madre le daba leche caliente y la consolaba, ni de cuando su padre se fue con una empleada del metro y su madre se quedó sola con dos niñas pequeñas (su hermana mayor —que moriría luego de cáncer— y ella).

«La vida no merece la pena cuando siempre se pasa en la cama», concluyó para justificar su crimen, como si fuera la felicidad de su madre y no la suya la que originaba su proceder. La facilidad, la impunidad y lo sólido del argumento le habían dado al crimen el carácter de acontecimiento cabal.

Después de la madre, vino su marido. No era anciano ni estaba enfermo, pero estaba parado desde hacía algún tiempo, y la tristeza de Sholombra y su decadencia llevaba a los desempleados directamente a la postración. La mujer, que nunca lo había amado de verdad, experimentaba ahora la fatigosa sensación de convivir con un bulto de carne gordo y arrugado que generaba ropa sucia, comía haciendo ruido mientras veía en la televisión un programa de testimonio, roncaba, eructaba y la acometía sudoroso llevado por un deseo mostrenco que ella no tenía nunca. Sin su marido, su vida no sería mucho más feliz, pero tendría más amplitud, lo mismo que su salón, su cama y los demás recintos en los que ella se movía. Su marido no era ya un hombre que pensaba y que sentía, no era una planta grande que hubiera que regar y que sacar a la luz ocasionalmente, sino una vaca, una vaca gorda y tetuda que depositaba sus blandas boñigas en el suelo del salón y a la que había que atender todos los días y a todas horas. La forma de morir, más que la de vivir, da la verdadera dimensión de la dignidad, por eso una vida indigna puede salvarse con una muerte heroica. Aquella mujer no pensó en la heroicidad de su marido muriendo, pero sí en lo indigno de su existencia y en lo incómodo de la suya. Discurrió que morir no es tan malo cuando la sucesión de días futuros solo promete una acumulación de kilos, de dolamas y de mocos e intuyó que la vida es más generosa cuando ofrece una muerte dulce que cuando propone un futuro de vaca lechera, que para los seres pasivos la muerte amable es lo que la muerte heroica para los activos. Lo mató envenenándolo. Si lo hubiera pasado a cuchillo, si de por medio hubiera habido el escándalo de la sangre, la acción le habría parecido censurable, pero la ausencia de brutalidad le daba al crimen la inocencia de lo teatral. Nada consuela tanto ante una muerte natural como pensar en lo natural de la muerte, ni hay excusa mejor ante una muerte forzada: todos tenemos que morir, lo mismo da un poco antes que un poco después. Por eso, mucho más importante que el momento en que se muere es la manera en que la muerte se produce.

A Nohire no podía darle tantos detalles sin delatar mis aptitudes extraordinarias, pero sí podía hacer de ellas la ostentación suficiente como para que me admirara.

—Me voy a parar a hablar con una mujer —le advertí—. Fíjate en sus ojos y en sus gestos, a ver si eres capaz de sospechar lo que oculta, porque esa mujer estará actuando.

Cuando tuvimos a la asesina a la vista, sin mediar palabra, me acerqué a ella sonriente y le di dos besos.

—En cuanto me vine a vivir a este barrio, pensé ir a vuestra casa —le aseguré—. ¡Hace tantos años que no hablo con tu marido! No sé si sabe que acabaron cerrando la fábrica. Al final nos hemos ido todos al carajo. Pero no os he presentado. Ella es la mujer de uno de mis mejores amigos, el compañero que me enseñó el oficio y que te salvó la vida. Perdona —reconocí—, pero no recuerdo tu nombre.

—Eassián —me contestó turbada.

—Eassián, ahora me acuerdo —le dije—. Eassián, ella es Mersoa, mi hermana. Te lo habrá contado él, pero lo que no sabrás es que ella es la persona que él salvó del fuego.

La cara de la mujer era la imagen de la estupefacción.

—¿Nunca te lo contó? Es el más humilde de los hombres —proseguí—: el bloque donde vivía se estaba quemando, los bomberos tardaban en llegar y en el interior solo estaba mi hermana, que contaba entonces con doce años. Las llamas salían por las ventanas altas y el humo hería los pulmones de los curiosos. Nadie quería entrar porque nadie veía la salida. Pero ahí estaba él, que pasaba por aquel lugar y desconocía lo que estaba ocurriendo dentro. Oyó las voces de mi madre, que desde la calle pedía auxilio para su hija, y sin pensárselo dos veces acudió a socorrerla y la salvó —me paré como para disfrutar evocando algo y luego añadí—: Me gustaría ir a verlo. Lo echo de menos y quisiera decírselo. ¡Esta ciudad está tan inhabitable! ¡Son tan necesarios los afectos ahora! ¡Es tan bueno expresar lo que sentimos!

La mujer estuvo tentada de mentirme y pasar por alto el fallecimiento de su marido, pero al final intuyó que con la verdad a medias salvaba mejor el trámite de mis inoportunos deseos.

—Pues no sabes cómo siento decirte que ha muerto —me reveló aparentemente compungida.

—¿Muerto?

Ella asintió con la cabeza.

—¡Muerto! —exclamé, sumido en un doloroso desconcierto—. ¡Y no me he enterado! ¡No he podido despedirme de él! ¿Cómo fue?

—De pronto.

—¿De pronto? ¡Un hombre de su salud! ¡Si parecía que iba a ser eterno!

—Algún mal había crecido en sus entrañas.

—¿Fue un infarto?

Eassián dudó.

—Quizá. No se supo con certeza —respondió luego.

—¿No le hicieron la autopsia? —mi pregunta tenía mucho de reproche.

—¿Para qué? Murió y eso es lo fundamental.

—Sí, y lo entiendo. Es que yo me pongo siempre en lo peor.

Eassián, que se sentía incómoda con la conversación, se creyó obligada a justificar un comportamiento que yo no le censuraba.

—No te entiendo. ¿A qué te refieres cuando dices lo peor? ¿Qué puede haber peor que morirse?

—Yo no lo decía por él, por supuesto. El que se muere se acaba. Lo decía por el que sigue vivo y sujeto a las tensiones del vacío y la razón. Para aceptar el final, sobre todo si el final es funesto, necesitamos saber que no pudo ser evitado.

—Pues yo tengo la tranquilidad de haber hecho todo lo que estaba en mi mano.

—Ya, ya. Estoy totalmente seguro. Es que ha habido varias muertes súbitas entre los compañeros de la fábrica y algunos pensamos que no es habitual lo que nos quieren vender como coincidencia.

—No te entiendo. ¿Hablas de alguna enfermedad profesional? —dijo.

—Aún no puedo garantizar nada, pero estoy pidiéndole a las familias que denuncien las muertes ante la policía para que se abra una investigación. Los muertos se conocían entre sí, eran personas sanas y en otros tiempos habían sido líderes revolucionarios.

—¿Mi marido dirigió revueltas? —preguntó. Su sorpresa traía hebras de preocupación y desdén.

—Era líder sin quererlo. Tenía inteligencia, intuición y

carácter. Por eso era peligroso. Y por eso te pido que denuncies su muerte ante la policía, como yo he denunciado la de otros compañeros.

—Sí, sí —se apresuró a contestar—, yo la denunciaré.

—Y yo haré todo lo posible para que la policía actúe con la máxima diligencia. Conozco a muchos de ellos y tengo bastante influencia en la Comisaría Central. La muerte de tu marido será aclarada, no te quepa duda.

Eassián tenía en el alma un pozo negro que engullía y digería, como un estómago infernal, cualquier asomo de arrepentimiento. Pero el miedo es gaseoso y se mete por las fracturas de las cosas. Aunque parezca que no está, está, y vuelve siempre, como las hormigas o las cucarachas. Todo el mundo tiene miedo a algo de una forma que le resulta insoportable. Aquella mujer tenía miedo al acecho del dolor, a la inteligencia de los otros y a las sombras vivas que genera la soledad.

Me acerqué a ella lentamente y la besé en la cara.

—Las vacas tienen alma —le musité al oído.

Ella no me entendió, no podía, pero intuyó que con mi desvarío empezaba el asedio y dio un temblor.

Me volví hacia Nohire y con la mirada le demandé que hiciera lo mismo que yo. También Nohire la besó en la cara.

—Te mantendré al corriente de lo que averigua la policía —indiqué luego a la mujer.

Ella quiso sonreír, pero apenas consiguió dibujar una mueca. Mientras se alejaba, Nohire y yo nos quedamos viéndola irse. Nohire me quiso comentar algo, pero yo le pedí silencio y le propuse: «Que palpe nuestra atención y sienta nuestra mirada». Solo me dirigí a ella cuando la mujer dobló una esquina y la perdimos de vista.

—Y bien, Nohire, ¿qué has notado de especial en Eassián? —le pregunté entonces.

Los hermosísimos ojos de Nohire me observaban interrogadores.

—¿Qué he notado de especial?: Confusión, una profunda confusión, y más por ti que por ella —me dijo—¿Qué le has dicho cuando la besabas? —añadió.

—Que las vacas tienen alma.

Nohire dudó, pero me había oído bien y yo no parecía estar bromeando.

—¿Y eso qué quiere decir?

Yo había ido a su casa con la intención de utilizarla contra su hermano y al verla tan brutalmente hermosa había trocado mi plan por el de seducirla. Y el que Nohire preguntara por mí en lugar de por aquella mujer demostraba que el juego había sido representado de la forma correcta. Como en las entrevistas falseadas por la arrolladora personalidad del entrevistador, el espectáculo no había estado frente a los focos, sino justo al lado. Lo atractivo no había sido la materia, sino el profesor.

La admiración, sin embargo, es una relación de superioridad inversa, en la que el admirado necesita del admirador más que el admirador del admirado. ¿No necesitaba yo de Nohire más que Nohire de mí?

—Era un modo de intimidarla —le contesté—Pero dime, ¿qué has deducido de la conversación?

—Casi nada. ¿Cómo podría deducir algo?

—Mirándola a los ojos y descodificando su miedo. Intenta recordar los detalles de sus gestos.

—Toda la conversación ha girado en torno a la muerte de su marido. Y ha sido a instancia tuya. He estado más pendiente de ti que de ella. ¿La conocías?

—No, y no la había visto nunca. Pero de la conversación he deducido que estaba ocultando un asesinato.

—¿El de su marido?

—Sí. La vaca que tenía alma era él.

—¿Y cómo lo supiste desde el principio?

—Eso es lo de menos. Lo esencial es que hayas aprendido a descubrir la mentira de otros y a sacar partido de la mentira propia. Imagínate que en una representación gráfica en tres dimensiones las relaciones entre los individuos figuran descritas con hilos. Pues bien, esos hilos están hechos con fibras naturales y sintéticas, son una mezcla de verdades y mentiras.

—En los libros que he leído se dice que la mentira es inmoral.

—Tú ocultas a tu madre que estás conmigo; nosotros hemos mentido a Eassián y Eassián le miente al mundo. ¿Cuál de esas mentiras es inmoral?

—Solo la de Eassián —contestó Nohire sin la más mínima vacilación.

—¿Te parece inmoral que el preso intente escaparse?

—No, creo que es su obligación.

—Luego lo inmoral es el crimen y no la mentira.

Los vicios principales de los seres superiores —o así los construyen los humanos— son la soberbia y la vanidad, pero no son los únicos: tienen todos los defectos que nacen en el corazón y el intelecto. Los seres superiores gustan del reconocimiento y de la admiración, se aprovechan del miedo a lo desconocido y quieren que se les suplique y se les adore irracionalmente. Pero la admiración cesa con el conocimiento de las causas.

Nohire me admiraría durante el tiempo que tardase en

descubrir el origen de mi posición dominante. La admiración se levanta sobre cimientos endebles. El peligro de la admiración es la decepción y contra la decepción no sirven las mentiras. Nohire estaba empezando a admirarme y yo quería que me amara. Si me amaba, yo podía gozar de su cuerpo insuperable y, pasara lo que pasase, tenerla de mi parte en mi enfrentamiento con su hermano. No parecía difícil seducirla si no me extralimitaba en la ostentación de mis facultades. Debía mostrarme sensible a sus incertidumbres y herido por su atractivo, y debía aparecer ante ella en nada autosuficiente, sino cercano y necesitado de su compañía.

Nohire no era en el fondo distinta de los demás, por mucho que su madre hubiera querido apartarla del peligro escondiéndola y dándole una formación universal. Alejándola de las circunstancias había conseguido dejarla más expuesta a ellas, como el niño que vive en un ambiente aséptico está de mayor más expuesto a los virus.

Nohire ya me admiraba lo justo y confiaba en mí, había mentido a su madre por estar conmigo, anhelaba confusamente el amor y su alma estaba insegura ante el sitio de los conquistadores.

—Cuando mires a unos ojos, piensa en lo que han visto hasta ese momento —le dije.

No volví a preguntarle por nadie. Caminamos por la acera de aquel barrio sucio, sombrío y monótono, donde la sensibilidad se deslizaba cuesta abajo hacia el desánimo. Andábamos por las calles sintiendo la descomposición de la ciudad en las fachadas de los edificios y en las miradas de los ciudadanos, como si fuéramos gusanos ciegos en una carne putrefacta. No eran buenos tiempos para nada, pero menos aún para seducir con un proyecto de vida a una muchacha. Y, sin embargo, el amor parecía la única tabla de salvación, una salvación de presente y de recuerdos, infectado de melancolía desde el mismo instante de su nacimiento.

—Todo lo que han visto es miseria y nada más que miseria —me contestó.

Recordé que había llevado a Ania a un restaurante desde el que se veían brillar las viscosas y malolientes aguas del Novorm y se oteaba un horizonte anaranjado de puentes colgantes, chimeneas y chorros de humo. Era lo más parecido a un paisaje hermoso del que podíamos disfrutar los habitantes de Sholombra. Pero en aquel barrio no había nada hermoso, ni siquiera remotamente, ni una flor, ni un árbol, ni un banco donde sentarse, ni una sonrisa en los rostros anónimos de los viandantes. Nada excepto la misma Nohire.

—Si les enseñaras cómo eres en realidad, no podrían soportarlo —le aseguré.

Nadie le había dicho algo parecido. Su madre le había evitado la calle y la había convertido en una biblioteca ambulante como esos padres que ocultan a sus hijos disformes para evitarles el dolor y para evitarse el dolor de verlos sufrir, sabedora de que lo excelso ofende y corrompe y de que detrás de cada mariposa que vuela siempre hay alguien dispuesto a guardarla en un bote o a darse el extraviado éxtasis de sentirla morir en las manos. En el anquilosamiento normativo, en la descomposición moral, en la suciedad y podredumbre de aquel entorno, la belleza única de Nohire era la de una flor en un montón de estiércol, que no será cantada por los poetas, sino pisoteada por los cerdos.

Me dieron ganas de pedirle que se quitara la peluca y se

desafeara para que pudiese percibir el sabor de la admiración y del deseo de otros, pero me contuve porque en aquel mundo de sombras una luz como la suya resultaría menos gustosa que cegadora. Yo ya la admiraba y la deseaba. Me convenía que lo supiera porque el goce de juzgarse admirada y deseada es demoledor e invita a la reciprocidad.

—¿Qué quieres decir? —me preguntó con una ignorancia sincera. Estaba tan desarmada que provocaba incertidumbre.

—¿Nadie te ha dicho que eres hermosa?

—No, nadie. Ni creo que eso tenga importancia.

Para que el halago fuese eficaz, era antes necesario que Nohire fuera consciente de lo que significaba la belleza.

—La belleza tiene su función —le expliqué—. Esta ciudad es triste porque el Novorm tiene unas aguas corrompidas, porque casi todos los edificios son iguales y porque los niños no juegan en los parques, pero lo es, sobre todo, porque no hay cantantes ni poetas. La Filosofía antigua creía que lo único provechoso era lo que servía para comer y reproducirse. En aplicación de esa teoría, exterminaron a los linces y llenaron el planeta de gallinas y de vacas; donde había bosques, levantaron fábricas y ciudades, y prohibieron la imaginación, el artificio y los sueños, que, según se decía, desconectan al hombre de la realidad, acaban en frustración y abocan a la desgracia. Un cantante no se podía comparar con un obrero, porque el cantante no producía nada y el obrero sí; un verso era algo vacuo y la línea de un boletín oficial un componente imprescindible. Como el mantenimiento de lo inútil detraía recursos de lo necesario, se entendió que debía vedarse, de la misma manera que inhibieron las ilusiones. Todo lo que no tuviera un manifiesto fin práctico era perseguido. Con lo bonito no se come, se decía. Por supuesto, subsistía por lo bajo esa tendencia natural de todo hombre y toda mujer hacía la satisfacción por lo hermoso, pero era una predisposición socialmente reprimida y las instituciones únicamente tenían en cuenta la funcionalidad a la hora de redactar sus proyectos. Y cuando digo funcionalidad, no incluyo la belleza.

—Y la belleza tiene su función, como empezaste diciendo —continuó ella.

—Sí, porque no hemos nacido para sobrevivir, sino para ser felices. No somos como los peces ciegos del Novorm o como las gaviotas de los basureros. La felicidad no entraba en los planes de los filósofos de nuestra cultura.

—Tampoco entraba la infelicidad.

—Es cierto. Pero la infelicidad es una consecuencia de sus planes. No se puede someter a los seres humanos al rigor funcional de los animales con el argumento de que los ecosistemas naturales son perfectos, porque con ello se violenta la naturaleza del hombre, que tiene una vida real con la que nunca está de acuerdo.

—Empiezo a perderme.

—Mírame a mí —le dije—. Yo era como uno de estos individuos que nos cruzamos por la calle. No me gustaba ni mi ciudad, ni mi época, ni mis conciudadanos. Yo era un ser infeliz sin poder precisar el porqué, como lo es la ausencia de color o una vida sin juventud. Llevaba una existencia sombría y deseaba otra distinta sin concreciones y sin expectativas. Y he aquí que un día me mandan a tu casa y te conozco. Cuando te vi recibí una puñalada y supe de inmediato que nunca volvería a ser el mismo: ya no deseaba vivir en otro lugar ni en otro tiempo, ya no era un ser infeliz en abstracto, sino en lo concreto, pues eres hermosa hasta un extremo que anula todos los razonamientos en contra, los que forjan los prejuicios, la sensatez y las fidelidades, porque no solo gustas al que te ve, sino que tras verte no puede sino desearte y, lo que es más trascendental, siente que una garra al rojo le oprime tenazmente el corazón.

Con otra mujer y en otras circunstancias, habría sido más breve y más directo, pero aquella mujer era una enciclopedia andante disfrazada adrede para estar fea y, aunque estábamos de pie en mitad de la calle, me escuchaba con la fija aplicación de los alumnos empollones. Era tan difícil sustraerse a la seducción insufrible de sus ojos como dirigirse a ella sin dejarse caer por el tobogán de los párrafos interminables. Y más, cuando yo veía en el brillo de su mirada que me entendía. Y más aún, cuando yo advertía que mi discurso producía en sus defensas el efecto de las olas sobre las construcciones de arena, que mis deseos eran, en fin, como tropas que avanzan sin resistencia sobre un país vencido por un bombardeo de octavillas.

—Mi pensamiento se ha enganchado a ti, esa es la verdad —continué—. Si tengo piernas, es para acompañarte, veo para ver lo que tú ves y para señalarte lo extraordinario en lo que tú no reparas, oigo por el placer de oírte y para compartir contigo las ideas que se intuyen tras los sonidos, me alimento porque tú sigues viva, respiro con dolor, construyo sin querer multitud de fantasías en las que siempre estás tú, me he vuelto cursi y sueño naderías y me vienen a la boca versos ya hilados en los que invariablemente figura tu nombre, he dejado de ser un mortal que reclama la divinidad para ser un dios que se muere por estar contigo y complacerte.

Empujado más por el asombro que provocaba su belleza que por el verdadero amor, las palabras obsequiosas me salían a chorros, de una forma que ahora, como letras escritas sobre un papel, me parece reflexionada. Pero la realidad era que estábamos viviendo esas palabras sobre la marcha, y que ella no las estaba leyendo sentada a gusto y en soledad, sino oyéndolas de viva voz y en la calle, de boca de un hombre al que no conocía pero por el que había mentido a su madre, y, en ese ambiente, también era realidad que ella las aceptaba de buen grado, tanto por su inexperiencia absoluta como por su condición humana.

—¿Es esto lo que dice un enamorado? —me preguntó.

Nohire tenía el alma blanda bajo el ostentoso caparazón de sus conocimientos y mis palabras llegaban a lo más hondo de ella sin perder una pizca de credibilidad ni sufrir deterioro alguno. Como los edificios corroídos por la fatiga de los materiales, no había en Nohire más resistencia que la carcasa, apenas nada ante el empuje demoledor de los sentimientos.

—Sí si está enamorado de ti, como yo lo estoy —le contesté—. En todo caso, tú sacarías lo mejor de él, porque no es lo mismo estar enamorado de ti que de otra.

Entonces, solo entonces, desvió la mirada.

—Que un hombre corriente como yo se haya vuelto loco por ti nada más verte no debe parecerte extraño —le manifesté—. Lo extraño eres tú para mí. Lo extraño es este ataque de venturosa irrealidad que me ha dado cuando más decadente está el mundo y más descarnada es mi vida.

Volvió hacía mí los ojos, estuvimos durante unos segundos escrutándonos callados y, luego, tras dejar en los labios una sonrisa que pareció un rictus, llevó la mirada al suelo. Yo pude ver que me invocaba la dulce comprensión de quien se sabe abandonada a la suerte de otro. Tendí mi mano y ella, mirándome de nuevo, la tomó entre sus dedos ligeramente.

—Esto suele pasar a menudo —le apunté.

No estaba enamorada de mí, aún no, y yo tampoco lo estaba de ella, pero en los dos se había infiltrado el indómito virus del amor, que acabaría llevándonos a la enfermedad del enamoramiento a poco que nos viéramos unas cuantas veces más.

Ya no hablamos más que de simplezas, dándonos la razón el uno al otro y convirtiendo cualquier acontecimiento en una peripecia digna de comentarse. No mucho después, regresamos a su casa. Su madre, que era una de las muchas putas de la mañana que había en Sholombra, volvería a la hora del almuerzo. Nohire estaba inquieta algo antes de esa hora y, aunque no me dijo nada, yo no quise que por estar conmigo sintiese la incomodidad de saltarse el respeto que le debía a su madre.

En la puerta de su piso, le cogí la cabeza con las manos y le di un beso. Cuando cerró la puerta, yo me demoré en el pasillo sintiendo su alma, en la que el recuerdo de mis palabras era como música y se repetía mi nombre inventado. Nohire se desafearía y estudiaría algún libro hasta que llegara su madre, pero ya todo eso era ficticio, pura pantomima. Para ella, lo único real era lo oculto: yo, que estaba fuera, y sus sentimientos, que no se veían.

Mientras bajaba las sórdidas escaleras de aquel bloque, me acordé de Ania y tuve la sensación de ser un hombre demediado.

## Capítulo 8

*La huida de Nohire. Nohire y yo en el piso de los matemáticos.*
*Los defectos de una diosa. Sholombra agonizante.*

El mayor de los criminales, el psicópata más despiadado, puede pasarse la vida sin cometer una fechoría si la
maldad no ha tenido ocasión de materializarse en un acto.
Téngalo en cuenta el lector y no olvide que yo me creía un
ser superior, y los seres superiores actúan al margen de la
Ética y son proclives a las paradojas: ellos crean lo estético
y lo repugnante, dan la libertad y exigen la fe, reivindican
la justicia y practican la arbitrariedad y a su capricho generan la vida y la muerte.

Yo era bueno con Ania, a pesar de haber matado a su
novio, y era bueno con Nohire, a pesar de que ansiaba matar a su hermano. Como hace el común de los humanos,
yo me descubría a los ojos de Nohire y de Ania en la parte
que más me interesaba. Lo insólito, por tanto, no eran mis
mentiras, sino yo, y ese yo era para mí un asunto inevitable.

Tan inevitable como amar a Nohire sin dejar de amar a
Ania: uno ama a aquello que necesita para completarlo, no
a un ser concreto. Los hombres buscamos en una mujer a
todas las mujeres juntas porque solo en la suma de todas

las mujeres está toda la perfección de la mujer. Como tener a todas las mujeres es tan imposible como tener a la mujer perfecta, deseamos a una mujer detrás de otra y buscamos en cada una de ellas lo que le falta a la otra o las deseamos a todas a la vez por la misma razón.

En mi caso, el problema era más simple: yo conocía a todas las mujeres en dos mujeres, cuya suma abarcaba la perfección: Ania y Nohire. Si la mayoría de los hombres viven desorientados en un paisaje de infinitas mujeres a las que desean, yo era un hombre partido en dos mitades iguales. Frente a la perfección como suma de todas las mujeres, la perfección como suma de dos de ellas podía parecer un avance definitivo.

Fueron muchas las horas que aquella tarde estuve solo en el piso de Ania, que también era el mío, y todos los minutos de cada una de ellas los dediqué a pensar en que el conflicto de amar a dos seres distintos y perfectos no tenía solución sino amándolos a ambos, aunque fuera a espaldas de uno y de otro, viviendo con cada uno de ellos una vida distinta aunque coetánea.

Pero cuando llegó Ania, su alma devolvió el sosiego a mi torturado espíritu. El corazón de Ania era asombrosamente hermoso y estaba lleno de mí, y esa realidad solucionaba de un plumazo mi conflicto, que poco antes parecía irresoluble.

Estaba tan seguro de ello que pensé en revelarle el secreto de mi atracción por Nohire. Lo pensé como algo inevitable, sin decidirlo, como se asumen las resoluciones de la atmósfera o del Destino. Y, de hecho, estuve a punto de hacerlo mientras trasteábamos en la cocina, mientras veíamos en la televisión uno de esos programas grabados con una única cámara que trataban de buscar información en una ciudad que no generaba más noticia que la de su propia descomposición, mientras ella me explicaba lo difícil que era trabajar en una empresa que desde todas las lógicas posibles en economía debía llevar varios años cerrada. Todas esas situaciones y otras más me parecieron mejorables, así que con la ilusoria esperanza de un escenario más cómodo se fueron sucediendo los minutos sin que añadieran nada nuevo a las condiciones presentes. Como entré en la alcoba sintiendo el peso de la indecisión como un lastre deshonroso, resolví decírselo cuando estuviéramos acostados, antes de que nos durmiéramos y un nuevo día y su ausencia sembraran mi voluntad de nuevas incertidumbres. Recuerdo que Ania se desnudó de espaldas a mí, y que en tanto lo hacía me invadió una sensación de ternura hacia ella al mismo tiempo que me imaginaba a Nohire desnudándose en su lugar. Nos acostamos y nos abrazamos, como hacíamos siempre, como para conjurar el romo dolor de vivir y el irracional contexto de la muerte. Ania estaba tan sensible que dejó escapar alguna lágrima. «He estado todo el día suspirando por volver a verte. No sé qué haría si no estuvieras conmigo», me dijo.

No era la mejor ocasión para nada que no fuera abrazarse o para dejarse consumir por el olvido. Nada de lo que ocurría afuera nos atañía: Sholombra y el mundo entero podían derrumbarse a pedazos sobre las cabezas de nuestros semejantes, a quienes más les valdría imitarnos.

Se lo diría al día siguiente o al otro. Lo importante no era tanto denunciarme como decidirme. Y la decisión ya estaba tomada: tomaría la seguridad y la paz que me ofrecía Ania y renunciaría a los brillos sensuales que me prometía Nohire. Con esa confianza me dormí, y con esa confianza me desperté y estuve durante el rato que compartí con

Ania en el cuarto de baño y en la cocina y mientras iba al trabajo y aún con esa confianza vendí un piso a una pareja de jóvenes enamorados que no tenían dinero para comprarlo y que no lo pagarían nunca. Pero cuando faltaba una hora para el momento en que había quedado con Nohire, sentí la llamada de la cita y me pareció ruin abandonarla sin darle una explicación.

Me puse en marcha enseguida a sabiendas de que no estaba tanto cumpliendo una promesa como dejándome arrastrar por un imán. Lo comprendía y lo negaba. Entendía que era el atractivo irresistible de Nohire el que guiaba mis pasos pero intentaba convencerme de que cuando estuviera junto a ella me limitaría a darle unas cuantas excusas para no volver a verla. Aunque nunca saliera conmigo ni llegara a amarme en serio —pensaba—, Nohire era una mujer que merecía algo más que esconderse en su casa y leer monografías sobre toda clase de extravagantes disciplinas. Le daría algunos consejos y la dejaría en paz, pensé, confiado en que en el brete definitivo una circunstancia adversa me ayudara a vencer la tentación de seducirla y, al mismo tiempo, deseando que tal circunstancia no se produjese nunca. Me acercaba a ella, pues, construyendo argumentos para hacer lo que no debía, confiando en que alguna fatalidad me lo impidiera y deseando que esa fatalidad no se consumase. El imán podía no ser un amor al estilo del que sentía por Ania, pero tampoco era el sexo, o no lo era de la forma grosera que se atraen los que solo desean la cópula, no me lo pedía tanto el cuerpo como la imaginación o, quizá, como el alma, no ansiaba tanto consumar con ella los deseos carnales como el placer de sumergirme con ella en un encantamiento, de extasiarme con ella ante los sentidos abiertos y llenarme de la belleza física con entendimiento puro, de paladearla más que de bebérmela, de respirarla más que de olerla, de mirarla más que de tocarla, de besarla sin llegar a rozarla, de acariciarla como hacen los halos, contorneándola, siguiendo los pliegues y las líneas de su cuerpo inverosímil y sintiendo en los dedos, a distancia, sus calores, sus palpitaciones y sus humedades. Recuerdo que durante el viaje dejé de justificarme para imaginar que mi pasión era enfermiza de tan virtuosa. Así, pensé, aman los psicópatas a las niñas de las que se prendan a la salida de los colegios y así aman los iluminados famélicos a las diosas a las que adoran, y en el corazón de unos y de otros anida la destrucción, ya sea la extraña o la propia. Esa era la atracción que Lida temía para su hija: no la de los hombres al uso que intentan seducir para emparejarse o para llevarse a la cama a una mujer, sino la de los que se enajenan ante el objeto maravilloso y en sus ansias de poseerlo no se les ocurre más que destrozarlo o destrozarse.

Aunque yo sintiera así, era distinto de ellos porque creía tener conciencia de los límites. Nohire podía estar disolviendo mi voluntad, pero no mi entendimiento. Con esa certeza, volví a razonar mis excusas y me creí capaz de estar lo que quedaba de mañana con ella y volver a casa de Ania indemne, quizá para no volver a visitarla nunca más. Porque era la excusa de eludir la mala educación y despedirme la que con más ímpetu me impulsaba a hacer lo que estaba haciendo. Vería a Nohire, hablaría con ella y me volvería con Ania. Lo creía muy difícil pero posible, y el salir airoso de ese peligro me engrandecería.

No dejaba de darle vueltas a lo mismo, alejado por completo de las coyunturas de afuera, cuando, de pronto, a unos cuantos cientos de metros delante de mí, un camión enorme que venía de frente se salió de la carretera, volcó sobre la mediana y, después de recorrer de costado varias decenas de metros, invadió los carriles del sentido que llevaba yo dejando cajas de madera esparcidas por el suelo y arrollando protectores, señales y cuanto encontraba a su paso. El tráfico era escasísimo y el camión no llegó a alcanzar a ningún vehículo, pero un conductor que me precedía no pudo controlar su coche y acabó estrellándolo contra el voluminoso obstáculo que de repente se había colocado en su camino. Lo vi todo perfectamente y me dio tiempo de frenar sin brusquedad y detener mi coche a bastantes metros del lugar del impacto. Antes de abrir la puerta, miré por el retrovisor y no vi a nadie. Mientras me acercaba corriendo, un par de coches pasaron por el carril contrario zigzagueando entre las cajas desparramadas y otro vino por detrás y cruzó como pudo entre los quitamiedos de la derecha y la cabina del camión, donde el camionero, pegado al cristal salpicado de sangre, miraba al frente con el bobalicón ensimismamiento de los muertos. «Toda esta gente ha sido educada para la Verdad y se creen buenos cuando realmente son unos cobardes», recuerdo que murmuré con desprecio, pensando en los conductores que huían.

Todavía desde lejos vi en el coche accidentado a un hombre con el cuerpo echado hacia delante y, a su lado, la cabeza de una mujer rubia apoyada contra el reposacabezas. Pero solo cuando pude husmear adentro me di cuenta del volumen de la tragedia: el coche se había incrustado de frente en la parte baja del camión con tal violencia que la deformación del morro había dejado atrapados por las piernas a sus dos ocupantes delanteros, los únicos del vehículo. El hombre tenía el pecho destrozado por el volante y estaba muerto y la mujer, que llevaba el cinturón de seguridad puesto, tenía la cabeza vuelta hacia el conductor y tampoco se movía. Ella, sin embargo, al sentirme murmurar maldiciones mientras tecleaba en el teléfono móvil para llamar a los servicios de socorro, giró hacia mí la cabeza y me quiso decir algo. Yo le contesté «tranquila, pronto vendrán a socorrerlos», y me acerqué para escucharla mejor. No hacía falta tener la capacidad de ver el interior de las almas para avistar la de aquella mujer, porque la tenía abierta de par en par. «La niña, la niña», me pidió con voz temblorosa. Un hilillo de sangre le salía por la comisura de los labios. Aparte del hombre y de ella, no había nadie más en el coche y, desde luego, no había ninguna niña. «La niña, mi hija», insistía ella, y yo insistía en tranquilizarla mientras intentaba inútilmente que los servicios de socorro me cogieran el teléfono. «La niña, mi hija, por favor», dijo con la angustia de la incomprensión y la impotencia. Yo volví a mirar atrás, pero atrás no había nadie ni nada excepto una de esas sillas elevadas que sirven para fijar a los niños y una muñeca, y en tanto lo hacía, oí a la mujer llorar entre toses. Me volví hacia ella y vi que sus ojos me señalaban hacia el parabrisas roto, como si la niña fuera detrás, suelta o mal sujeta a la silla, y la madre la hubiera visto pasar a su lado despedida hacia delante por la violencia del impacto. Pero su cuerpo no se hallaba en el mínimo espacio que quedaba entre el parabrisas y el chasis del camión. La madre insistía, y ya no tanto por lo que expresaba su rostro malherido como por lo que yo veía en su alma, podía asegurarse que lo que reclamaba era cierto. Entonces, lo entendí: la niña salió despedida por el frenazo que precedió a la colisión, rompió el parabrisas y fue a caer entre el morro del automóvil y los hierros del camión justo en el momento del choque: lo confirmaba un reguero de sangre en el asfalto, bajo la masa informe de la chatarra.

Los pocos coches de la autopista seguían pasando en una dirección y en otra sin detenerse, la niña estaba muerta, aplastada como un insecto entre ambos vehículos, y nadie de los servicios de urgencia me cogía el teléfono. Mientras veía en los ojos de la mujer el dolor intolerable de quien advierte que le arrancan el corazón, sentí hastío por lo que estaba pasando y recordé que me había citado con Nohire. Miré el reloj y eché cuentas de los kilómetros y del tiempo que me quedaba: si no me iba ya, llegaría tarde a mi cita con la joven más hermosa del mundo, cuyo rostro vino a mi mente confundido con los llantos de la mujer, que ahora se me hacían prolijos y fastidiosos. Entre el máximo placer que me prometía quien me estaba esperando y la pesadumbre que me proponía el martirio de quien tenía a mi lado, la elección estaba clara. No otra decisión estaban tomando los buenos ciudadanos de Sholombra, y a ellos no los esperaba Nohire. Subí en el coche, pasé con él entre el quitamiedos y la cabina del camión, desde donde me miró estúpidamente el cadáver del camionero, y abandoné aquel lugar.

Aparqué el coche apenas cinco minutos antes de la hora convenida, no lejos de mi destino. Las prisas y mis obsesiones me llevaban distraído y me hacían vulnerable. Anduve por la calle y subí las escaleras del bloque sin reparar en un clamor de huellas de sentimientos, aunque las había por todas partes y eran frescas y de seres conocidos. Y como si yo fuera una persona corriente, no fue aquel rastro hablador el que me detuvo de pronto, sino las voces de unos hombres que hablaban en el rellano del octavo piso, el de Nohire. Entonces, me vino la completa percepción de lo que estaba pasando a unos cuantos metros de mí: Saín estaba con su hermana, y los tres hombres que se apostaban en la puerta eran algunos de sus peores secuaces. Me detuve, e iba a empezar a bajar sigilosamente las escaleras cuando me lo impidió la acción de lo que ocurría dentro de la vivienda: Nohire había supuesto que haríamos lo que el día anterior y se había afeado como para salir. Saín, que había ido aposta cuando estaba sola, trataba de sacarle el lugar a donde se disponía a ir y con quién, pero ella se negaba a dárselo, a pesar de que su hermano la amenazaba con delatarla a su madre.

No sé la conversación exacta que mantuvieron, pero no arriesgo mucho si escribo que Nohire, que añadió al desprecio natural por su hermano el que se debe a los chantajistas, dijo:

—Si me delatas a mamá, yo le diré que me visitas cuando no está ella porque no me quieres como hermana, sino como amante.

Los tres, Lida, Saín y Nohire, sabían que en las intenciones de Saín había algo torcido, pero ninguno de ellos, ni siquiera el propio Saín, se había atrevido nunca a darle forma a la sospecha: la pasión del hermano por la hermana se insinuaba en el ambiente como lo hacen el calor y los gases. Durante años los dos habían podido convivir haciendo como si nada se interpusiera entre ellos, pero ahora que el ardor y el recelo se habían explicitado, las posiciones de cada uno adquirían la sólida realidad de las trincheras.

Saín se puso furioso al reconocerse en la contestación de Nohire. Lo explícito no era tan duro para ella como para él. Saín levantó la mano y con ella abierta le dio a Nohire un golpe en la cara.

—Eres una puta —le dijo escupiéndole las palabras.

Yo clavé las uñas en el pasamanos de la escalera. A unos cuantos metros más arriba, los policías de Saín seguían hablando, y, dentro del piso, el hombre al que yo deseaba matar para dejar en claro mi futuro había golpeado a la mujer de la que quizá me había enamorado, aunque continuaba enamorado de otra, y de la que estaba enamorado él, aunque era su hermana.

Como ni en las escaleras ni en el portal había un lugar donde esconderse, salí a la calle con el propósito de alejarme un poco y aguardar acontecimientos, pero nada más atravesar el umbral me vino como una bofetada la conciencia de que afuera, al volante de los automóviles que los habían traído, vigilaban otros dos esbirros. Sé que me vieron salir, que sospecharon de mi juventud y mi compostura y que me siguieron con la mirada hasta que dejaron de verme calle abajo, aunque desde el edificio no habían recibido señales de peligro. En cuanto me supe a salvo de su observación, me detuve y desanduve mis pasos pegado a la pared hasta que me paré al abrigo de un umbral oscuro, en un lugar desde donde podía ver la puerta por donde saldría Saín. No debí aguantar mucho tiempo: primero él, gordo y feo, con el ardor excesivo que da la ira contenida, y, detrás de él, sus tres gregarios, altos, atléticos y bien parecidos, con la energía atropellada de los seguidores acérrimos, salieron a la calle y cruzaron en unos cuantos segundos el trayecto que los separaba de sus coches.

Yo estuve tentado de correr detrás de ellos: el tráfico moribundo de Sholombra me permitiría seguirlos con cautela y a distancia hasta su escondite. ¿No había pretendido eso desde el principio? ¿No quería dar con ellos y destruirlos? Iba a echar a correr hacia mi coche, cuando me acordé de Nohire y su recuerdo me dejó sin voluntad y me fijó al suelo como lo hacen las presencias ominosas en las pesadillas. Tenía que verla, ya era lo fundamental para mí. Solo poco después subía otra vez por las escaleras de su bloque, atosigado por las voces de las huellas recientes y por los cantos de su alma. Antes de abrir la puerta, supe que ella me estaba esperando ansiosamente, no para que le hiciese compañía, sino para que la salvara, porque yo era la única referencia de otra vida posible.

Así que en cuanto estuve en su piso, sin saludarnos ni decirnos nada, la abracé y ella me correspondió hundiendo su cara en mi hombro y llorando con gemidos largos y callados.

—Lo sé todo, tranquila —le dije, para que se sintiera confortablemente desinhibida ante mí, mientras le frotaba la espalda o le acariciaba el pelo.

Entonces, sin haberlo pensado previamente, le susurré:

—Te sacaré de aquí. Te sacaré de aquí.

Y fue decirlo e imaginarlo como algo viable: tenía las llaves de decenas de apartamentos cuya venta me había sido encomendada en exclusiva por la agencia inmobiliaria donde trabajaba y todos en Sholombra sabían que casi nadie compraba pisos a pesar de que los precios estaban por los suelos, pues ni había dinero para comprarlos ni había futuro para embarcarse en la aventura de un préstamo. Además, muchos de los habitantes de la ciudad que tenían propiedades o familiares en ciudades apartadas o en pueblos pequeños habían optado por irse a vivir a ellos, donde la mayor cercanía de las fuentes de producción agrícola y ganadera aseguraba mejor la supervivencia, dejando desocupadas y a merced de las ratas y las palomas sus viviendas de Sholombra.

—¿De verdad me liberarás? —me dijo entre hipidos, sin desabrazarse.

—Claro. ¿A qué crees que vine? Lo sabemos todo: tu madre te transmite frustraciones, no amor, y tu hermano te desea tanto como te odia o como ama y odia a vuestra madre. Ambos no pretenden lo mejor para ti, sino lo mejor de ti para ellos. Todo individuo se merece una vida propia y hacer con ella lo que más le plazca. ¿Por qué no ibas a tenerla tú? Gozas de todos los atributos necesarios para ser feliz, todos: eres inteligente, sensible, tenaz y hermosa. Yo te ayudaré a perfeccionar las habilidades que te servirán para crecer hasta donde den de sí tus genes.

—¿Me ayudarás cuando esté fuera? Sola me pierdo entre la multitud.

—Nunca lo dudes. ¿No te das cuenta de que tu triunfo vital es el mío, de que ya no soy nada sin ti?

Me apretó aún más contra ella. Yo sostuve su abrazo y la besé en la sien.

—Y cuando seas capaz de valerte por ti misma, también estaré contigo, ocupando el sitio que tú decidas. Y si alguna vez un infortunio grave te hace dudar de ti, si te enreda una de las mil trampas de la vida, si a tu alma acude la angustia o la decepción, si sufres, piensa que soy tu amigo y aunque parezca que no te comprendo, que ando a mis asuntos y te doy la espalda, la única realidad es que estoy a tu lado. Si ves que no te oigo, llámame; si ves que no te veo, hazme una señal; si me ves desorientado o aturdido, zarandéame. Fuera de esta casa el mundo es un territorio plagado de aventuras donde es posible la felicidad a poco que luchemos por ella y estemos preparados para superar unos cuantos fracasos. Nohire, como en todas las historias, lo verdaderamente apasionante es lo que resta por vivir. Por favor, que nunca se te olvide.

Levantó un poco la cabeza y yo sentí en la cara la humedad de sus lágrimas.

—Te ayudaré hasta cuanto tú quieras. Si quieres para siempre, para siempre —le prometí.

Siempre y nunca: había utilizado estas dos palabras varias veces en el transcurso de la conversación. ¡Abarcan tanto tiempo y son tan engañosas! Pero en una vida como la de los humanos, tan limitada y, sin embargo, tan sujeta a lo inconcebible y lo trascendental, ¡ofrecen tanta seguridad a quien las escucha!

Nos quedamos mirándonos, trémulos como dos gotas de rocío que se atraen para fundirse en una sola antes de caer al abismo. Fue ella la que se acercó a mí y me besó despacio, sin aprovechar toda la muelle capacidad de nuestros labios, y ella la que se retiró después y la primera que pudo articular palabras.

—¡Es tan extraordinario lo que me pasa! —dijo—. Siento que cada detalle de mi vida ha ocurrido precisamente para preparar el camino hasta esta encrucijada.

Si una línea rutilante puede salvar un mal libro y un descubrimiento al azar la obra de un científico desatinado, quizá un episodio de entrega incondicional redima la conducta diabólica de un asesino. Si es así, estoy salvado. Yo siento que el recuerdo de lo que pasó entonces hubiera compensado todos los sufrimientos de una existencia de infortunios y justifica por sí solo mi paso por el mundo. La mujer más hermosa que pueda imaginarse estaba a mi lado y me amaba y eso colmaba de electricidad mis sentidos e incendiaba mi pecho.

Nohire me llevó de la mano hasta el cuarto de baño y me dejó en la puerta mirando al espejo de medio cuerpo que debía de servir a su madre para aderezar esa belleza imponente que vendía por mucho menos de su precio y frente al que se situó ella. Poco a poco, con una parsimonia meditada y sonriéndome de vez en cuando desde la doble e inquietante lejanía de su imagen, se fue restituyendo a sí misma mediante el sencillo mecanismo de despojarse de los aditamentos que la afeaban. Primero se despojó de la peluca, que dejó caer hacia atrás, y se soltó el pelo quitándose unas cuantas trabas y haciendo dos movimientos rápidos con la cabeza. Luego se despegó unas pestañas postizas y de una vitrina próxima cogió unas toallitas húmedas y se fue desmaquillando, acercándose regularmente al espejo para descubrirse el rastro de sus voluntarias imperfecciones. Cuando su cara se quedó limpia y me miró sonriente, yo di por buenos todos los caminos que me habían llevado hasta aquel turbador momento y me vacuné contra un futuro de catástrofes.

Pero Nohire continuó, para mi asombro y mi ventura (o acaso para mi desgracia). Se desabotonó una chaquetilla almohadillada que le deformaba el busto y el talle, se la quitó pausadamente y, después de dejarla suspendida a un lado haciendo pinza con dos dedos, la dejó caer al suelo con artificiosa negligencia. Tenía así algo de diosa semienterrada en el lodo o de sirena, pues de cintura para arriba estaba en camiseta y el poder de su espectacular anatomía ya se insinuaba con ánimo deslumbrador, mientras que de cintura para abajo le desfiguraban el culo y los muslos unos pantalones forrados de un exagerado relleno de espuma. ¿Por dónde quieres que siga?, me preguntó con una mirada lasciva desde el fondo del espejo. Yo, torpemente, le señalé el culo y ella se agachó para quitarse los zapatos, se desabrochó los pantalones sin dejar de mirarme y consintió que se escurrieran suavemente por el tobogán altísimo de sus muslos y sus piernas. No recuerdo si abrí la boca. No había hecho más que empezar y ya era para los ojos uno de esos festines que aturden de tanto hacer hervir la sangre y avivar los jugos gástricos de las manos. «Algún día todas las mujeres se pondrán perfume, llevarán el pelo como quieran y vestirán con la libertad que lo hago yo», me dijo su madre muchos años atrás en una situación parecida. Ese día había llegado: como su madre entonces, Nohire cubría su sexo con unas braguitas tanga semitransparentes que yo veía por detrás y por delante gracias a la generosa acción duplicadora del espejo: por detrás, un cordón emergía exhausto de entre las nalgas dando testimonio de felicidad y esperanza. Por delante, un triangulito blanco aplastaba dulcemente contra su pubis un pequeño rodal de vello que a mis ojos se sugería difuminado y radiante, y que, como si de un vaporoso filtro de visillos y de encajes se tratase, prometía las delicias de un aposento delicado, luminoso y hospitalario. Por detrás, rodeando al cordón estaba su culo, al que se aproximaban mis capacidades con la misma fascinación que los primeros astrónomos se enfrentaban a los inescrutables secretos de una noche estrellada.

—¿Sigo? —me preguntó, como una pieza más del artificio.

No sé si pude contestarle, solo que no me negué, porque se cogió el borde de la camiseta con las manos cruzadas y tiró de ella hacia arriba, llevándose por el camino a su etérea y ondulada melena, que cayó después como una cascada perezosa sobre sus hombros rectos y su espalda, surcada aún por las tiras de su sujetador. Mientras ella se ajustaba el pelo con los dedos abiertos, yo murmuré algo que no recuerdo y me pasé la mano por la frente.

Nohire y lo que me estaba ocurriendo y todo lo demás

parecía irreal. No existía el tiempo ni mi cuerpo y el universo se reducía a mis sensaciones, a Nohire y al espejo.

Fue ella la que me sacó de aquel celestial embeleso.

—¿Me ayudas? —me preguntó.

Se había echado la melena sobre un hombro y dejado a la vista el corchete del sujetador, cuya manipulación me ofrecía ya como parte de ella misma, para darle tacto a mis sueños. Me adelanté y con mano diestra liberé su espalda de la mansa opresión de la tira que la surcaba.

—¿Sigues tú? —me preguntó y me pidió.

Como me estaba exhortando a que siguiera y a que empezara, aparté hacia su brazo izquierdo la tira que le cruzaba el hombro por ese lado y puesto de puntillas la besé delicadamente donde antes estaba la tela. Nohire me respondió con un ronroneo. Luego lo hice por el otro lado y me quedé detrás de ella, sintiendo en mi cara la caricia de su pelo y mirando al espejo: cuando me vio contemplándola, abrió los brazos y dejó caer al suelo el sujetador. La impresión me dejó aturdido.

—¿Soy hermosa?

—Sí.

—¿Te gusto?

—Sí.

No podía hacer comentarios ni comparaciones, por soberbios que fueran, sin estropear la forma exacta de la verdad: era que sí y ese sí era de una certeza categórica y lo abarcaba todo. Su madre me había hecho muchos años atrás la misma pregunta, ¿te gusto?, pero yo no lo recordaba porque no estaba ni para recuerdos ni para sentimientos ni para nada que no fueran sensaciones. Estaba para la vista: su cuerpo atraía inexorablemente mi mirada, pero también atraía a los rayos de luz y a la mirada asombrada de los objetos, que en el fondo del espejo parecían descoyuntarse para verla, deformando la imagen de la pared, del suelo y del techo como se distorsionan las líneas del universo con la masa incalculable de un agujero negro. Solo ella permanecía incólume en aquel cuarto. Y ella, sin volverse, me cogió las manos y se las llevó a los pechos. Yo también estaba para el tacto: primero, los fui mimando por abajo, como para examinar sus proporciones y la fuerza que los sustentaba, sin hundir mis dedos en su piel dócil y tibia, rozándolos con la levedad que se debe a lo que se venera, y luego les fui dando la vuelta, despacio, temblando, explorando apenas con el dedo índice la punta de sus pezones.

—¿Te gustan mis tetas?

—Sí.

—Si quieres, son tuyas.

Eran mías. Como lo es el aire que no es de nadie o como lo son las fantasías con que mitigamos la realidad. Porque había tanto de imposible en lo que estaba viendo y palpando que ni yo parecía yo ni lo que estaba ocurriendo parecía ser verdadero, sino la alucinación producida por el narcótico más apacible de los dioses. Llevé mis manos a sus costados y las fui bajando lentamente, midiendo sus contornos, maravillado por las dimensiones de su figura y por la dulce mansedumbre de su piel. Y estaba para el olfato: cuando empecé a sentir la curva de sus caderas, cerré los ojos para gozar mejor de su proporción irresistible y sin pasar por la nariz me vino a la mente el ensueño de su aroma: si todas las mujeres bonitas que imaginamos huelen a gloria, aquella tenía el desmayado perfume de las diosas. Y así, con los ojos cerrados, respirando sus delicadas y limpias fragancias, le recorrí las caderas hacia abajo y hacia arriba, sintiéndolas de una forma tal que incluso en el lecho de muerte las guardaré en la memoria de las manos.

Y estaba para el oído:

—¿Te gustan mis caderas? —me susurró con un tono digno de la más celestial partitura.

—Sí.

—Si quieres, son tuyas.

Su voz era cálida y sedante y tan placentera como la calma total después del extremo bullicio.

—Quizá te cueste trabajo creerme —reconoció—, pero esta será la primera vez.

Yo ya lo sabía.

—Eso no importa nada —le dije.

¿Cómo iba a importar? Yo estaba en manifiesta desventaja: ¿qué equilibrio hay entre el Sol y el sabio que lo mira?: ella era un milagro de luz y yo, por mucha experiencia que tuviera, estaba totalmente deslumbrado.

Se volvió sonriendo y me abrazó. Sus pechos apenas se deformaron al chocar contra mi pecho.

—¿Me ayudarás? —me preguntó.

Mis ojos asomaban por encima de sus hombros y la veían de espaldas en el espejo. Fueron ellos los que, descorazonados por no poder tocarla, despertaron el ansia de mis manos, que se posaron en cada una de sus nalgas y las recorrieron en círculos y las amasaron extasiadas mientras mi boca con voz sobrecogida le contestaba:

—Sí, te ayudaré. Y ayúdame tú a mí.

Sentí que su cuerpo temblaba con los estertores de una pequeña carcajada y oí que me musitaba al oído:

—Entonces, quítame las bragas.

Mis manos volvieron a sus caderas, metieron los dedos por entre su piel y la cinta de su tanga y siguieron hacia abajo, arrastrando consigo la privilegiada prenda que la vestía aún. Y estaba para el gusto: cuando mis brazos se extendieron por completo me agaché para seguir liberándola, y mientras mis rodillas se doblaban fui besándola y lamiéndola: le besé y le lamí el cuello, el hueco que las clavículas dejan al llegar a la garganta, el valle de sus pechos y cada uno de sus pezones, el camino que marca el esternón y los pliegues y recovecos del ombligo. Mis labios y mi lengua se embriagaron con su elasticidad, con el punto exacto de especias y de sal y con el placer ciego que el sentido del sabor encuentra en lo táctil.

Cuando toqué el suelo, ella levantó los talones y yo me quedé de rodillas, con las bragas en la mano y con los ojos frente a su pubis.

—¿Te gusta? —me preguntó.

—Sí.

—Si quieres, es tuyo.

Era mío. Todo su cuerpo era mío. Toda ella era mía. Y yo era como un mendigo elevado de golpe a la dignidad de príncipe, ignorante del protocolo y del rigor de las decisiones. Yo era un amante abrumado por la proporción y lo mágico, y por ello me mostré dubitativo y torpe. Pero mis errores, lejos de producir estragos, le quitaron artificiosidad al lance y lo salpicaron de sinceridad y ternura, esas virtudes de las que únicamente son poseedores los que se equivocan. Las emociones que sentimos, en fin, fueron tan intensas que se grabaron en la memoria de las cosas con más fuerza que en la escena de un crimen se impresiona el horror de la víctima y la iniquidad del asesino.

Al cabo de dos horas dejamos de amarnos sin estar ahítos, porque sentí en Nohire reconcomio ante la próxima llegada de su madre. A esa hora ya era demasiado tarde como para preparar su fuga.

—Mañana te llevaré a un piso que tengo casi en el centro de la ciudad. Ve pensando qué quieres meter en las maletas —le dije.

Ese mañana se nos hacía a los dos un mundo lejano y emocionante.

Me subí en el coche sin darme cuenta de la trascendencia de mis actos, todavía eufórico. No pensé en Ania, por ejemplo, ni en mi trabajo, ni en adónde volvía, ni en nada de lo que era el hábitat rutinario de mi vida. Tampoco en qué haría a partir del día siguiente amando a dos mujeres y viviendo por separado con las dos. La desolación de la autopista era tan opresiva como el silencio de la jungla, pero yo me tragué varios kilómetros como podía haber devorado centenares, sin reparar en ella en absoluto. Solo volví a estar consciente cuando me encontré otra vez con el camión y el turismo y recordé la escena del accidente y los gestos de la mujer que me reclamaba la salvación de su hija. Los vehículos aún obstaculizaban el exiguo tráfico del otro sentido. Poco antes de llegar a su altura, empecé a frenar, apremiado por una intuición aciaga. En efecto —y me detuve para comprobarlo—, el cadáver del camionero continuaba en la cabina, el de la niña todavía estaba entre los automóviles accidentados, completamente despanzurrado excepto un brazo que sobresalía del amasijo de hierros por el lado en que yo circulaba, el del padre permanecía en el coche y la madre seguía viva, porque al sentir que me detenía giró mansamente la cabeza y me miró con la resignación que se enfrenta un inocente a un pelotón de fusilamiento.

Maldije a la humanidad, a nuestra civilización y a los

tiempos que corrían. Y maldije, nuevamente, a los habitantes de Sholombra, pero no me detuve, porque recordé que había quedado para comer con Ania y si llegaba tarde a la cita me preguntaría por el motivo de mi tardanza y tendría que construir un arduo castillo de mentiras para salvar la cara. Después de todo, se suponía que yo no era mejor que cualquiera de esos buenos ciudadanos que ante la visión del dolor se buscaban excusas para plegarse a lo fácil y continuar su camino. Después de todo, también, aquella mujer no era sino una ciudadana más, y si le hubiera tocado estar al otro lado de la situación hubiera hecho lo mismo que estaban haciendo con ella otros padres de otros hijos: algunas veces los hombres somos juzgados y sentenciados más que por lo que hacemos, por lo que haríamos si estuviéramos en el lugar de los otros.

No tardé mucho en olvidarla, pero ya no me acordé tanto de Nohire como de Ania, a la que imaginé sola en el restaurante barato donde nos habíamos citado, y en su casa, que también era la mía, leyendo a la luz de una lámpara uno de esos libros de ficción que empezaban a verse por entonces, y dormida a mi lado, en uno de esos sueños sin sueños que tanto me desconcertaban. E imaginé que ya no era mi compañera, sino que yo vivía con Nohire y me encontraba el rastro de Ania por la calle, y que al sentirlo echaba profundamente de menos todo lo que no ofrecen al espíritu humano la sensualidad y la belleza, todo lo que no da la pasión satisfecha cuando la pasión se tiene satisfecha.

La idea de perder a Ania me resultaba insoportable. Donde quiera que esté, el perseguido debe buscar un lugar donde pasar la noche, porque los humanos necesitamos dormir y dormidos somos vulnerables. Ania era mi alcoba de cada noche. Donde quiera que yo me hallase, tenía que volver a ella para sentirme seguro, aunque no estuviéramos ni en la misma cama ni bajo el mismo techo y su amparo solo fuera afectivo.

Ania me esperaba sentada en el restaurante. Recuerdo todavía el gesto gozoso con que llamó mi atención cuando me vio. En medio de una población abatida que se gastaba en un bocadillo la mitad de su sueldo diario, ella era un rodal de confianza y optimismo. Me besó en la boca y me abrazó como si hiciera muchos días que no nos viéramos y yo me sentí tocado por su energía y miserable.

—Buenas noticias —anunció.

—No creía que fueran posibles en estos tiempos.

—Pues lo son: la empresa sigue abierta. Alguien del extranjero, quizá algún loco, ha hecho un pedido que nos dará trabajo durante unas semanas.

—¡Unas semanas! —murmuré entre desalentado e irónico.

El ocaso de Sholombra era biológico. Alegrarse de tener trabajo era como celebrar que durante unos días no envejeceríamos.

—Eso nos dará para pagarnos la comida y el combustible del coche. Quién sabe, quizá tengamos suerte y haya después otros pedidos —me contestó.

Ania era tan inmune a la ironía como al desaliento. Ella se enfrentaba al crepúsculo de nuestra civilización con el ánimo y la eficacia con que la vida desafía el empeño terminal de los cataclismos. Nunca le faltaría algo en el frigorífico porque tenía la capacidad de permanecer a flote, pero tampoco le faltarían ánimo y comida al que estuviera a su lado.

—Claro. Otro pedido —le dije, todavía no muy seguro de mí mismo.

Ella me cogió la mano, me miró a los ojos y me sonrió y yo me asomé a su interior y sentí calmada mi desconfianza.

No solo me olvidé de la enfermedad de Sholombra y de su muerte y de nuestro destino asociado al de nuestra ciudad, sino que se me olvidó Nohire por completo. Me acordé más tarde, por supuesto, en cuanto Ania y yo nos separamos y yo perdí el roce directo con su alma, pero después de estar con Ania y volver a sentirla recobré la lúcida idea de que lo fundamental en mi vida era ella: si Nohire ponía en peligro mi relación con Ania, dejaría a Nohire inmediatamente. Esa certeza me dio confianza y la convicción de que hasta que eso se produjera, si llegaba a producirse, podía tener dos amores complementarios, para cuyo mantenimiento bastaba con guardar la prevención de que nunca se mezclaran.

Aquella noche, sin embargo, cuando Ania y yo nos fuimos a la cama y Ania empezó a besarme y acariciarme, mi cuerpo llamó al recuerdo del cuerpo de Nohire de una manera tan clara que temí pronunciar su nombre. No lo hice, pero puede decirse que fue a Nohire a quien poseí (del cenagoso modo que se posee a una mujer en los sueños masturbatorios), aunque fuese ella la que me poseyera a mí. Era otra forma de mezclarlas, una forma espuria que no me intranquilizaba porque se había quedado en mi alma, lo cual era un gravísimo error, como se demostró más tarde.

Al día siguiente salí del piso azuzado por las ganas de estar con Nohire. En la calle había más tráfico que de costumbre y en los alrededores de una boca de metro próxima a mi portal se había concentrado un grupo de gente taciturna. Su impotencia era mayor de lo usual en los ya de por sí desmoralizados habitantes de Sholombra.

—El metro está tomado por caníbales desarrapados —me aseguró uno de ellos.

—Acabarán saliendo a la superficie y comiéndonos a todos —apuntó otro.

—Esos monstruos saben lo que quieren, están organizados y tienen un futuro —añadió un tercero.

Si hubiera habido una autoridad, esos hombres de la calle se habrían lanzado contra ella, arremolinados en una masa enfebrecida, para derribar la puerta de su palacio, arrasar en tropel sus estancias y defecar sobre su escritorio de madera labrada y sobre la colcha de hilo de su cama, y quizá la hubieran capturado huyendo bajo un disfraz infamante y, en tal caso, la hubieran vapuleado en un tumulto de insultos, puñetazos y patadas y la hubieran arrastrado, ya un guiñapo de carne tumefacta, hasta un balcón o una farola, donde la hubieran colgado para que todo el mundo pudiera escupirle, apedrearla y mearse en su sombra. Pero ni había autoridad ni en un sentido estricto la había habido nunca, por lo que en la Historia del Estado con capital en Sholombra no figuraban revoluciones ni golpes de Estado ni guerras civiles. Ni siquiera figuraban nombres de gobernantes o de ciudadanos ilustres. Los libros de Historia se limitaban al estudio de la evolución de la sociedad y al de las guerras fronterizas y se copiaban unos de otros sin ningún ánimo crítico, como se reproducían los libros de las leyes inmutables.

Ninguno de nosotros tenía futuro, o tenía un futuro más incierto que los caníbales del metro, a quienes ya conocía, pero a mí el caminar en formación cerrada hacia el abismo no me incumbía demasiado, porque contaba con el amparo que me daban mis relaciones con Ania y con Nohire. En concreto, aquella mañana había quedado con Nohire para rescatarla de la prisión de su familia. Por eso, sin reparar en los problemas de la multitud, me subí al coche y me dirigí a su casa. Tenía el depósito de combustible medio vacío, pero debía emplear el escaso dinero de que disponía en comprar algo de comida para ella.

Sin pasar por la oficina, tomé la vía de salida de la ciudad y me dirigí al lejano barrio donde me estaba esperando Nohire. Por el camino pensé que aquel día era ya demasiado tarde: quizá los autobuses no funcionaban y Lida no había podido ir a trabajar al centro de la urbe o quizá, a la vista de las nuevas circunstancias, había optado por permanecer en la cóncava seguridad de su hogar. Si era así, yo no podría rescatar a Nohire. Recuerdo que anduve algunos kilómetros sin avistar un autobús, aunque vi las paradas muy concurridas, y que durante ese tiempo no rechacé la fantasía de matar a Lida. Luego vi a un autobús y a otro y me tranquilicé lo bastante como para poder abandonar a su suerte al pensamiento. En uno de sus bandazos, estando próximo al lugar del accidente del día anterior, me acordé del rostro de la mujer y del brazo de su hija colgando de entre los hierros cruzados del coche. El recuerdo me resultó tan fastidioso como el reproche de un error que te pesa. ¿Sería posible que aún permanecieran allí?, me pregunté poco antes de divisar la figura del camión que obstruía la carretera. Al menos habrán retirado a los muertos y a los heridos, me dije, y me dio pereza la sola idea de encontrarme de nuevo con los ojos de la mujer mirándome desde el otro lado, como en ese instante quieto en que permanecen los cuerpos cuando van a ser succionados por un precipicio. Pero unos pocos metros más adelante vi el cadáver del camionero en la cabina de su camión y enseguida me encontré junto al coche de la mujer y aprecié la ausencia de sus sentimientos. Está muerta, me alegué para reconfortarme, miré al coche y vi su cadáver mirando a donde yo estaba, a mí.

No fue horror, sino fastidio lo que sentí, y no pensé en que a aquellas horas otros muchos habitantes de Sholombra estarían muertos en sus casas, atacados por las ratas y las cucarachas, ni en que si los servicios de protección civil y de emergencias no funcionaban, tampoco debían de funcionar las unidades de vigilancia intensiva de los hospitales, ni los paritorios, ni los quirófanos, aunque se siguieran construyendo puentes sobre el Novorm, ni en que si la sociedad organizada no era capaz de retirar los cadáveres de las carreteras, tampoco lo sería de enterrarlos o incinerarlos, no reparé en nada de eso porque tenía a Nohire en la negra espesura de la sangre y en los membrudos nervios de las manos y en la voz clamorosa de mi sexo, y, por todo ello, su figura deslumbrante acudía a mi cabeza como una obsesión gruesa, mucho más física y mucho más torva que la que genera el simple enamoramiento, porque la muerte de dos hombres, una mujer y una niña eran para esa obsesión como el chasco de una mierda en un palacio de sedas y cristales.

Los abandone con más desprecio que indiferencia. Yo volvía a ser el predador. Por eso, posiblemente, cuando llegué al bloque de Nohire y comprobé que estaba sola, saqué un papel y escribí una nota para dejarla a la vista cuando nos fuéramos. Luego, llamé a la puerta. Nohire, con la ropa con que su madre la vestía para estar en casa, estaba amontonando sobre la cama de su dormitorio las cosas que quería llevarse.

—Me he pasado toda la noche en duermevela, creyendo que mi madre asomaría por la puerta y, sin encender la luz, me diría sé lo que estás pensando y que se te quite de la cabeza —me dijo alegre y excitada.

—Ella solo podrá encontrarte cuando tú quieras —le contesté, y le tendí las manos, que ella cogió con alguna vacilación, aunque sonriendo.

Era tan hermosa y estaba tan a mi merced que me sentí extremadamente poderoso, casi como si la hubiera creado y tuviera el poder de destruirla.

Como en aquella casa no había maleta alguna, porque nunca se había necesitado, ni cajas donde guardar la ropa, tuve que meter los objetos que había decidido llevarse (una decena de libros, los útiles de baño y unas cuantas cajitas que rezumaban sentimientos de cuando era niña e iba a la escuela) en bolsas de plástico y, como no tenía bolsas suficientes, los fui amontonando en el maletero del coche y en los asientos de atrás. Cuando terminamos, ella le echó una ojeada al piso por ver si se dejaba algo y, poco antes de irnos, yo reparé en que su madre llevaba razón al no dejarla salir a la calle con la indumentaria que le preparaba para la casa y le pedí que se afeara. «Eso no será un obstáculo en tu cambio de vida y te protegerá: la ciudad está llena de gente dudosa y tu hermosura rompe el equilibrio de los más templados», le dije al notar que mi petición la defraudaba. Y añadí: «Es una solución provisional». Se mudó de ropa y guardó la que se había quitado en otra bolsa que llevó consigo. Yo aproveché para sacarme del bolsillo el papel que había escrito en el rellano y dejarlo sobre la mesa de la sala de estar. Decía: «Despreciado Saín: Tú te llevaste a mi madre y ahora yo me llevo a tu hermana, a quien tanto deseas. No te preocupes por ella, porque la trataré bien (me ama tanto como te odia a ti). Para que veas que los dos te echaremos de menos, hemos prometido pronunciar tu nombre cuando estemos retozando en la cama. Firmado: Nereo».

Nos montamos en el coche con la emoción de los emigrantes antiguos. El coche es un orbe cerrado y tiene algo de nave espacial: afuera, los campos son sistemas solares, las ciudades son planetas habitados y las personas son extraterrestres. Dentro de esa nave uno se siente a salvo de la crudeza exterior y las emociones se despabilan, saltan al éter y vuelven a nuestra alma, retroalimentándose, como cuando uno canta una canción triste porque está triste y la tristeza de la canción lo pone más triste todavía. Nohire y yo íbamos en el coche y de algún modo era como si nada se opusiera a mi sed por poseer su cuerpo y a sus ansias de libertad, como si solo existiéramos nosotros en el universo. A veces, los viajeros por carretera se encuentran con un fallo mecánico, con un niño que vomita o, como nosotros, con un accidente de carretera que los devuelve a la realidad. El accidente era el mismo del día anterior y yo, a fin de que ella no bajara de su nube, la puse en antecedentes sin citarle que los muertos seguían allí y aprovechando que íbamos por el carril despejado aceleré la marcha. Pero estábamos llegando cuando vi que varias ratas negras, grandes como gatos, cruzaban la calzada a la carrera en dirección al coche accidentado. Nohire también las vio y chilló sobresaltada. Otras ratas se arremolinaban alrededor del brazo de la niña o subían en tropel por el capó del coche y el frontal del camión y formaban un mogote inestable donde estaban los cadáveres del hombre, de la mujer y del camionero.

—No mires —la urgí.

Pero ya lo había visto y el horror la había llevado hasta una histeria que no la dejaba ni respirar.

—Grita, grita —le dije, mientras aceleraba la marcha por

la autopista casi desocupada.

Solo mucho después, pudo transformar en gritos su formidable espanto. Entrábamos en el área central de Sholombra y a lo lejos se veían los andamiajes que servían para construir el último puente sobre el Novorm. Ayudado por la apariencia de cordura, intenté infundirle serenidad.

—Enseguida estamos en casa —le apunté, y le cogí la mano, todavía temblorosa.

Mientras nos movíamos por las calles, yo volví a acordarme de los andrajosos caníbales que habían expulsado del metro a los viajeros y los asocié con las ratas de la autopista y, aunque parezca chocante, con Lida, la madre de Nohire: en la agonía de la ciudad, cuando todas las empresas estaban cerrando y ningún conocimiento o profesión valía gran cosa, había más putas que nunca.

—Aquí es —le indiqué en tono efusivo cuando llegamos.

El edificio tenía aparcamiento subterráneo y estaba situado en una anchísima avenida. En sus inmediaciones no había señal alguna de incertidumbre. Nohire, que había ido recobrando el ánimo con el dudoso amparo de sus semejantes, se atrevió a hablar por fin del incidente.

—Ha sido horrible, ha sido horrible —repitió falsamente absorta en los portones del aparcamiento, que se estaban abriendo.

Yo sabía que no tardaría en preguntarme cómo era posible que pasara aquello en las afueras de Sholombra sin que nadie hiciera nada por evitarlo. Ella ignoraba buena parte de la suerte que estaba corriendo la ciudad y yo no podía explicárselo todo sin infundirle desconfianza, precisamente cuando por primera vez en su vida había dejado la seguridad de su casa para irse a vivir sola a un piso lejano de las manos de un desconocido.

—Los servicios de extinción de plagas tienen medios para acabar con esos animales, las autopistas están controladas por circuitos de televisión y en alguna oficina un montón de funcionarios ha debido ver como nosotros lo que pasaba.

—Hemos tenido suerte —me dijo más tranquila, mitad afirmándolo y mitad pidiéndome una confirmación.

Yo le cogí la mano y se la apreté ligeramente.

—Sí, mucha suerte. Y no solo por lo que no nos ha pasado en la autopista, sino por lo que nos espera a partir de ahora —le contesté.

Poco más tarde dejábamos caer un par de bolsas de plástico cada uno sobre la cálida alfombra de la dilatada sala de estar del piso y, puestos en el centro, recorríamos con la mirada, en círculo, el suelo, el techo, las paredes, los huecos, las lámparas, los adornos y los muebles, que a mí me hablaban de la personalidad de sus habitantes anteriores (una excéntrica pareja de profesores de Matemáticas que había tenido la feliz ocurrencia de pensar que Sholombra nos devoraría a todos y se había comprado una casa con huerto en un pueblo perdido, donde aún se podía beber agua de los arroyos y la señal de radio no llegaba) y a Nohire le parecían lo más bello del mundo y, sin que ella lo supiera, la confirmaban en la idea de que había hecho bien en confiar en mí.

—Ven, asómate al balcón—le pedí.

Sholombra no tenía edificios hermosos y la Arquitectura estaba empezando a considerarse un arte, aunque la única iniciativa corría a cargo de la inercia insensata del Estado, pero desde los balcones se veían sobresalir sobre los lejanísimos tejados de enfrente las cerchas metálicas y la cubierta transparente de la estación Central de ferrocarril, mientras que a la izquierda se divisaba una plaza desolada y gigantesca que servía de rotonda y a la derecha la perspectiva en fuga de la avenida, dos líneas paralelas de edificios iguales que seguían hasta un infinito roto varios kilómetros más abajo por la silueta de uno de los puentes colgantes más antiguos del Novorm.

—Es hermoso —comentó sinceramente emocionada.

Nohire no había salido de Sholombra y confundía la belleza de un paisaje con su magnificencia.

—Sí, todo es enorme y quizá hermoso —le contesté, menos impresionado por lo que estábamos viendo que por su capacidad para impresionarse por algo tan común para los millones de habitantes de aquella ciudad.

La reducida mundología de Nohire me hacía a sus ojos más liberador y más maestro, y eso —pensé cegado por la vanidad y la lujuria— me convenía. Por ejemplo, se había admirado de que el bloque tuviera un aparcamiento subterráneo («hace mucho tiempo, mi madre me llevó a un hipermercado que tenía un aparcamiento como este», me dijo), le había llamado la atención que el ascensor llegara hasta él y que funcionara y se había quedado atónita al ver que los pasillos comunes no tenían desconchados ni pintadas y al descubrir la pintura reciente y la cantidad de pequeños objetos que en un orden perfecto había en la gran sala de estar.

—Tiene dos baños, un despacho y cuatro habitaciones amuebladas en consonancia con la categoría del inmueble —le dije. Y añadí—: Y estará siempre a tu disposición para lo que quieras.

Todo lo que estaba a su disposición lo fue descubriendo consumida por un asombro detrás de otro, sin tener más memoria de su casa que la necesaria para hacer comparaciones y sin guardar remembranza alguna de su madre. La facilidad para el olvido de su casa venía de la libertad y del lujo de su nueva residencia, pero la disposición para la indiferencia hacia su madre venía de los afectos que yo le demostraba. Mientras iba abriendo puertas o miraba, mientras exclamaba o tocaba los muebles, yo le veía el alma y respondía a sus pretensiones con la misma presteza que si me pidiera objetos que estuviesen al alcance de mi mano. Yo era el liberador y el maestro, sí, pero también era el amigo y el confesor y la madre y el hermano y el vecino, y todos los papeles los desempeñaba en la forma que más le atraía a ella. Y era –por lo que a mí afectaba, antes que nada– el amante.

Vi cómo aquel caudal de bálsamos llenaba hasta el colmo todas sus ambiciones y vi cómo, después, el alma satisfecha respondía queriéndome y le exigía satisfacción al cuerpo. Yo debía seguir completándola, y completarla era contestar con un incendio ante sus ganas de arder. Así que entre tanto Sholombra era devorada por la dejadez y las bestias, nosotros ardimos en la cama de matrimonio de los matemáticos; mientras la mugre y las tinieblas se apoderaban de la ciudad, yo me daba un festín de placer en un piso de lujo con la mujer más hermosa que pueda imaginarse y en tanto su madre, su hermano y Ania nos tenían en su mente, cada uno de una manera, nosotros íbamos a lo nuestro sin pensar en ellos para nada. Y lo nuestro ni siquiera era lo que más nos interesaba a medio y largo plazo, sino la anhelante satisfacción de lo inmediato, lo cual podía ser comprensible en una joven inexperta que había puesto su destino en mis manos confiada en que yo tuviera un plan para cuidarla, pero en modo alguno era justificable en mí. Y así, cuando atiborrados de amor carnal nos dimos cuenta de que teníamos hambre, debimos aguantarnos un buen rato antes de llegar a un lejano hipermercado en el que, tras tomarnos un bocadillo, compramos menos de lo necesario, porque el dinero que había reservado para llenar el frigorífico no dio de sí para ello.

Fue la primera de mis imprevisiones y quizá la menor. Volvimos al piso a media tarde y pasamos un buen rato subiendo y bajando la ropa que aún permanecía en el coche y la comida. Pero un poco después, estando Nohire colocando sus cosas en los armarios, reparé en que ya debía irme a mi casa y dejarla sola y en que, deslumbrado por el brillo de lo inmediato, no había calculado las consecuencias de su soledad. Me fui prometiéndole volver temprano al día siguiente, pero me detuve detrás de la puerta de la calle para observar su alma y me dio miedo el estado en que se encontraba.

—¿No te puedes quedar conmigo? —me había dicho al despedirnos.

—No, qué más quisiera.

Había tardado en volver a preguntarme.

—¿Qué te lo impide?

—Las normas. Recuerda que soy un funcionario y que debo cumplir una serie de obligaciones.

—¿Quién me ha traído aquí, tú o las normas?

—Yo, desde luego, pero yo no puedo hacer todo lo que me gustaría.

—¿Y no te impide ese estatuto profesional acostarte conmigo?

—No, si te amo.

—Pero sí te impide quedarte.

—Por ahora sí, solo por ahora. Lo fundamental es que

aprendas a valerte por ti misma, y eso lo conseguirás con mi apoyo, incluso con mi amor, pero sobre todo con el empuje de tus propias facultades. No te prometí que fuera fácil, tan solo que sería mejor y que para ello podías contar conmigo. Cuando no me necesites para decidir, cuando seas capaz de valerte sin tu familia y sin mí, entonces, si los dos lo queremos, me quedaré contigo.

Era una explicación ramplona, porque tampoco eso lo tenía preparado. Y prueba de ello es que desde detrás de la puerta noté que la duda surgía de entre su soledad como el viento pensante brota de entre los espíritus mudos de la noche, y que llegaba a su estómago y le quitaba el apetito, y a su sangre y se la embarraba, y a su mente y se la llenaba de imágenes azarosas y a su corazón y le sembraba marañas de lóbregas sospechas. Me dieron ganas de volverme y decirle que todo había sido una forma de probarla y que regresaba con ella para siempre, dijeran lo que dijesen los estúpidos protocolos de actuación y las estúpidas autoridades de una ciudad tan poco digna de salvarse como Sholombra, pero a unos cuantos kilómetros de allí Ania me estaría echando de menos, y si Nohire era un imán irresistible, Ania era el aire que necesitaba para respirar, o lo que es lo mismo, yo necesitaba a Ania para vivir y, luego, ya salvado de la muerte, no podía resistirme a esa fuerza irresistible que era Nohire.

Me fui sufriendo del piso de Nohire y sufriendo llegué al de Ania. Era un poco más tarde de lo acostumbrado y Ania me preguntó sin acritud por las razones de mi tardanza.

—Me demoró una turbamulta agolpada junto a una boca de metro —le contesté—. ¿Será cierto eso de que las estaciones y los túneles están tomados por caníbales?

—Es totalmente cierto: conozco a quien los ha visto —me aclaró.

Pero no le prestó más atención, porque ella creía que lo inevitable es parte de un proceso biológico de recomposición permanente, y ese pensamiento tenía mucho que ver con su acomodo natural a las circunstancias.

Cenamos un poco, hablamos y ella se puso a leer en uno de los dos sillones del piso —«aprovechemos que aún hay suministro de electricidad», dijo. «Pronto, esta ciudad se quedará a oscuras» —y yo cogí un libro y con él abierto en las manos me puse a mirarla desde el otro sillón y a sentirla, y sintiéndola me enteré de las vicisitudes que su alma operaba con las andanzas de los personajes de la novela que leía y me olvidé de Nohire. No me acordé de ella hasta que nos acostamos y Ania empezó a acariciarme.

Al día siguiente llené el depósito del coche con el dinero que me dio Ania pero, por las lamentaciones que oí al empleado de la estación de servicio sobre las deficiencias del suministro, fui andando a la oficina y acto seguido, también andando, al piso donde había dejado a Nohire, pues en pocos días dejaría de haber combustible y entonces un coche con el depósito lleno valdría la vida de muchos.

No era muy tarde, sin embargo, cuando llegué al piso de Nohire. Ella me estaba esperando vestida con la ropa que le preparaba su madre para estar en casa, deseosa de que la tomara de la mano y le enseñara el mundo y las biografías de quienes lo habitan.

—Vístete, que nos vamos a la calle —le dije.

No contestó nada ni hizo gesto alguno de desagrado, pero yo sentí que le hubiera gustado salir sin afearse. No fui muy consciente del riesgo que corríamos cuando le sugerí:

–¿O quieres ir como estás ahora?

Dejé que saliera sin afearse a pesar de mis recelos porque había pasado la noche sola y me convenía que su estancia allí no pareciera otra clausura, esta vez causada por mí. Saldría conmigo, además, y yo sabría qué reacción estaría provocando en los hombres antes de que la curiosidad los empujara a destrozarla o la pasión se les volviera ingobernable.

Mientras bajábamos en el ascensor, en silencio y mirando a la puerta, noté en Nohire una tenue afición por gustar a todos a la que no le eché cuentas porque me encontraba trastornado por cuanto tenía de irresistible y por el poder de convocatoria de su belleza en una ciudad donde, por distintas razones, ambos debíamos pasar inadvertidos. Salimos a la calle y continué sin fijarme demasiado en ella: los hombres y las mujeres nos abrían paso como si fuéramos de fuego, la veían llegar desde lejos y se paraban a contemplarla y nos seguían después, dándose empujones y codazos. Nohire provocaba sorpresa y asombro, incredulidad, a la manera que los atardeceres de mediodía o los demás cataclismos inocuos. Yo iba tenso y alerta, mirando en los corazones de la multitud como los guardaespaldas lo hacen en las miradas, y veía que la mejor defensa de Nohire era su extremosidad: entre ella y todos los demás había tal diferencia, que alcanzarla se les hacía imposible, y por eso, más que deseo, provocaba en los viandantes una suerte de devoción. Era yo el blanco de todos los sentimientos negativos: por cómo íbamos andando y nos mirábamos, a todas luces parecía que yo era su novio, ¿y qué hacía yo con esa mujer, yo, una persona normal, ni siquiera guapo o alto o con signos exteriores de riqueza?

En las mujeres hermosas hay una equívoca naturaleza pública: molesta que uno sólo se aproveche de algo que la Providencia ha creado con la misma pretensión que a las auroras boreales. Hay bastante de derroche, de injusto, en el monopolio de una mujer bella. Los transeúntes iban más allá de la envidia para considerarme nauseabundo, como si fuera un viejo desdentado y baboso que públicamente le estuviera haciendo el amor a una muchacha. Si no me agredían uno a uno, era porque se contenían mutuamente, pero en un momento empecé a temer que de la acumulación de hostilidad saltara una chispa que los encendiera y terminaran linchándome.

—Bueno, ya hemos dado un paseo. Vámonos a casa —le dije a Nohire.

Fue entonces cuando reparé en ella. No solo se sentía a gusto en la calle, sino entre la concurrencia que la idolatraba. El veneno de la vanidad se le había colado en la sangre con la presteza de un inyectable y corría por sus venas inundando de fantasías su corazón y su cerebro. Para creerse un dios, pensé, lo único que hace falta es una legión de adoradores.

—Vámonos. Esto es peligroso —insistí.

No podía ejercer mi poder de convicción sobre la turba y sus emociones estaban distorsionadas por el ambiente de fervor.

—¿Por qué? Acabamos de salir —me contestó.

Esto es lo que quieren los dioses de sus fieles, pensé, que los idolatren. Por eso todos los dioses acaban actuando como si fueran ídolos.

—Para ser el primer día, es suficiente. Si sigue el tumulto, se correrá la voz y tu hermano y tu madre sabrán dónde estás y vendrán a buscarte —le advertí.

Aquella demanda surtió efecto.

Cruzamos la avenida seguidos de una muchedumbre que nos rodeó mientras subimos a un taxi solitario en una parada (de ninguna manera quería que la gente supiera dónde vivía). En lugar de darle al taxista nuestra dirección, que estaba muy cercana y se veía desde allí, le dije que fuera a la estación Central y, cuando llegamos, que nos llevara hasta un par de bloques por debajo del de nuestro destino.

—Usted mire adelante —le exigí de mala manera al taxista, que no dejaba de observarnos.

En el mismo vehículo, Nohire se puso mi chaqueta, bajo la que a instancias mías se ocultó la melena, una gorra sucia que el taxista llevaba sobre la guantera y mis gafas de sol. Antes de bajarnos, pagué la carrera y la gorra con los últimos billetes que tenía y obligué a Nohire a que se subiera las solapas, se calará la gorra y mirara abajo. Como aun así estaba bellísima, caminamos deprisa y pegados a la pared el corto trayecto que nos separaba de la puerta del bloque adonde se había mudado. Poco después estábamos de nuevo en la sala de estar del piso de los matemáticos, que ya podía considerarse su hogar, donde se quitó la gorra, la chaqueta y las gafas y yo la vi en todo ese glorioso esplendor que me derrotaba.

—Tendrás que salir afeada por ahora: eres demasiado hermosa para lo que ellos pueden soportar —le advertí.

Aunque me contestó que sí e hizo un gesto de aquiescencia, yo supe que la vanidad frustrada había cargado su alma de un velado resentimiento hacia mí. Ya no se conformaba con mi admiración, quería la adoración de todos y siempre, y si yo se lo impedía, yo era un obstáculo que acabaría superando.

—No tiene por qué ser completamente afeada —añadí—.

Lo esencial es que no llames tanto la atención como para que te resulte arriesgado.

El éxito es tan peligroso como el fracaso, quizá más. El fracaso total puede conducir al naufragio y la desesperación y el éxito total, abrumador, empuja hacia el endiosamiento irremisiblemente. Nohire se creía ahora una diosa. Los dioses, por buenos que sean, exigen la fe ciega y la obediencia ciega y en razón de ello premian y castigan. Los dioses son eternos y todopoderosos y la eternidad y el poder sin límites emplazan al aburrimiento. Los dioses son como los ricos que ya han conseguido ser el único rico.

Nohire rumiaba su frustración de diosa mientras miraba por la ventana el exhausto movimiento de las calles de Sholombra, absorta en aquellos infelices que la habían seguido sin pensar, fanatizados de pronto por su belleza. En su alma, junto al dolor de la decepción, había una formidable y desconocida seguridad en sí misma y un desprecio no menos descomunal. Nohire era repentinamente otra, insaciable como los dioses y, como a los dioses, se le había helado el corazón.

Yo podía ser el sumo sacerdote de los adoradores de Nohire, hacerla feliz agasajándola sin cansancio y dirigir a quienes la admiraban hasta convertirlos en corderillos idiotizados y felices. En todos los dioses hay algo de niño que lo ha tenido todo desde el comienzo de sus días. Nohire era, como buena diosa, una niña malcriada dispuesta a pedir un juguete detrás de otro y a romperlo para ver qué guarda en su interior.

Yo podía ser el sumo sacerdote de una religión que la adorara y sentir su desprecio o tratarla de igual a igual e intentar bajarla a mi altura para que fuera una mujer común, con sus pequeñas debilidades, sus dolamas y su muerte. Con todos sus conocimientos, Nohire era tan incapaz de moverse por entre la fronda de sentimientos de Sholombra como lo era de desplazarse por sus calles. Por no saber, no sabía ni salir a comprar el pan o la ropa. Nohire me necesitaba y yo conocía en cada momento lo que le estaba ocurriendo. Ese poder era el que yo debía utilizar por mi bien y por el de ella o, mejor dicho, por el bien de nuestra extraña relación.

—Necesito unas compresas ya: me ha bajado el periodo —me dijo sin dejar de mirar a la calle.

Era mentira. Lo decía porque no quería hacer el amor conmigo y para humillarme. Me humillaba desde la doble superioridad de quien puede decir que no y tiene la potestad de encargar a otro la satisfacción de una necesidad propia. Pero esa supuesta demostración de fuerza lo era sobre todo de dependencia.

Salí a la calle, sí, y fui hasta al hipermercado más cercano, donde robé una caja de compresas del tamaño que me pareció, y con ellas en una bolsa volví al piso. Tenía el propósito de darle una lección: en cuanto la viera, le enseñaría la caja de compresas que acto seguido tiraría por el balcón. «No las necesitas», le diría. «Si he ido a comprarlas es solo para demostrarte que lo mismo que no necesitas esto, necesitas de todo lo demás, y tú sola no puedes salir a buscarlo».

Al entrar en el piso debí haber notado que en su alma se había alojado algo más que el desengaño, pero la sorpresa y la amargura por la rapidez con que lo negativo se había apoderado de ella me habían mermado muchos reflejos. Nohire, además, me esperaba medio desnuda, de una forma que iluminaba los sentidos y cegaba el entendimiento. Por eso no fui capaz de articular ni media palabra ni medio pensamiento antes de que ella cogiera la bolsa y la tirara por la ventana sin sacar la caja de las compresas.

—No son de mi tamaño —se quejó—. ¿No te han enseñado en esa oficina tuya a preguntarle a las mujeres qué tamaño de compresas necesitan?

Me dieron ganas de estrangularla, de tan humillado como me sentí, pero me tragué el orgullo y me callé. Ambos teníamos el alma enferma: en la de Nohire se había extendido febrilmente el aniquilador virus de los dioses y en la mía el no menos aniquilador virus de sus servidores ciegos.

Prueba de lo que estoy diciendo es que tras tirar la caja por la ventana, Nohire (que había descubierto por la calle que podía tener a cualquiera como yo únicamente con desearlo) hizo como que cambiaba de actitud, se acercó a mí y me abrazó. Yo sabía que todo era fingido, pero no me importó en absoluto. Era una divina obra de arte y a las obras de arte nadie las ama por su fondo: lo cardinal era su contacto y las sensaciones que provocaba en mí y lo de menos todo lo que había detrás de ese embriagador abrazo.

—Era para probarte —me susurró al oído.

Yo estaba muy enfadado y comprendía que debía explicitarlo si quería salvar mi autoridad, pero ella estaba en tanga y camiseta y tenía las nalgas a la altura de mis manos caídas. Entre exteriorizar el enfado y cogerle el culo, no había una verdadera alternativa. Le cogí el culo sin atreverme a reconocer que con ese gesto me vencía, como el adicto que se cree capaz de superar cuando quiera su adicción.

—¿Y he aprobado? —le dije.

—Con sobresaliente.

Yo tenía el don de ver a los demás por dentro, pero no

el de verme a mí mismo. Y nadie se reconoce como es. Tenemos una gran cantidad de información sobre nosotros, mucha de ella reservada, y creemos que con ello nos conocemos más que nadie. Pero no es así, y con frecuencia la utilizamos no para adoptar la mejor decisión posible, sino para justificar lo que ya hemos dispuesto de antemano, o, mejor dicho, lo que han resuelto por nosotros nuestros prejuicios o algo o alguien ajeno.

—Espero que sea la última vez que me pones a prueba. No me gusta tirar el dinero por el balcón —avisé con un aire de amenaza que, más que intimidar, sosegaba mi dignidad y daba a mi derrota la formalidad de un armisticio equilibrado.

Sentí cómo se estremecía su cuerpo con una carcajada.

—No te pondré a prueba, pero no me des motivos —me contestó.

Y yo lo di por bueno aunque sabía que lo importante eran los motivos y que motivo podía ser cualquier cosa, lo mismo verdadera que fraudulenta. Ella se movió para indicarme que siguiera magreándola y yo dejé de pensar en lo que de sofisma tenía su contestación para abandonarme al placer hipnótico de poseerla. No tuve más gesto de lucidez que el de retirarla de mí para darme el gustazo de observarla atónito antes de volver a acercarla.

¡Su hermosura era tan atormentadora! ¡Qué más daban mis congéneres, el orbe que se hundía y lo demás! Si todo hombre en su sano juicio hubiera dado su vida y su alma por hallarse un rato en mi situación; si hay largas existencias que se justifican por un acontecimiento brevísimo; si una vida plena está hecha de aciertos y de errores y tan necesarios son los unos como los otros a la hora de hacer su balance, ¿por qué iba yo a dejar pasar la posibilidad de hundirme en el misterio del éxtasis y la locura, aunque con ello me hundiera también en el error?

Cuando al anochecer de aquel día iba andando camino de mi casa, me hice todas esas cavilaciones para acallar las protestas de mi libre albedrío. Durante el resto de la jornada Nohire había vuelto a actuar como yo quería: hicimos el amor un par de veces, hablamos de hombres y mujeres y ella me contó entre lágrimas muchos detalles de las anómalas relaciones con su hermano y con su madre. Nohire se quedaría sola porque yo me iba a pasar la noche con otra mujer. ¿No era más reprochable mi actitud que la de ella? A pesar de lo peculiar de mi aparición y de lo inverosímil de mi trabajo declarado, había dado por buenas todas mis explicaciones, incluida la de que yo no tenía una tarea concreta, porque yo no era su madre ni su profesor ni su tutor ni nada parecido, sino alguien que debía ayudarla estando a su lado para decirle sí cuando procedía el sí y decirle no cuando procedía el no.

Me hacía todas esas reflexiones para acallar, también, la preocupación que me infundía su amor por mí, un amor que era una mezcla de agradecimiento, pasión, lástima por sí misma, interés, abandono y algo de amor verdadero, que hubiera parecido solo amor verdadero a cualquier otro hombre y quizá me hubiera engañado a mí si yo no hubiera tenido al amor de Ania para compararlo.

Nohire no me engañaba, pero eso era secundario. Lo substancial era que su hermosura distorsionaba los argumentos de quienes la rodeaban, también los míos, y tejía una espesa fronda de demostraciones y evidencias nuevas que justificaban la infidelidad y la humillación y hasta el asesinato y el suicidio. Tuve ocasión de comprobar la fuerza esclavizante de esa obsesión en las jornadas que siguieron. Sholombra agonizaba o quizá se había muerto ya y nosotros éramos sus carnes putrefactas. Ania me dijo un día que no había visto a nadie subido en los andamios del puente que se estaba construyendo sobre el Novorm. Otro, oí en la calle que los caníbales del metro vivían ya en los edificios de la plaza de la Ciudad y que salían por las noches en bandas que recorrían los alrededores. Y otro, pasé junto a la estación Central y un ciudadano deshecho me contó que nadie había ido por la mañana a conducir los trenes. Sholombra agonizaba, pero yo vivía indiferente a lo fatal del desenlace por la dependencia que tenía de Nohire. Ania me había propuesto irnos a otro lugar en un convoy que había organizado su empresa. «Se van todos los compañeros», me explicó. «No nos es posible cumplir los compromisos adquiridos porque no nos llegan los suministros. Vámonos. Quizá sea nuestra última oportunidad. Pronto no habrá combustible y tendremos que huir a pie. Apenas tenemos dinero y, aunque lo tuviéramos, en cuestión de días no compraremos nada, porque ya nada entra en la ciudad. Resulta milagroso que aún funcionen los servicios de agua y de luz. ¿Qué ocurrirá cuando falten?». Yo le contesté que no porque no podía irme con ella y con Nohire. «¿Adónde iríamos? Fuera no conocemos a nadie», le expuse, y eché mano de su proverbial mecanismo de adaptación al medio para augurar lo seguro de nuestra supervivencia. «Todo esto pasará algún día y entonces alguien tendrá que empezar de nuevo, quizá para construir desde cero otra sociedad mejor», añadí. «El mecanismo de adaptación acepta la huida cuando la huida es lo procedente. Pero, para mí, más hermoso que estar contigo es estar donde tú quieras», me contestó.

Sholombra agonizaba, pero durante las jornadas que siguieron yo continué viendo a Nohire como si nada estuviera ocurriendo. Salía de mi casa, pasaba por la oficina de la agencia y me iba andando hasta su casa, adonde llegaba a media mañana. Nohire había asimilado que debía pasar el día conmigo y la noche sola, pero ese aprendizaje, como el de las teorías que te repugnan, no implicaba conformidad. Yo sabía que debajo de su aparente conformidad latía una frustración. Todos hemos nacido para ser selvas y extendernos por todos lados y desde que nacemos nos talan y nos podan hasta dejarnos en planta de interior, pero ella había descubierto de improviso y ya con cierta edad que su potencia de selva seguía intacta. Yo, ante esa energía expansiva, actuaba como un jardinero de bonsáis, cortando aquí y allá sin atreverme a darme cuenta de que cualquier día sus raíces y sus ramas crecerían con más rapidez que mi habilidad para podarlas y que quizá entonces me atraparía y succionaría mis jugos, como hacen con los insectos las plantas carnívoras.

## Capítulo 9

*Un paseo con Nohire. «Todos moriremos». Ania y Nohire. Un descubrimiento esencial: el poder de construir artificios en el alma. El dominio imposible de los instintos. Saín y Lida en la escena del crimen. En la casa de Ania.*

En unos cuantos días, la falta de vigor de Sholombra devino en parálisis absoluta. Las emisoras de televisión y de radio dejaron de emitir sin previo aviso. Las fábricas de los enormes polígonos industriales se paraban sin cerrar o, manejadas por unos cuantos operarios medio robotizados que no sabían a qué dedicar su ocio, transformaban las últimas reservas de materias primas. El cielo se despejó de su nube gris y el Novorm perdió la mayor parte de su brillo y su viscosidad, con lo que desapareció el ecosistema artificial en el que habían surgido los voraces peces ciegos, que pronto emergieron flotando, muertos, junto a los cadáveres de los numerosos suicidas que se tiraban desde los puentes colgantes y los de los muertos por otras causas que eran arrojados a las aguas por sus familiares o sus vecinos porque los servicios funerarios no funcionaban y la lenta corriente del río era la única forma de eliminarlos. Luego, los servicios de recogida de residuos empezaron a perder efectivos y para poder recoger más en menos tiempo, en lugar de llevar los camiones a las decenas de kilómetros donde estaba el vertedero, vaciaron directamente en el muelle más próximo del Novorm, y entonces los cadáveres bajaron flotando entre la basura donde, como sobre islas grumosas y hediondas, proliferaban las ratas y picoteaban una suerte de gaviotas plomizas que, según se decía, habían inmigrado a millones desde otras megalópolis destruidas. Los autobuses se esfumaron y algo más tarde dejaron de verse los taxis y los automóviles particulares. No mucho después, dejaron de funcionar por completo los camiones de recogida de basura.

Casi todas las tiendas cerraron y las calles se poblaron de esposas y de madres que vendían su cuerpo por alimentos y de individuos que permutaban artículos de primera necesidad por otros artículos de primera necesidad o por objetos de oro. También cerraron los periódicos revolucionarios y los líderes de los pequeños movimientos que los editaban huyeron de la ciudad para organizar la resistencia contra nadie sabía muy bien qué y lanzar soflamas por emisoras de radio que no podían oírse en Sholombra. Las ratas andaban a sus anchas por las calzadas y las palomas anidaban en las camas de los pisos abandonados. Unas y otras acabaron sirviendo de fuente de proteínas para los que no consiguieron o no quisieron ponerse a salvo.

Algunos reducidos grupos de ciudadanos recorrían las fantasmales avenidas saqueando locales que ya casi nada tenían para saquear y forzando los depósitos de combustible de los coches. Cuando veían a uno circulando, intentaban asaltarlo, y si lograban hacerse con él, huían de la ciudad obstaculizados por otros que pretendían lo mismo que ellos. Otros grupos, por el contrario, recorrían la urbe quemando los montones de basura que ya nadie recogía, limpiándola de los cadáveres de los fallecidos solitarios y cuidando o rematando a los enfermos.

Mientras la población se hundía en el caos, yo seguí atendiendo a mis asuntos como si nada estuviera pasando. Cuando el dueño de mi oficina la dejó abandonada, estuve unos cuantos días abriéndola y sentándome un rato en la silla giratoria desde la que veía pasar a los alucinados supervivientes de Sholombra. Por entonces aún funcionaba el servicio de recogida de basuras y era posible la circulación de vehículos, por lo que no parecía descabellada del todo la excusa que le daba a Ania de que me pasaba el día trabajando. Ella, desde luego, la aceptaba como buena, y yo la sentía feliz despidiéndome en la puerta del piso y la veía luego, igualmente feliz, desde la calle, asomada al balcón y sonriéndome mientras yo tomaba el camino de la oficina, donde desde hacía semanas no había entrado ni un cliente. Ania ya no trabajaba y ocupaba el día leyendo novelas o saliendo a buscar comida y productos de limpieza que siempre conseguía, yo todavía no sabía de dónde ni cómo.

En aquellos primeros días del final, desde mi oficina me iba al piso de Nohire sin mayores contratiempos. Aunque su ascensor aún funcionaba, yo había sentido por la calle el terror de quienes se habían quedado atrapados sin remedio en otros ascensores y por si a mí me ocurría lo mismo subía hasta su piso a pie. El día anterior, indefectiblemente, la había dejado contenta y bien predispuesta para la felicidad, pero la noche había actuado sobre ella como lo hace sobre los materiales, borrando el calor de su alma. Mientras subía las escaleras de su bloque, sentía que había crecido un poco más su hambre de libertad y sabía, no sin desazón, que nada podía hacer para calmarlo: Sholombra vivía en unas condiciones que ella podía adivinar desde la ventana de la calle, pero cuya complejidad y peligro desconocía, en parte gracias a que yo se lo ocultaba para que no se afligiera cuando estuviera sola. Yo temía, por lo demás, que el otro afán escondido, el de ser diosa de la belleza, se le desbocara y le pudiera cuando sintiera en la calle la tentación de ser adorada por sus conciudadanos. Entre sus deseos y mis miedos había una línea de choque que aguantaba cuando yo estaba presente y podía dar satisfacción a sus otras aspiraciones, más concretas y fáciles de consumar, pero cuando yo no estaba, esos dos afanes crecían hasta lo grotesco, dejando sin aire a las aspiraciones más fáciles y sutiles, especialmente a las que tenían que ver conmigo.

Nohire me amaba sin esas raíces que son los recuerdos y sin alternativas, porque la había rescatado de un medio de afectos enfermizos y yo era el único hombre que tenía a mano, y no como las mujeres maduras aman a los hombres que las completan. Mientras subía las escaleras del bloque, me daba cuenta de que tarde o temprano tendría que dejarla salir si no quería que me viera tan despreciable como a su hermano y tan tirano como a su madre. No lo hacía, sin embargo, porque me podía más el miedo a perderla que todas las razones del mundo y, en consecuencia, cuando al anochecer bajaba las escaleras del bloque, yo sentía la penuria que le producía mi ausencia, que no era tanto por lo que me echaba en falta como por lo que de vacía se quedaba ella.

¡Qué trivial es la condición del que únicamente llena mientras se halla presente, la del que no sacia con la huella que ha dejado, la del que asegurando su vuelta no colma con la ilusión de su retorno!, me decía camino de mi casa. La ciudad estaba desierta y por la calle hormigueaban las ratas, acechando un tropiezo o un mal paso para lanzarse en tropel sobre el viandante inerme. Muchas luminarias no alumbraban, porque desde hacía varios meses nadie se encargaba de sustituirlas, y yo debía pasar por zonas de espesa oscuridad donde la única referencia era la apremiante luz de mucho más adelante. Los caníbales del metro salían por la noche y recorrían en bandas confusas, como hipnotizados, los barrios más tenebrosos, y alguna vez oí su bullicio de gritos triunfantes a lo lejos. De noche, la calle era un hervidero de amenazas, algunas de ellas inminentes, pero yo caminaba por la acera desolada pensando en Nohire, exclusivamente en ella, y en la significación que para ella tenía yo. Es cierto que me protegía mi capacidad para advertir los sentimientos de otros, y que en ese páramo que era la calle detectaba a mucha distancia las presencias peligrosas y las evitaba, pero también es cierto que ninguna amenaza consiguió anular los pensamientos que llevaba sobre Nohire, que no abandonaba hasta que empezaba a subir las escaleras que me conducían a mi hogar y, entonces, volvía a pensar en Ania.

Ania era la antítesis de Nohire también en el tratamiento de mi ausencia: si en Nohire la soledad operaba borrándome de ella y aumentando sus sueños de libertad, en Ania el tiempo sin mí maniobraba haciendo que me echara de menos. Ania tenía claro que yo no iba a mi oficina a trabajar (ya nadie en su sano juicio trabajaba por cuenta ajena en Sholombra y mucho menos se acercaba hasta una inmobiliaria para comprar o vender un piso) y yo era consciente de que ella lo sabía, pero a mí eso no me apuraba porque podía ver que en su interior no había ni una sombra de desaprobación. Al contrario, cada noche me esperaba para cenar con una sonrisa en los labios y dispuesta para complacerme en todo y, por las mañanas, fuera día laborable o no y le dijera que iba a la oficina o no le dijera nada, me despedía con un beso tierno y sin hacerme preguntas. ¿Para qué, si sabía a dónde no iba y entendía que preguntando me obligaba a darle una respuesta que podía enturbiar nuestra relación? Y esa relación era lo más importante para ambos, de lo poco humano que quedaba en aquella metrópoli derrumbada y selvática. Yo no era hombre de pasar las horas leyendo ni podía estar metido en casa un día detrás de otro. Ania era conocedora de ello. ¡Qué más daba a dónde iba! Lo realmente significativo era mi vuelta, no mi marcha. Y yo siempre volvía. Ania me veía irme, sabedora de que volvería, y yo, en efecto, volvía por las noches y cenábamos juntos y la escuchaba: me hablaba de sus lecturas, de sus pensamientos, de las teorías que tejía para explicar el fin de nuestro mundo, de la tenebrosa época que nos aguardaba y del nacimiento de una civilización que debía partir de cero.

—Este universo se hace y se deshace de continuo, también en las formas sociales. Lo mejor es solo un período entre el nacimiento y la destrucción —decía.

Cada minuto que pasaba con Ania me daba cuenta de lo necesaria que me era. Incluso me imaginé viviendo con ella y unos cuantos hijos nuestros en una de esas casas de campo que había visto en alguna fotografía antigua, lejos de Sholombra. Sus palabras eran blandas y táctiles y su alma infundía confort: las cosas que tocaba quedaban impregnadas de sus virtudes; el aire entraba en sus pulmones y volvía al exterior cargado de cálida esperanza y en el espacio en que nos movíamos habitaban también los etéreos personajes de sus imaginaciones, que yo no sentía pero intuía vivos después de sus descripciones conmovedoras. Únicamente me inquietaba un poco cuando al despertarme junto a ella no apreciaba el latido de sus sueños, pero esa era una zozobra menor que asociaba a la soledad de la vigilia y se desvanecía por las mañanas.

Por eso empecé a sentir a Nohire como un pequeño fastidio. Ya no me ilusionaba tanto ir a verla. Desde que dejaba a Ania hasta que la veía a ella, yo cambiaba paulatinamente, de forma que cuando empezaba a subir las escaleras de su piso y percibía en el ambiente lo vacuo de sus afanes y cómo habían crecido en mi ausencia, ya no era el hombre sosegado y en cierto modo feliz que se había despedido de Ania, sino el agobiado y tenso al que esperaba una mujer en la que arraigaban sin estruendo los reproches. Pero en cuanto la veía, su belleza me captaba con la fuerza irresistible de la gravedad celeste y el recuerdo lacerante de haberla poseído otras veces se me iba a las muñecas y a la médula y me dejaba agarrotado y a su merced. Ella disfrutaba tanto como yo del placer físico, pero gozaba aún más con el de saberme un esclavo de su cuerpo. Cada día dilataba más el momento de irnos a la cama para darse el gusto de alargar el deleite de verme trastornado, porque para ella era preferible el regodeo de sentirse deseada que el de ser acariciada y acariciarme y que la embriaguez que la inundaba cuando veía cumplido su propio deseo. ¡Qué lejos estaba de la mujer que había descubierto encerrada en el piso de su madre, la que leía monografías superfluas que le habían dado un conocimiento enmarañado y asistemático del universo y de la humanidad, la que odiaba a su hermano y temía a su madre! ¿Por qué no sabía controlarla, por qué no le modificaba los sentimientos, por qué no se los podaba de aquí y de allá para transformarlos y hacerlos crecer en la dirección justa y con el tamaño adecuado? No tengo otra respuesta que por su extremo atractivo, que trastornaba la realidad alterando las voluntades y las reglas convencionales de comportamiento: a ella, que se había descubierto inmensamente hermosa y, como tal, con un poder infinito logrado sin esfuerzo; a todos aquellos que la veían, que perdían la libertad de actuar, en cuya memoria quedaba grabada la frustración de no verla para siempre; a las cosas, que a su lado se volvían oscuras o mates, y a mí, que era capaz de luchar de tú a tú contra los dioses de la guerra y del infierno, pero no podía mirarla sin caer al instante derrotado y cautivo.

Nohire retrasaba el momento de irnos a la cama y mientras tanto me formulaba pequeños antojos que yo no tenía más remedio que concederle y que solo eran los prolegómenos del capricho último de ser adorada. Algunos días después de su primera salida, por ejemplo, me pidió que volviéramos a la calle.

—Es peligroso —le argumenté sin convicción, recordando los desastrosos efectos que en ella, en mí y en nuestra relación había producido el primer paseo. Aunque le había ocultado los detalles más escabrosos, como la existencia de los caníbales o la cantidad de cadáveres que arrastraban las aguas mansas del Novorm, ya la había puesto al corriente de lo mal que andaba la vida por Sholombra.

—¿Por qué? Tú vienes todos los días desde tu casa y nunca te ocurre nada.

—La civilización tal y como la conocíamos ha desaparecido. Ahora, cualquier ciudadano es un asesino en potencia o es en potencia la víctima de un asesinato.

—Tú me protegerás. Estoy segura de ello.

Aunque ella nunca me amenazaba con dejarme, yo sentía que cada petición iba acompañada del velado aviso de que, contra lo que pudiera parecer, yo la necesitaba a ella más de lo que ella me necesitaba a mí. Como era cierto, y los dos lo sabíamos aunque no quisiéramos exteriorizarlo, dotábamos al acto de una formalidad de compromiso: yo, aquella vez, consentí con la condición de que se afeara, y ella consintió en afearse pero no tanto como lo hacía cuando salía con su madre. Luego, hicimos el amor. Los nervios de mis muñecas y mi médula se calmaron mientras la estuve poseyendo y, ansiosos por el recuerdo de haberla poseído y por el deseo de poseerla de nuevo, volvieron inmediatamente después, entre tanto la veía vistiéndose y afeándose para salir frente a un espejo que la adoraba.

«Estamos poco tiempo en la cama», le comenté aquel día. Los dos habíamos olvidado el papel que nos había llevado hasta allí: yo había dejado de ser el tutor enviado por la Administración y ella ya no era la pupila que debía aprender a sobrevivir en un mundo repleto de incertidumbres. «El departamento donde trabajo se ha disuelto, pero sigo sin poder quedarme: tengo una mujer y tres hijos y, tal y como está la ciudad, no puedo abandonarlos a su suerte», le dije una noche cuando ella me pidió que no me fuera, porque había dejado de ser creíble la excusa de una obligación administrativa y porque sabía que a ella yo le gustaría más como casado que como profesor, pues el morbo del matrimonio se añadía en su vanidad a la complacencia de doblegar mi albedrío. «¿Me has oído? Estamos poco tiempo en la cama», insistí. Ella dejó de desarreglarse la cara para mirarme desde el espejo y me contestó:

—Estás un poco obsesionado con el sexo.

No lo estaba un poco, sino por entero, y no con el sexo, sino con ella. Pero la culpa no era exclusivamente mía. Nohire no hacía falta que se acicalara para provocar obsesiones, pero ella había descubierto lo grato que le resultaba gustar hasta el confín de la devoción y se embellecía minuciosamente. Es más, mientras se afeaba, yo podía ver cómo construía artificios sobre los cimientos de su belleza. La vi desear que por ella los hombres dejaran a sus mujeres y a sus hijos y sus trabajos y se volvieran melancólicos y sufrieran y bebieran alcohol y tomaran drogas para combatir su recuerdo y se pelearan entre ellos y se suicidaran. Y la vi sentir que todas las mujeres la envidiaban e intentaban imitarla. Y todo eso lo abrigaba sin efecto secundario alguno y sin escrúpulos. Nunca reparaba en que podía hundirse en un lodazal de pasiones entrelazadas o verse atrapada por sus propios sentimientos. Y nunca me quiso más que como una referencia equívoca, como siente el adolescente ingrato al padre que lo mantiene.

Cuando salimos a la calle, ella iba casi tan fea como cuando salía con su madre y así era difícil que despertara interés. Sholombra era entonces una ciudad de habitantes concentrados en sí mismos, pendientes de un dolor amorfo y de las amenazas que acechaban detrás de cada esquina, de cada mirada. Caminábamos juntos por la anchísima acera en dirección contraria al Novorm, hacia una de las rotondas que hasta tiempos recientes distribuyó el tráfico de las avenidas y era ahora un agotador descampado de asfalto. Yo iba menos pendiente de ella que de la multitud que había salido de su casa para buscar algo de comer, a alguien cercano o, simplemente, una referencia imprecisa a la que pudiera aferrarse su fatiga incurable. En el ánimo de la mayoría de los viandantes no había espíritu alguno de desafío hacia los peligros, tampoco de aventura, casi ni de distracción: andaban por las avenidas libres de coches como zombis, como habrían deambulado por los campos de cereales o por los páramos plagados de ciénagas si hubieran vivido junto a ellos, solo porque tenían piernas y un impulso mecánico, robótico.

—¿Vamos a la estación Central? —me preguntó Nohire cuando estuvimos situados al borde de la rotonda.

Ella veía su cubierta desde el balcón del piso y la imaginaba como en las fotografías de los libros o en los reportajes de la televisión, llena de intenciones ocultas y cruzadas. Yo no tenía motivos para contrariarla: iba una pizca desilusionada porque lo que estaba pasando no era lo que ella pretendía, pero estábamos recién salidos a la calle y aún no le había hecho demasiada mella el desdén de la gente.

Por el vacío de la rotonda andábamos más expuestos a las miradas de los demás. Algunas de ellas descubrieron en el cuerpo de Nohire o en su rostro parte de su belleza y removieron vagamente sentimientos adormecidos. Yo lo supe porque los advertí, pero nadie percibió nada más, ni Nohire tampoco, aunque ella intuyó algo que la satisfizo, más por su sobrada confianza en sí misma que por lo que le llegó desde fuera, como le ocurre con frecuencia a los creídos. Algunas rachas de viento removían las bolsas de plástico y los papeles que se habían desprendido de los montones de basura. Por un momento noté a alguien que conocía, aunque debía de ser ligeramente, porque las remembranzas de sus emociones no se asociaban con un rostro. Más tarde, aprecié que reparaba en Nohire la tortuosa alma de un hombre que iba al Novorm a suicidarse y que al verla cambiaba de planes.

—¿Vas bien? —le pregunté cuando estuvimos al otro lado

de la glorieta.

—Sí, muy bien.

—La estación decepciona un poco —le avisé.

Mi advertencia era suave y no perseguía una contestación. No la hubo. Anduvimos en silencio por la avenida que iba paralela al Novorm hasta que, unos quinientos metros más adelante, giramos a la derecha y vimos una nueva llanura de asfalto y al otro lado uno de los costados de la tediosa y ocre mole que era el edificio de la estación, en el que habían escrito con letras de varios metros de altura: «Todos moriremos». Como era una pintada reciente (había pasado por allí hacía unos pocos días y no la había visto), me entró la curiosidad de sentir las emociones de su autor, que debía de ser un individuo no más desengañado que el resto de sus conciudadanos, sino más reflexivo y más valiente. Nohire, que veía que íbamos derechos hacia la pared y que el grafito era aterrador, dejó de pensar en sí misma.

—¿Adónde vamos? —me preguntó.

—¿Quién habrá escrito esto? —le contesté como para mí.

—¡Qué importa quién haya sido! Es horrible y deberían borrarlo.

—¿Cómo la habrá pintado? Ha tenido que venir con una gran escalera y actuar ante la atónita mirada de la gente.

Nohire se quedó a unos pasos, contemplando cómo tocaba yo la pared y me abstraía juzgando los sentimientos del pintor. Este era un hombre joven, quizá de no más de veinticinco años, luchador, maduro y juicioso. ¿Por qué, entonces, esas dos palabras que expresaban tanto cansancio que eran el colmo del agotamiento? Yo estaba cerca de la T, pero algo me dijo que siguiera sintiendo las otras letras. Sentí la o de to y la d, y conforme me fui poniendo en los caracteres más avanzados, empecé a notar una duda en el autor de la pintada que, cuando iba por la ri, ya era miedo, y no a las circunstancias externas ni al desbarajuste general de Sholombra, sino a los que lo estaban viendo. Yo mismo sentía en el asfalto de la explanada el enfado de los congregados, que intuían lo que aquel hombre quería rotular en el muro y ellos no querían saber. Todos morirem, llevaba escrito cuando percibí que su miedo lo impelía a abandonar y huir y que sin embargo movía la escalera para seguir escribiendo en la pared, ante la mirada de una concurrencia que ya tenía la ira formada y agazapada para el salto. Escribió la O y la S y cuando bajó de nuevo, una chispa (quizá alguna voz) desencadenó el acuerdo de la masa, que se abalanzó sobre él y en un torbellino de puños y pies lo molió a golpes hasta matarlo. Aquel hombre quería continuar con su grafito, pero su frase estaba mal diseñada: en lugar de TODOS MORIREMOS, SI NO LUCHAMOS, como quería escribir, debió haber puesto: SI NO LUCHAMOS, TODOS MORIREMOS. La ciudadanía de Sholombra, abúlica hasta dejarse matar, no consentía que nadie le recordara las consecuencias de su abulia.

—No tenemos salvación —colegí en voz alta.

Nohire me oyó, pero no comentó nada. Me había visto palpar la pared como ensimismado y mi observación era lo suficientemente expresiva como para provocar su curiosidad, pero ella estaba deseando pasar aquel trámite engorroso para volver a dedicarse a su ego.

—Me he afeado demasiado —me dijo, como si me contestara.

En efecto, aunque parecía hermosa, y más hermosa de lo corriente para quien estuviera atento, con las trazas con que había salido no activaba en quienes la veían el resorte de la veneración, que era lo que ella deseaba de verdad.

—Estás guapísima —la animé.

—No, estoy feísima, estoy horrible.

Nunca hubiera imaginado que aquella muchacha timorata que vivía encerrada en su casa, atareada en lecturas infructuosas, necesitara a los pocos días de tanto alimento para su vanidad.

—Yo soy un hombre y entiendo de mujeres y te digo que estás guapísima.

—Más entienden de mujeres las mujeres que los hombres —me contestó.

—De todas formas, estás guapísima. Más allá de lo guapa que estás ahora, irías estimulando en exceso la respuesta de quienes nos están viendo, hombres y mujeres, lo que es muy peligroso en una ciudad como esta.

—Porque tú sabes cómo soy y me ves desde el recuerdo, pero para los demás soy una mujer corriente, una más. Y a mí me gusta gustar, me gusta mucho gustar.

El excesivo poder de convocatoria de su belleza me llevó a pensar en la suerte del autor de la pintada.

—Al que pintó estas letras lo mataron esos pacíficos ciudadanos que nos rodean solo porque les molestaba lo que con ellas se les estaba recordando. Si te pones más guapa, estoy seguro de que responderán con la misma violencia: a ellos les gusta la belleza normal, y en una ciudad mustia y hastiada como esta lo normal tiene muy poco nivel. Por encima de eso, la belleza sugiere alternativas mejores a la vida que se lleva y, en consecuencia, provoca envidia y, lo que es peor, sensación de tiempo perdido. Tú eres más hermosa de lo que ellos pueden soportar. Si te ven como eres en realidad, les provocarás el dolor de la reacción irresistible. Bastará entonces una chispa para hacerlos saltar sobre ti con el furibundo ánimo de aniquilarte.

Me comprendió, por supuesto, pero los efectos de mis palabras duraron apenas unos minutos. Todos los cuerpos y entidades tienden a dar el máximo de su potencia: el sol a proveernos hasta el final de su calor y su luz, las plantas a alcanzar toda su altura y la belleza a culminar su poder de convocatoria. Por eso Nohire no quería (probablemente no podía) ser un sol oculto entre paredes ni dejar que su belleza provocadora se quedara sin el apaciguamiento de la provocación.

—Tú eres un hombre, me conoces como soy y no por ello intentas matarme —me dijo.

—Lo mío es distinto, porque estoy solo y te tengo. Pero no sé qué haría si fuera uno más de una muchedumbre.

—Déjame que me desafee un poco.

Ahora me llama la atención que en lugar de hacerlo me lo solicitara, pero en aquellos días yo tenía bastante ascendencia sobre ella, quizá hasta autoridad, si bien no la ejercía convenientemente porque su hermosura volvía dócil y fofa mi respuesta. Nohire sabía, porque lo había aprendido en los pocos días que llevábamos juntos, que su potestad para debilitarme formaba parte del mismo poder omnímodo que provocaba en su hermano la atracción libidinosa y en su madre el miedo a verla entre el común de los ciudadanos. Así que, como les ocurre a los niños de padres complacientes, ella no se atrevía a desafearse sola, pero conocía de sobra mi decisión desde mucho antes de solicitarla.

—Está bien, pero solo un poco —le contesté.

En esos casos la concesión suele acabar sobrepasada por lo consumado. Nohire esperaba mi autorización para desafearse un poco más de un poco. Lo hizo dentro de la estación. Habíamos accedido por la puerta principal, abierta de par en par, y habíamos caminado por el lúgubre sosiego del gigantesco recibidor, donde tres o cuatro curiosos pasmados erraban con desconfianza. Nohire buscó un lugar escondido (la puerta abierta de una tienda saqueada) donde bajarse los pantalones, a los que de tirón en tirón les quitó el relleno de espuma y, mientras lo hacía, yo indagué en el ambiente la existencia de sentimientos sospechosos: algunos individuos vivían en los vagones estacionados en los andenes y, en aquel mismo momento, desperdigados por el edificio como hormigas exploradoras, varios de los caníbales del metro consumían su ira transitando al abrigo de la oscuridad y del frío.

—Date prisa —la urgí.

—Ya casi estoy acabando.

Sin relleno, los pantalones le estaban anchísimos, pero Nohire se las ingenió para ceñírselos al cuerpo con dobleces y vueltas, y con los pantalones ceñidos a su cuerpo quedaban a la vista las proporciones de sus volúmenes, las líneas de sus hechuras.

Solo quienes desconocen las leyes del universo no sienten pasión por la Física. Solo quienes ignoran los matemáticos rigores del movimiento y la atracción creen que los físicos se asoman a una noche estrellada con menos devoción que los animistas.

También en la belleza existen unas leyes que conjugan las líneas y los colores. El hombre se ha estado asomando a las formas con la misma curiosidad que los animistas miraban a la Naturaleza y ha adorado a unos ojos o unas piernas como aquellos adoraban al sol o a los árboles, sin entenderlo y sin ponerse de acuerdo. Solo quienes han descubierto una Ley de la belleza creen que deben existir otras y conocen que todo el equilibrio del universo es producto de ese complejo entramado de leyes cuyo rigor puede plasmarse en fórmulas.

Nohire era a la belleza como la noche es al cosmos, pues verla era como asomarse a un mundo extraordinario pero reglado. Cuando se ciñó los pantalones, su cintura, su culo, sus muslos y sus piernas pasaron a ser el arquetipo de varias de las leyes de la proporción perfecta. Nadie estaba inmunizado contra la potencia de sus cualidades para instruir y asombrar y nadie que la viera podía seguir igual que antes de haberla visto. La fórmula (su imagen) se grababa en la memoria más profunda y actuaba como referencia imborrable.

Nohire con los pantalones ceñidos era una riada de conflictos. Ella lo sabía, pero el placer de ir provocando una reacción y el de saber que los demás debían abstenerse de sucumbir a la reacción eran mayores que el miedo a que alguno de aquellos tristes habitantes de Sholombra no estuviera lo suficientemente equilibrado como para controlarse. Salimos de la estación seguidos de lejos por los pocos curiosos que deambulaban por ella, pero cuando volvimos a la explanada, un montón de hombres y mujeres se apretujaron a su alrededor, maravillados de lo que veían y aprendían. Yo supe entonces que me había equivocado. Me había equivocado al consentir que se quitara el relleno, y, antes, al acceder a que saliera a la calle, y, antes todavía, al traerla de la casa de su madre a aquel barrio céntrico, y, en el origen de todo, al haber vuelto a verla, succionado por su belleza inclemente.

A pesar de todo el deleite que sentía provocando reacciones, Nohire sufría por las que no provocaba. Así, había quien la miraba de arriba a abajo y tras contrastar su belleza de cintura para abajo con su deformidad de cintura para arriba la admiraba y se apiadaba de ella. Ella lo sabía y por eso, si hubiera podido, se habría quitado el relleno del torso y la peluca, se habría desafeado el rostro y se habría vestido con prendas más cortas, más pequeñas, más ajustadas. Pero no podía porque en algún lejano lugar de su cerebro aún existía un confuso temor a una reacción incontrolada y, sobre todo, porque tenía claro que yo se lo impediría.

Anduvimos unas decenas de metros por la explanada. A nuestro paso, la multitud se abría a empujones y nos rodeaba un círculo de admiración y odio.

—¿Cómo nos escabulliremos? —le pregunté. Era una pregunta retórica, dirigida a mí.

—No nos están molestando. Solamente nos miran —me contestó.

—Las noticias de tu belleza se extenderán por la ciudad y llegarán a oídos de tu hermano —la previne.

Mi llamada a su miedo era inútil, porque su miedo era inferior a su placer.

Ante lo vacuo de la respuesta a mis advertencias, sentí ganas de dejarla allí mismo y para siempre a fin de retomar el curso de mis asuntos, quizá para aceptar la propuesta de Ania de marcharnos de Sholombra. No lo hice, y con ello me vi inmerso en los sucesos que me restan por contar y que dan sobrada justificación a todas las páginas que preceden a estas. No lo hice y durante unos segundos larguísimos estuve en blanco, temeroso y sin respuesta. Luego aprecié de entre los sentimientos de la chusma los del alma de uno de los caníbales del metro, que se hallaba explorando las dependencias de la estación Central y que al ver a Nohire se había unido a la barahúnda de ciudadanos que pronto empezaron a rodearla. Entonces me concentré en las emociones de los congregados y descubrí a otros dos caníbales que habían venido desde una de las bocas del metro de la propia explanada. Ahí estaba mi oportunidad.

—Hay caníbales entre nosotros —grité de pronto.

La multitud se quedó parada y en silencio, escrutándome. Yo señalé con el brazo extendido hacia el lugar donde había uno de ellos y aseveré a grito pelado:

—Ese hombre es un caníbal, un explorador que dará cuenta de nuestro desaliento y nuestras caras.

La aglomeración se abrió por donde yo había marcado dejando en evidencia a un individuo con la mirada perdida.

—Sí, es un caníbal —aulló alguien.

—Y hay más —añadí yo—. Aquí y aquí —y señalé con el dedo a donde estaban los otros dos, que al verse descubiertos intentaron huir corriendo.

El gentío ya se apartaba para dejarlos escapar cuando yo voceé:

—No se lo permitáis o vendrán más: matadlos, matadlos a todos.

Unos les cerraron el paso y otros corrieron detrás de ellos hasta que los alcanzaron. La turba se olvidó de Nohire.

—Ponte el relleno —la apremié. Desde que ella se lo quitó, yo lo había llevado sostenido entre el costado y el antebrazo.

Mientras la gente estaba arremolinada alrededor de los tres caníbales, Nohire se desciñó los pantalones sin desabotonárselos y ayudada por mí se puso el relleno de cualquier manera.

—Y ahora, vámonos.

Tiré de ella y circundando los tumultos conseguimos salir de la explanada.

—¿Qué ha pasado? —me dijo casi sin aliento cuando íbamos por la avenida que conducía a la estación.

De la situación pasada, lo que no acababa de comprender era lo pronto que sus admiradores se habían olvidado de ella.

—Ha sido la masa —le contesté, a sabiendas de que no me había preguntado por eso—. Uno a uno no tenemos salvación, pero en masa somos seres distintos. Ha bastado la chispa lanzada por uno para que todos explotaran como locos dispuestos a triturar a su enemigo. Quizá ahí esté la salvación de Sholombra. Quizá venga un líder dando gritos y nos ponga a todos de pie y en marcha.

—¿Y la admiración que me tenían?

—Era mucha, pero la admiración es siempre inferior al espanto. Habrían saltado sobre ti antes si alguien hubiera gritado pidiéndolo, aunque tú no te dieras cuenta del peligro, porque en tu caso el placer de sentirte deseada era inferior al miedo a los peligros que el deseo conlleva.

No me entendió, no quiso, se gustaba más como diosa fallida que como mujer.

—En casa estaremos más seguros —alegué cuando abríamos el portal de su bloque.

No me contestó. No me habló en todo el día. Estuvo el resto de la mañana y de la tarde sentada leyendo uno de esos inoperantes libros suyos sin enterarse más que a retazos, oscurecida su mente por el sabor a hiel del júbilo cercenado y por un esponjoso odio hacia mí que rezumaba veneno. No consintió en que volviéramos a hacer el amor ni me dio excusas, porque quería castigarme y demostrarme su poderío.

Cuando después del atardecer de aquel día me fui a mi casa, Nohire no solo no me pidió que me quedara, sino que sintió alivio. Y aún más, quiso explicitar el alivio con el ánimo de humillarme.

—Sí, vete, que te necesitan tu mujer y tus hijos —me soltó.

Ya éramos dos los aliviados: ella y yo. Durante el camino de vuelta a casa de Ania, pensé que no volvería a ver a Nohire y la imaginé esperándome al día siguiente, enfadada al principio por mi tardanza y, más tarde, preocupada por ella misma, por su comida y su seguridad. La imaginé echándome de menos en largas horas de soledad y de hambre, mirando por la ventana los tejados de la estación Central o el deambular de los desmoralizados ciudadanos de Sholombra. La imaginé añorando el bálsamo de mi compañía con la fuerza sensible con que yo había echado de menos la humedad de su sexo en mis dedos. Y la imaginé buscándome como loca entre las caras de la gente, afeada por las ojeras de un llanto desahuciado y hundida, incapaz de salir del angustioso pozo de mi ausencia.

Llegué al piso de Ania pensando que me había liberado de Nohire. Recuerdo que tras abrir la puerta me entraron ganas de saludarla gritando «vámonos, vámonos de esta ciudad hedionda, a pie y con lo puesto, si es necesario», y que cuando la vi aparecer me resultó chocante en ella algo desconcertante y sombrío que me hizo cambiar por completo el sentido de la frase: «La ciudad está llena de olores a muerte», le dije. «No sabes cómo me alegra volver a casa, no sabes lo que te he echado de menos».

Si yo hubiera sido otra persona, habría pensado que Ania me había recibido con un reproche, pero yo no era una persona común, sino alguien capaz de verla por dentro, y su alma seguía teniendo el mismo paisaje de siempre. Aquella sombra de crítica debía de haber sido un fallo en mi propia percepción, quizá motivado por mi complejo de culpa. En cualquier caso, fue un toque de atención que capté en lo que valía. Por eso aquella noche procuré mostrarme con ella más cariñoso de lo que era común en mí y por vez primera me adherí a su deseo de huir de Sholombra.

—Vámonos, Ania, antes de que nos devoren el desaliento y las ratas —le pedí.

—Esperemos unos días hasta que estemos seguros —me contestó.

—¿Seguros de qué?

—De que queremos abandonarlo todo y de a dónde vamos.

También aquel cambio de actitud me produjo sorpresa. Desde que había dejado de trabajar, Ania me había expresado varias veces su intención de que construyéramos una vida en común lejos de aquella urbe putrefacta.

—La descomposición es un proceso natural —le había objetado yo sólo porque quería permanecer al lado de Nohire, remedando a la propia Ania en su teoría de la adaptación al medio.

Ania, en efecto, antes de querer irse de Sholombra, había visto en la descomposición de la sociedad una gran oportunidad para el renacimiento de algo nuevo y mejor.

—Algunos seres se adaptan emigrando, como esas gaviotas plomizas del Novorm, que van de ciudad moribunda en ciudad moribunda engordando y multiplicándose —me dijo—. ¿Por qué no hemos de ser nosotros igual que ellas, pero huyendo de la muerte?

Ahora, sin embargo, Ania volvía a su idea inicial y mostraba sus reticencias a irse de Sholombra. Y todo ello sin que en apariencia nada hubiera variado en su interior. Las emociones y los sentimientos influyen decisivamente en los cambios de ideas de los humanos. ¿Por qué no influían decisivamente en Ania? Seguramente –me decía–porque en los seres perfectos no actúan más que cuando deben actuar y en la medida justa, para que en la toma de la mejor decisión posible no intervenga el odio, ni la ambición, ni el miedo, ni la lujuria.

Me hice todas esas cavilaciones mientras intentaba conciliar el sueño, hostigado por las diversas imágenes de la jornada. Unos minutos antes, Ania y yo habíamos hecho el amor y yo había pensado en Nohire sin querer en tanto la acariciaba a ella. Ania dormía a mi lado sin soñar y yo pensé que no soñar quizá fuera una propiedad de los seres que aman donde hay que amar, cuando hay que amar, a quien hay que amar y en la cantidad justa, los que no dejan que las emociones influyan en sus decisiones más de lo que deben influir ni menos, esos seres que administran los recursos de su vida (sus emociones, sus sentimientos, su tiempo, sus intuiciones, su cuerpo o su inteligencia) con la sabiduría que un soberano ideal gobernaría el devenir de su reino. Ania era la perfección y yo estaba acostado a su lado. Mi suerte era inmensa.

Quizá si hubiera estado despierta le hubiese contado mi relación con Nohire, ahora que Nohire formaba parte de mi pasado. ¡Es tan penosa la soledad de la noche! Pero Ania dormía y yo no tenía sueño. Y en la vigilia los pensamientos se elevan y se hunden, vuelan, crecen y se deforman como engendros, se apagan y de sus cenizas nacen monstruos excitables, desvaríos, lóbregos artificios cimentados sobre sospechas o presagios. Quizá si hubiera estado despierta le hubiese contado mi relación con Nohire, pero Ania dormía y yo pensaba en la inmensa suerte de estar acostado a su lado y pensaba, también, en ese algo inquietante con que me había recibido la tarde anterior y que no estaba asociado a sentimientos. En el arriesgado cosmos que crean la soledad de la noche y el insomnio, el presunto reproche de Ania sin sentimientos asociados me daba miedo.

Aparentemente, yo no tenía razones para la vacilación, pues el interior de Ania no se había alterado, pero era esa ausencia de cambios lo que resultaba extraordinario: ¿por qué su alma seguía teniendo el mismo paisaje, si había tomado decisiones nuevas, distintas o antagónicas?

Fue así, en la vigilia y yendo de una idea a la contraria, como caí en la cuenta de lo insólito del inalterable equilibrio de Ania. Una sombra espesa nubló entonces mi corazón. Incapaz de soportar el ahogo, me levanté y salí de la alcoba. De pie y en la sala, la realidad adquiría una envergadura distinta. Afuera, el mundo estaba podrido y los gusanos, en forma de caníbales, gaviotas o ratas, devoraban poco a poco ese grandioso cadáver de carnes fofas que se llamaba Sholombra. Necesitaba aire y frescura. En otro contexto habría salido a pasear por la ciudad, pero en aquel me conformé con apagar la luz y salir al balcón. En la calle había más áreas de oscuridad que iluminadas. Nada ni nadie se movía, excepto algunas decenas de ratas que pululaban indecisas por el asfalto. De pronto, noté la presencia de varios caníbales y luego sentí voces cercanas y pasos. Venían por una zona sin luz, avenida arriba por la acera de enfrente, como si hubieran salido de la boca de metro que había en dirección al Novorm. Los vi emerger de la penumbra y pararse frente a un portal, discutir entre ellos con la fiereza de los homínidos y, sin acuerdo, abrir a empujones y patadas la puerta por la que luego entraron en tropel.

No estábamos a salvo, nadie estaba a salvo en Sholombra. Por eso resultaba más inexplicable la nueva voluntad de Ania de quedarse y más verosímil la sospecha que yo tenía sobre su alma. Trabajé sobre ella palpando los objetos del piso y catalogando por situaciones y fechas los sentimientos que tenían adheridos, le añadí un conjunto de intuiciones y recuerdos y la maduré sentado en el sillón, a oscuras. Cuando tuve un sistema completo que me llevaba sin contradicciones de un pensamiento a otro, me asomé a la habitación: Ania dormía sin soñar, y en la molestia que me provocaba esa anomalía encontré la confirmación no razonada de que mi teoría era cierta.

El firmamento se me vino abajo de golpe. Volví al salón sin saber qué hacer: la estabilidad de Ania era mentira, el paisaje de su alma era un decorado y detrás de él bullían las emociones, seguramente en desequilibrio, aunque yo no las viera. ¿Cómo había conseguido construirlo? Nunca había visto algo parecido. Hay personas que logran controlarse y dejan adentro lo que en otros trasciende al exterior y puede ser observado por cualquiera. Y hay personas que, yendo más allá, convierten en estéticos todos los actos de su vida, hasta los que más destrozos les ocasionan íntimamente. A todas esas almas las sentía yo como si las viera moverse. Lo de Ania era distinto. Ania había encontrado un conjunto de sentimientos en inquebrantable equilibrio que mantenía activo al margen de las emociones que actuaran sobre él. A primera vista, el equilibrio era real: los sentimientos, como los astros en el cosmos, estaban relacionados unos con otros por un sistema perfecto de contrapesos, de atracciones y repulsiones, de manera que su alma parecía un ecosistema donde cada individuo tenía su función y actuaba según se esperaba de él. Pero cuando en un lugar determinado del cosmos entra un ente ajeno, se producen cataclismos y el sistema necesita un tiempo para recomponerse y, recompuesto, ya tiene un nuevo juego de atracciones y repulsiones. Así se han formado los distintos ámbitos del universo, así nacen los distintos ecosistemas y así se van modelando las almas. En Ania, en cambio, la introducción de un elemento extraño no producía fracturas que finalmente conducían a un equilibrio nuevo: el equilibrio siempre era el mismo o muy parecido. Yo lo había asumido porque entendía que su perfección era un organismo vigoroso con la facultad de digerir y absorber las emociones, como hace el cuerpo humano, cuya acción equilibrada también es perfecta. Fue ese gesto indisciplinado, esa especie de grieta en la mirada la que me puso sobre aviso de que en su alma podía existir una enfermedad oculta.

Ania era, en consecuencia, una persona distinta de la que yo veneraba y una desconocida para mí. Hasta el punto de que encontrarme por la mañana con su cuerpo metamorfoseado en el de un bicho enorme no me hubiera producido una impresión mayor. Ni siquiera sabía si me amaba, solo que en ese juego melodramático que era la actividad de su alma había representado, con el implacable determinismo del que sigue un libreto, el papel de mi pareja. Y con la misma pasión artificial de los actores buenos. Quizá no se conformaba con no amarme, quizá me odiara con tenacidad y mi presencia le resultara inaguantable. A decir verdad, si yo la había descubierto era porque una brizna de su personalidad real se había trasladado al papel que representaba y la había delatado, una brizna lo bastante ácida como para corromper esa coraza de metal helado que separaba su mentira de su autenticidad.

Mientras Ania dormía en la alcoba sin soñar, yo seguía cavilando, quieto y en lo oscuro. ¿Sabría ella que yo podía verla por dentro? ¿Era así desde siempre o desde que me conoció y se dio cuenta de que yo podía sentirla? ¿Se comportaba de esa manera con todo el mundo o únicamente conmigo? ¿Cómo lo conseguía, cómo podía construir ese artificioso equilibrio y cómo lo mantenía? Las preguntas se acumulaban sin respuestas, y eso me agobiaba. Algo sabía ella, sin embargo: el destello que la denunció cuando llegué al piso no había sido voluntario y había roto sin quererlo el interés que tenía para ocultarse de mí. Si era así, y así parecía a todas luces, Ania sabía que yo podía verla por dentro. En ese caso, ¿cómo lo descubrió?

Yo estaba acostumbrado a jugar con superioridad en las relaciones con otras personas. Conocía de los demás lo que estaban sintiendo y por eso me anticipaba a sus pensamientos y a su voluntad. La información completa que tenía de ellos me daba el mando absoluto en el tablero de los afectos. Ahora, no obstante, ignoraba lo que la otra persona sentía y lo que podía conocer de mí, así que el juego estaba totalmente desequilibrado en mi contra. Yo no era un hombre bueno. Yo había utilizado el desequilibrio a mi favor para causas infames y había cometido varios asesinatos, por lo que estaba legitimado para sospechar esa maldad en los corazones de otros cuando el desequilibrio les favoreciera. La potencia de Ania para desfigurar el alma podía no ser inocente, como no lo era la mía para ver el alma de los demás.

Toda aquella plétora de suposiciones y preguntas eran a mi entendimiento voces que insinuaban precipicios y emboscadas. Amanecía un día de muerte en Sholombra, otro más. Millones de palomas saldrían sin tardar de los pisos donde anidaban, quizá junto a cadáveres, para sobrevolar las avenidas y arrullar en los aleros. Los caníbales, atiborrados de carne cruda, se estarían retirando a lo oscuro y las gaviotas plomizas estarían empezando a darse otro festín en las islas flotantes y grumosas del Novorm. No parecía un paisaje muy favorable para el optimismo. En aquellas condiciones tan fantasmagóricas, y con su alma escondida tras un disfraz impecable, lo lógico era que la ausencia de sueños de Ania me despertase muchas suspicacias. Por eso pensé que esa anomalía tenía que ver con sus poderes para el camuflaje, que si ella hubiera soñado yo habría descubierto su verdad por el contraste entre los sentimientos de los sueños y los de la vigilia y que si no soñaba no era porque ella no quisiera, pues nadie tiene el dominio de sí cuando está dormido, sino porque lo llevaba en los genes, igual que yo llevaba la capacidad para ver el alma de los demás.

La ausencia de sueños y el disfraz de su alma estaban relacionados y eran producto de una fuerza natural, no de una voluntad, concluí. Ania era, a ciencia cierta, una mutante, otro producto de las aguas contaminadas, del aire denso y grisáceo y de los alimentos adulterados, y, también, de miles de años de Verdad obligatoria, de un paisaje sucio, gris y monótono y de un mundo abandonado a la seriedad. La mutación de Ania, como la mía, había caído en un ecosistema en descomposición, quizá en la mejor época para reproducirse y prosperar.

Fue entonces cuando descubrí que Ania y yo éramos complementarios: yo podía ver el alma de los demás y ella podía ocultar su alma a la mirada de los demás, también a la mía. En el régimen nuevo que se intuía después de la muerte de Sholombra, nosotros podíamos estar llamados a jugar un papel determinante. Y seguramente lo haríamos mejor estando juntos. Quizá, incluso, teniendo hijos juntos. Nuestros hijos, poseedores de nuestros genes y nuestras aptitudes, podían ser los dueños del futuro, esos líderes que la sociedad estaba demandando desde hacía años, los que acabarían con las leyes del sorteo y la inercia de la costumbre. Nuestros hijos tomarían el poder y lo ejercerían con la mejor decisión aplicable a cada asunto. Nuestros hijos podrían saber qué sentían los ciudadanos (potencia heredada de mí) y ocultar a los ciudadanos lo que sentían ellos (potencia heredada de su madre). Nuestros hijos gobernarían sin sorteo y sin elecciones, porque serían seres superiores, como fijan los padres el rumbo de la familia o, aún mejor, como maneja el futuro del cosmos ese Dios todopoderoso a que se refieren las más diversas creencias.

El Destino, que hace coincidir en el momento apropiado las diferencias y los complementos para facilitar la supervivencia o la superación, nos había unido para un fin concreto y nosotros teníamos la obligación de darle gusto. ¿Era Ania consciente de ello? No había forma de saberlo sin preguntárselo. Es más, no había manera de saber nada de ella sin que ella lo declarara, porque su alma era totalmente opaca. Y cuando lo declarara, no había modo de saber si era eso lo que pensaba, porque Ania era una actriz y toda su vida una obra de teatro.

Resultaría difícil nuestra convivencia, conociendo que no podía fiarme de ella para nada. O, más bien, resultaría insoportable. Ahora que había descubierto que la perfección de Ania era fingida, mi enamoramiento se había desvanecido súbitamente, como si una abyección hubiera explotado el globo en que se había convertido ella para mí y la hubiera devuelto de pronto a la condición de tira de goma. Ania era como Nohire, después de todo. Quizá nunca fue verdadero amor el que sentí por ella, sino una especie de deslumbramiento, el mismo que provoca la belleza extrema, quizá solo sentí por ella esa suerte de adoración que de otra forma suscitaba Nohire en sus admiradores.

En esas condiciones volvía a tomar cuerpo el interés de mis genes por trascender. Yo era —conviene recordarlo—, además de un hombre que idealiza a la amada y se emociona con la belleza, un predador, alguien que mata sin escrúpulos para alimentar su alma y asegurar su supervivencia.

Recuerdo que miraba por la ventana —amanecía— y que veía salir a un caníbal rezagado manchado de sangre cuando decidí lo que sería mi estrategia a partir de entonces: viviría con Ania y tendría con ella un hijo, quizá dos, y, luego, la mataría. También decidí que no volvería a ver a Nohire: su belleza era un lastre para mi alma y un riesgo para mi nueva relación con Ania.

El sentirme libre de Ania y de Nohire me dio una confianza en mí mismo que no tenía desde los lejanos tiempos en que no creía en nada y despreciaba a los seres humanos. Imbuido por la fuerza de quien tiene la decisión tomada, desayuné en la cocina unas cuantas galletas y me fui al cuarto de baño, donde me quité el pijama. Desde hacía semanas debíamos ducharnos con agua turbia y maloliente y aun así nos creíamos afortunados, porque sabíamos que no andaba muy lejano el día en que ni siquiera eso saldría del grifo. Ese día fue justamente aquel. Desolado y sucio, me dirigí desnudo a la alcoba, donde me vestí en silencio. Ania aún dormía, o eso supuse yo, cuando volví al salón.

Si me hubiera duchado, quizá le hubiera dado tiempo a

Ania de levantarse y me hubiera resultado mucho más difícil irme, pero estaba solo y mi mente se embarró en la idea de que a esas horas yo solía partir hacia la casa de Nohire y, con ello, sentí la imperiosa llamada de su cuerpo. «Está bien, pero será la última vez y no estaré todo el día. Vendré mucho antes de comer: me acostaré con ella y me vendré», me argüí finalmente. De nada sirvió alegarme que Ania estaba sobre aviso, como lo había demostrado el extraño brillo de su mirada, y que con ello comprometía los planes que me había trazado, en los que vivíamos juntos y teníamos hijos; de nada echarme en cara mi debilidad; de nada pensar en lo zafio del espíritu de Nohire, en sus caprichos y en sus pueriles aspiraciones de ser la diosa de la belleza; de nada decirme que ella me quería sin amor verdadero, porque la halagaba, le llevaba comida y la había liberado de su madre y de su hermano y de nada pensar que ya no la amaba, que tal vez no la había amado nunca y que todo lo que sentía por ella quizá fuera puro y duro encoñamiento, algo parecido a lo que durante años y años me había mantenido grabada en la memoria la imagen de su madre en tanga. Era, en fin, su cuerpo el que llamaba a mi cuerpo con una fuerza tan extraordinaria que mi voluntad no podía sino alegar las fangosas razones del vencido sin conciencia de tal, como si el resultado fuera producto de una concesión y no de una derrota.

Me fui deseando volver, reprochándomelo y sintiendo por mí el mismo desprecio que le profesaba a mis convecinos, tan mansos y tan débiles. Me fui arrastrado por las impresiones que la belleza exorbitante de Nohire había dejado en mis sentidos y, a pesar de ello, sin poder amarla. Antes al contrario, cuanto mayor era su poder de convocatoria sobre mí, mayor era el odio que le tenía, como si

ella fuera una droga durísima que me llevaba irremisiblemente a la destrucción.

Caminé por las avenidas más deprisa que de costumbre,
insensible a los sentimientos de los viandantes y, por tanto,
sin la precaución debida. No me di cuenta de los olores a
muerte y a basura, ni reparé en el bando de palomas que
volaron desde mis pies, ni advertí los gritos cercanos que
salieron de una casa, quizá de alguien que acababa de descubrir el cadáver de su hijo comido por las ratas. Caminé
deprisa y pronto estuve en la avenida donde vivía Nohire,
a la que salí por una bocacalle situada en la dirección del
Novorm. Nada más doblar la esquina, pude observar a un
grupo de personas arremolinadas sin ruido alrededor de
algo. Me dirigí hacia él corriendo, urgido por una sospecha
que pude confirmar sobre la marcha, pues aunque no podía sentir el alma de cada uno de los reunidos, sí el coro
que producían sus sentimientos manifestados al unísono.
Cuando lo alcancé, intenté en dos ocasiones y desde zonas
distintas abrirme paso entre los congregados, pero en ambas fui expulsado con codazos y empujones. «Está loca.
No comprende que esto será su perdición», me advertí entre dientes, sufriendo por lo que podía pasarle a ella y por
lo que podía pasarme a mí sin ella. Me dieron ganas de llamarla, pero me contuve: aquellos hombres y mujeres que
la rodeaban estaban extremadamente tensos y no iban a
consentir modificación alguna que les perjudicara. Miré a
mi alrededor buscando algo en lo que subirme y vi que
como a quince o veinte pasos del borde del tumulto había
una alta farola de pie, por cuyo poste liso gateé luego un
par de metros, los suficientes para ver lo que estaba pasando: Nohire había salido a la calle sin protección alguna
contra su belleza. Y aún peor, había salido como su madre

la preparaba para la intimidad de su hogar, con su inconmensurable belleza realzada. Recuerdo que sentí por ella una mezcla de desprecio y de atracción y que la imaginé en su casa, vestida de la misma manera y leyendo alguna de las monografías que su madre le compraba con esa pedagogía necia de los que pretenden enseñar lo que no saben. ¿Por qué había cambiado tanto en tan poco tiempo? ¿Por qué aquella muchacha dulce, inteligente y tímida se mostraba ahora tan antipática, torpe y exhibicionista?

Lejos de ayudarme a ser feliz, la perfección de Nohire me había convertido en un menesteroso. Al final de una noche de vigilia e incertidumbre había decidido no volver a verla y, sin embargo, allí estaba, aferrado toscamente al escurridizo soporte de una farola para contemplar su pavoneo ante una legión de admiradores ávidos y zombis. Si hoy la salvaba de ellos, ¿qué pasaría mañana? Lo mismo, con total seguridad: ella había salido de su barrio de la última periferia para triunfar de este modo. Esta era su vida auténtica, la que venía determinada por su belleza ingente, y poco podíamos hacer para cambiarla su madre, con sus toscas enseñanzas, y yo, con mi conocimiento preciso de su propio ser. Mañana, ella estaría haciendo otro tanto; estarían, también, los ciudadanos, un poco más sitiados por las ratas, las palomas y los caníbales, y estaría yo. Lo estaría después de otra noche de insomnio y a pesar de haberme prometido no volver, porque me podía el recuerdo del placer y del dolor. Iría aunque supiera que lo hacía para contemplarla y no para poseerla. E iría, incluso, aunque supiera que iba para estar cerca de ella y no para contemplarla, aunque me negara, aunque me utilizara y me humillase. Los actores serían los mismos y el guion se repetiría como si estuviéramos representando la misma obra en otra función: si hoy conseguía alejar a los admiradores que la rodeaban con el ya probado ardid de advertir de la aparición de caníbales y la escondía luego bajo mi chaqueta, mañana ella volvería a salir, y tendría esos u otros devotos semejantes, y yo volvería a estar agarrado como una desmañada faja de listones al escurridizo soporte de esa o de otra farola, con las piernas y los brazos entumecidos, como ahora, exactamente igual que ahora.

No había más que un final, que podía llegar entonces o pasados unos cuantos días: tarde o temprano, aquellos hombres y mujeres que se empujaban para verla transformarían en acción sus sentimientos sin digerirlos en el cerebro. Nohire era demasiado hermosa como para que quienes la observaban pudieran armar pensamientos controlables con las emociones que experimentaban. El deseo de poseerla no era el carnal de acariciarla, ni el de besarla, ni el de lamerla, ni siquiera el de penetrarla y vaciarse en su interior, sino el de estrujarla en un abrazo hasta tenerla dentro de sí, el de comérsela a dentelladas ansiosas. Ante la belleza desmedida de Nohire no había posibilidad alguna de actuar razonablemente, ni en los hombres ni en las mujeres. Los primeros, porque no podían controlar la atracción; las segundas, porque eran incapaces de controlar la atracción y el rechazo. Una chispa bastaría para provocar la explosión de las emociones retenidas a duras penas por el asombro y los otros. Una chispa liberaría la energía acumulada en los ciudadanos que la rodeaban, cada uno de los cuales saltaría sobre ella para poseerla totalmente y en exclusiva, aunque sólo pudiera aspirar a tocarla, a un trozo de su vestido, a un empujón, a un mechón de su pelo, a una caricia en un pezón, a un arañazo en un muslo, a una patada en el vientre, a llenarse los dedos con su sangre, a agarrarla por algún sitio y tirar de ella con todas sus fuerzas, como alimañas, mientras otros tiraban por otro lado.

—Ahora. Cogedla —grité—, o nos la quitarán las ratas y los caníbales.

Al final, todos los hombres somos antropófagos, de carne humana o de espíritus humanos, de vísceras o de sentimientos. Entre la ferocidad de una manada de hienas hambrientas y la de una horda de hombres desquiciados, la única diferencia es la de que en estos últimos al instinto natural se suma la perversión de la inteligencia.

A mi grito, la masa se cerró sobre Nohire y bulló como un enjambre de gusanos. Nunca se me olvidará aquel aborrecible coro de emociones húmedas y viscosas.

Me quedé tan alelado que ni oí ni vi los coches que se acercaban. Eran tres, y de ellos se bajaron varios hombres con metralletas que se pusieron a disparar indiscriminadamente sobre la concurrencia mientras pedían a gritos que les dejaran paso. Uno de los recién llegados era Saín y otro el señor Suelo. Cuando los descubrí, me bajé de un salto de la farola y me protegí de la estampida pegándome a uno de los coches, agachado y asomando la cabeza por encima del capó. Saín, el señor Suelo y los demás siguieron disparando hacia la muchedumbre que huía, cuyos miembros abatidos sembraban la avenida de obstáculos en los que tropezaban otros, que caían y se levantaban malheridos para derrumbarse luego acribillados por las balas. Finalmente, Saín dio a gritos la orden de que dejaran de disparar y él mismo y otros dos o tres de sus secuaces se pusieron a apartar con frenesí los cuerpos que habían formado parte del hervidero inicial. Aún no habían terminado, cuando percibí los sentimientos de alguien que no lejos de mí se había bajado de un coche: era Lida, la madre de Saín y de Nohire. La vi a través de los cristales, tan digna y hermosa como siempre, mirando, engañosamente impasible, el rescate del cadáver de su hija. ¡Cómo me odiaba! Lo sabía todo de mí. Saín la había puesto al corriente de mi rostro y ahora lo llevaba presente en el corazón con la claridad que se guardan los fotogramas de un accidente traumático.

Saín terminó de apartar los cuerpos amontonados y llegó hasta el de su hermana. Cuando Lida se dio cuenta, echó a andar hacia donde estaban y yo volví los ojos en aquella dirección: Saín estaba arrodillado, llorando, y tenía cogido por el torso el cadáver de Nohire, completamente desnudo y desfigurado por la sangre y el desmadejamiento de la muerte.

—Deja de llorar —le dijo Lida—. Deja de llorar y ordena que cubran su desnudez.

Saín levantó la cabeza y gritó:

—Traedme alguna ropa. Y no la miréis.

Sus secuaces se volvieron de espaldas. Uno de ellos caminó en dirección al flanco que me ocultaba y me descubrió. Durante unos instantes, yo fui para él solo un ciudadano asustado e insignificante, luego algo abstruso se agitó dentro de su cerebro y, finalmente, se hizo en él la luz.

—Aquí, aquí, está aquí.

—¿Quién? —preguntó el señor Suelo, figurándose la respuesta.

—Ese cabrón de Nereo. Está aquí, escondido detrás de un coche.

—Que no lo maten —gritó Saín—. Que no lo maten y me lo traigan vivo. Quiero vivo a ese hijo de puta.

Aquella codicia me salvó la vida. Estaba en el punto de

mira de mi descubridor, pero este, en lugar de dispararme, echó a correr hacia mí. Yo me subí al coche, lo arranqué y salí brincando sobre los cadáveres y los heridos que se interponían en mi camino, quizá los mismos sobre los que poco después saltaron los dos coches de mis perseguidores. En las conmovedoras avenidas de la Sholombra vacante de tráfico, la caza de dos coches sobre uno me pareció la de dos fichas sobre una en un juego de mesa, no tanto cuestión de pericia como de tiempo. Por eso, en cuanto vi un cartel anunciador de una boca de metro, me vino a la cabeza que la peligrosidad de los túneles me protegía, así que me puse el cinturón de seguridad, me subí en la acera y, tras dar un brusco frenazo, me metí por ella con el coche. El cinturón me protegió de los saltos sobre las escaleras y del choque del morro sobre el suelo. Antes de bajarme, toqué la bocina varias veces. Luego, corrí por el túnel gritando y sintiendo las carreras de los secuaces de Saín hasta que la oscuridad se hizo tan espesa que ya no podía ver por dónde iba.

—No puede ir muy lejos: él tampoco ve —dijo uno de mis perseguidores, y encendió un mixto cuya luz fue incapaz de atravesar la pastosa negrura del túnel más allá de unos pocos pasos.

—Podíamos haberlo matado —apuntó otro.

—El jefe lo quiere vivo. Esperemos a que vengan con las linternas.

El de los cerillos continuaba encendiendo luces indecisas que delataban su rostro estúpidamente escrutador tanto a mí como a los engendros de ese infierno subterráneo en el que nos hallábamos, a los que yo había convocado con mis ruidos y mis voces y a los que ya notaba por el runrún todavía lejano de sus almas abominables. Se aproximan, me han oído, siento la humedad de su odio, pensé. En la oscuridad y el silencio que rompían mis perseguidores, aún ajenos a los riesgos de su osadía, pululaban las intenciones funestas de los dueños del subsuelo, como bullen los seres del más allá alrededor de los durmientes tranquilos.

—Estamos aquí, demonios comedores de hombres, estamos aquí y venimos a mataros —grité.

El cerillo de aquel estúpido se apagó mientras caía al suelo.

—Está a unos pocos metros, disparémosle. Lo podemos freír a balazos —propuso ofuscadamente.

—No, no puede ir a ninguna parte.

—¿Y si vienen los caníbales?

—A ellos sí podemos freírlos a balazos.

El rumor de los sentimientos carniceros se acercaba por donde estaban los esbirros de Saín. Los cuerpos que portaban aquellas almas execrables pisaban despacio para no hacer ruido y se guiaban por los túneles oscuros casi sin necesidad de luz, como los gatos en la noche o utilizando algún mecanismo similar al que le había servido a los peces ciegos para orientarse en las aguas bituminosas del Novorm. Mis perseguidores no eran conscientes de la cercanía del peligro. Creían que los caníbales se anunciarían con algún ruido o, por lo menos, con las luces que les servirían para conducirse. No sabían que, a pesar de sus pistolas, ellos eran la presa en aquel medio y que el predador venía agazapado. No sospecharon nada hasta que sintieron la respiración anhelante de los devoradores más excitados y entonces la amenaza ya estaba demasiado cerca.

Cuando el torpe matón de los cerillos volvió a encender otro, su luz dejó ver desdibujadamente una escena aterradora: él y sus compañeros estaban rodeados por decenas de antropófagos sucios y andrajosos que los miraban con los secos ojos de los muertos. El cerillo duró encendido apenas un instante. Enseguida oí disparos, gritos y un revuelo de golpes y voces y sentí ese festín de estupefacción y muerte que produce en el rebaño de ovejas la llegada de una manada de lobos.

Mientras durara la matanza, los caníbales estarían entretenidos. Ellos habían cumplido con su misión librándome de mis perseguidores y yo debía cumplir ahora con la mía y escapar de ellos. Lo que no había previsto era el cómo. Sabía, no obstante, que aquella estación, como todas, debía de tener varias salidas a la calle. Me propuse buscar una de ellas distinta de la que me había servido para entrar y para conseguirlo me puse a caminar tanteando en la pared.

Debía de haber recorrido una cincuentena de metros, cuando descubrí que de frente venía un grupo de caníbales. No corrían, pero andaban deprisa, urgidos por la llamada de la bulla y de la comida. Retrocedí unos pasos, me tiré al suelo junto a los despojos de un cadáver cercano a la pared y me tapé un poco con un papel grande que era el retazo de un cartel. Mientras llegaban, sentí la repugnancia más extrema con el ruido ahogado de no sé qué bichos devorando la carne putrefacta y el cosquilleo fofo que me produjeron algunos al transitar sobre mi piel. Cuando los caníbales estuvieron cerca de mí, dejé de respirar, a pesar de lo cual uno de ellos reparó —quizá sintiendo mi calor— en que aquel cuerpo tendido aún conservaba la vida. En otras circunstancias, estoy seguro de que habría delatado mi posición a sus compañeros y de que juntos me hubieran comido allí mismo o donde tuvieran su guarida, pero a escasa distancia de donde me había encontrado se estaban produciendo los últimos gritos de la pelea y había en ella un atractivo añadido al de un bocado evidente. Yo, además, era un moribundo o un herido grave que no podía ir a ninguna parte. Pasó de largo, pero supe que no se olvidaría de mí y que volvería a buscarme en cuanto cesaran los ruidos. Me levanté, y con más ligereza y quizá menos prevención, seguí andando pegado a la pared hasta que vi claridad y con la claridad vi los obstáculos y el suelo y pude correr en dirección a la salida.

Los que me vieron emerger de las entrañas de Sholombra por una boca del metro me tomaron por antropófago y se apartaron de mí, aterrados, por más que levanté las manos para identificarme como uno de ellos. Mi salida había despertado una atención que me perjudicaba, pues la noticia pasaba ya de unos viandantes a otros y no lejos de aquel lugar, en la otra salida, debían de encontrarse Saín, Lida y el señor Suelo esperando a que mis perseguidores salieran conmigo.

Tomé la dirección contraria a la boca por donde había entrado, lo que me supuso dar un largo rodeo, y me puse a caminar sin prisas. La alucinada masa en movimiento absorbió el impacto de mi aparición con una facilidad propia de los materiales plásticos, por lo que pronto pude encontrarme entre la indolencia de las avenidas como un ciudadano más y recuperar la memoria de mis intereses y de mis asuntos. Ya no me quedaban en Sholombra más que Ania y mis enemigos.

Ania y yo podíamos seguir emparejados por razones de utilidad, aunque no nos amáramos. El que dos personas vivan juntas sin estar ya enamoradas o sin haberlo estado nunca no debe parecer raro, pues al otro lado de la raya de una vida en pareja no suele encontrarse el desamor, sino la soledad. Y la soledad es más extensa que el amor y, en muchas ocasiones, más influyente. Quizá ya no amara a Ania y quizá ella no me amara a mí ni me hubiera amado nunca, pero llevábamos muchos meses viviendo juntos y juntos parecíamos felices y quizá lo fuéramos, al menos de la forma limitada e inestable que son felices los seres humanos, dándonos seguridad y placer. ¿Por qué no podíamos continuar así hasta que la compañía mutua no fuera una solución para ambos o para alguno de nosotros, mientras el caos continuara a nuestro alrededor? Tiempo habría luego, cuando volviera la normalidad, de situar a cada uno en su sitio y de averiguar qué escondía Ania detrás de la careta de su alma y, entonces, quizá más importante que la compañía fuera otro amor o la libertad de hacer cada uno lo que le apeteciera. Quizá en ese momento la compañía del otro fuera inferior a la molestia que el otro suponía y hubiera que suprimir la unión y, probablemente, hasta que suprimir al otro.

Al lector le parecerán contradictorios mis pensamientos. Lo eran, en efecto. Lo eran desde que la noche anterior había descubierto que desconocía el verdadero ser de Ania. Nada tenía claro, todo en mi cerebro eran elucubraciones y justificaciones que iban y volvían, superponiéndose y anulándose. Pero a pesar de todo me dirigía a casa de Ania, y en eso había una certeza. Iba a casa de Ania aunque no la conociera, buscando en ella la solución a la turbiedad que nos rodeaba y a la mía en particular. Iba para proponerle que nos fuéramos del infierno de Sholombra, porque quería tener hijos con ella en un lugar donde pudiéramos criarlos y educarlos a nuestro gusto, acaso para que fueran esos líderes que necesitaba nuestro mundo. Iba a su casa consciente de que en ella había algo terrible que me ocultaba adrede por alguna razón que se me escapaba pero que acabaría saliendo a la luz, y no menos consciente de que más tarde o más temprano me vería obligado a matarla.

Entre tanto caminaba por las avenidas vacías de coches, rodeado de esos estúpidos figurantes del acabamiento que eran mis conciudadanos, mis reflexiones tenían los resbaladizos cimientos de los desvaríos. Por mis desmañadas habilidades para la narración, mi voluntad y estas reflexiones le parecerán al lector papelillos sometidos en el aire a la caprichosa voluntad de los vientos, pero no lo eran exactamente así, sino, más bien, detritos del alma y del intelecto en el cenagoso curso de una cloaca. Iban de un lado a otro, emergían y se sumergían, se aceleraban o retrasaban creyéndose dueños de sí y de su destino, pero discurrían por una dirección marcada de antemano y no se apartaban de ella. En cierto modo, con Ania me estaba pasando lo que me había acontecido con Nohire: un caudal de recuerdos de sensaciones y una atracción irresistible por la belleza extrema me habían llevado hasta Nohire a pesar de mí y algo parecido —los recuerdos del amor y la perspectiva quebradiza pero fascinante de construir un futuro junto a ella— me estaban llevando a la casa de Ania, a pesar de que una voz me decía que tras el decorado de su alma anidaba mi perdición.

Llegué a las inmediaciones de su casa dispuesto a declararle mi relación con Nohire y a pedirle perdón, humillándome, si era necesario. Lo iba a hacer guiado más por un interés confuso que por una obligación moral. ¡Todo era tan ingobernable y tan tumultuoso! ¡Yo estaba tan irreconocible para mis propios ojos! Cuando pasé por delante de la puerta que había sido violentada por los caníbales durante la noche anterior, pensé que le diría: «También vendrán por nosotros, Ania, quizá esta misma noche, y entonces de poco servirá esa grotesca facultad mía de verles los detalles del alma y la asimismo extravagante tuya de desfigurarla».

Mientras subía las escaleras de su bloque, la sentí en el piso, pero ya no me hice una idea de cómo se encontraba ni de lo que estaba haciendo. ¿Cómo me recibiría ella y cómo actuaría yo? Subía las escaleras con la intuición de que se acercaba el final de algo que no me gustaría, pero impelido por la emoción de descubrirlo tanto como por la de huir de lo que me dejaba en la calle. «Todo esto es demasiado terrible como para no ser la invención de alguien», recuerdo que murmuré, como si necesitara que ese alguien se diera cuenta de que lo había reconocido, reprochándoselo. Me refería a lo que estaba ocurriendo en Sholombra, pero también a lo que me estaba ocurriendo a mí desde hacía tiempo y a lo que, en abstracto, estaba ocurriendo en aquel preciso momento con un individuo que casualmente era yo.

Me encontré ante las puertas del piso como el que huyendo de un ejército de espectros se topa con el borde de un precipicio. ¿Saltaba? Solo había que mirar atrás para saber que no había otra opción posible. «Ya ha acabado todo, Ania», le diría. «Esa atracción insoportable que me podía ha desaparecido y la materia que la generaba olerá a podrido en cuestión de horas. Ya soy totalmente libre.».

Abrí la puerta dispuesto a decir de viva voz lo que había estado preparando en el rellano de la escalera. Ania estaba mirando por la ventana y no se volvió cuando entré.

—Ya ha acabado todo. Ya no hay un río que me lleve

fuera de ti. La atracción insoportable que me podía ha desaparecido y aquello que la generaba morirá pronto.

Aquellas palabras sonaron casi igual a como las había urdido. Pero no las pronuncié yo, sino Ania, que solo se volvió cuando las hubo terminado.

—¿Quieres que siga? —continuó entonces, fijos sus ojos en los míos atónitos—. ¿Quieres que te diga he vuelto para quedarme y estoy a tu disposición para lo que quieras?

Se detuvo para que asimilara correctamente todo lo que estaba pasando y me exhortó:

—Siéntete. Tú que puedes ver las almas de los otros como el que se asoma a una habitación, siente lo que ocurre en la tuya.

Para que pueda medir toda la dimensión de mi asombro, el lector de esta historia debe recordar que yo no le había declarado a Ania mi poder. Y el asombro inhabilita casi tanto como el pánico.

Durante unos segundos me sostuvo la mirada y yo me sentí transparente y hueco, frágil, desmadejado y como atornillado al suelo, y pude darme cuenta de que había entrado en lo más profundo de mi alma y se paseaba por ella tocando y escudriñando mis emociones y mis sentimientos como un niño en un museo de las ciencias. El descubrimiento era verdaderamente deslumbrador: ella podía verme por dentro. Tenía el mismo poder que yo y estaba haciendo ostentación de él para que yo supiera que me conocía hasta con el más mínimo detalle. Nada de lo que le había ocultado le era desconocido. Y aún más: mis pensamientos, mis acciones y mis palabras tenían causas que ella podía ver y yo no. Yo era a sus sentidos lo que un autómata transparente es a los ojos de un ingeniero.

—Mírame y dime lo que ves —dijo luego.

Lo hice obligado por su voluntad, con la ilusoria independencia de los trenes, y vi que el decorado de emociones y sentimientos que constituían su alma cambiaba hasta transformarse en otro: ahora Ania era una viuda reciente, sin hijos, que no apreciaba en nada su vida.

—Eres otra mujer —le contesté asustado, como si la metamorfosis se hubiera operado en su anatomía.

Volvió a renovar el alma y fue una mujer en el cuerpo de un hombre que amaba en secreto a su jefe.

—Eres un homosexual desconsolado —le indiqué.

Cambió de nuevo y fue una muchacha adolescente, una anciana y hasta un hombre joven y enamorado (también podía convertirse en un hombre), y a cada nueva mutación yo le iba diciendo lo que me parecía que era. Finalmente, mutó a un alma llena de babas venenosas y de sombras en las que brillaban, como diamantes pulidos, los ojos de los sentimientos más horrendos y en la que hacía un frío gélido que en los precipicios de las formas cuajaba los humores en carámbanos pegajosos.

—¿Qué soy? —me preguntó.

No sé por qué supe que ahora no interpretaba y que aquella bestial construcción de atrocidades era su alma verdadera.

—Si el demonio existe, eres el demonio —le dije.

Rio, y en aquella risa reconocí el sonido de su alegría de siempre, lo que me produjo una reparadora sensación de irrealidad, algo que me consoló porque negaba la situación y lo espantoso de mi destino.

—¿Has visto alguna vez una obra de teatro? Los actores dicen y se comportan como los personajes a los que representan —explicó—. Si son buenos, pueden sentir como ellos durante la función, lo que resulta muy apropiado para dar credibilidad a la farsa. Hazte a la idea de que yo solo soy una actriz en esta comedia que es la vida, apenas un poco más actriz que lo somos todos. ¿No es actor cualquiera de nuestros conciudadanos, a pesar de las leyes que aún obligan a la Verdad? ¿No eras actor tú cuando antes de salir de casa me decías que ibas a trabajar? ¿No lo eras cuando después de haberte revolcado con tu amante venías a mi cama y no me decías nada? Nuestra civilización ha engendrado un caldo de cultivo para seres como yo. Es un proceso natural, de pura biología social. La Providencia ha estado durante siglos intentando mutar algunos genes para que los organismos se adapten al medio de la Verdad obligatoria. Con nosotros lo ha conseguido, y quizá lo hubiera hecho extensivo a todos los humanos si la sociedad de la Verdad hubiera estado fuerte y sana. Pero la Providencia ha llegado cuando ese mundo está eclipsándose. Ahora se acerca una sociedad que institucionalizará la cultura de la ficción, la mentira y la hipocresía, y no por las leyes, sino por las costumbres. Entonces, los que veamos la verdad seremos seres superiores, tan ajenos al medio como un tiranosaurio en una campiña poblada de corderos.

Todavía estábamos de pie, a varios metros de distancia.

De todo lo que me había dicho Ania, había algo que yo no entendía. Ella lo supo y por eso continuó:

—El poder de ver el alma y el de fingir son complementarios, como en los juegos y en las guerras lo es el ataque y la defensa. Hay seres como tú, que pueden ver el alma de los otros, y hay individuos capaces de ocultar su alma y aparentar lo que no son. Por supuesto, me refiero a quienes pueden levantar decorados interiores con los que engañar a los seres capaces de verles el alma, no a esos peritos en la mentira que consiguen construir historias creíbles con las que confunden a los hombres comunes. La diferencia entre unos y otros no tiene consecuencias mientras no se enfrenten a mutantes como nosotros. Pero como nosotros somos muy pocos, quienes han podido ocultar su alma han estado mezclados durante siglos con los simples mentirosos sin ser conscientes de su poder.

Ania tenía una sonrisa esclarecedora. Ahora fingía cordialidad para que yo me tranquilizara y pudiera asimilar mejor sus explicaciones.

—Yo tengo ambas mutaciones: veo las almas y fabrico la que quiero cuando los otros ven la mía –prosiguió–. Mi poder de adaptación es perfecto. Yo soy el producto de una rara coincidencia: mi madre, que murió cuando yo era pequeña, era capaz de ver el alma de los otros, y mi padre debió de ser capaz de modificar su alma, aunque él no lo supiera. Me di cuenta temprano de que mis facultades me otorgaban un abierto dominio sobre mis semejantes. Siempre he alcanzado lo que quería de ellos. ¿Cómo crees que lograba traer comida a casa, esa comida que tú luego le llevabas a tu amante? Lo ilimitado de mis fuerzas para manipular le daba alas a mis aspiraciones. Cuando era niña, imaginaba multitud de situaciones adversas en las que conseguía triunfar e imponer mi criterio. Cuando era adolescente y las normas le ponían frenos a mis antojos, me imaginaba que de mayor haría lo que quisiera y que el capricho de mi voluntad sería regla para todos. ¿No es ese el sueño de cualquier ser humano? El espíritu del hombre es como los gases, tiende a ocuparlo todo, particularmente los espíritus de los otros, por eso la labor fundamental de la educación consiste en marcar los límites, por eso un niño maleducado invadirá las almas de sus semejantes, empezando por la de su madre, y por eso yo, que no encuentro límites a mis poderes, tiendo a dominar la voluntad de los demás.

Por fin empezaba a entender lo que me contaba, pero aún debía saber muchas más cosas.

—Sí, mi voluntad de dominar ha caído en una sociedad en ruinas. En otros tiempos yo no hubiera podido aspirar más que a ser rica y famosa, pero en los actuales debo tender a ocuparlo todo. Y no tanto para mí como para mis descendientes, que harán de mi mutación algo definitivo y establecerán una casta superior. ¿Eres capaz de imaginarlo? Entre ellos y el resto de los hombres no habrá más leyes que las de los superiores respecto de los inferiores.

Me parecía una locura, pero no dije nada. Ania lo supo y continuó:

—¿No te sientes tú superior respecto de los otros? Sí, te sientes, y siempre has actuado como si lo fueras. Es más, ese sentimiento te ha permitido asesinar y, sin embargo, actuar en otras ocasiones como si fueras una buena persona. ¿No te das cuenta? De esa forma actúan los seres superiores, los que no tienen que dar cuentas a nadie, los dioses, cuyo capricho es Ley y cuya voluntad es invariablemente la correcta, sean cuales sean las consecuencias de sus actos o de sus omisiones, provoquen la alegría o el sufrimiento, la vida o la muerte. Pues si tú actúas como si fueras un ser superior y tu poder se limita a ver las almas de los otros, imagínate yo, que puedo ver las almas de los otros y puedo ver y transformar la mía.

Me pareció muy precipitada la terminación, sobre todo porque no tenía ni idea de lo que pintaba yo en todo eso. Ania me lo explicó acto seguido:

—No hay nadie como yo, que yo sepa. Solo seres imperfectos que o ven las almas o pueden deformarlas, y estos últimos, como ya te he dicho, no son conscientes de su poder. Yo necesitaba un hombre para tener descendencia, alguien que tuviera al menos una de las dos facultades que yo tenía. Yo, además de un ser superior, soy una mujer, y tengo emociones y sentimientos. Por eso prefería a un hombre joven y atractivo físicamente. Cuando lo decidí, exploré la ciudad buscando en las huellas que la gente dejaba en la calle un alma que reuniera uno de esos dos poderes: no encontré a mortal alguno que tuviera el don de ver las almas, pero sí a bastantes que gozasen del de modificarlas. Aunque había mujeres y hombres, únicamente reparé en los hombres, como te puedes figurar: los había feos, viejos, torpes, niños y los había jóvenes. De entre estos últimos, el que más me gustó fue uno que se llamaba Damiel: era inteligente, guapo y simpático, y tan buena persona que nada hacía para aprovecharse de su habilidad de mentir sin ser descubierto. No tuve que hacer un gran esfuerzo para seducirlo.

Hizo una pausa para anunciar que lo primordial venía a continuación y luego dijo:

—Llevábamos varios meses viviendo juntos, y yo aún no me había quedado embarazada, cuando por azar sentí en la calle las huellas de un joven excepcional. Nunca había conocido a nadie semejante. Era, según fuesen las circunstancias, cruel o bondadoso, imperturbable o impresionable, soberbio o comedido. Como le suele ocurrir a todos los seres superiores, no tenía escrúpulos para matar pero se impresionaba con un verso. Me recordó a mí porque era casi como yo y, sobre todo, porque era capaz de ver las almas de los otros. Me costó trabajo enmascarar mi alegría en mitad de la calle: ese hombre era el que yo había estado buscando. La abundancia de humanos con el don de disimular las almas indicaba que el gen que lo transmitía era dominante, y yo tenía ese gen, así que presumiblemente bastaría con tenerlo yo para transmitírselo a mis descendientes. Pero el gen de ver las almas no era dominante y convenía que estuviera presente en los dos progenitores para asegurar su transmisión. Me puse a buscar a ese ser. Seguí su rastro por la ciudad y lo encontré en una agencia de compra y venta de inmuebles. Físicamente, no era tan atractivo como Damiel, pero tampoco era desagradable a la vista y su don hacía que yo sintiera por él auténtica fascinación. Lo observé de lejos, estudié sus modos y reconstruí su historia por la forma con que las consecuencias de sus actos y omisiones habían modelado su carácter. En cada uno de los humanos hay un asesino en potencia. El hombre ha sobrevivido a sus depredadores porque desde el principio era más inteligente que ellos. En estos tiempos ya no le quedan otros. Aquel joven no había matado nunca, pero era un depredador sin conciencia en un bosque de seres desanimados y eso convenía sobremanera a mis ambiciones.

—Empiezo a comprender —le dije.

Ella sonrió.

—Sí, lo sé —me contestó, y continuó con su narración—: Yo estaba segura de que ese hombre sucumbiría a mis encantos. No soy ni muy hermosa ni muy fea, pero puedo simular todo el atractivo interior y parecer adorable. Lo seduciría y lo convertiría en mi pareja. El problema era que yo ya estaba emparejada. Quizá para cualquiera hubiera sido un inconveniente menor, pues bastaba con romper una relación, algo que las personas hacen con relativa frecuencia. Para mí no lo era: el mismo poder de atracción que hacía que los hombres se enamoraran de mí sin tardar provocaba que no pudieran olvidarme nunca, lo que siempre es un inconveniente grave. Damiel era guapo y simpático, pero yo no lo amaba y ya no me servía. Y vivo me hubiera resultado una molestia.

—Ahora es cuando yo entro en acción —le apunté.

—Damiel y yo fuimos a ver a ese hombre, que sí, eras tú. Yo te seduje enseguida. Cuando te sentí a mi merced, te hice creer que matando a Damiel me tendrías y lo mataste. Ya que me habías librado de Damiel, compuse mi alma para que me libraras también de un antiguo conocido mío al que el azar había devuelto a mi vida. Podía haberlo ahuyentado, pero me daba más placer que fueras tú el que acabase con él y así, además, te maleabas. Para el futuro que nos aguardaba juntos, me interesaba mucho que te sintieras un asesino. Tú no eras como Damiel y eso había que aprovecharlo.

—Algo haría por mí mismo para seducirte —le observé.

Ania soltó una carcajada y continuó.

—Sí, describirme almas que yo veía igual que tú, decirme frases redondas y cursis, como aquella de «cuando te encuentres sola, cuando sientas que nadie te entiende, recuerda que afuera, en ese mundo absurdo e inhabitable, estoy yo», que insultaba mi inteligencia y me produjo risa, aunque entonces aparentara que me conmovía, y llevarme a un restaurante desde el que veía el horizonte de puentes colgantes sobre el Novorm. Eso estuvo bien, lo reconozco, pero lo que más me gustó de ti fue el que le prendieras fuego a aquella camisa gris y dieras vivas a la ficción y a la mentira. Ahí no intervine en absoluto. De repente te convertiste en una suerte de héroe o de libertador, lo que también me motivaba, pues yo quería un compañero arrojado y consciente de su liderazgo, al que quizá algún día le descubriese el proyecto que tenía entre manos.

—¿Cómo sé que es cierto lo que me cuentas? Puede que lo supieras después o que lo supieras sobre la marcha y que ahora, a posteriori, digas que ocurrió lo que tenías previsto —le dije, porque de todo lo que me había confesado, lo que más me había dolido era que no me considerara un seductor.

—No tienes forma de saberlo. Nadie tiene forma de saber si lo que oye de otro es la verdad, toda la verdad, o una parte de la verdad o de la mentira. Incluso tú, que me ves por dentro, no sabes si lo que te digo es innegable o es una estratagema para que pienses lo que quiero. Me puedes creer o no, pero recuerda lo poco que tardaste en enamorarme. ¿Crees que yo me habría olvidado tan pronto de mi novio si lo hubiera amado de verdad? ¿Crees que, amándolo, me hubiera ido contigo sólo porque me llevaste a ver esta triste ciudad desde lo alto de un rascacielos?

Hizo una pausa y continuó luego:

—¿Recuerdas que el día aquel me telefoneaste desde las cercanías de mi piso para conocer la impresión que me producía tu llamada? Pues mientras espiabas mis sentimientos, yo sabía que me estabas espiando.

Ania llevaba razón: su enamoramiento repentino me parecía ahora poco menos que injustificable.

—Sin embargo, yo no podía controlarlo absolutamente todo —continuó—. Por ejemplo, yo no podía intervenir en tu ayer ni en lo que le ocurría a tu madre. Como te he dicho, conocía tu pasado por las huellas que este había dejado en tu presente y sabía lo que te había ocurrido con

Saín, pero yo no te mandé la carta en la que te comunicaban que habías sido designado juez ni sabía que él te la mandaría. Es más, hice lo posible para que no contestaras a ella y, como te creí convencido, no insistí. Fuiste al Ministerio sin proyectarlo, sin quererlo antes, empujado por una abulia reciente que te había contagiado la estúpida inercia de Sholombra. Luego, cuando al verte me enteré de que habías ido al Ministerio y de que en él habías encontrado a Saín, lo di por bueno, porque vi que en tu alma se avivaba un sentimiento negativo yerto durante años y el que mi compañero tuviera esos malos principios podía dar solidez a mi proyecto de destrucción y ocupación. Te pusiste en peligro, es cierto, y por tu impericia Saín pudo matarte de un disparo, lo que me dio idea de tus limitaciones y de lo poco adiestradas que tenías tus propias fuerzas, pero me enteré también de que mientras matabas al bedel del Ministerio te habías sentido poderoso y de que le habías metido fuego a los edificios de la plaza de la Ciudad, y eso me entusiasmó. Recuerdo que aquel día fuiste a mis ojos como un discípulo que promete y que estuve a punto de confiarte el secreto de mi proyecto. No lo hice porque lo poco planificado de tus decisiones me hacía desconfiar de tu maldad, pero decidí hacerlo en breve.

–Nunca lo hiciste –le reproché.

–Porque nunca fuiste completamente merecedor de ello –me contestó–. Aunque tu corazón sólo se sentía tranquilo cuando estaba animado por el capricho de dañar.

–En todo caso, lo único que quería salvar, porque era lo único que de verdad me preocupaba, era mi relación contigo –le declaré.

–No es verdad. Si hubieras querido salvar nuestra relación, no me habrías ofendido como mujer. Y no fue así.

Ya estaba presente entre nosotros el origen de aquel gesto chocante que la había delatado. Ania era, antes que una severísima líder, antes que planificadora mesiánica de un futuro a su manera idílico para después del desastre, antes que asesina y antes que aspirante a madre, una mujer traicionada. Su temple no era tan metálico como parecía ni su mutación había afectado a su orgullo femenino. Más bien al contrario: precisamente por sentirse superior aceptaba peor que nadie las ofensas que, como esta, iban contra su condición de novia tanto como contra su inteligencia.

—Ver el alma de tu pareja tiene ese componente adverso: que sabes cuándo te dice la verdad y cuándo te miente —le expliqué—. El conocimiento no siempre es bueno ni da más felicidad que la ignorancia, por eso tan sano es mentir a veces como a veces hacer como que no te enteras. Hay que saber lo que es conveniente saber, ni más ni menos, y saberlo todo es siempre saber de más. El no saber puede ser tan saludable como el olvido. Los humanos normales tienen esas dos espléndidas capacidades de adaptación: no saben todo lo que pasa y no lo almacenan todo en la memoria. Tú sabes todo lo que pasa y las huellas del pasado en el presente te están recordando continuamente lo que ocurrió, lo que te hace poderosa, pero te imposibilita para construir relaciones convencionales con otras personas: en toda relación, por amistosa que sea, es más importante lo que has olvidado que lo que recuerdas, pues hay más confianza en el que olvida que en el que, recordando, perdona.

—Sí, ya lo sé. Pero yo no puedo alterar las cosas: no puedo hacer como que no sé si lo sé ni puedo dejar hacer al olvido. De todas formas, el orgullo herido de ser engañada y compartida con otra mujer, con ser grande, no es tan grande como el orgullo herido de ser vencida en toda regla por otra mujer.

—Esto no lo entiendo —le dije.

—Me lo suponía. Antes los dos estábamos hablando de Nohire sin nombrarla, pero para explicarte lo que dices no entender debo remontarme a su madre.

—¿Qué tiene que ver su madre con todo esto?

—Su madre tiene un relevante papel en esta historia. Durante muchas noches te he visto soñar con ella.

—Yo, en cambio, no te he visto soñar con nada ni con nadie —la interrumpí—. Aunque me parecía enigmático, nunca sospeché de ti.

—Es solo parte del don de fingir —me aclaró—. En los sueños no tengo voluntad. Si soñara, no podría aparentar los sentimientos, lo que me haría vulnerable a seres como tú. Pero iba a contarte lo de Lida, la madre de Saín y de Nohire. Te decía que llevabas muchos años soñando con ella. Eso, en el hombre que dormía junto a mí, hería levemente mi orgullo y poco más, pues yo sabía que no la amabas y que ni siquiera te acordabas de ella cuando estabas despierto. Pero la entrada de Saín en tu vida trajo, también, el recuerdo de su madre, lo que se me hizo difícil de soportar. Ya no la tenías presente en los sueños o en el duermevela, sino cuando hacías el amor conmigo: era a ella a quien besabas, a quien acariciabas, a quien penetrabas y en quien vaciabas tus jugos. Tenía que echarla como fuera de tus pensamientos y no se me ocurrió otra forma que haciendo que consumaras con un fiasco tu deseo. Todo lo que hiciste para llegar hasta ella estuvo marcado por mí: fui yo la que fijó en tu mente los argumentos para que la llamaras y, luego, para que acudieras a aquel hotel donde os habíais citado. Yo fui la que te condujo hasta su lado cuando creías que ibas a tu oficina y fui yo la que hizo que tu virilidad no respondiera cuando la tuviste en la cama después de haberla deseado durante tantos años.

—Resulta difícil de creer lo que me dices —le aseguré.

—El que mi poder sea increíble no le quita ni un ápice de certeza. ¿No es increíble, también, el tuyo? Yo construí las imágenes que sirvieron para hacerte razonar casi todo lo que luego decidiste. Las construí sin que las notaras, por supuesto, y sin que las notaras las dejé en tu subconsciente, donde actuaron sin que te dieras cuenta pero con una pujanza poco menos que irresistible. ¿De verdad te parece tan difícil hacer que fueras a verla y estorbar lo que de psicológico había en tu masculinidad?

No, ya no me parecía tan difícil, pero no le comenté nada.

—¿Qué tiene que ver eso con Nohire? —le pregunté.

—Mucho. Con Nohire intenté algo parecido a lo que había conseguido con Lida. La inesperada reaparición de Saín en tu vida supuso una amenaza para tu presente y tu futuro. Tu madre, que te intranquilizaba más de lo que creías, yo misma, a quien admirabas y amabas de corazón, y, sobre todo, tu amor propio, se vieron amenazados por el comportamiento del que fue tu compañero del instituto. La amenaza de Saín iba dirigida a un ser extremadamente orgulloso, dotado de un poder excepcional y en una situación terminal para la sociedad: tu respuesta fue proporcional a su agresión y no encontró más resistencias que las derivadas del ambiente. En alguna ocasión me pareció divertido verte actuar por tu cuenta. En otras, moví los hilos con los que te sujetabas a mis manos y, entonces, las tensiones que debía controlar me parecieron elementos del juego, como en todos los juegos lo son el azar y las inteligencias de los otros jugadores. Pero la cuestión de Lida me puso de mal humor, y además estaba todo lo que por ajeno a ti me resultaba incontrolable. Te metiste en un avispero sin que yo pudiera hacer nada por evitarlo: Saín y sus secuaces estuvieron a punto de atraparte y los caníbales del metro te persiguieron por las galerías cercanas a la plaza de la Ciudad. Únicamente me interesabas para ser el padre de mis hijos y si te mataban ya no podrías serlo. Aumenté la influencia de mi amor para intentar alejarte de esos riesgos y tú me amaste más, pero por aquel tiempo apareció Nohire en tu vida...

—Y ya no pudiste controlarme de ninguna manera —la corté, no sin un sosegado ánimo de humillarla.

—Somos seres dados a creernos señores de nuestro destino solo porque al mirarnos la mano, conscientes de ello, decidimos si la abrimos o la cerramos, pero el que nuestro futuro sea un papel en blanco no quiere decir que escribamos en él con libertad. Tú no has hecho sino ir de un lado a otro desde que conociste a Nohire hasta hoy, unas veces arrastrado por mi influencia y otras por la atracción que Nohire te producía. Intentas humillarme echándome a la cara las limitaciones de mi influjo, pero esas limitaciones no te dignifican, más bien al contrario, te deshonran, pues debe achacarse a lo débil de tu voluntad el que te libraras de mí, y no a su fortaleza.

—Tendrás que explicarme cómo es eso.

—Porque yo podía utilizar tu voluntad, pero no creártela, y tú no tienes voluntad bastante como para hacer lo que crees que debes. Tu comportamiento me ha humillado, en efecto, pero no como ser dotado de un poder superior que quería manipular tu alma, sino como mujer. Yo quería que me amaras con todas tus fuerzas y tú me amabas, pero ibas a acostarte con una mujer a la que no amabas como a mí, con una mujer que empezó atrayéndote sobre todo porque era hermosa y acabó haciéndolo solo porque era hermosa.

Me callé para asimilar mejor lo que Ania me estaba diciendo. Sus palabras negaban mi capacidad de decisión tanto como su influencia total sobre mi voluntad. Ella me estaba haciendo confesiones que la ponían en peligro confiada en su poder para influir sobre mi ánimo, pero simultáneamente estaba negando que ese poder fuera superior a mis pasiones. ¿Qué pasaría si yo sentía la tentación de saltar sobre ella y matarla?

Durante todo el tiempo que me había estado hablando, yo había seguido más pendiente de lo que me decía que de su alma. Ahora que me concentraba en ella, volvía a sentirla por dentro y descubría que sus heridas eran como grietas en esos decorados que construía para manipularme y que el odio volvía arduos y artificiosos, menos creíbles.

Ania estaba más pesarosa por su derrota y su dolor que por lo que yo sentía.

—Cualquier hombre hubiera sucumbido a la atracción de Nohire —le dije con el ánimo de continuar ahondando en su rencor—, porque ella no era menos excepcional que nosotros, ni siquiera menos excepcional que tú.

—Pero tú no eras cualquier hombre, sino el mío. Tú eras mi hombre, y ella era, sencillamente, otra mujer. Como antes había ocurrido con su madre, ahora era a Nohire a quien satisfacías y en quien te satisfacías cuando estábamos en la cama. Intenté que la dejaras. Dibujé en mi alma el más tierno de los amores y esculpí en ella un futuro que era perfecto si lo vivíamos juntos e insoportable si lo vivías fuera de mí. Influido por esas visiones, muchas veces saliste de esta casa arrastrado por su recuerdo pero con la pretensión de que esa vez sería la última. Por la mañana, yo te sentía bajando las escaleras y, hasta donde mi poder era efectivo, te advertía decidido a abandonarla. Por la noche, te he sentido dudando de ti y prometiéndote que no volverías a verla nunca más. Era inútil. De poco servía toda la potencia de mis ficciones frente a la belleza de esa mujer.

—Los seres humanos somos así: perdemos el juicio por la belleza —suspiré con insolencia.

—Sí, sobre todo los hombres. Y sobre todo por la belleza física de una mujer distinta de la tuya —me contestó con una sonrisa cínica—. Para ti, Nohire acabó resultando cargante, pero el enojo que su carácter te producía era inferior al recuerdo que las formas de su culo habían dejado en la memoria de tus manos. El encoñamiento es una idea que tú mismo te aplicaste con Lida y que nunca te quisiste aplicar con Nohire, pero también con ella todo acabó siendo encoñamiento, puro y duro encoñamiento.

—No entiendo muy bien esa distinción entre presencia y recuerdo —le aseguré.

—Cuando se ama, el otro va contigo a donde quiera que tú vayas. Dos seres que se aman pueden ser felices estando separados por los imponderables. Cuando no se ama y solo se desea el placer, el otro no va contigo, únicamente va su recuerdo, que es como un hilo de goma que se tensa conforme te vas alejando y te atrae al otro sin satisfacerte. Dos seres que solo se desean o, para mejor decirlo, un ser que solo desea compulsivamente a otro no es feliz sino sintiendo el goce físico que le proporciona su cuerpo, y no exclusivamente con su presencia.

Ania construía ahora la pose de una bondadosa sacerdotisa del amor verdadero. Su alma era la de una madre que te recoge en su regazo y te susurra advertencias mientras te peina con los dedos abiertos. Así era difícil odiarla aunque poco antes el odio hubiera amenazado con hacer estallar tu voluntad, porque, aunque lo supieras, contra la imagen de esa bondad emocionante nada podía la idea de que detrás de aquella figura maternal se ocultaba una sanguinaria hechicera: su alma era como uno de esos cines integrales en los que se proyectan películas sobre pantallas envolventes al ritmo que se mueve tu butaca, tenía la misma capacidad de seducción y de transformación de la realidad, y yo, aun sabiendo que todo era mentira, sufría el vértigo del espectador que se ve arrastrado sin remisión por el convulso devenir de las secuencias.

—Has debido de sufrir mucho —le dije sinceramente conmovido por sus palabras.

—Si la ofensa se hubiera reducido a mi orgullo como manipuladora, me habría aguantado, pero lo era también, sobre todo, a mi orgullo como mujer.

—Una mujer despechada que, sin embargo, no me amó nunca —añadí yo.

—Quizá sí te amara un poco, quizá cuando nuestras sensaciones y nuestros futuros caminaron al unísono yo sintiese que te amaba. Al principio, hubo veces en que cuando hacía el amor contigo no fingía las emociones. Pero eso ya no importa. Lo que nos ha traído hasta los detalles de este ahora es que tú seguiste yendo a ver a esa mujer a pesar de lo que yo hacía para evitarlo.

—No exactamente —le expliqué. Había, en efecto, algo ajeno a nosotros, a mí y al poder de Ania, incontrolable y definitivo—: también está lo que la propia Nohire decidía o, por lo menos, la influencia que podía ejercer sobre mí con su belleza extraordinaria.

Mientras hablaba de Nohire, a Ania le costaba trabajo construir sus decorados interiores, que rezumaban pus y tenían estrías y como briznas sanguinolentas.

—Eso es cierto solo en parte, pues Nohire también actuaba movida por mi voluntad —me reveló sonriendo con ostentosa arrogancia.

Me sorprendí, pero no demasiado o, para que mejor quede constancia en la razón del lector, entonces comprendí por qué Nohire había sufrido una transformación tan rápida y artificiosa desde que la saqué del piso de su familia hasta que murió.

—¿Crees que su muerte ha sido producto del azar? —Continuó rebosante de autoestima—. Yo sentía las huellas que tus sensaciones cuando estabas junto a ella dejaban en tu alma y era como si os estuviera viendo y oliendo y oyendo y tocando y lamiendo. ¿Te has imaginado alguna vez observando cómo tu mujer hacía el amor con otro?

Como la contestación era obvia, no le di el gusto de oír de mis labios lo que ya sabía.

—Porque es lo que sentía yo —resolvió—. ¿No te parecen ridículos aquellos silencios tuyos de cuando volvías a nuestra casa? ¿No son tus mentiras tan abominables como los decorados de mi alma?

Yo no decía nada. Era ella la que dominaba la acción, y sus preguntas buscaban el contexto más tremendista para unas explicaciones que me daría contestara yo lo que contestase, porque sin ellas su triunfo no tenía sentido, sería algo azaroso y mecánico, predeterminado. Era necesario que yo me enterara del porqué de todo para que cada efecto tuviera su causa en ella, en su inmensa inteligencia y en su poder mayúsculo.

Miró a la calle y suspiró con cansancio, como si ninguno de nosotros hubiera estado a la altura de las circunstancias y se hubiera tenido que dar el considerable trabajo de modificarlas para dejarlas a nuestro nivel.

—¿Cómo influiste sobre Nohire si no llegó a verte? —le pregunté.

Formaba parte del guion que Ania me lo expusiera aunque yo no se lo preguntase, pero también que yo sintiera curiosidad y le facilitara la labor.

—Yo no ejercía la influencia directamente sobre su alma, sino sobre el ambiente en que su alma se movía. Vi a todos los que la rodeaban: a los vecinos, que subieron a verla con excusas variadas, y a los transeúntes, que miraban arriba y la veían asomada al balcón o intuían algún rasgo de su belleza radiante detrás de los cristales. El ambiente la empujaba en el sentido por el que ella tenía tendencia a irse. El ambiente lo integraban las personas que se maravillaban cuando la veían, que la adulaban con palabras o quedándose extasiados, que se venían abajo, atónitos, enfermos de belleza, ya incapaces de borrar de su mente la imagen de su rostro y de su cuerpo. El encierro a que tú la sometiste por el mismo miedo que tenía su madre, hizo el resto.

—No entiendo de qué forma influiste. Todo parece natural y extraño a ti: los hombres la adoraban al verla: tú no interviniste ni en la hermosura de ella ni en la adoración de ellos.

—Por supuesto. Yo no puedo fabricar imposibles. Yo no puedo hacer que las ovejas sean carnívoras, porque eso no está en el ser de las ovejas, pero sí puedo hacer que vayan de un lado a otro. Yo no hubiera podido conseguir que los hombres adoraran a un ser feo ni era obra mía que adoraran a un ser excepcional, pero sí podía conducirlos hasta ella, como el pastor lleva a las ovejas de la desolación del erial al deleite del prado. Cuando las ovejas están en una pradera de hierba verde y tierna, no es mérito del pastor hacer que coman. Su mérito es el de haberlas conducido hasta allí. Yo llevé a los vecinos hasta la casa de Nohire e hice que los transeúntes la miraran. El resto de las causas definitivas son las ganas que ella tenía de ser adorada y el cerrojo que le pusiste a su puerta.

—Así que solo pretendías ayudarle a que se maleara —le dije.

—Todo lo que hice buscaba el final que acabó teniendo. De entre todos los caminos que se nos abren en el discurrir de la vida, siempre hay varios que llevan a un final desastroso. Tarde o temprano, todos acabamos cogiendo uno de ellos y morimos. La mayoría de las veces sabemos cuál es el desacertado y lo evitamos, a pesar de las presiones que nos empujan hacia él. Pero un mal consejo, un prejuicio o un deseo insatisfecho pueden inclinar la decisión en la dirección fatal. Como el camino equivocado existe, me basta con añadir más vigor a las fuerzas que nos inclinan hacia él para que acaben pudiéndole a las que nos empujan hacia el correcto. Nohire fue esta mañana donde tenía que ir, las gentes que la mataron fueron donde tenían que ir y tú fuiste donde tenías que ir. Bastó con animar a los actores para que todos ellos recitaran el guion que tenían preparado. Y, por cierto, aunque no me vieras, yo también me hallaba en las inmediaciones. Nohire era hermosa hasta más allá de lo sublime. Incluso yo, que soy abiertamente heterosexual, hubiera podido enamorarme de ella.

—¿Debo concluir, entonces, que tú estabas detrás de todo, cuidando de que las condiciones fueran las adecuadas para que los personajes de esta historia acabáramos encauzando nuestras decisiones hacia el fin que habías previsto?

Ania construyó en su alma un decorado de poder absoluto. Nada podía nadie contra ella.

—Concluyes bien —me animó—. En ocasiones me han podido las porfías de otros, como cuando tú te dejabas arrastrar por la belleza de Nohire, pero he logrado reconducirlas y el final me place totalmente.

—¿Y Saín y los suyos? —le pregunté. No acertaba a ver cómo había podido Ania influir sobre ellos.

—Son parte de las circunstancias incontrolables del medio —me contestó—, como lo son las tormentas para los marineros, son el necesario azar que hace al juego intenso y divertido o, si quieres, lo poco de intriga que sustenta el interés de la narración. Han existido para distraerme, pero nunca han supuesto un verdadero peligro.

Miró en mi alma y, al ver lo que había ocurrido antes de que yo volviera a su casa, continuó:

—Hoy no sé cómo llegaron al lugar adonde se producían los hechos, pero su entrada en la escena se produjo demasiado tarde, cuando ya no podían sino recoger el cadáver de Nohire. Le dan color y encanto al discurrir de la historia que vivimos tú y yo, porque tú y yo somos los protagonistas y los demás son solo comparsas. Damiel, Lida y Saín han estado ahí como podían haber estado otros, igual que podían haber ardido o no los edificios de la plaza de la Ciudad.

—¿Y Nohire? ¿Ya te has olvidado de ella? —le pregunté con intención de humillarla.

—No tenía en esta historia más papel que su hermano, y así hubiera continuado de no ser por la influencia que su belleza ejerció sobre tu voluntad. Nunca ha sido consciente de su papel. Su relevancia radica en haber estado cerca de ti, demasiado cerca, tal vez. Ha muerto antes del

final y eso le quita protagonismo, ¿no crees? —me dijo sonriendo, como si emergiera victoriosa de mi intento de humillación.

—¿Y Sholombra? ¿Qué me dices de la ciudad?

No parecía que la ciudad se limitara a ejercer de ambientación, como según ella lo habían sido Damiel, Lida, Saín
y los demás. La ciudad era algo más que la hundida Filosofía de la Verdad, más que sus edificaciones idénticas y sus
avenidas anchísimas, más que su río pacífico, gigante e in-
fecto, más que su fauna mutante, más que la rutina de sus
puentes construyéndose y su metro extendiéndose, más
que su Administración aparatosa y huera, más que la hipocresía reciente y más que sus bandas de harapientos caníbales suburbanos. La suma de todo eso no era suficiente
para explicarla porque describiéndola así se decía cómo
eran sus ojos y su aliento y su tacto. Nosotros éramos —se
me antojaba a mí— diminutos microbios pensantes en un
cuerpo viviente y también pensante, en un cuerpo humano
con su alma y su muerte a cuestas. Sholombra era un hombre o —aún mejor— una mujer comida por una enfermedad
terminal.

—Ella sí es protagonista —convino conmigo—. Únicamente en esta ciudad o en otra parecida podía haber pasado lo que nos ha pasado.

Recuerdo que entonces ambos sufrimos un arrebato de
melancolía que Ania no fue capaz de enmascarar completamente, y que yo le confesé:

—¿Ves? Por una fisura como esta averigüé que tenías
algo anormal en el alma.

Soltó una carcajada triunfal.

—Descubriste una duda en ti, nada más —me contestó—.
Y prueba de ello es que después de todos tus hallazgos, y

habiendo zanjado el asunto de Nohire con su muerte, has entrado en este piso dispuesto a pedirme perdón.

—Lo que no entiendo es por qué no te has limitado a aceptarlo. ¿Para qué han servido tantas muertes? ¿En qué ha quedado el épico trabajo de planificar el futuro e influir sobre nosotros para que tu plan se cumpla a rajatabla? Tu pretensión de formar una familia y conquistar el mundo resulta imposible ahora, que me has desvelado cómo eres. ¿O pretendes que sigamos juntos, a pesar de todo?

Negó con la cabeza antes de contestarme. Su sonrisa fue una mueca que auguró la respuesta última, el final de la conversación y de la relación que nos había unido. Quizá mi propio final.

—Ya no te necesito —me dijo—: estoy embarazada de ti. Tendré a mi hijo lejos de Sholombra y crecerá sano y fuerte bajo mi amparo y mi dirección.

—También es hijo mío.

—Pero tú no llegarás a verlo: tu camino termina aquí.

Profirió la amenaza y se calló para que la intimidación quedara prendida en el ambiente y fuera solemne y sirviera para darle más placer a su alma, en la que había construido un decorado de esperpentos y abismos con el que pretendía hundirme en la desesperación. ¿Simulaba lo que sería mi futuro?

El mundo real se desplomaba como un edificio dinamitado sepultando a las multitudes que seguían habitando en su interior. En el Novorm flotaban tantos cadáveres abultados y podridos, que el olor de la muerte formaba una bruma invisible pero táctil en la que se mecían sin volar, como patos sobre una lámina de agua, millones de lustrosas gaviotas pardas. Algunos de nuestros congéneres se ha-

bían refugiado en el metro y de él habían salido convertidos en seres distintos, como si hubieran vuelto de un cementerio de tumbas abiertas para saciar su envidia igualán-
donos a todos en la muerte. No había comida ni agua y la
gente deambulaba por las calles sin más anhelo que el de
encontrar en algún lugar el botón donde se apagase definitivamente ese electrodoméstico obsoleto y perezoso que
era su cerebro. ¿Pretendía Ania matarme empujándome al
suicidio? A todas luces se veía que sus decorados no serían
suficientes. Yo era un hombre de mi tiempo. Como ella,
creado por la Naturaleza más sabia para vivir en aquel ambiente hostil. Ania se esforzaba para borrar de mi voluntad
hasta la más pequeña brizna de esperanza proyectando en
ese cine de sensaciones perfectas que era su alma las películas de lo que serían las alternativas a mi muerte, todas
dolorosas hasta lo insufrible. Como en el cine integral,
Ania movía la butaca al compás de las imágenes y, además,
llenaba la sala de voces horrorosas, de olores nauseabundos, de tactos fofos y de recuerdos traumáticos, de manera
que los sufrimientos eran tan reales como puñaladas y la
angustia tenía la textura de los líquidos espesos y viscosos.
Ania creía que yo acabaría saltando de la butaca y me tiraría
por la ventana para librarme de aquellas percepciones que
mi alma metabolizaba atropelladamente para convertirlas
en una desazón plúmbea, en un obsesivo apego a lo baldío,
en la exaltación del abandono y en una fe cerril en esa liberación del sufrimiento que supone la nada. A cualquier
otro, ante emociones tan aniquiladoras, se le hubieran encogido los músculos que mueven los pulmones y, a falta
de aire, como se mueven hacia arriba los que se hallan in-
mersos en las profundidades del océano cuando el oxígeno

se les agota de pronto, hubiera corrido hacia el balcón buscando la liberación del vuelo hacia la muerte. A cualquier otro sí, pero a mí no. Yo me retorcía de dolor y nada más. Ania solo iba a conseguir hacerme sufrir y mi sufrimiento no entraba en sus planes como fin, sino como medio.

Ania no era tan poderosa como ella se creía.

—¿Esto es todo lo que puedes hacer para matarme? —le grité, mientras con las manos me cubría el rostro intentando sin éxito liberarme de las sensaciones que provocaba.

Todavía aumentó el horror de sus ficciones, pero estas me afectaban como la electricidad insuficiente a un condenado a la silla eléctrica: me torturaban, me hacían sufrir una barbaridad, pero el fin previsto no se cumplía y ya parecía que no se consumaría nunca. Y en medio de ese espantoso tormento yo me reconocía más poderoso, más libre, más capaz de romper el muro de espanto que la protegía y lanzarme sobre ella. Ya casi podía levantarme de la silla con todos los hilos enganchados, chispeantes de electricidad, y acercarme trastabillando, gritando de dolor y de furia, y ayudado por la energía que da el sentir muy próxima la liberación del sufrimiento, la podía estrangular con mis propias manos mientras en sus ojos atónitos veía cómo el oscuro horizonte de la muerte se comía todos los intencionales paisajes del futuro.

Cuando Ania se dio cuenta de que no lograría su fin y de que, no obteniéndolo, mi martirio fortalecía mis ganas de acabar cuanto antes con ella, dejó de fabricar imágenes horrorosas en su alma.

—Esta soy yo —me dijo entonces sonriendo.

Quería decir que era ella sin máscara alguna, que esa alma —común, grumosa y asesina como tantas había visto yo por la calle– era la suya de verdad.

Necesité unos segundos para recuperar el aliento. El dolor todavía estaba demasiado fresco en mis sentidos cuando le contesté:

–Pues no eres gran cosa.

No lo era, en efecto, pero en esa nueva sonrisa descubrí su triunfo cierto y último. Solo un momento después, Ania sacó del bolso una pistola y me apuntó con ella al pecho.

–No me negarás que ahora sí tienes complicada la situación –me soltó.

La pistola era, a la vez, el utensilio de su éxito y el símbolo de su fracaso. Y la ironía de sus palabras añadía aún más humanidad a su fiasco como ser superior.

–Los demonios sois como los dioses –le objeté–: también ellos cuentan con el favor del Destino, que siempre actúa a posteriori. En verdad, todo lo que me has contado ha sido una sarta de ilusiones que tú misma, en tu ignorancia, te crees. No tienes tanta capacidad excepcional para influir sobre lo que ocurre. ¿Qué has determinado? Decirle a los viandantes que miraran arriba, a donde estaba Nohire, o decirle a sus vecinos que fueran a verla. Eso es todo. Y eso puede hacerlo cualquiera. Todos los seres superiores sois iguales: os apuntáis como mérito las bondades de lo que sobreviene y achacáis lo dañino a unas circunstancias incomprensibles o a la libertad de los hombres. Te voy a poner algunos ejemplos: la muerte de Damiel sucedió porque yo quería que sucediese, no porque tú lo hubieras planificado, y otro tanto puede decirse de la muerte de aquel antiguo novio tuyo. Y el naufragio de mi virilidad cuando estuve a solas con Lida fue un revés bastante lógico, dadas las diferencias entre lo que yo esperaba de ella y su comportamiento abúlico, y tú no puedes apropiarte de la Lógica.

—¿Tienes algún ejemplo más?

—Sí, uno bien claro: mi dependencia de Nohire, a pesar de tus intentos de manipular mi voluntad. Nada pudiste hacer para que lograra superarla.

Me callé para que Ania argumentara algo, pero era evidente que ya no le quedaban argumentos.

—Y el último ejemplo —continué—: tú influencia sobre la propia Nohire ha cuajado más como mujer afrentada que como ser superior: has hablado con los vecinos y con los transeúntes, nada más, y de esa forma la ayudaste a que su inmadurez no pudiera superar los efectos de su belleza desmesurada. La causa última de su muerte ha sido el desequilibrio entre su belleza opresora y su personalidad. ¿Crees que tú provocaste ese desequilibrio?

No me convenía humillarla mientras tuviera una pistola en las manos, pero proseguí:

—Te crees que lo que ocurre es un juego en el que siempre ganas, un juego en el que el azar y la libertad de las fichas te obliga a cambios de estrategia y que, justamente por eso, te parece divertido. Pero lo fundamental para el fin último no es tu voluntad, sino el azar y la libertad de las fichas. Tú eres una ficha más, no el jugador. La Evolución hizo que ambos naciéramos y el azar que coincidiéramos en Sholombra, y yo era un hombre con un pasado estúpido lleno de seres tan poco convencionales como los de la familia de Saín, a los que la Evolución no había tenido en cuenta.

Ese mismo azar quiso que cuando había acabado de nombrar a Saín, sintiera el alma de Saín en la calle. Ania también la sintió, y ambos, Ania y yo, notamos en el otro el escalofrío que Saín nos provocaba.

—Ahí lo tienes. ¿También tenías previsto esto? —le dije.

Saín corría por la calle detrás del señor Suelo y de varios de sus secuaces, casi incapaz de mover su cuerpo pesado y fláccido, exhausto desde el principio y, no obstante, sin conciencia de su flaqueza, drogado por ese veneno que llena el corazón de nauseabundos gusanos gordos.

Ania soltó una carcajada.

—Te persigue a ti, no a mí —precisó luego—. Después de todo, no necesitaré la pistola para matarte. ¿Lo comprendes? El juego va a terminar tal y como estaba previsto, casi tal y como yo lo había previsto: ¿qué más da que te tires por la ventana o que te mate un necio?

Ella llevaba razón en lo de que venían por mí. Lo otro eran disquisiciones que no le importaban a nadie. Ya habían entrado en el bloque, ya estaban subiendo las escaleras. Frente a mí, Ania seguía riendo mientras me apuntaba con la pistola; a mis espaldas estaba la puerta por donde accederían Saín y los suyos. Había pocas escaleras: vivíamos en un tercer piso. Si empujado por las ficciones de Ania me hubiera tirado por la ventana, quizá no me habría matado. Ahora, el final del juego no tenía otra salida que la muerte. Todos los juegos terminan de una manera similar, perdiendo, si se alargan lo suficiente. Todas las obras son tragedias, si la historia continúa hasta su verdadero término. Mi fin era aquel, lo mismo daba ahora que luego, que mucho más tarde, que poco antes de nunca. El mío era aquel y lo sabían Saín y los suyos, que estaban a pocos metros de la puerta, y lo sabía Ania, convencida erróneamente de su poderío pero ayudada, como todos los seres superiores, por la esencia pasada del Destino y por el pavor que los hombres le tienen a la nada. Lo sabían todos, los dioses, los demonios y los hombres, todos menos yo. ¿Por qué no había de producirse lo previsto por mí, es decir, lo imprevisto?

Ania me miró fascinada cuando supo que me lanzaría sobre ella y, de hecho, disparó antes de que yo saltara, pero el desconcierto le quitó eficacia a su determinación y la bala solo me rozó el brazo izquierdo. Luego, la fuerza del retroceso y el ruido volvieron a jugar en su contra. Tardó en reaccionar más que yo en saltar y darle un puñetazo en el rostro que la tiró al suelo revuelta con las sillas. La pistola se le cayó de las manos. Yo la cogí enseguida y le pegué dos tiros, dos, mientras intentaba protegerse con las manos. ¡A ver qué estupidez, como el que intenta defenderse de una bofetada!

—¿Dónde están tus monstruos y tus abismos? —le dije, escupiéndole cada una de las palabras.

Ya para entonces sonaban las patadas en la puerta. Saín gritaba entrecortadamente, medio asfixiado:

—Abre, hijo de puta, abre, o echaremos la puerta abajo.

Saín seguía sin saber que el hijo de puta era él.

—Para puta, tu madre, y para puta, tu puta hermana —le grité, y a continuación sentí como una onda el estallido de su rabia. No consentía que nadie le ayudara a echar la puerta abajo.

Yo dudé durante unos segundos (aquello era una ratonera sin escapatoria. ¿Cuánto tardarían en tener expedito el paso? La única vía de huida eran los huecos que daban a la calle o al patio interior, y en ambos casos estaban a mucha altura del suelo) y corrí luego hacia la cocina con la idea de aprovechar de alguna manera los cables tendidos sobre el patio de luz para secar la ropa. Todas las cocinas de aquel bloque tenían una pequeña terraza cubierta que servía de trastero. Pero cuando llegué a la cocina, reparé en que las terrazas tenían una alta baranda de hierro y se me olvidaron los cables de la ropa. Si me subía en la mía, quizá alcanzara con las manos la del piso de arriba. No lo pensé: me metí la pistola en el bolsillo, me subí a la baranda junto a la pared de la derecha auxiliado por una alcayata que había servido para guiar una planta, eché una mano arriba y, cuando me topé con un barrote, me aferré a él, me despegué de la pared y estiré la otra mano. Agarrado con las dos manos, busqué con el pie izquierdo el estribo de la alcayata y, cuando lo encontré, no me fue difícil alcanzar con el pie derecho el borde de la baranda superior y elevarme a pulso hasta ella.

Saín y los suyos entraron en mi piso mientras yo saltaba a la terracita del de arriba, que, por cierto, tenía la puerta de la cocina cerrada. Desde allí, los oí correr arrollando muebles y oí sus voces precipitadas que se demandaban atención y se daban órdenes. Uno de ellos vino hasta la cocina, se asomó por el patio de luz y se fue. Como romper el cristal de la puerta me hubiera delatado, me pegué a la pared y me agaché. Poco después, oí a Saín preguntándole a su madre, que debía de estar en la calle, fuera del coche:

—Mamá, ¿lo has visto saltar?

No oí la contestación, sino otra vez a Saín, que gritó encolerizado:

—Entonces, ha debido de irse por otra ventana.

—Hay una salida al patio interior y la puerta está abierta —dijo el que se había asomado por el patio.

—¡Estúpido! ¿Por qué no lo has dicho antes? —contestó Saín.

Todos vinieron a la cocina y se precipitaron sobre la baranda. Yo pude oír sus agitadas respiraciones a menos de un metro de mí.

—Ha saltado al vacío —aseguró el señor Suelo.

Sentí cómo dudaba Saín.

—Hay mucha altura —indicó—. Pero mira, si se descuelga agarrado a los barrotes, llega con los pies a la baranda de abajo. Vamos, está en alguno de los pisos inferiores.

Salieron a la carrera, atropellándose. Yo aproveché el ruido de la persecución y la distancia para levantarme y romper de una patada el cristal de la puerta. Cuando estuve dentro, busqué rápidamente la salida y, antes de abrir, esperé a que los últimos de mis perseguidores entraran en el piso de abajo. Solo entonces salí al rellano, cerré la puerta y, sin hacer ruido y pegado a la pared, subí por las escaleras hasta la azotea. Todos los bloques de aquella manzana eran iguales: alturas semejantes, idénticos colores, distribuciones similares. Las azoteas de la manzana eran como un campo llano dividido en parcelas por paredes de dos metros. Me subí a la pared por los trasteros y salté a la azotea del bloque de atrás, que tenía salida a la avenida paralela. La puerta de las escaleras estaba abierta. Me lancé por ellas y poco después salí a la calle.

Algunas veces, los primeros pasos hacia la liberación dan más consuelo que la liberación misma. Recuerdo, con la rígida precisión con que mis manos aún trazan en el aire las sobrehumanas formas del cuerpo de Nohire, el alivio victorioso que sentí cuando doblé la primera esquina y me di cuenta de que era un hombre sin familia, sin mujer, sin amante, sin amigos, hasta sin conocidos, pero con unos enemigos mortales y enconados. Ania y Nohire acababan de morir y ello, lejos de provocarme tristeza, le daba luz y aire fresco a mi alma. Yo era un hombre libre y consciente en una sociedad de seres esclavos de su desidia. Y además tenía un poder desorbitado sobre ellos. Incluso sobre mis enemigos, quienes acaso estaban ahí para mantenerme despierto y alerta. Ellos eran, como hubiera dicho Ania, el azar necesario, las circunstancias que hacen al juego divertido. Nadie a quien amar, nadie de quien preocuparte, nadie que sufra por ti o por el que sufras y, en el sentido contrario, alguien que te odia a muerte y al que desprecias, simplemente desprecias: ese estado era el perfecto para el trance que me había tocado vivir. Cuando todo es dolor, cuando en el ambiente no hay sino agonía y pestilencia, los afectos son una carga insoportable. Por eso estaban así los habitantes de Sholombra, y por eso caminaban por las avenidas esperando que los rescatara la nada, como autómatas, como almas en pena.

Mis enemigos y yo parecíamos los únicos seres con capacidad de decisión. Pero mis enemigos no tenían aquella sensación de alivio, pues me odiaban y mi fuga los pondría furiosos.

Me fui de Sholombra y, muchos años más tarde, una legión de historiadores, organizados con la jerarquía y la disciplina de los ejércitos más feroces, crearon en otro sitio cada detalle de la Historia oficial, de la que excluyeron cuanto ocurrió en aquella ciudad, de manera que, paradójicamente, toda la Historia, menos este libro, es una novela.

Fin

# ÍNDICE

## ACERCA DEL AUTOR

Juan Bosco Castilla Fernández nació en Pozoblanco (Córdoba) en 1959. Es licenciado en Derecho y en Ciencias Políticas y Sociología y trabaja como secretario de Ayuntamiento, función que desempeña actualmente en Torrecampo. Ha escrito ensayo político, teatro, libros de narración y novelas. En 2005 fue galardonado con el premio Almuzara por su novela *El farero*. En 2017, recibió el premio Solienses por la novela *El hombre que amaba a Franco Battiato*.